Lob für *Das Geheimnis der Braut*

„Sie werden sich in *Das Geheimnis der Braut,* die neueste Geschichte von Cheryl Bolen, verlieben. Diese gefühlvolle Geschichte der Reise einer Frau von Verzweiflung zu Triumph hat alles, was wir von einer Liebesgeschichte erwarten." – *In Print*

„Eine Geschichte über Heilung, Vergebung und Veränderung, die Leser jubeln lassen wird." – *Romantic Times*

„Ich kann *Das Geheimnis der Braut* allen empfehlen." – *Escape to Romance*

Bücher von Cheryl Bolen

Regency-Liebesromane:

Beherzte Bräute
  Die falsche Gräfin
  Sein goldener Ring
  Hochzeitsnacht mit Hindernissen
  Miss Hastings abenteuerliche Fahrt nach London

Das Haus Haverstock
  Zufällig eine Lady
  Herzogin aus Versehen
  Irrtümlich Gräfin
  Ex-Spinster by Christmas

Die Bräute von Bath
  Die Braut in Blau
  Mit seinem Ring
  Das Geheimnis der Braut
  To Take This Lord
  Love In The Library
  A Christmas in Bath

The Regent Mysteries Series
  With His Lady's Assistance
  A Most Discreet Inquiry
  The Theft Before Christmas
  An Egyptian Affair

Pride and Prejudice Sequels
  Miss Darcy's New Companion
  Miss Darcy's Secret Love
  The Liberation of Miss de Bourgh

The Earl's Bargain
My Lord Wicked
His Lordship's Vow
Christmas Brides (Three Regency Novellas)
A Duke Deceived

Romantic Suspense:

Falling For Frederick

Texas Heroines in Peril Series
  Protecting Britannia
  Murder at Veranda House
  A Cry In The Night
  Capitol Offense

World War II Romance:

It Had to Be You (Previously titled *Nisei*)

American Historical Romance:

A Summer To Remember (3 American Romances)

Dieses Buch ist meinem Erstgeborenen Johnny gewidmet, der seinem Vater und mir nichts als Freude und Stolz gebracht hat.

Ich liebe dich, mein Sohn.

DAS GEHEIMNIS DER BRAUT

(Die Bräute von Bath, Buch 3)

von

Cheryl Bolen

übersetzt von Antonia Armstrong

Kapitel 1

Sie wusste, dass über sie gelästert wurde. Sobald Carlotta Ennis den verhalten fröhlichen Pump Room betreten hatte, hatten sich die Stimmen der kichernden Frauen zu einem Crescendo erhoben. *Schenke ihnen keine Beachtung*, sagte sich Carlotta, als sie majestätisch zum Brunnen schwebte, um sich ihr Glas Heilwasser zu holen.

Als sie darauf wartete, dass der Bedienstete ihr Glas füllte, hörte sie eine weibliche Stimme aus der Ferne: „Seht euch nur an, wie tief ihr Dekolleté ist!"

Es bestand kein Zweifel daran, dass Carlotta der Grund dieser Empörung war. Die Dame, von der gesprochen wurde, hob ihren Kopf und zog an dem Korsett ihres lila Samtkleides und lächelte durchtrieben, als ihr Ausschnitt noch tiefer wurde. Allgemeine Sitten und Bräuche zu ignorieren, war ebenso Teil von Carlottas Persönlichkeit wie das samtige Timbre ihrer verführerischen Stimme.

Sie nahm ihr Glas und nahm einen Schluck. Das Wasser würde ihr bestimmt guttun. Sie war seit der Unannehmlichkeit mit Gregory nicht mehr hier – oder sonst irgendwo in dem Kurort – gewesen.

„Schmeckt schrecklich, nicht wahr, Mrs. Ennis?", fragte die Stimme eines Gentleman.

Sie schluckte das Wasser, stimmte der treffenden Beschreibung des Mannes im Stillen zu, reichte dem livrierten Bediensteten das Glas und ließ dann ihren Blick zu dem Gentleman schweifen, der sie angesprochen hatte. Es war Sir Wendell Anthrop. Sie schätzte ihn auf ungefähr drei Jahrzehnte älter als sie – in seinen Fünfzigern. Was ihm an Haaren fehlte, glich er mit seiner Körperfülle mehr als genug aus.

„Ja, es ist ziemlich abscheulich", antwortete sie, „aber da ich mich in letzter Zeit in einem schlechten Gesundheitszustand befunden habe, hoffte ich, dass es mir guttun würde, das scheußliche Stärkungsmittel zu trinken."

Sie spürte, wie seine Augen sie von Kopf bis Fuß musterten und merklich auf ihrem Busen verharrten. „Es tut mir leid zu hören, dass es Euch nicht gut geht, Mrs. Ennis", sagte er und seine stählernen Augen nahmen einen nachdenklichen Ausdruck an. „Ich weiß, dass die Gesellschaftsräume ohne Euch erbärmlich leer gewesen sind." Er kam ihr näher und legte eine Hand besitzergreifend auf ihren Ellbogen. „Erweist Ihr mir das Vergnügen, heute Morgen mit mir zu spazieren?"

Sie begrüßte dies als ein gutes Zeichen. Ein Mann von guter Herkunft schämte sich nicht, mit ihr gesehen zu werden. Es wäre gut für sie, Sir Wendell zu erlauben, sie nach Hause in die Queensbury Street zu begleiten.

Bevor sie den Pump Room verließen, flanierten sie von einer Seite des luftigen Raumes zur anderen, wobei Sir Wendell öfters anhielt, um mit Bekannten zu sprechen, die Carlottas Existenz eiskalt ignorierten.

Es war nicht immer so gewesen. Vor nicht allzu langer Zeit war sie ein genauso wichtiger Teil der Gesellschaft von Bath gewesen wie der

Zeremonienmeister selbst. Frauen hatten miteinander konkurriert, um sich mit ihr anzufreunden; Männer hatten sich zum Narren gemacht, um ihre Aufmerksamkeit auf sich zu ziehen. Und Carlotta war unter dieser Schmeichelei aufgeblüht.

Carlotta und Sir Wendell konnten sich trotz des Summens der Stimmen und der sanften Musik des Orchesters gut über banale Themen wie das angenehme Wetter und die Schauspieler, die zurzeit am Theater spielten, unterhalten.

Nachdem sie den Pump Room verlassen hatten, gesellten sie sich zu den vielen Leuten, die auf die Milsom Street strömten. Die Straßen waren um vieles voller als bei ihrem letzten Ausgang – als Gregory bei ihr gewesen war. Aber es war jetzt natürlich Hochsaison in Bath. Deshalb war Sir Wendell hier. Er konnte sich Residenzen in verschiedenen Städten leisten. Im Gegensatz zu Carlotta, die aus finanziellen Gründen dazu gezwungen war, das ganze Jahr über in Bath zu leben. Sie liebte die Geschäfte und Bälle und das Theater – und all dies war billiger in Bath als in London.

Als sie die Milsom Street entlang spazierten, vermied sie es zu den Hutmachern und Damenschneidern zu sehen, bei denen sie zutiefst verschuldet war. Sie hatte Angst, dass die Ladenbesitzer sie erkennen und aus ihren Geschäften laufen würden, um ihre Schulden von ihr einzufordern. Sie las das Schild für Bingham Butchers und errötete, als sie sich an die Höhe ihrer unbezahlten Rechnung dort erinnerte. Wenigstens war es Peggy, ihre Köchin/Haushälterin/Zofe, die den Metzger besuchen musste. Die arme, ihr ergebene Peggy sei gepriesen.

Carlotta und Sir Wendell bogen in die George Street ab und sprachen wieder vom Wetter, von gemeinsamen Freunden und den Musikern, die in der Stadt spielten.

„Es würde mir die größte Freude bereiten, wenn Ihr mich morgen Abend zu einer Aufführung begleiten würdet", sagte er und drückte fest ihre Hand.

Schade, dass Sir Wendell alt und dick war. Obwohl sie ihn nicht im geringsten anziehend fand, war er doch ein einflussreicher Mann in Bath. Ihm zu erlauben, sie in der Gesellschaft zu begleiten, würde sie auf eine angenehme Art und Weise wieder einführen. „Das wäre mir ein Vergnügen", sagte Carlotta und blickte ihn aus dicht bewimperten Augen an.

Vielleicht konnte der Mann sie sogar aus ihrer finanziellen Misere retten. Obwohl sie sich nicht zu ihm hingezogen fühlte, konnte sie den Gedanken, mit ihm verheiratet zu sein, in Erwägung ziehen. Als Ehefrau eines derart wohlhabenden Mannes würde sie all ihre Schulden bei Kaufleuten begleichen können, sie würde Gran helfen können – und vor allem würde sie endlich ihren kleinen Jungen zu sich holen können. Ja, sie würde den Mann wegen derartiger Vorteile heiraten. Sie hatte gelernt, nicht auf die Liebe zu warten. Sie hatte ihre Liebe freigiebig an einen Mann verschwendet, der nichts davon wissen wollte.

Sir Wendell schien von Selbstherrlichkeit aufgeblasen und fuhr fort, belanglose Beobachtungen von Bath zum Besten zu geben. Sie ertappte sich dabei, seinen Worten keine Aufmerksamkeit zu schenken, denn jede Straße brachte Erinnerungen an Gregory. Gott sei Dank war er nach Hause nach Sutton Hall gezogen. Sie könnte es nicht ertragen, ihn mit seiner jungen Ehefrau zu sehen.

Sie kämpfte gegen die Tränen an, als sie den Teesalon sah, in dem sie mit Gregory während der stürmischen Wintertage Zuflucht gefunden hatte. Wie sehr sie es genossen hatte, dort zu sitzen, ihre Hände an der Tasse eines heißen Getränks zu wärmen und in seine honigfarbenen Augen zu blicken. Sie wurde schwach bei der Erinnerung an die Wirkung, die sein schiefes Grinsen auf sie hatte. Es war bestimmt eine Sünde, einen Mann so sehr zu lieben, wie sie Gregory geliebt hatte. Sogar Stephen Ennis – der Ehemann, dem sie einen Sohn geboren hatte, der Mann, der ihr seinen Namen gegeben hatte und ihre endlose Liebe verdiente – hatte nur Tropfen von der Zuneigung erhalten, die sie später in Gregory Blankenships Schrein legte.

„Dies ist wohl Eure Residenz", sagte Sir Wendell.

Ihr war nicht bewusstgeworden, dass sie die Queensbury Street erreicht hatten und um sicherzugehen blickte sie auf und sah das vertraute kleine Reihenhaus. „Danke, dass Ihr mich nach Hause begleitet habt, Sir Wendell."

Der Mann griff nach ihrer Hand, so wie ein Dieb ein Hammelkotelett stehlen würde. Und er hielt sie fest, während seine Augen ihren Busen verschlangen. Sie fühlte sich unwohl und wünschte sich, ein Umhängetuch dabei zu haben, um es über ihre Brüste zu drapieren. Vor Gregory wäre sie niemals von solcher Scham heimgesucht worden. Sie erlaubte sich einen Anflug von Ärger auf sich selbst und von Abneigung gegen Gregory.

„Ich muss sagen, dass es mich gefreut hat zu hören, dass Blankenship Bath verlassen und sich in Sutton Manor niedergelassen hat, denn ich hatte immer Hochachtung für Euch, Mrs. Ennis."

Carlottas Herz schlug wie wild, als er ihre Hand noch fester drückte und sie lüstern angrinste. „Wie überaus nett von Euch, Sir Wendell." Warum sagte sie so etwas, wenn sie den Mann abstoßend fand? Sie vermied es, mit seinen verquollenen grünen Augen Kontakt aufzunehmen und setzte einen Fuß auf die erste Stufe zu ihrem Haus.

Sein Griff um ihre Hand wurde fester. „Ihr wisst, dass ich ein sehr wohlhabender Mann bin." Er kam ihr näher und sprach mit heiserer, tiefer Stimme. „Ich bin für meine Großzügigkeit bekannt, besonders was Frauen betrifft, die ich ... äh ... beschütze."

Ihr Magen zog sich zusammen. Der verabscheuungswürdige Mann wollte sie als Mätresse haben! Sie musste von ihm loskommen. Ihr anderer Fuß bewegte sich nun auf die erste Stufe.

Sein Blick ruhte auf ihrem Busen. „Ich bin bereit, Euch fünfhundert pro Jahr zukommen zu lassen, meine liebe Mrs. Ennis."

Sie wand ihre Hand aus seinem Griff, wirbelte herum und flog beinahe die Stufen hinauf ohne den widerlichen Mann einer Antwort zu würdigen.

„Wie könnt Ihr es wagen, mir Euren Rücken zuzukehren?", schrie er. „Jeder in Bath weiß, dass Ihr Gregory Blankenships Flittchen wart!"

Sie blieb abrupt stehen und drehte sich mit blitzendem Ärger in den Augen und Verachtung in der Stimme zu ihm um. „Ihr, Sir, seid nicht Gregory Blankenship." Dann drehte sie sich um und lief die Stufen hinauf.

„Wo liegt das Problem?", brüllte er boshaft. „Sind fünfhundert Pfund nicht genug? Wie viel hat Blankenship für Eure Dienste bezahlt?"

Obwohl ihre Augen von Tränen verschwommen waren, fand Carlottas Hand den Türgriff. Sie stieß die Türe auf, schmiss sie hinter sich zu und hastete die Treppe hinauf, um sich auf ihr Bett zu werfen und zu schluchzen. Zum Glück war Gran nicht hier, um ihre Schmach zu sehen.

Sie hatte nur zweimal in ihrem Leben geweint: als Stephen Ennis starb und als Gregory Blankenship sie verließ. Aber seit Gregory sie vor einem Jahr verlassen hatte, hatte sie sich in eine Heulsuse verwandelt. Nicht nur hatte sie den Mann, den sie hoffnungslos und rücksichtslos geliebt hatte, verloren, sondern auch jeglichen Anschein von Ehrbarkeit.

* * *

James Moore, nun der Earl von Rutledge, wurde unter einem Glücksstern geboren. Er hatte es von Kindheitstagen an gewusst. Er war der Liebling seiner Amme und von guter Gesundheit gewesen. Sein kräftiger Körper hatte ihn nicht nur vor Krankheiten und Verletzungen bewahrt, sondern ihm auch eine seltene Begabung für Rugby, Cricket und weitere Sportarten für Gentlemen beschert. Seine außergewöhnlichen Fähigkeiten hatten ihn in königlichen militärischen Akademien wie Sandhurst ausgezeichnet.

Er war der Einzige gewesen, der als junger Mann in seiner Unterkunft in Sandhurst nicht einem tödlichen Fieber zum Opfer gefallen war, welches das Leben vieler Klassenkameraden gefordert hatte. Als er Soldat auf der Halbinsel war, rettete ihn sein edler Captain Stephen Ennis vor dem sicheren Tod – auf Kosten seines eigenen Lebens. Er hat Waterloo unbeschadet verlassen. Als er später in Indien diente, erhielt er die Nachricht, dass ein Onkel, von dessen Existenz er nichts gewusst hatte, verstorben war und James sein Vermögen und seinen Titel vermacht hatte.

Im Alter von siebenundzwanzig Jahren fand sich James, dessen Vater ein Gutsbesitzer von bescheidenen Mitteln war, als Herr von Yarmouth Hall wieder. Nun lehnte er sich in einem bequemen Ledersessel zurück, legte seine Füße in Stiefeln auf den massiven Jakobs-Schreibtisch und begutachtete die edelsteinfarbenen Lederbände, die Reihe um Reihe die gesamten zwei Stockwerke bis hinauf zur getäfelten Holzdecke füllten. Bände in Rot, Smaragdgrün und Lapisblau füllten den gewaltigen Raum. James fragte sich, wie viele davon sein Onkel wohl gelesen hatte.

Ein Schatten verdunkelte den Eingang auf der Westseite. Er drehte sich um und sah Adams.

„Eure Lordschaft hat einen Besucher", kündigte der große, steife, grauhaarige Butler an.

Der Lord ließ seine Füße schnell auf den türkischen Teppich fallen und hoffte, dass Adams sein unzivilisiertes Verhalten nicht bemerkt hatte. James war es ganz und gar nicht gewöhnt, einen Butler zu haben und Herr irgendeines Ortes zu sein, ganz zu schweigen eines vierhundert Jahre alten Stammsitzes mit fast hundert Zimmern. Er wusste nicht, wie er sich verhalten sollte. Und, um die Wahrheit zu sagen, war er von dem herrischen Butler überaus eingeschüchtert. Einen hochnäsigeren Mann hatte er noch nie getroffen.

„Wer ist es?", fragte James.

„Ein Mr. Jonas Smythe." Ohne ein weiteres

Wort zu sagen, vermittelte Adams seine Abneigung gegen den bedauerlichen Mr. Smythe.

„Bitte ihn herein", sagte James.

Er hatte den Polizisten nicht so bald zurück erwartet. Es war noch keine Woche vergangen, seit er den Mann angeheuert hatte. James erhob sich, begrüßte Mr. Smythe und bat Adams die Türe zu schließen. So wie Mr. Smythe es bei ihrem ersten Treffen getan hatte, senkte er seinen gebeugten Körper in einen Stuhl, der dem Schreibtisch gegenüberstand, an dem James saß.

„Habt Ihr so schnell schon einen Bericht?", erkundigte sich James.

„Ja, Mylord." Der bärtige Mann zog ein kleines Notizbuch aus der Tasche seiner roten Weste. „Ich glaube, ich habe alle Informationen, die Ihr gesucht habt."

James Erwartung stieg, als er den Mann dabei beobachtete, wie er durch das kleine Buch blätterte.

Mr. Smythe ging einige Seiten durch, um sein Gedächtnis aufzufrischen, dann sprach er ohne weiteren Blick auf seine Notizen. „Lasst mich Euch das Wichtigste sagen. Mrs. Ennis wohnt ganzjährig in Bath, in einer angesehenen Straße namens Queensbury Street. Scheint ein eher langweiliger Ort zu sein. Ich bin aus London und habe gerne ein bisschen Trubel." Er sah wieder in sein Buch. „Also, wie ich gesagt habe, mietet sie eine Unterkunft in einem Stadthaus. Man sagt, dass die Dame ihre Angelegenheiten nicht in Ordnung bringen kann. Sie schuldet jedem etwas, Mylord. Ihr vierteljährliches Einkommen reicht nicht aus. Es sind nur sechzig Pfund. Ein Jammer, dass Mr. Ennis tot und begraben ist."

James war beinahe erleichtert zu hören, dass

Carlotta Ennis sich in finanziellen Schwierigkeiten befand, denn das bedeutete, dass er das Vergnügen haben würde, ihr behilflich zu sein. Es war ein kleiner Preis dafür, was ihr Ehemann für ihn getan hatte. Und James würde niemals ruhig in seinem seidenen Himmelbett in Yarmouth Hall schlafen können, bis er sich des Glücks von Captain Ennis' Familie nicht sicher war.

„Sagt", bat James, „habt Ihr Mrs. Ennis gesehen?"

Mr. Smythe sah von seinem Notizbuch auf und schloss es mit einem Knall. Seine dicken Finger zwirbelten seinen Schnurrbart und seine müden Augen schimmerten. „Eine gutaussehende Frau wie ich zuvor selten eine gesehen habe."

James nickte. *Ja, das war Carlotta Ennis.* „Ich danke Euch für die Informationen, Mr. Smythe. Mein Buchhalter wird Eure Rechnung begleichen, wenn Ihr meinen Butler darum bittet, Euch in den Salon zu bringen." James zog an dem Glockenseil.

Der Polizist erhob sich und überreichte James einige Blätter aus seinem Notizbuch. „Hier ist der offizielle Bericht und alle ordnungsgemäßen Unterlagen, Eure Lordschaft."

Als der Mann gegangen war, sah James den Bericht durch. Wie sehr sich Carlotta Ennis' Leben durch den Tod von Captain Ennis doch verändert hatte. Und es war James' Schuld, dass sie Witwe war. Er fühlte sich deshalb verdammt schuldig. So wie immer, wenn die Glücksgöttin ihm hold war, während sie auf anderen herumtrampelte.

Als er den Bericht las, dachte er seltsamerweise Lavendel riechen zu können – Carlotta Ennis' Duft. Er war so sehr ein Teil von ihr wie ihr glänzendes schwarzes Haar. Er stellte sich die elegante Ehefrau des Captains lebhaft vor. Lavendel und lilafarbene Roben der neuesten Mode hatten die weichen Kurven ihres üppigen Körpers sanft eingehüllt und verdeckten kaum ihre vollen Brüste. Sie verhielt sich derart majestätisch, dass sie fast ätherisch schien. Ihr dichtes schwarzes Haar – nur selten von einer Haube oder einem Hut bedeckt – war zurückgesteckt und ließ zarte Ringellocken um ihr perfekt geformtes Gesicht fallen. Er hatte sie immer als kalt empfunden, vielleicht deshalb, weil sie wie die Statue einer römischen Göttin wirkte. Sogar ihre sanfte Haut erinnerte ihn an makellosen, polierten Marmor. Nur ihre lavendelfarbenen Augen zeigten Wärme.

Er war etwas pikiert darüber, dass der Bericht den Sohn, den sie 1812 in Portugal geboren hatte, nicht erwähnte. Denn es war der Junge, der James die meisten Sorgen bereitete. Der arme Kerl musste ohne Vater aufwachsen. James' Mund verzog sich, als er sich an seine eigene vaterlose Kindheit erinnerte. Er war der einzige in seiner Schule, der keinen Vater hatte, um ihn am Vater-Sohn-Tag zu besuchen. Aber es war nicht nur die Tatsache, dass dieser eine Tag jedes Jahr im Frühling einen Schatten auf seine sonst so angenehme Kindheit warf. Es war die Tatsache, dass er keinen Vater hatte, der ihm Reiten und Jagen und Fischen beibrachte oder wie man eine Krawatte richtig band. Es war die Tatsache, dass er als nur Vierjähriger die Rolle des Familienoberhauptes übernehmen musste. Es war sein selbst auferlegtes Gefühl der Abgeschiedenheit, das seine Kindheit kennzeichnete. Er war nicht wie andere Kinder. Er hatte keinen Papa. Wer konnte von ihm verlangen, über Dinge Bescheid zu wissen, die anderen Burschen – die einen Vater hatten – bekannt waren?

James lenkte seine Gedanken wieder auf Captain Ennis' Sohn. James wollte dem Burschen sein erstes Pferd kaufen und ihm das Reiten beibringen. Sie könnten Fischen gehen und er würde dem Jungen das Schießen beibringen. Sollte der kleine Kerl Hilfe in Latein oder Rechnen brauchen, dann wollte James derjenige sein, der sie anbot.

Er zog wieder an der Glockenschnur und als Adams erschien, wies er ihn an, Mannington darüber zu informieren, dass er seine Sachen packen sollte. „Wir fahren in einer Stunde nach Bath."

Einen Arm oder ein Bein an einen Quacksalber zu verlieren, wäre angenehmer gewesen als Captain Ennis' Witwe gegenüberzutreten. Denn sie wusste, dass James' Ungehorsam der Grund für den Tod ihres Mannes war.

Kapitel 2

Das Klopfen dauerte an. Es war sinnlos so zu tun, als wäre sie nicht zuhause. Mrs. McKay wusste über jede Bewegung Carlottas Bescheid, und hatte wahrscheinlich zuvor ihren Abschied von dem abscheulichen Sir Wendell beobachtet. Carlotta vermutete, dass das einzige Vergnügen der Frau darin bestand, ihre falkenähnliche Nase in die Angelegenheiten ihre Mieter zu stecken. Die Neugierde der Frau wurde nur von ihrer Frechheit übertroffen. Sie fragte besorgt nach der Qualität des Steinbutts vom vorherigen Abend, nachdem sie Carlottas Dienstmädchen bei ihrem Rückweg vom Fischhändler beobachtet hatte. Und sie fragte Carlotta unverschämt, wie es so-und-so ging, obwohl sie so-und-so nur durch das Schlüsselloch von Carlottas Tür kannte. Es war nun natürlich schon eine Weile her, seit Carlotta Besucher empfangen hatte.

Nachdem sie ihre Näherei in die Lade ihres Arbeitstisches gestopft hatte, erhob sich Carlotta, überquerte den ausgebleichten Teppich und öffnete die Tür, um ihre Vermieterin hereinzulassen.

Mrs. McKay kam ohne Einladung in das Zimmer und seufzte tief.

„Warum setzt Ihr Euch nicht?", fragte Carlotta.

Die mollige, rothaarige Hausherrin runzelte die Stirn ihres stark geschminkten Gesichts und setzte sich auf das Sofa, das Carlotta gerade verlassen hatte. Carlotta setzte sich auf den Rand eines in der Nähe stehenden Sessels, und ihr Magen zog sich in Erwartung des gefürchteten Gesprächs zusammen.

Die Vermieterin wischte sich ihre faltigen Augenbrauen mit einem Taschentuch ab. „Ich komme die Treppe nicht mehr so gut hinauf wie früher."

Carlotta nickte verständnisvoll.

Mrs. McKays ausladender Busen hob sich mit einem übertriebenen Seufzer und ihr Gesicht nahm einen gequälten Ausdruck an. „Ich hatte gehofft, es würde nicht so weit kommen, Mrs. Ennis, aber wenn ich nicht bald in den Besitz der Miete des letzten Quartals komme, die Ihr mir schuldet, werde ich dazu gezwungen sein, Euch hinauszuwerfen."

Nun war es an Carlotta zu seufzen. Wo war das Geld nur hingekommen? Sie hatte nie einen Sinn für Zahlen gehabt und war ein hoffnungsloser Fall, was Geld betraf. Wenn sie es hatte, gab sie es aus. Sogar den letzten Pfennig.

In letzter Zeit hatte sie ihr Bestes gegeben, um sparsam zu sein – wirklich, das hatte sie. Sie war seit einem Jahr nicht mehr in der Hutmacherei gewesen. Natürlich war das auch nicht notwendig gewesen. Sie hatte immer noch eine beeindruckende Garderobe. Champagner musste billigerem Wein weichen, dann Tee und nun trank sie davon nur eine Tasse am Tag. Sie hatte von Wachskerzen zu billigeren Talgkerzen gewechselt und konnte sich kaum Kohle leisten. Grüne Erbsen waren ihr so lieb, dass sie nur eine entfernte Erinnerung waren, so wie die großzügigen Zahlungen von Gregory.

Ihre elegante Kutsche war verkauft worden – mit riesigem Verlust. Und was nutzte ihr ihre aufwändige Garderobe, wenn sie nirgends hingehen konnte, um ihre Ballkleider mit Schleppe zu tragen oder die Morgenkleider und Ausgehkleider in jeder Farbe des Regenbogens – mit den dazu passenden Schuhen und Hüten. Sie hatte allen Schmuck, den Gregory ihr geschenkt hatte, verkauft, mit Ausnahme der Diamanten. Innerhalb der nächsten zwei Wochen würden auch diese dahin sein. Dann würde sie nichts mehr von Gregory übrighaben, außer der Leere in ihrem Herzen.

„Wenn Ihr bis zum Ersten des nächsten Monats warten könntet", sagte Carlotta, „würdet Ihr bekommen, was ich Euch schulde und eine Anzahlung fürs nächste Quartal."

Die Sorge verschwand vom Gesicht der älteren Frau. „Wenn Ihr es mir versichern könnt, dann ist es in Ordnung. Eine Dame von Qualität, so wie Ihr, ist genau die Art von Mieter, die ich haben möchte, aber ich muss auch meine eigenen Rechnungen bezahlen."

„Ich verstehe Euch nur zu gut, Mrs. McKay", sagte Carlotta. „Seitdem ... seitdem ich krank bin, habe ich selbst eine Menge Schulden angehäuft, aber ich versichere Euch, dass Ihr ganz oben auf meiner Liste steht, sobald der Erste des Monats kommt." Im Gegensatz zu den Versprechen, die sie den Geschäftsleuten gegeben hatte, hatte sie vor, dieses einzuhalten. Sie musste einfach ein Dach über ihrem Kopf behalten. Nichts wäre schlimmer, als als unverheiratete Frau in Grans Haus zurückzukehren und sich im düsteren Yorkshire zu vergraben.

Mrs. McKay erhob sich, überquerte den Teppich und tätschelte Carlottas Schulter. „Nun, nun, Mrs. Ennis, es wird alles wieder gut werden –

sobald Ihr wieder gesund seid." Sie musterte Carlotta von oben bis unten. „Ihr seht schlecht aus. Ihr seid furchtbar dünn geworden."

Carlotta nickte. Sie konnte die Worte der Frau nicht leugnen. In der Tat hatte sie ihren Appetit verloren – und so viel mehr.

„Wenn ich so dreist sein darf, Euch vorzuschlagen", fing Mrs. McKay an, „dass Ihr, wenn Ihr Euer Mädchen entlassen würdet, viel mehr Geld übrighättet."

Peggy entlassen! Carlotta wäre lieber arm wie eine Kirchenmaus. Seit sie die hungernde siebzehnjährige Peggy vom Londoner Hafen gerettet hatte, nachdem Carlotta aus Portugal zurückgekehrt war, war sie der zerbrechlichen jungen Frau verbunden – so unwiderruflich wie die Flut. Peggy hatte Carlotta in guten und in schlechten Zeiten als Zofe, Köchin und Haushälterin gedient.

Ein Knoten formte sich in Carlottas Hals, als sie sich daran erinnerte, dass Peggy ihr immerwährende Loyalität geschworen hatte, als sie ihr auf unartikulierte Weise erzählt hatte, dass ihre Beziehung zu Carlotta das einzig Beständige im trostlosen Leben des Dienstmädchens gewesen war.

„Das kommt ganz und gar nicht in Frage", sagte Carlotta zu Mrs. McKay. „Ich bin das Einzige, das Peggy auf dieser Welt hat. Ich würde sie niemals entlassen."

Die alte Frau zuckte mit den Schultern. „Ich finde meinen Weg alleine hinaus", sagte sie kleinlaut.

Nachdem ihre Vermieterin gegangen war, ging Carlotta direkt in ihr Schlafgemach, legte sich ihre Pelisse über und beschloss spazieren zu gehen.

Ein Spaziergang entlang des Royal Crescent würde ihr guttun. Sie hatte viel zu viel Zeit damit verbracht, auf ihrem Bett liegend über eine Liebe zu weinen, die sie verloren hatte und nicht wiederbekommen würde. Sie knöpfte ihre Pelisse zu, schloss die Tür hinter sich und ging die Treppe hinunter, um die gefährdete Sicherheit von Mrs. McKays Räumlichkeiten zu verlassen und über ihre hoffnungslos verwirrten Umstände nachzudenken.

Die paar Pfund, die sie jedes Quartal aus dem Nachlass ihres verstorbenen Ehemanns bekam, brachten sie nicht sehr weit. Erstens schickte sie die Hälfte davon an Gran. Danach deckte der andere Teil kaum zur Hälfte ihre Ausgaben ab. Und es war niemals auch nur ein Penny übrig. Was sollte sie nur tun? Carlotta hatte immer geglaubt, dass sie wieder heiraten würde. In der Tat hatte sie Gregory keinen Glauben geschenkt, als er darauf bestanden hatte, sie niemals heiraten zu wollen. *Ich werde seine Meinung ändern*, hatte sie mit ebenso viel Selbstvertrauen wie Dummheit gedacht.

Nun wusste sie, dass ihre Schönheit nicht mehr ausreichte, um einen Ehemann zu finden. Nun, da sie sich selbst beschmutzt hatte. Sie konnte nur darauf hoffen, die Mätresse eines Adligen zu sein. Nein, sie konnte es sich niemals erlauben, derart tief zu sinken. Sie hatte Gregory leidenschaftlich genug geliebt, um sich selbst zunichte zu machen – aber kaltherzig eine *Vereinbarung* zu treffen? Sie erschauderte.

Sie atmete tief frische Luft ein. Sie hatte sich lange genug versteckt. Trotz ihrer Misere in letzter Zeit würde Carlotta lieber in Bath leben als sonst irgendwo. Das Leben auf einer Farm in Yorkshire war schön für Kinder – so wie für ihren Sohn, der dort aufwuchs – aber für eine Frau, die die Welt gesehen hatte und das Leben in der belebten Stadt Bath genoss, schien die Landschaft in Yorkshire so leblos wie ein Grabstein.

Die grünen Hügel lagen in der Ferne, als Carlotta die Royal Avenue entlang zum Royal Crescent ging und tiefer in ihre Hoffnungslosigkeit verfiel, da es keine Lösung für ihre Probleme gab. Es wäre einfach für sie, in Selbstmitleid zu versinken. Sie war schließlich mit neunzehn zur Witwe geworden, als ihr Ehemann – der dritte Sohn eines Earls – auf der Halbinsel getötet wurde. Dann, vier Jahre später, hatte sie sich völlig leichtfertig in Gregory Blankenship verliebt, für den eine Ehe nicht in Frage kam. Zumindest nicht mit ihr. Tränen brannten in ihren Augen, als sie daran dachte, wie er sich der Schwester seines besten Freundes zugewandt hatte, als er eine Braut suchte. Es war nicht fair.

Aber Carlotta hatte in ihrem Leben schon genug gesehen, um zu wissen, dass derartiges Elend nicht für immer andauerte. Am Ende jedes Sturms formte ein Regenbogen die Brücke zu einem neuen und besseren Tag. Ihr Regenbogen war überfällig. Durch all die Tiefen und Höhen ihres Lebens hatte die Poesie sie aufrechterhalten. Nun brachten ihr diese Worte Trost: *Komm und werde alt mit mir. Das Beste steht uns noch bevor.* Sie lehnte es ab, sich der Trostlosigkeit hinzugeben. Irgendwo auf dieser Welt gab es einen Mann, mit dem sie alt werden – und ihr schwer erreichbares Glück einfangen – würde.

Als sie zu ihrer Unterkunft zurückkehrte, traf Mrs. McKay sie am Queensbury-Street-Eingang und ihre Augen leuchteten triumphierend. „Ihr habt einen Besucher, Mrs. Ennis. Ich habe Lord Rutledge gebeten, in meinem Salon auf Eure Rückkehr zu warten."

Lord Rutledge? Carlotta kannte niemanden mit diesem Namen. Mit einem verwirrten Gesichtsausdruck folgte Carlotta ihrer Vermieterin in den Salon.

Er erhob sich, als sie eintrat. Er war ziemlich jung – ungefähr in ihrem Alter, hätte sie geschätzt. Von seinem sandfarbenen Haar bis hin zu den Spitzen seiner gut polierten Stiefel personifizierte Lord Rutledge solides gutes Aussehen. Er war nicht so gutaussehend wie Gregory – aber das war wohl niemand. Lord Rutledge hatte einen großen, athletischen Körper, trug gut geschnittene Kleider und warf ihr ein Lächeln zu, das sowohl vertraut, als auch freundlich war. Wo hatte sie diesen Mann schon gesehen?

„Lord Rutledge?", sagte sie zaghaft.

Er kam näher auf sie zu und sank in eine Verbeugung. „Vielleicht würdet Ihr mich besser erkennen, wenn ich in eine rote Uniform gekleidet wäre. Ich bin James Moore."

Wie hatte sie den Mann nicht erkennen können, dessen Ungehorsam Stephen sein Leben gekostet hatte? Er erfreute sich offensichtlich ausgezeichneter Gesundheit und diskret zur Schau gestellten Wohlstandes, während der arme, liebe Stephen seit sechs Jahren in ausländischer Erde begraben lag. Der Mann erwartete doch sicher nicht von ihr, seine Gegenwart zu ertragen. Was konnte sie ihm zu sagen haben? *Das Leben scheint gut zu Euch gewesen zu sein, Mylord? Bitte verlasst mein Haus, denn Ihr seid hier nicht willkommen?* Ihr Blick schweifte von ihm zu einer offensichtlich betörten Mrs. McKay und sie beschloss, ihn für kurze Zeit zu ertragen. Sie konnte vor Mrs. McKay keine Szene machen. Aus ihrer Unterkunft geworfen zu werden, wäre gar nicht gut.

* * *

Seit dem Moment als ihr bewusstwurde, wer er war, war ihr gesamtes Verhalten unnatürlich steif geworden. Als sie endlich sprach, konnte sie die Kälte in ihrer Stimme kaum verbergen. „Wollt Ihr nicht hinaufkommen, um einen Tee zu trinken, Mylord?"

James hatte eine eisige Begrüßung erwartet. Er hatte sie verdient. In der Tat hatte er sich viel Schlimmeres erwartet. Wenigstens hatte Mrs. Ennis ihn nicht aus ihrer Residenz geworfen. „Ich wäre überaus erfreut", sagte er.

Der lieblichen Carlotta Ennis zum ersten Mal nach sechs Jahren gegenüber zu stehen ließ James sich wie einen tollpatschigen Schuljungen bei seinem ersten Ball fühlen. Sie war genauso schön wie in seiner Erinnerung. Sie roch immer noch nach Lavendel und füllte das Korsett ihres Seidenkleides besser aus als jede Frau, die er jemals gekannt hatte. Sie war schlanker geworden und etwas in ihrem zarten Gesicht verriet eine Trauer, für die er sich verantwortlich fühlte.

Er war nicht unerfreut darüber, die geschwätzige Mrs. McKay, die nun wahrscheinlich mehr über ihn wusste als Stephen Ennis' Witwe, zurückzulassen und folgte Carlotta die dunkle Holztreppe hinauf in den zweiten Stock.

In ihrer Unterkunft angekommen wandte sich Carlotta an ein jugendliches Dienstmädchen. „Bitte bereite eine Kanne Tee zu, Peggy."

Es schien James, als ob das Dienstmädchen

ihrer Herrin einen tadelnden Blick zuwarf. War Tee eine derartige Extravaganz? fragte sich James.

Sein Blick schweifte über Mrs. Ennis' Salon. Das Zimmer war in dem Stil eingerichtet, der eine Generation zuvor modern gewesen war, und entsprach bestimmt nicht dem, was Carlotta erwartet haben musste, als sie den Sohn eines Earls geheiratet hatte. Es schmerzte James zu sehen, dass sie in einem Haus wohnte, das ihr nicht einmal gehörte.

Sie kam zurück und setzte sich auf das ausgebleichte Brokatsofa ihm gegenüber, dann sprach sie mit emotionsloser Stimme. „Hat Euch ein Gebrechen nach Bath geführt, Mylord?"

„Nein, Mrs. Ennis, ich erfreue mich ausgezeichneter Gesundheit und hatte Glück, Waterloo unversehrt zu verlassen."

Da sie nicht antwortete, fuhr er fort. „In der Tat seid Ihr der Grund dafür, dass ich hier bin."

Sie zog ihre Augenbrauen hoch. „Ich?"

„Ihr und Euer Sohn. Ich bin für Euch verantwortlich. Nun, da ich geerbt habe, ist es mein größter Wunsch, Euch behilflich zu sein."

Ihre Hände ballten sich in ihrem Schoß zu Fäusten. „Ich will Eure Hilfe nicht, und mein Sohn will Eure Hilfe auch nicht."

Er hatte gewusst, dass dies schwierig sein würde, aber er hatte nicht erwartet, dass ihre Härte ihn so tief treffen würde.

Ihr Dienstmädchen betrat das Zimmer und stellte ein Tablett mit Kuchen und eine Kanne mit frisch gebrühtem Tee auf den Tisch vor ihnen. Carlotta beschäftigte sich damit, Zucker auszuteilen und ihm Tee einzuschenken. Sogar in ihrem etwas schäbigen Umfeld war Carlotta Ennis das eleganteste Geschöpf, das er je gekannt hatte. Ihre vergoldete Porzellanteekanne und die mit Blumen verzierten Tassen waren opulent und doch zierlich, so wie die Frau, die sie besaß. Die Rosen auf ihrem Teppich zeugten von ihrer Weiblichkeit, jedoch nicht so sehr wie ihre graziöse Gestalt.

Er versuchte, nicht auf ihre lieblichen Brüste zu starren – obwohl dies nicht ohne Schwierigkeiten möglich war. Deshalb fixierte er seinen Blick auf ihre zarten Hände, als sie den Tee zubereitete. Seine Augen wanderten zu ihrem markanten Profil. Nur eine unabsichtlich verrutschte Strähne ihres seidigen Haares vermenschlichte ihre sonst marmorähnliche, statuenhafte Perfektion.

Sein Mund wurde trocken, seine Stimme heiser. „Ob Ihr meine Hilfe wollt oder nicht, Mrs. Ennis, ich werde in Bath bleiben, bis die Zeit kommt, zu der ich bestimme, dass ich nicht mehr gebraucht werde."

Die Tasse schepperte auf der Untertasse, als Carlotta einen erzürnten Blick auf James warf. „Bleibt in Bath, wenn Ihr wollt. Es kümmert mich nicht."

Er sprach fast wie zu sich selbst. „Ich habe mich tausende Male gefragt, warum Captain Ennis – ein Ehemann und Vater – und nicht ich."

Der Ärger schien ihren graziösen Körper beinahe zu verlassen, als sie ihm einen arroganten Blick zuwarf. „Es muss so sein, wie Lord Byron sagt. *Der Himmel schenkt seinen Lieblingen einen frühen Tod.*"

James senkte seinen Kopf. „In der Tat. Es gab keinen besseren Mann als Captain Ennis."

Sie reichte James seinen Tee. „Und nichts, was

Ihr je tun werdet, kann ihn zurückbringen."

„Weder bin ich dumm genug zu glauben, dass ich einen Ehemann und Vater ersetzen kann, noch gewissenlos genug, um nicht zu versuchen Euch zu helfen. Darf ich Euren kleinen Jungen sehen?"

Sie erstarrte. „Er lebt nicht bei mir."

Ihre Worte trafen ihn wie ein Schlag. „Aber ... wo ist er dann?"

„In Yorkshire, bei meiner Großmutter. Da sie vier Söhne und meine Brüder großgezogen hat und auf dem Land lebt, glaube ich, dass es Stevie dort besser geht als hier bei mir."

„Ich hatte gehofft ..." Er konnte den Satz nicht vollenden. Wie konnte er der Mutter des Jungen sagen, dass er gehofft hatte, bei seiner Erziehung zu helfen? „Ich nehme an, Euer Großvater ist glücklich darüber, den Jungen bei sich zu haben."

Sie hustete. „Mein Großvater ist leider verstorben, bevor Stevie geboren wurde."

„Dann hat Stevie keinen Mann, der ihn beeinflussen kann?" James' aufgeregte Stimme verbarg seine Enttäuschung nicht. Bei Gott, der Junge brauchte einen Mann, dachte er erbost.

Sie senkte die Augen und schüttelte den Kopf, und zum ersten Mal konnte er Emotionen in ihrem Verhalten erkennen. Waren es Schuldgefühle?

„Ich habe dem kleinen Burschen ein Geschenk mitgebracht", sagte er und griff nach dem Paket, das er zu seinen Füßen hingelegt hatte. „Es ist ein Spielzeugschwert, eine genaue Nachahmung dessen, mit dem sein Vater kämpfte."

Sie machte keinerlei Anstalten es anzunehmen. „Und werdet Ihr meinem Sohn erklären, dass sein Vater wegen Eurer Fahrlässigkeit tot ist?"

Er schluckte schwer und ließ das Paket fallen. „Ich hatte gehofft, die Vergangenheit nicht wieder aufleben zu lassen, sondern Hoffnung die Zukunft zu sichern."

Zorn blitzte in ihren Augen auf. „Stevie und ich wollen nichts von Euch, Mylord."

Er erhob sich. „Trotzdem werde ich mich Euch zur Verfügung stellen. Ich habe vor, Euch und dem Kind behilflich zu sein und werde auf den Tag warten, an dem ich es tun kann. Ich werde jeden Tag in meiner Kutsche vor Eurer Unterkunft sitzen. Ihr werdet Euch mit der Zeit an meine Verlässlichkeit gewöhnen." Er wirbelte herum und ging auf die Tür zu.

„Das glaube ich nicht." Carlotta spuckte ihm die Worte förmlich entgegen.

* * *

Es waren keine fünf Minuten vergangen, als Mrs. McKay die Treppe hinauf zu Carlottas Zimmern stapfte und an die Türe klopfte.

„Ja?", sagte Carlotta, öffnete die Tür und starrte in das aufgeregte Gesicht ihrer Vermieterin.

Dieses Mal machte Mrs. McKay keinen Versuch die Türschwelle zu übertreten. „Ich wollte Euch dafür danken, dass Ihr das Geld eher als versprochen aufgebracht habt", sagte sie keuchend und rang nach Luft. „Niemand hat mir jemals ein Jahr im Voraus bezahlt."

Carlotta wusste nicht, wovon die Frau sprach. Hatte sie wahnhafte Störungen? Dann plötzlich wusste Carlotta es. „Lord Rutledge?"

Die gerissene Frau nickte. „Was für ein nobler Gentleman, der den ganzen Weg nach Bath auf sich nimmt, um eine Schuld Eurem Ehemann gegenüber zu begleichen."

Mrs. McKay hatte offensichtlich mit dem Ohr an ihrer Tür auf James' Weggehen gewartet, so dass sie sich mit seiner Großzügigkeit brüsten konnte. Carlotta blickte über Mrs. McKays Schulter und fragte ungeduldig: „Gibt es sonst noch etwas, Mrs. McKay?"

„Du lieber Himmel, nein. Ich muss losgehen und mein Heilwasser einnehmen."

Carlotta beobachtete ihre Vermieterin, die sich an das Geländer klammerte und den spärlich beleuchteten Flur entlang trottete, so dass die schlanke Peggy am Kopf der Treppe stehenbleiben musste, um die dicklichere Frau vorbeizulassen. Peggy presste sich an die Wand und lächelte, scheinbar vor Aufregung platzend. Sobald sie ihrer Arbeitgeberin gegenüberstand, fing sie an zu quietschen. „Oh Madam, Ihr werdet unser Glück nicht glauben!"

Oh, aber Carlotta konnte es sehr wohl. „Du warst beim Gemüsehändler?"

Peggy nickte und ihr breites Lächeln enthüllte eine Lücke zwischen ihren Vorderzähnen.

„Und unsere Rechnung dort ist beglichen worden."

Die grünen Augen des Mädchens weiteten sich. „Wie habt Ihr nur davon gewusst?"

„Ich nehme an, dass du all unsere Rechnungen als beglichen vorfinden wirst. Es scheint, dass Lord Rutledge einen großen Betrag begleicht, den er meinem verstorbenen Ehemann schuldete."

„Der Gentleman, der zum Tee bei Euch war?"

Carlotta nickte, als sie den Salon betrat und die Türe hinter ihnen schloss.

„Ihr solltet seine elegante Kutsche sehen, Madam. Sie ist sogar schöner als die von Mr. Bl..."

„Peggy", schnappte Carlotta, „ich möchte, dass

du herausfindest, ob mein Verdacht begründet ist. Geh zu all den Händlern, denen wir Geld schulden, und finde heraus wie hoch unsere Schulden genau sind. Ich vermute, dass Lord Rutledge dir damit zuvorgekommen ist."

„Was für ein edler Lord er doch sein muss!", sagte Peggy, drehte sich in ihren weichen Kinderschuhen – die ihr von Carlotta weitergegeben wurden – um und verließ die von ihrer Herrin gemieteten Zimmer.

Carlotta wollte alleine sein, um über die Geschehnisse des Nachmittags nachzudenken. Mr. Moore – der nun Lord Rutledge war – wiederzusehen, tauchte sie wieder tief in den Schmerz der Trauer und erinnerte sie eiskalt an die Worte, die sie niemals dem noblen Stephen Ennis gegenüber aussprechen konnte.

Sie dachte an den nervösen Lord Rutledge und konnte sich nun, da er gegangen war, eine eigenartige Bewunderung für ihn eingestehen. Nicht viele Männer hätten den Mut zu versuchen, Wiedergutmachung zu leisten.

Sie hatte sich ihm gegenüber äußerst brutal verhalten.

Wenn sie nur mehr Zeit gehabt hätte, um sich auf ihre Begegnung vorzubereiten. Wie dem auch sein mochte, sein plötzliches Auftauchen brachte wieder die Verzweiflung zurück, die sie vor sechs Jahren empfunden hatte. An dem Tag, an dem sie Stephen verloren hatte.

Ohne sich ihrer Bewegungen bewusst zu sein, ging Carlotta in ihr Schlafgemach, nahm die Pelisse ab, die sie immer noch trug, und fiel dann auf ihr Bett, während Tränen ihre Wangen hinunterliefen. Sie fühlte sich ebenso alleine wie an jenem schicksalshaften Tag in Portugal.

Vielleicht wäre sie nicht so einsam, wenn der Junge hier bei ihr wäre. Und wenn der Junge hier bei ihr wäre ... vielleicht könnte sie sich durch ihn von seinem Vater befreien. Stephen sah zweifellos von dem Himmel, der ihn so bevorzugte, herunter auf den Sohn, der eine derart große Ähnlichkeit mit ihm hatte.

Kapitel 3

Am nächsten Morgen öffnete Peggy nach einem Klopfen die Türe und ein Diener präsentierte ihr ein Sträußchen farbenfroher Blumen. „Von meinem Herrn für Eure Herrin", sagte er. „Und bitte sagt Mrs. Ennis, dass mein Herr unten in der Kutsche auf ihre Anweisungen wartet."

Peggy flog beinahe zu dem kleinen runden Tisch neben dem Fenster, an dem Carlotta ihr Frühstück einnahm. „Es ist genau so, wie ich Euch berichtet habe, Madam. Er ist ein edler Lord." Sie reichte ihrer Herrin die Blumen, aber Carlotta interessierte sich nicht dafür.

„Sei so nett und stell sie in eine Vase, Peggy."

„Ja, Madam, aber ich muss es sagen, da er all Eure Schulden beglichen hat. Lord Rutledge ist Euer Schutzengel, wenn Ihr mich fragt. Einen edleren Lord hat es nie gegeben. Er wartet in seiner Kutsche vor dem Haus, nur damit Ihr ihm Anweisungen geben könnt."

Carlotta fuhr damit fort ihre Zeitung zu lesen. „Ich fürchte, er wird sehr lange warten müssen." Sie gab vor, Peggys finsteren Blick nicht wahrzunehmen, als das junge Dienstmädchen sich entfernte um Wasser für die Blumen zu holen. In Peggys Abwesenheit erhaschte Carlotta einen Blick durch ihre Spitzenvorhänge auf die Kutsche. Sie war nicht so ungerührt, wie sie vorgab.

Als sie ihr Frühstück beendet hatte, ertönte ein weiteres Klopfen an ihrer Türe. *Er war also schon ungeduldig.* Mit einem selbstgefälligen Gesichtsausdruck durchquerte sie das Zimmer und öffnete die Türe, nur um eine lächelnde und nach Luft ringende Mrs. McKay zu erblicken. Carlottas Blick fiel auf Mrs. McKays nicht vorhandene Taille, an die ein kleines Blumensträußchen geheftet war. *Der Schuft spielte alle seine Trümpfe aus!*

„Wollt Ihr nicht hereinkommen?", fragte Carlotta.

Mrs. McKay watschelte mit einem Seufzer zum Sofa, ließ sich darauf fallen, nahm ihr Taschentuch und wischte sich die Stirn ab, während ihr Blick durch den Raum schweifte, bis sie Carlottas Blumen in einer Vase auf dem Teetisch erspähte. Ihr Lächeln verlor ein kleines bisschen seines Strahlens.

„Das ist ein schönes Blumensträußchen, das Ihr da tragt", sagte Carlotta. „Lord Rutledge muss sehr von Euch angetan sein."

Mrs. McKay richtete sich auf und streckte ihren Hals, um eines ihrer Fettröllchen von ihrem schlaffen Kinn zu heben. „Ich wage zu behaupten, dass Ihr es seid, von der er angetan ist, Mrs. Ennis. Sein Diener sagt, dass sein armer Herr seine elegante Kutsche nicht wegbewegen wird, bis er dies mit Euch tun kann."

Carlotta setzte sich auf einen Stuhl ihrer Vermieterin gegenüber. „Ich versichere Euch, dass er nicht von mir angetan ist. Er will mir nur behilflich sein – um die Großzügigkeit meines Mannes ihm gegenüber zurückzuzahlen."

„Wenn ich es richtig verstehe, ist er Euch gegenüber äußerst großzügig gewesen."

„Ihr meint bestimmt, dass er die Händler bezahlt hat, denen ich etwas schulde", sagte

Carlotta mit zusammengezogenen Augenbrauen. „Neuigkeiten verbreiten sich schnell in Bath, nicht wahr?"

„Eine Geschäftsfrau muss sich informieren."

„Natürlich."

„Und als Geschäftsfrau habe ich keine Einwände dagegen, dass sich Lord Rutledges Kutsche vor meinem Etablissement befindet. Ich könnte für keine bessere Werbung bezahlen. In der Tat wird halb Bath sich nun wünschen, hier zu wohnen, dem Adel so nahe, wisst Ihr."

„Damit habt Ihr bestimmt recht."

„Aber Lord Rutledge tut mir doch leid", sagte Mrs. McKay. „Könnt Ihr nicht eine Runde mit ihm fahren?"

„Das könnte ich."

„Aber?"

„Aber ich bin immer noch äußerst böse auf ihn wegen eines Vorfalles, der auf der Halbinsel passiert ist." Es war nicht nötig, das Ansehen des Mannes zu beschmutzen, indem sie der Frau erzählte wie erbärmlich dieses Ereignis war. Er war nicht wirklich ein schlechter Mann. Er verdiente einen Neuanfang. So wie sie, dachte sie verbittert.

Mrs. McKay kam, nicht ohne Anstrengung, zum Stehen. „Ich weiß, dass es nicht meine Angelegenheit ist, aber er ist ein derart feiner Mann ..."

Ein bösartiges kleines Lächeln huschte über Carlottas Gesicht. „Wenn er mir seine Verlässlichkeit ausreichend bewiesen hat, dann werde ich ihn vom Haken lassen."

Mrs. McKay nickte feierlich und verließ das Zimmer.

„Peggy! Komm hilf mir beim Anziehen. Ich

glaube ich werde spazieren gehen."

* * *

Als sie das Haus verließ, hatte sie keinen Blick für Lord Rutledges Kutsche übrig, sah jedoch aus ihrem Augenwinkel, dass er ausstieg. Sie ging weiter ohne zu wissen wohin. Eine Minute später wurde ihr bewusst, dass jemand an ihren Fersen klebte, und sie wusste genau, wer dieser jemand war.

Er wartete nicht darauf, von ihr angesprochen zu werden. „Ah, Mrs. Ennis, wie hübsch Ihr heute ausseht", sagte er, als er neben sie trat. „Ich würde fragen, ob es Euch etwas ausmacht, wenn ich mich Euch anschließe, aber ich fürchte, ich kenne die Antwort."

Ihr Mund verzog sich zu einem halb versteckten Lächeln.

„Man sagt, dass das Wasser im Pump Room alles heilen kann, was einen schmerzt", sagte er. „Mrs. McKay berichtete mir, dass es Euch in letzter Zeit nicht gut gegangen ist."

„Deshalb denkt Ihr, dass ich Euch erlauben sollte, mich zum Pump Room zu begleiten?", sagte sie, nun ohne Bosheit in ihrer Stimme.

„Eindeutig."

Sie ging weiter in Richtung des Klosterhofes. „Ich muss Euch vor dem Wasser im Pump Room warnen, Mylord. Es schmeckt abscheulich." Das war so nahe an einem Waffenstillstand, wie es ihr möglich war.

„Dann verzichte ich wohl auf das Wasser, denn ich erfreue mich bemerkenswerter Gesundheit", sagte er.

Sie gingen an der Leihbücherei vorbei, die von einem stetigen Strom gut gekleideter Kunden betreten und verlassen wurde. Carlotta seufzte innerlich. Ihre Mitgliedschaft in der Bibliothek war ausgelaufen; ein weiteres Opfer ihrer verminderten Umstände. Andererseits, dachte sie hoffnungsvoll, hatte Lord Rutledge diese Schuld vielleicht auch beglichen.

Als es eine Lücke zwischen den vorbeikommenden Pferden und Heuwagen gab, überquerten sie die Straße. Dann brachte sie den Mut auf, eine Bemerkung bezüglich Lord Rutledges Güte zu machen, ihre Schulden zu zahlen. „Es ist schwierig für mich", fing sie an, „aber es wäre nachlässig von mir, Euch nicht für Eure Großherzigkeit, meine Schulden zu begleichen, zu danken."

„Es ist kein Dank notwendig. Es ist eine Schuld, die ich Captain Ennis gegenüber habe."

Eine Schuld, die Geld alleine nie begleichen könnte. Er presste seine Lippen aufeinander. Als sie weitergingen, fragte sie sich, wie der Mann herausgefunden hatte, welchen Händlern sie Geld schuldete. Hatte er einen Polizisten engagiert? Wie auch immer er ihren Aufenthaltsort und ihre finanziellen Schwierigkeiten herausgefunden hatte, es zeugte von großer Entschlossenheit. Das Mindeste, das sie tun konnte, war, ihm zu erlauben, sein Gewissen mit Wohlwollen ihr gegenüber zu besänftigen. Er konnte es sich eindeutig leisten

Und sie hatte es eindeutig nötig.

* * *

Der Pump Room war ganz und gar nicht die überfüllte Kammer mit einer rostigen Wasserpumpe in der Mitte, die James sich vorgestellt hatte. Obwohl sich mehr als hundert Leute in dem hohen klassisch-römischen Raum tummelten, bot die Kammer genug Platz für alle und sogar dafür, darin zu wandeln.

„Ihr müsst Euch in das Buch eintragen", drängte Carlotta ihn.

„Welches Buch?"

„Das, welches alle Neuankömmlinge ankündigt. Vielleicht wird es einer der Soldaten sehen, mit denen Ihr gedient habt. Findet Ihr nicht, dass es etwas Befriedendes hat, die wiederzutreffen, die wir auf der Halbinsel gekannt haben?"

„In der Tat, Madam." Er erhaschte ihren Lavendelduft, als sie ihm näherkam, und Erinnerungen an Portugal überfluteten ihn. Erinnerungen an die friedliche Zuflucht, die man in Mrs. Ennis' lebhafter Unterkunft dort finden konnte. Ganz egal, wie düster die Tage im Regiment auch waren, die abendlichen, von der schönen Mrs. Ennis veranstalteten Kartenspiele, hatten ihn mit Wärme erfüllt.

Mit ihr an seiner Seite ging James auf das Podium zu, auf dem das Buch unbewacht lag. Er las die Namen und suchte nach anderen, die in seinem Regiment gedient hatten. Aber er fand keine, die ihm bekannt waren, nahm die Feder und schrieb vorsichtig seinen Namen und die Adresse seines Hotels. Dann warf er Mrs. Ennis einen besorgten Blick zu. „Trinkt Ihr kein Heilwasser? Ihr könnt schließlich ein Stärkungsmittel brauchen."

Ihre langen, schwarzen Wimpern senkten sich und sie nickte.

Er begleitete sie zu der Station, wo Wasser aus einem an die Wand gepflasterten Becken in Gläser gefüllt wurde, und beobachtete sie, als sie trank. Sie schien so zart und zerbrechlich – völlig anders als damals, als sie eine glückliche Ehefrau gewesen war.

Als sie fertig war, hakte er ihre Hand in seinen abgewinkelten Arm und sie begannen ihren Spaziergang um den Raum, wobei sein flotter Schritt sich dem Tempo der sanften Musik des Orchesters anpasste. Da er sich der prekären Lage um die Gunst der Witwe nicht sicher war, zögerte er damit ein Gespräch zu beginnen. Sie gingen ohne zu sprechen, und als sie ihre Runde um den Raum fast beendet hatten, brachte ihre beruhigende Stimme ihn mit ihrer Umgebung in Verbindung.

„Obwohl es mitten in der Hochsaison ist", sagte sie, „sehe ich niemanden, den ich kenne. Ihr erinnert Euch an Captain Harrisons Frau von der Halbinsel?"

Er nickte. Er erinnerte sich an Felicity Harrisons hellen Teint, der einen perfekten Kontrast zu Carlotta bot. Die Soldaten hatten sie Göttin des Tages und Göttin der Nacht genannt. Carlotta war natürlich die Göttin der Nacht.

„Es ist schade, dass Ihr sie nicht sehen werdet", sagte Carlotta. „Sie lebt auch in Bath, ist aber derzeit in London mit ihrem neuen Ehemann, der ein Nabob ist. Ihr erinnert Euch an Colonel Gordon?"

Er sah schnell jeden großen Mann an – und es gab viele. „Er ist hier?"

„Wohl kaum. Er ist tot."

„Kein großer Verlust, würde ich sagen. Konnte ihn nie leiden", murmelte er.

„Und mit gutem Grund. Wir haben später herausgefunden, dass er Captain Harrison auf dem Schlachtfeld getötet hat, weil er in Felicity verliebt war."

James öffnete erstaunt seinen Mund. „Er hat Captain Harrison ermordet?"

„In der Tat. Er hat sich außerdem absichtlich selbst verletzt, so dass er Captain Harrisons Witwe nach England begleiten konnte. Der Mann war offensichtlich gestört. Er hat schreckliche Dinge getan, aber nun ist er tot."

Sie flanierten an den Musikern vorbei. „Wie ist er gestorben?", fragte James.

„Felicitys neuer Ehemann – bevor er ihr Ehemann war – hat sie vor dem Colonel, der sie entführt hatte, gerettet und der Colonel wurde im darauffolgenden Kampf getötet."

Er schüttelte seinen Kopf. „Es hört sich wie eine dieser Minerva-Press-Geschichten an, die Frauen so gerne lesen."

„In der Tat."

Einen Moment später fragte er: „Hatte Mrs. Harrison Kinder?"

„Nicht mit dem Captain. Sie und der Nabob haben nun eine Tochter."

„Es ist gut, dass Captain Harrison keine Kinder zurückgelassen hat. Ein Junge braucht einen Vater." Als sie wieder bei der Pumpe ankamen, fragte er: „Ist Euer Stevie seinem Vater ähnlich?"

Ihre Stimme war sanft und weich, als sie antwortete. „Er ist eindeutig der Sohn seines Vaters. Er erfreut sich an allen militärischen Dingen und sieht genau wie Stephen aus."

„Ich würde ihm gerne einen Brief schreiben und ihm berichten, was für ein tapferer Offizier sein Vater war."

Ihr Gesicht nahm einen ernsten Ausdruck an. „Das würde Stevie gefallen."

Obwohl sie nicht gesund war und an Gewicht verloren hatte, hatte er keinen Zweifel daran, dass Carlotta Ennis die hübscheste Frau im Saal war. Was ihn überraschte, war der Mangel an

Verehrern, die um sie kreisten. Ihre Krankheit in letzter Zeit musste sie für einen guten Zeitraum abgeschieden haben. Zweifellos ein weiteres bisschen Glück für ihn.

„Ich hoffe, ich ermüde Euch nicht zu sehr", sagte er

„Im Gegenteil, es tut gut, wieder unterwegs zu sein."

„Ich habe gehört, dass heute Abend eine Shakespeare-Aufführung im Theater stattfinden wird." Er hielt inne, bevor er sie darum bat, ihn zu begleiten. Er wollte zuerst ihre Reaktion einschätzen.

„Edmund Kean soll Hamlet darstellen, nicht wahr?", fragte sie. „Ich habe ihn noch nie gesehen, würde es aber gerne eines Tages."

„Es wäre mir das größte Vergnügen, Euch zu begleiten, Madam."

Sie sah in sein Gesicht, ihre Augen waren von einem rauchigen Lavendelton. „Ich bin nicht sicher ... Ich habe die abendliche Kälte so lange vermieden."

„Mrs. McKay hat mir berichtet, wie gut Ihr Euch erholt habt."

Carlotta zuckte mit den Schultern. „Vielleicht könnte ich ins Theater gehen, um Kean zu sehen natürlich."

Nach der zweiten Runde um den Saal schlug er vor, zur Queensbury Street zurückzukehren. „Ich möchte Euch nicht ermüden, sonst müsste ich auf das Vergnügen Eurer Begleitung heute Abend verzichten."

Als sie wieder die Milsom Street entlanggingen, sah er einen blonden Burschen auf einem Pony und dachte an Stevie Ennis. „Seht, der Junge muss in Stevies Alter sein", sagte er.

Ihr Blick schweifte zu dem Jungen und ihre Augen zuckten. „Das ist er wohl", sagte sie mürrisch.

„Hat Stevie ein Pony?"

„Ich ... ich glaube nicht, obwohl er verrückt nach Pferden ist."

„Ich würde gerne ein sanftes Tier für ihn auswählen."

„Ihr habt schon genug ausgegeben." Carlotta sah ihn nicht an. Ihr Kopf schwirrte von all dem neuen Glück, dass sie gefunden zu haben schien. Lord Rutledges Großzügigkeit schien die Antwort auf all ihre Gebete zu sein. Sie musste tun, was sie konnte, um in seiner Gunst zu bleiben.

Und sie durfte es nicht wagen, ihm zu erlauben, ihre Indiskretionen zu erfahren. Sie konnte sich nicht darauf verlassen, dass die Schuldgefühle des Earls ihn weiterhin zu guten Taten bewegen würden. Was würde er tun, wenn er ihre zweifelhafte Vergangenheit kennen würde? Carlotta biss sich auf die Lippe. Um ihre Schulden zu begleichen hatte er wohl einen Polizisten beauftragt. Was hatte der Spion Lord Rutledge sonst noch berichtet?

Als sie in die Queensbury Street einbogen, dachte sie weiterhin über Lord Rutledge nach. Er hatte nun mehrmals über Stevie gesprochen. Der Mann wollte ihren Sohn eindeutig kennenlernen, vielleicht sogar, um den Jungen zu unterstützen – was bedeutete, dass Stevie ihr Ticket zu finanzieller Freiheit sein könnte. Es war nicht absehbar, wie weit Lord Rutledges Großzügigkeit gehen würde, wenn Stevie hier bei ihr in Bath leben würde.

Sie sollte den Jungen wirklich zu sich holen. Aber sie hatte kein Geld, um ein Kindermädchen einzustellen oder den Fahrpreis für die Postkutsche zu bezahlen. Und der Junge war zu jung, um alleine zu reisen.

„Ich wünschte so sehr, dass ihr meinen Sohn kennenlernen könntet", sagte sie.

„So wie ich."

„Wenn ich nicht so ... so finanziell unter Druck wäre, würde ich ihn hier haben"

„Ein Junge sollte bei seiner Mutter sein."

„Wie sehr ich wünschte, dass er das könnte!"

„Wäre es anmaßend von mir, meinen Diener nach Yorkshire zu schicken – in meiner Kutsche – um den Jungen zu holen und zu Euch zu bringen?"

Ihr Herz überschlug sich. Sie hatte niemals die Verantwortung für den Burschen gehabt. Was machte man mit einem kleinen Kerl? Sie schob das kurze Aufblitzen der wiederaufflackernden Angst fort. Es würde sicherlich eine Amme eingestellt werden. Man konnte kaum von Carlotta erwarten, sich mit derartigen Dingen auszukennen. Andererseits, wenn sie Stevie bei sich hätte, würde Lord Rutledge bestimmt einige der Pflichten für ihn übernehmen – und sie außerdem beide verwöhnen.

Ihre Lippen bebten, als sie sich dem Earl zuwandte. „Oh, Mylord, nichts wäre schöner, aber ich kann mir keine Amme für ihn leisten."

„Aber ich kann es. Es ist meine Pflicht – um meine Schuld gegenüber Eurem Ehemann zu begleichen."

„Ich werde meiner Großmutter noch heute schreiben", sagte sie entschieden. „Wann soll sie Euren Diener erwarten, und wie ist sein Name?"

„Mannington. Er sollte es bis Freitagabend schaffen."

Sie hielten vor ihrem Haus an. „Der Junge wird sicher Angst davor haben, so weit mit einem Fremden zu reisen", sagte James. „Sagt ihm, er wird sein eigenes Pony bekommen, wenn er in Bath ankommt."

„Das wird ihn bestimmt sehr glücklich machen."

* * *

Ihr Abend im Theater stellte sich als bezaubernd für James heraus. Er hatte kein Problem damit, eine ausgezeichnete Loge zu beschaffen. Und die Frau, die neben ihm saß, betörte ihn mit ihrer Schönheit. Als er Carlotta abholte und ihre Pracht erblickte, verschlug es ihm fast den Atem. Ein königliches, lilafarbenes Kleid aus weicher Seide umspielte ihren graziösen Körper und bedeckte kaum die elfenbeinfarbene Sanftheit ihrer vollen Brüste. Ihr prachtvolles schwarzes Haar war hochgesteckt, und weiche Locken schmiegten sich in Spiralen an ihren eleganten Hals. Und wie immer duftete sie nach blühenden Lavendelfeldern.

„Habe Ihr Kean schon bei einer Aufführung gesehen?", fragte sie und wandte ihm nun ihr Gesicht zu.

„Einmal. In Drury Lane. Er hat eine beeindruckende Vorstellung als Othello gegeben."

„Tatsächlich? Kean hat ein außergewöhnliches Talent. Ich wage zu behaupten, dass er jede Rolle überzeugend spielen kann."

Als sich der Vorhang hob, wandte Carlotta ihre gesamte Aufmerksamkeit der Bühne zu, während sich James kaum auf die Vorstellung konzentrieren konnte. So wie ein Kind Weihnachten ersehnt, brodelte er vor Erwartung. Mit Carlotta zusammen zu sein hatte ihn mit Sinn und Zufriedenheit erfüllt, und seine Freude würde sich verzehnfachen, sobald Stevie eintreffen würde. Er hatte in Yarmouth ein Pony für den Jungen bestellt. Er konnte es kaum erwarten, Stevies Reaktion darauf zu sehen.

Und nun, da es sicher war, dass er einige Zeit in Bath bleiben würde, musste er sich nach einem Mietshaus umsehen. Ein Hotel war nicht der richtige Ort für ein Kind. Er würde außerdem ein Schachbrett kaufen, so dass er dem Jungen das Schachspielen beibringen konnte. Und er würde winzige Zinnsoldaten kaufen. Ganze Armeen.

Während der ersten drei Akte machte sich James im Geist eine Liste von all den Dingen, die er für den Jungen kaufen musste.

Als die Pause kam, hatte Carlotta kein Verlangen danach, die Loge für Erfrischungen zu verlassen – was James überraschte. Frauen flatterten normalerweise herum und sprachen mit anderen Frauen. Aber nicht Carlotta. Sie schien wenige Freunde zu haben. Natürlich war Felicity Harrison außer Landes ...

Carlotta wandte sich an James, und es lag Aufregung in ihrer sonst so verführerischen Stimme. „Könnt Ihr glauben, dass ich Hamlet noch niemals im Theater gesehen habe? Es ist wirklich sehr ernüchternd. Und ich muss sagen, dass Kean noch besser ist als ich erwartet habe."

„In der Tat, ein guter Schauspieler", stimmte James zu.

„Als ich ein Mädchen war, haben mein Bruder und ich alle Shakespeare-Stücke aufgeführt, und ich habe am liebsten Ophelia gespielt."

„Dann müsst Ihr einen Hang zum Dramatischen gehabt haben."

Sie lächelte und ihre Wimpern schlugen auf die

seidige Haut unter ihren Augen.

„Wir müssen einige der leichteren Stücke mit Stevie aufführen, wenn er hier ist", schlug er vor.

„Ich kann es kaum erwarten."

Die Lichter im Theater wurden gedimmt und der Vorhang hob sich zum vierten Akt. Während der letzten zwei Akte ertappte sich James dabei, wie er eine Unzahl an Plänen für Stevie nach seiner Ankunft schmiedete. Er würde ihm das Reiten und Fischen beibringen. Sie würden römische Ruinen erforschen und Theaterstücke aufführen und sich im Park vergnügen. Er würde dem Jungen von Waterloo erzählen und ihm die Schulterklappen geben, die er dort getragen hatte.

Während seiner Überlegungen warf er verstohlen Blicke auf Carlotta, deren perfektes Profil Gedanken an eine römische Göttin hervorriefen. Ah ja, er erinnerte sich, die Göttin der Nacht. Und ihre provokante Ausstrahlung reizte ihn.

Als das Stück vorbei war und die Schauspieler sich verbeugten, konnte James kaum glauben wie schnell die Zeit vergangen war.

Carlotta drehte sich zu ihm um und legte mit leuchtenden lila-grauen Augen eine behandschuhte Hand auf seine. „Danke, dass Ihr mich heute mitgenommen habt. Es war wunderbar."

Er erhob sich und bot ihr seinen Arm an. „Das Vergnügen war ganz meinerseits."

Während der kurzen Fahrt zur Queensbury Street saß James Carlotta gegenüber. Ihre Schönheit strahlte sogar in dem gedämmten Licht. „Mannington wird bei Sonnenaufgang in dieser Kutsche aufbrechen", sagte er.

„Ich kann nicht glauben, dass ich mein Baby

nächste Woche sehen werde", sagte sie, ihre Stimme ein Flüstern in der Nacht. „Ich danke Euch."

„Es gibt nichts zu danken. Ich habe das Glück, ein reicher Mann zu sein."

„Ich würde sagen Ihr seid mein Regenbogen."

Ihr Regenbogen? Was sollte das bedeuten? Er dachte einen Moment darüber nach, dann verstand er es. Oder er glaubte es zu verstehen.

Kapitel 4

Lord Rutledge hatte Stephens Tod verursacht. Und sie schwor, ihn dafür zahlen zu lassen. Wenn sie ihre Karten klug genug ausspielte, würde der Earl tatsächlich ihr Regenbogen sein. Das schlechte Gewissen des Mannes brachte ihn dazu, Carlottas Vergebung mit allen Mitteln gewinnen zu wollen. Natürlich würde sie ihm niemals vergeben können, aber sie konnte so tun, als würde sie ihn der Schuld entbinden ... während sie jedes großzügige Angebot, das er ihr dabei machte, annahm.

Der Gedanke daran, Stevie hier zu haben, brachte ihr Herz jedoch zum Rasen. Sie hatte keinerlei Erfahrung darin, Mutter zu sein. Stephen war getötet worden, als Stevie nur einen Monat alt war. Carlotta hatte sich immer noch von der Geburt erholt, als sie in eine tiefe und zerstörerische Trauer gefallen war. Kaum einen Monat bevor sie ihren Ehemann verloren hatte, war ihr einziger Bruder in einer Schlacht getötet worden. Dann hatte sie auch Stephen verloren. Das einzige Mal, dass sie alleine für ihr Baby verantwortlich gewesen war, war während der Überfahrt zurück nach England. Als ob er den Tod seines Vaters spüren konnte, hatte Stevie unaufhaltsam geweint, und sie hatte nichts tun können, um ihn zufriedenzustellen.

Als sie London erreichten – und Grans beruhigende Gegenwart – war Carlotta zufrieden damit gewesen, das Kind in Grans Fürsorge zu geben.

Auch, als ihre Großmutter nach Yorkshire zurückkehrte.

Zum Glück war Lord Rutledge dazu bereit, ihr Hilfe mit ihrem Sohn anzubieten. Soll er nur die Verantwortung für den Jungen übernehmen! Der Mann wünschte sich eindeutig, Stevie nach Bath zu bringen, und Carlotta würde Lord Rutledge – und seine dicke Geldbörse – besser manipulieren können, wenn der Junge hier war.

Sie sah sich in ihrem schäbigen Salon um. Vielleicht würde Lord Rutledge sogar wünschen, ihr und dem Burschen eine elegantere Unterkunft bereitzustellen. Ein Lächeln umspielte ihre Lippen, als Carlotta schwor sicherzustellen, dass er das tun würde.

* * *

An dem Tag, an dem Mannington losfuhr, fragte sich James stündlich, wie weit sein Diener gekommen war und wann er Yorkshire erreichen würde. Immer wieder zählte er an seinen Fingern die Tage, die es seinen Berechnungen nach dauern würde, bis er Stevie Ennis sehen könnte. Er versuchte sich den Jungen als kleine Version seines noblen Vaters vorzustellen. Captain Ennis hatte hellbraune Haare, die wahrscheinlich blond gewesen waren, als er im Alter des Jungen war. Deshalb stellte sich James den Burschen mit Haaren der Farbe von frisch geprägtem Gold vor. Hatte das Fehlen seiner Eltern den Jungen ernst gemacht? Derartige Gedanken zerrten an James' Herz. Er versprach, alles ihm Mögliche zu tun, um den Jungen dafür zu entschädigen, dass er ihm den Vater geraubt hatte.

Mehr als einmal krümmte sich James vor Schuld. Denn es war er – und nicht der getötete

Captain – der enorme Zufriedenheit durch Stephen Ennis' liebliche Frau erlangte, und der hoffte, ein Vater für Captain Ennis' jungen Sohn sein zu können.

Er hoffte, dass seine Manipulationen dazu führen würden, dass Carlotta ihrem Sohn eine wahre Mutter wurde. Ein Stirnrunzeln machte sich wieder auf James' Antlitz breit, als er einen Moment lang über die Entbehrung einer Mutter nachdachte, die ihre Verbindung zu ihrem einzigen Kind aufgeben musste.

James musste vieles tun, um den Jungen zu entschädigen. Er war noch nie zuvor von solcher Entschlossenheit erfüllt. Nicht als er sich zum Klassenbesten in Sandhurst hinaufgearbeitet hatte. Nicht als er in Waterloo neben dem siegreichen Wellington stand. Nicht einmal als er den Titel eines Earls geerbt hatte. Aber nun – da er Stephen Ennis ersetzte – platzte James vor Plänen und Hoffnung und freute sich auf jeden neuen Tag.

An diesem Tag wünschte er, Mrs. Ennis zum Pump Room zu begleiten. Er dachte gerne, dass ihre Gesundheit sich durch seine Aufmerksamkeit erholte, aber es würde ihr nicht schaden, das Heilwasser zu trinken. Er würde alles versuchen, um das Rosa auf ihren blassen Wangen wieder zu beleben.

Als er bei hellem Himmel zu ihrer Unterkunft ging, hielt James an und kaufte ihr ein Blumensträußchen und ein kleineres Bouquet für ihre Vermieterin.

„Oh, Eure Lordschaft, Ihr seid viel zu nett", quietschte die rundliche Mrs. McKay kurz darauf vor Freude, als er ihr die Blumen überreichte, nachdem sie ihm die Türe geöffnet hatte.

„Es ist nur eine kleine Vergütung für Eure vielen Nettigkeiten Mrs. Ennis gegenüber", antwortete er, als er sich abwandte und die Treppe zu Carlottas Zimmern hinaufstieg.

Seltsamerweise benahm sich sein Magen jedes Mal, wenn er kurz davorstand, Mrs. Ennis zu sehen, äußerst eigenartig, ein Gefühl nicht unähnlich der Angst, vor der Queen auf die Nase zu fallen.

Carlottas Dienstmädchen öffnete die Türe, knickste, und bat ihn hereinzukommen. „Erlaubt mir, meine Herrin zu holen", sagte sie und huschte durch die Türe zur Schlafkammer.

Als er sich auf das ausgebleichte Sofa setzte, wurde ihm bewusst, dass diese dürftige Unterkunft nicht nur für die schöne, kultivierte Carlotta Ennis unpassend, sondern auch völlig unzureichend für den kleinen Stevie war. Der Junge würde eine Amme, ein Kinderzimmer und ein Spielzimmer benötigen. Dieser Ort war völlig ungeeignet. Wie hatte er nur an seinen eigenen Umzug denken können, wenn der Umzug der Mutter des Jungen am wichtigsten war? James dachte flüchtig daran, wie enttäuscht Mrs. McKay sein würde, wenn sie ihre respektabelste Mieterin verlieren würde, dann erinnerte er sich daran, dass er ihr ein Jahr Miete im Voraus bezahlt hatte – Geld, das sie behalten konnte. Er lächelte. Sie würde nicht zu enttäuscht sein.

Das seltsame Gefühl in seinem Bauch kehrte zurück, als die schöne Carlotta graziös in das Zimmer schwebte. Sie trug ein geblümtes lila Kleid und sah eher wie ein junges Mädchen aus – nicht wie eine Witwe, die dreißig Sommern näher war als zwanzig.

„Was für eine nette Überraschung, Euch zu

sehen, Mylord", sagte sie und hielt ihm die Hand ihn.

Er erhob sich und beugte sich vor, um sie zu küssen, und war von ihrem Lavendelduft wie benommen. „Seid so freundlich, dass ich Euch zum Pump Room begleiten darf. Das Heilwasser sollte Euch guttun – nachdem Eure Gesundheit in letzter Zeit etwas angeschlagen war."

Sie senkte ihre Augenbrauen fast unmerklich, als der Blitz einer Emotion – war es Angst? –ihr liebliches Gesicht überzog, nur um sofort von tanzenden Augen und einer glücklichen Stimme ersetzt zu werden. „Wie überaus freundlich von Euch, sich um mich zu sorgen", sagte sie und hakte ihren Arm in seinen, „aber was ich wirklich benötige ist Sonnenschein. Erweist mir die Freude, mich zu den Crescent Fields zu begleiten."

„Was immer Ihr wünscht, meine liebe Mrs. Ennis. Werdet Ihr eine Haube brauchen?" Obwohl er es nicht ansprach, war sich James bewusst, dass Mrs. Ennis den Pump Room zu meiden schien.

Sie drehte sich um und sah ihn mit ihren sinnlichen Augen an. „Ich trage nie eine."

Natürlich. Es war ihm aufgefallen, dass sie nie eine Kopfbedeckung trug. „Ein weiteres Beispiel Eures unverwechselbaren Stils, würde ich sagen."

Sie senkte die Wimpern. „Ihr habt es also bemerkt."

„Dass Ihr jede Schattierung von Lila tragt, die der Menschheit bekannt ist?"

Sie warf ihren Kopf zurück und lachte. „Ich bin niemals eine Sklavin der Mode gewesen. Es ist meine Philosophie, dass man tragen soll, was einem am besten steht." Sie blickte ihn ernsthaft an. „Hüte sehen scheußlich aus an Frauen."

„Ich muss zugeben", sagte er, als er die Türe für sie öffnete, „ich erblicke lieber das glänzende Haar einer Lady als einen Hut."

Sie sah zu ihm auf. Fast verführerisch. „Ich wage zu behaupten, dass ein Mann daran denkt, wie sehr er sich wünscht, mit seinen Fingern durch die Haare einer Frau zu fahren." Dann schwebte sie durch die Türe.

Er schluckte, atemlos bei dem Gedanken daran, mit seinen Händen durch Carlottas glänzendes, schwarzes Haar zu fahren. Nun verstand er es. Carlotta kleidete sich nicht, um anderen Frauen zu gefallen. Sie kleidete sich, um Männern zu gefallen.

Als sie auf dem Bürgersteig ankamen, sah sie zu ihm auf und lächelte. „Ich konnte letzte Nacht vor Aufregung, Stevie zu sehen, kaum schlafen, Mylord. Es ist kaum zu glauben, dass zu dieser Zeit in einer Woche mein Lämmchen bei mir sein wird!"

Er war von Stolz erfüllt, lächelte und drückte ihre Hand, die auf seinem Arm ruhte.

„Es gibt da nur etwas", sagte sie zögernd.

Er runzelte die Stirn ob der Sorge in ihrer Stimme.

„Ich fürchte, dass meine Unterkunft nicht für einen wilden Jungen geeignet ist."

Er tätschelte ihre behandschuhte Hand. „Strengt Euren hübschen Kopf nicht an. Wir müssen Euch eine besser geeignete Unterkunft finden – und eine Amme einstellen."

Sie sprach mit einer Stimme, die kaum mehr als ein Flüstern war. „Ihr seid Euch darüber im Klaren, dass ich kein Geld habe?"

„Und Ihr müsst Euch bewusst sein, dass ich

Eurem Ehemann gegenüber, dem Vater des Jungen, zutiefst verpflichtet bin." *Euer Ehemann.* Es war einige Zeit her, dass James Carlotta als zu Stephen Ennis gehörig gesehen hatte. James war plötzlich von einer bitteren Eifersucht auf den Mann erfüllt, der schon lange tot war, einen Mann, der in portugiesischer Erde begraben lag. „Erlaubt mir, ein Haus für Euch zu mieten. In welcher Gegend würdet Ihr gerne wohnen?"

Sie zögerte nicht. „Auf dieser Seite des Flusses, würde ich sagen. Alles ist von hier aus besser zu erreichen."

„Ich werde heute Nachforschungen anstellen. Vielleicht können wir uns morgen einige Häuser ansehen." Er blieb plötzlich stehen. „Das heißt ... ich will nicht, dass jemand in Bath sich die falschen Gedanken über uns macht. Vielleicht zieht Ihr es vor, ohne mich zu gehen."

Zum zweiten Mal an diesem Tag warf sie ihren Kopf zurück und lachte. Dann, genauso schnell wie sie in Gelächter ausgebrochen war, hörte sie wieder auf und ein melancholischer Ausdruck huschte über ihr Gesicht. „Ich bin kaum eine Jungfer, Mylord. Nachdem ich keinen Ehemann habe, ist es nur angemessen, dass ich einen Gentleman darum bitte, mir in Mietangelegenheiten behilflich zu sein."

„Ja, natürlich." Wie hilflos die arme Carlotta war. James schwor sich, alle Mittel, die ihm zur Verfügung standen, einzusetzen um ihre Sorgen zu erleichtern.

Sie wechselten nur wenige Worte während des Spazierganges zu den Crescent Fields, und James fiel auf, dass Carlotta, seitdem er in Bath war, noch nie mit einer Freundin gesprochen hatte. Nicht am ersten Tag im Pump Room oder in der

Nacht im Theater oder heute – obwohl sie an vielen Leuten vorbeigegangen waren. Hatte sie keine Freunde? Da sie guter Herkunft und die Witwe des Sohnes eines Earls war, hätte sie einfach eine gehobene Position in der Gesellschaft von Bath einnehmen können. Die Tatsache, dass dem nicht so war, musste ein Beweis für ihre reduzierten Umstände sein. Umstände, für die er sich voll und ganz verantwortlich fühlte.

* * *

Am nächsten Tag gingen sie auf Haussuche. Das erste, das sie sich am Camden Crescent ansahen, lehnte Carlotta als zu schäbig eingerichtet ab. Das Stadthaus auf der Avon Street lag einem Fischhändler gegenüber, was ganz und gar nicht gut genug für Carlotta war. „Bei dem Geruch von drei Tage altem Fisch würde ich kein Auge zu machen können", verkündete sie. Das dritte, ein wunderschön eingerichtetes Stadthaus am Monmouth Place, erfüllte ihre Ansprüche.

„Lord Rutledge", sagte sie vor dem Makler, „Ihr müsst einfach alle Vereinbarungen für mich treffen. Ich bin ein hoffnungsloser Fall, was finanzielle Angelegenheiten betrifft." Obwohl sie keinen guten Ruf mehr hatte, den sie beschützen musste, wollte Carlotta nicht, dass James diese Tatsache erfuhr. Sie sah den Makler an. „Lord Rutledge hat mit meinem verstorbenen Ehemann gedient und ist ein guter Freund der Familie. Ich muss sagen, ich wüsste nicht, was ich ohne ihn tun würde."

Nachdem er Vorkehrungen getroffen hatte, den Makler später am Nachmittag zu treffen, begleitete James Carlotta zurück nach Queensbury. Ihr Schritt war unbeschwerter denn je. Während ihres tiefsten Kummers hatte sie immer Hoffnung gehabt. *„Oh, Wind, stimm ein"*, sagte sie sehnsüchtig zu den Wolken über ihnen, *„wenn Winter naht, kann fern der Frühling sein?"*

James schwieg einen Moment lang. „Darf ich hoffen, dass Eure Rezitation von Shelley von Symbolik erfüllt ist?"

Sie traf seinen Blick und nickte, dann hakte sie sich in seinen Arm ein. „Ich sehe, wir werden uns gut verstehen, Mylord. Ich bewundere jeden Mann, der Poesie versteht."

Als sie in Carlottas Straße einbogen, räusperte er sich. „Es gibt noch eine Sache, die ich gern mit Euch besprechen möchte, was die Ankunft des Jungen ... Eures Sohnes betrifft."

„Ja?"

„Ich habe nachgedacht. Es wird alles so neu, so ungewohnt für ihn sein. Ich würde ihm nicht gerne zu viele neue Personen und Erfahrungen auf einmal zumuten. Wir sollten ihm Zeit geben, sich an uns zu gewöhnen."

Was konnte er damit meinen? Sie sah Lord Rutledge verwirrt an. „Ja?"

„Ich denke, wir sollten ihm ermöglichen, sich an mich zu gewöhnen, und daran, wieder bei Euch zu sein, bevor wir ihm eine neue Amme geben."

Du lieber Himmel, würde sie alleine für den Jungen verantwortlich sein? „Aber, Mylord, ich habe kaum Erfahrung mit Jungen."

„Peggy kann Euch helfen, und es ist ja nicht so, als wäre ich nicht hier – jede Minute, die ihr es mir erlaubt. Ich glaube, dass ich gut mit Kindern umgehen kann."

„Ich bin sicher, Ihr seid wunderbar", sagte sie. Wenn nur *er* jegliche Verantwortung für den

Jungen übernehmen könnte. „Wie ... wie lange bevor wir ... bis der kleine Schatz sich an sein neues Heim gewöhnen wird? Bevor wir seine Amme einstellen können?"

Er zögerte nicht, als er antwortete. „Wenn ich sicher bin, dass er sich bei Euch wohlfühlt, wenn Ihr es wissen müsst."

Er weiß also Bescheid darüber, was für eine Rabenmutter ich gewesen bin. Egal, wie erzürnt sie war, sie durfte ihm nicht erlauben zu denken, dass sie eine gefühllose Mutter war. „Ich habt natürlich recht, Mylord. Stevie wird zuerst bestimmt nervös sein – in der neuen Umgebung und mit allem anderen." Sie wagte Lord Rutledge nicht zu sagen, dass der Junge sich bei ihr nie ganz wohlgefühlt hatte.

„Als ich in ungefähr seinem Alter war", sagte er mit tiefer Stimme, „wurde ich während der Trauerzeit meiner Mutter zu meiner Großmutter geschickt und ich kann mich immer noch daran erinnern, wie sehr es mich geängstigt hat, von allem, was mir vertraut war, weggerissen zu werden und in eine völlig neue Umgebung geworfen zu werden."

Sie sah in Lord Rutledges schönes Gesicht. Es schien seltsam, sich Lord Rutledge als kleinen Jungen vorzustellen. Er so ... so groß und männlich ... und viril. Eindeutig nicht zu Ängstlichkeit neigend. Stephen hatte ihr erzählt, dass James ein guter und tapferer Soldat gewesen war. Diese sensible Seite an ihm – etwas, das sie von ihm nicht erwartet hätte – war noch bewundernswerter als seine Großzügigkeit. Natürlich hatte er auch Fehler. Er hatte es zugelassen, dass ihr lieber Stephen wegen seiner eigenen Nachlässigkeit gestorben war. Er *würde* jedoch gut mit dem Jungen umgehen. Sie hatte keine Zweifel daran, dass Stevie sich gut mit ihm verstehen würde.

* * *

Bevor die Woche vergangen war, hatte James Carlotta dabei geholfen, ihre kläglich wenigen Besitztümer in das Stadthaus in der Monmouth Street umzuziehen. Am nächsten Tag kam Stevie an.

Kapitel 5

Stevies Anblick berührte sie seltsam. Er hatte sich enorm verändert, seit sie ihn vor zwei Jahren das letzte Mal gesehen hatte. Damals hatte Babyspeck seine Wangen gerundet und der lispelnde Vierjährige war eher einem Kleinkind ähnlich als einem jungen Burschen. Nun war er eine Miniaturausgabe seines Vaters. Sein dünnes, ernstes Gesicht sah viel älter aus als sechs Jahre.

Erinnerungen an den Vater des Jungen überfluteten sie. Sie erinnerte sich daran, wie er sie in jener Nacht angesehen hatte, als ihr Bruder sie Stephen bei Almack's vorgestellt hatte. Er hatte seine rote Militärjacke mit glänzenden goldenen Knöpfen und ein poliertes Schwert an seiner Seite getragen. Nur ein Blick auf ihn und ihr Herz war verloren. Sie dachte auch an den Schmerz seines frühzeitigen Todes. Am meisten erinnerte sie sich aber daran, wie stolz Stephen gewesen war, als sie ihm einen Sohn geboren hatte. Tränen füllten ihre Augen. Sie kam sich wie eine Verräterin vor, als sie in dem vergoldeten Salon saß, der von dem Mann bezahlt wurde, der für Stephens Tod verantwortlich war.

Sie zwang sich zu lächeln und trat Stevie mit ausgestreckten Armen entgegen. „Mein lieber Sohn, wie gut es tut dich zu sehen! Und wie groß du geworden bist!" Sie kniete sich nieder, um ihn in einer Umarmung zu herzen.

Er stand steif mit den Armen an den Seiten baumelnd, und der Hauch eines Lächelns huschte über sein Gesicht, als seine Mutter ihn liebevoll begrüßte.

Sie hielt ihn eine Armeslänge entfernt und täuschte ein Stirnrunzeln vor. „Kein Kuss für deine Mama?"

Nun überzog ein breites Lächeln sein kleines Gesicht, als er sich zu ihr beugte und die ihm dargebotene Wange küsste.

Sie nahm seine Hand und ging mit ihm durch den Flur ihres Stadthauses. „Du musst dich auf meinen Schoß setzen und mir erzählen, was du alles gemacht hast."

Sie betraten den goldfarbenen Salon, wo sie sich auf ein Seidensofa setze und ihm deutete, sich auf ihren Schoß zu setzen.

Er blieb kurz vor ihr stehen. „Werde ich nicht dein Kleid zerknittern?"

„Oh, Pustekuchen! Du bist viel wichtiger als ein altes Kleid." Mit einem Lächeln klopfte sie auf ihren Schoß.

Er hüpfte auf den angebotenen Sitz.

Ihre Arme umschlangen ihn. „Meine Güte, Junge, du bist so dünn geworden. Ich werde dich aufpäppeln müssen." Obwohl sie versuchte über seine schmächtige Figur zu scherzen, besorgte es sie doch. Als sie ihn das letzte Mal gesehen hatte, hatte er ganz und gar nicht so ausgesehen. Stimmte etwas nicht mit ihm? Sie wurde sofort wütend auf ihre Großmutter. Warum hatte Gran es unterlassen, Carlotta über einen Zustand zu informieren, der die Gesundheit *ihres* Kindes beeinträchtigen könnte? *Hatte es nicht genügend Essen gegeben?*, fragte sie sich verängstigt. Carlotta hatte zum Ersten jedes Monats gewissenhaft die Hälfte ihres mageren Einkommens an Gran geschickt.

Carlotta erkannte an seinem Gesichtsausdruck, dass ihre Worte ihn enttäuscht hatten. Sie drückte ihn liebevoll. „Dein Papa war allerdings auch dünn, als er in deinem Alter war. Du bist deinem Vater so ähnlich."

„Wie bin ich ihm ähnlich?"

Sie zog ihn näher an sich. „Nun, erstens bist du sein Spiegelbild. Dein Gesicht ist eine jüngere Version seines Gesichtes, und dein Haar ist nur eine Schattierung heller als seines war, als ich ihn kennengelernt habe. Er war auch eher schlank, wurde aber mit dem Alter muskulöser."

Stevies Augen leuchteten bei dieser Bemerkung. „Es würde mir gefallen, meinem Papa ähnlich zu sein, wenn ich groß bin."

„Ich bin sicher, das hätte ihm gefallen."

„Erzähl mir wieder von seiner Tapferkeit." Er sprach ‚Tapferkeit' wie ‚Tapfee-keit' aus. Seine Aussprache brachte sie zum Lächeln und bereitete ihr einen unerwarteten Stich heftigen Kummers. Sie hatte so viel seines Lebens versäumt. „Ich kann etwas Besseres als das tun", sagte sie. „Es ist ein ehemaliger Soldat in Bath, der mit deinem Papa gedient hat. Er will dir von deinem Vater erzählen. Sein Name ist Lord Rutledge, und er freut sich sehr darauf, dich kennenzulernen. Er hat außerdem nachgemachte Schwerter und Spielzeugsoldaten gekauft, und er hat ein ganz besonderes Geschenk für dich."

„Das muss wohl das Pony sein!", quietschte er.

„Du wirst bis heute Nachmittag warten müssen, Liebling", sagte sie. Lord Rutledge hatte die lächerliche Vorstellung, dass das Wiedersehen zwischen Mutter und Sohn privat sein sollte. Wenn sie etwas zu sagen gehabt hätte, dann würde Lord Rutledge jetzt genau dieses Sofa mit ihnen teilen. Sie hatte wirklich keine Ahnung, worüber sie mit einem sechsjährigen Jungen sprechen sollte.

„Ich weiß, dass du letztes Jahr sehr traurig warst, als deine Amme geheiratet hat. Wie war ihr Name?"

„Sa-wah."

„Oh ja, Sarah!"

„Sie hat jetzt eine kleine Tochter", sagte er. „Ich durfte sie besuchen."

„Wirklich? Und wie gefallen dir Babys?"

„Ich mag sie sehr gerne."

„Es ist, als wärst du erst gestern selbst ein Winzling gewesen", sagte Carlotta wehmütig. Sie schluckte. Ihr Sohn hatte sich in eine kleine Persönlichkeit verwandelt, und sie hatte alles verpasst. „Und sieh nur, wie groß du jetzt bist!"

Er grinste sie an.

„Ich glaube, es ist an der Zeit, dass ich den Herrn des Hauses meinem Dienstmädchen und den anderen Dienern vorstelle."

* * *

An diesem Nachmittag kam James, beladen mit Geschenken für Stevie, zu Besuch. Nicht nur war der Junge begeistert von allem, was Lord Rutledge ihm gebracht hatte, sondern er verlor auch die Zurückhaltung, die er seiner Mutter gegenüber gezeigt hatte und lachte ungezwungen mit James, der ein Talent dafür hatte, genau das zu sagen, was ein Kind in Stevies Alter erfreute.

So sehr Carlotta sich auch wünschte, seine Lordschaft für das, was er auf der Halbinsel getan hatte, abzulehnen, schien sie dazu nicht in der Lage zu sein. Er war so selbstlos – und überaus charmant.

Als er Stevie die Spielzeugsoldaten überreichte,

stellten die beiden sofort Regimente auf dem türkischen Teppich auf und vergaßen Carlotta völlig.

Sie beobachtete sie eine halbe Stunde lang beim Spielen, obwohl sie vor Langeweile fast umkam. Schlussendlich entschuldigte sie sich und ging in ihr Zimmer, wo sie sich den Luxus gönnte, die neue Ausgabe eines Gedichtbands zu lesen, den Lord Rutledge ihr am vorherigen Tag geschenkt hatte.

Sie lächelte, als sie sich daran erinnerte, wie entzückend er sich verhalten hatte, als er ihn ihr überreicht hatte.

„Ich habe ihn beim Buchhändler gesehen und sofort an Euch gedacht – da ich weiß, wie sehr Ihr Euch an Poesie erfreut", hatte er schüchtern gesagt.

Nicht nur war es ein Band, den zu lesen sie sich gewünscht hatte, er war außerdem in feines grünes Leder mit einer goldenen Verzierung gebunden.

Sie hatte ihn ihm zurückgegeben. „Bitte, Mylord, würdet Ihr mir eine Widmung auf das Deckblatt schreiben?"

Er sah verlegen aus, nahm aber die Feder und schrieb: *Für Mrs. Ennis, in tiefer Zuneigung, Rutledge, 11. Oktober 1817.*

Nachdem sie über eine Stunde lang Verse gelesen hatte, ging sie wieder hinunter und sofern sie es beurteilen konnte, war alles genauso, wie sie es verlassen hatte. Nur machten Lord Rutledge und der Junge nun die Laute von Artilleriefeuer nach – was sie zum Lachen brachte.

Lord Rutledge setzte sich kerzengerade auf und sah sie fragend an. „Sagt, was findet Ihr so lustig, Mrs. Ennis?"

„Die Echtheit Eurer Artilleriegeräusche natürlich, Lord Rutledge!"

„Nur eines meiner versteckten Talente", sagte er mit einem Zwinkern und einem Lächeln.

Stevie sah scheu zu seiner Mutter auf. „Oh, Mutter, ich liebe meine Übe-waschung."

„Oh je", antwortete sie, „ich bin sicher, dass Lord Rutledges andere Überraschung noch besser ist als die Spielzeugsoldaten."

Die grünen Augen des Jungen weiteten sich und er sprang auf die Beine. „Das Pony!"

James erhob sich und reichte dem Jungen eine Hand. „Das habe ich beinahe vergessen. Deine Überraschung wartet draußen." Dann wandte sich James an Carlotta. „Ich bitte darum, dass die Diener die Soldaten nicht wegräumen. Stevie und ich werden die Schlacht nach dem Abendessen beenden – wenn es Euch recht ist?"

Carlotta zuckte mit den Schultern. „Natürlich ist es mir recht." Besser Lord Rutledge als sie selbst. Sie hätte gar keine Ahnung, wie sie eine Schlacht mit Spielzeugsoldaten anlegen sollte! Es war ein Jammer, dass Stevie kein Mädchen war.

Die drei liefen hinaus, wo ein Stallknecht die Zügel eines rotbraunen Ponys hielt.

Stevies Augen schossen vom Pony zurück zu James. „Onkel James?"

Onkel James? Der Junge würde den Mann, der für den Tod seines Vaters verantwortlich war, doch wohl nicht *Onkel* nennen! Lord Rutledge hatte Nerven!

„Sie gehört dir, Stevie", sagte James.

Carlottas Wut war kurzlebig, als sie beobachtete, wie ein breites Lächeln Stevies zartes Gesicht erhellte, als er zu dem Tier lief und mit seiner Hand liebevoll über dessen Flanke strich.

Carlotta ging zu Stevie und legte eine Hand auf seine Schulter. Sie war sich voll und ganz bewusst, dass Lord Rutledge – ihr Gönner – ihr mütterliches Verhalten beobachtete. „Wie wirst du sie nennen, Liebling?"

„Ich glaube, ich werde sie B-aunie nennen."

„Weil sie braun ist", vollendete Carlotta.

„Ich hoffe, Eure Ehefrau stimmt dem Namen zu", sagte James todernst.

Stevie fing an zu kichern. „Dummkopf, ich habe keine Ehefrau. Ich bin erst sechs Jahre alt."

„Erst sechs?", James zwinkerte Carlotta zu. „Und ich habe Euch für einen etwas klein geratenen Mann gehalten." Er hob den immer noch kichernden Stevie hoch und setzte ihn auf das Pony. „Bist du schon einmal geritten?"

Die Stimme des Jungen wankte, als er antwortete. „Nicht alleine."

Carlotta bemerkte, dass ihr Sohn Angst hatte und legte beruhigend eine Hand auf seine Hüfte. Lord Rutledge nahm die Zügel. „Ich gehe neben dir und halte die Führzügel", sagte er. „Bis du dich sicher genug fühlst."

Carlotta beobachtete die beiden, bis sie am Ende der Monmouth Street umkehrten. Sie hätte genauso gut in Portugal sein können, so wenig wurde sie beachtet, aber es machte ihr nichts aus. Ihre einzige Sorge im Moment waren ihre Schuldgefühle darüber, dass sie Lord Rutledge so sehr bewunderte, wenn er doch derjenige war, der für Stephens Tod verantwortlich war. Was würde Stephen davon halten, dass sein Sohn den Mann *Onkel* nannte?

Kurze Zeit später trabte Stevie vom anderen Ende der Straße auf dem Pony auf sie zu, unter der Führung von Lord Rutledge. Als sie bei

Carlotta ankamen, schlug seine Lordschaft vor, dass sie zusammen zu den Sydney Gardens gingen. „Ich denke es wird einfacher für Stevie sein im Park zu reiten, da er vom Verkehr auf den Straßen von Bath weit weg ist", sagte er.

Nachdem Lord Rutledge den Stallknecht angewiesen hatte, das Pony zum Park auf der anderen Seite des River Avon zu bringen, begannen die drei ihren Spaziergang. Mit seiner Mutter an einer Seite und Lord Rutledge auf der anderen, hüpfte Stevie glücklich vor sich hin.

Während des Spazierganges bemerkte Carlotta den Ausdruck vollkommener Zufriedenheit auf Lord Rutledges Gesicht. Sie konnte ganz und gar nicht verstehen, wie ein sechsjähriger Junge einem achtundzwanzigjährigen Mann eine derart offensichtliche Freude bereiten konnte. Es war allerdings nicht ihre Aufgabe das zu hinterfragen, sondern das Bündnis zwischen Mann und Kind zu genießen, ein Bündnis, das ihr Unabhängigkeit gewährte.

Lord Rutledge, im Gegensatz zu ihrem Sohn, hatte Carlottas Gegenwart nicht vergessen, sondern fuhr fort, sie mit respektvollem Tonfall anzusprechen und sie in seine Gespräche mit Stevie einzubinden. „Deine Mama hat es nicht gerne, wenn du so weit reitest, dass sie dich nicht mehr sehen kann." Oder: „Dein Papa war sehr glücklich darüber einen Sohn zu haben – und eine schöne Ehefrau."

Er richtete auch Kommentare an sie. „Ich hoffe, ich habe Euch nicht zu sehr in Sorge versetzt, als ich Euren Sohn auf das Pony gesetzt habe. Ihr habt ziemlich nervös ausgesehen."

„Es war nicht so sehr meinetwegen, sondern wegen des Ausdrucks auf Stevies Gesicht, dass mein Herz zu rasen begonnen hat", antwortete sie.

Als sie bei den Sydney Gardens ankamen, hob James den Jungen wieder auf das Pony und erklärte ihm, wie er mit den Zügeln umzugehen hatte. Als er fertig war, fragte er: „Denkst du, du kannst jetzt alleine mit Braunie fertig werden?"

Stevie nickte selbstbewusst.

„Deine Mama und ich werden neben dir her spazieren." Lord Rutledge nahm die Führzügel, um die Sicherheit des Jungen zu gewährleisten, als er und Carlotta neben dem Jungen einhergingen.

„Seid beruhigt", sagte der Earl zu Carlotta, „das Pferd wurde aufgrund seiner Sanftheit ausgewählt. Es wird nicht mit Eurem Sohn davonlaufen."

Zum ersten Mal im Leben ihres Sohnes fühlte sich Carlotta vollständig für ihn verantwortlich und konnte ihren Blick nicht von ihm abwenden.

„Wie haben Euch die Gedichte von Coleridge gefallen?", fragte Lord Rutledge sie.

Sie sah mit leuchtenden Augen zu ihm auf. „Meisterhaft. Ein wahres Vergnügen, sie zu lesen. Ich kam es kaum erwarten, sie wieder lesen zu können."

Er lachte auf. „Vielleicht werdet Ihr es heute Abend tun können. Wenn Stevie und ich unsere Schlacht fortsetzen."

„Ihr seid viel zu liebenswürdig. Ihr könnt nicht wirklich Gefallen daran finden, mit einem kleinen Kind Krieg zu spielen, Lord Rutledge."

Er tätschelte ihre Hand. „Oh, aber das tue ich."

„Ich muss sagen, dass Stevie Euch zu mögen scheint, *Onkel*. Ich wünschte, er wäre von mir so entzückt wie er es von Euch ist!"

„Es ist genauso wie Ihr zuvor bemerkt habt. Ich

habe viel mehr mit ihm gemeinsam als Ihr. Das heißt aber nicht, dass der Junge seiner Mutter nicht treu ergeben ist."

Sie lächelte. „Ich stehe zutiefst in Eurer Schuld, Mylord. Dafür, dass Ihr das Mittel seid, dass mir meinen Stevie wiedergebracht hat, und dafür, dass Ihr meinen Sohn so überaus glücklich macht."

„Ich bin es, der in Eurer Schuld steht." Ein Krächzen war in seiner tiefen Stimme zu vernehmen, als er sprach. „Ich danke Euch, dass Ihr mir erlaubt, meine enorme Schuld Captain Ennis gegenüber auf die einzige Art und Weise, die mir möglich ist, zu begleichen."

Seine Worte drohten sie aus der Fassung zu bringen. Anstatt es mit Anstand anzunehmen, sträubte sie sich dagegen, dass er sich auf seine Schuld bezog, seine Schuld am Tod des armen Stephen. Vor allem aber überkam sie Scham. Scham, dass sie das Geld dieses Mannes, sowie seine konstante Gegenwart, derart dankbar annehmen konnte, wenn dieser Mann für Stephens Tod verantwortlich war. Armer Stephen, den sie nie so rückhaltlos geliebt hatte wie sie Gregory Blankenship geliebt hatte. Armer Stephen, der sie angebetet und doch Besseres verdient hatte.

Kapitel 6

Nur unter überaus großen Schwierigkeiten konnte sich Carlotta davon abhalten in Gelächter auszubrechen, als James, mit Stevie und seinen Soldaten auf dem Teppich ausgestreckt, zu dem Jungen sagte: „Captain Ennis, hier ist ein Brief Eurer Mutter."

Stevie vermied es, seine Mutter anzusehen, als er antwortete: „Wie? Von meiner schönen Mutter? Man kann nur hoffen, dass keine Tinte von ihrer Feder ihr hübsches Kleid beschmutzt hat."

Der kleine Schlingel dachte an Schmutz! Carlottas tanzende Augen schweiften zu dem Soßenfleck auf dem Leinenhemd ihres Sohnes, ein Andenken an das Abendessen, das er vor kurzem mit Lord Rutledge und ihr eingenommen hatte. Die Idee, einem Kind zu erlauben mit ihnen am Tisch zu sitzen, kam ihr äußerst ungewöhnlich vor, aber der Earl hatte darauf bestanden, dass Stevie nicht den Dienern überlassen wurde, bis er sich an seine neue Umgebung gewöhnt hatte.

Sie fuhr mit ihrer Stickerei fort, als sie nahe dem Feuer und nur einige Meter von der Schlacht entfernt saß, die von ihrem Sohn und Lord Rutledge geschlagen wurde. Während der letzten paar Monate hatte sie sich bemüht disziplinierter zu sein, eine Tugend, die sie noch nie besessen hatte. Heute Abend würde sie sich nicht den Luxus gönnen, Coleridge wieder zu lesen, bis sie die Näharbeit beendet hatte, die sie zwei Wochen zuvor begonnen hatte.

Die Monotonie des Nähens erlaubte ihr, über den Earl von Rutledge nachzudenken. Sie dachte zurück an den vorherigen Tag, als sie ihm dafür gedankt hatte, ein derart großes Interesse an ihrem Sohn zu zeigen. „Ein Junge braucht einen Vater – oder eine Vaterfigur", hatte sie gesagt.

„Er braucht auch eine Mutter", hatte Lord Rutledge gesagt, als sein strahlender Blick sie traf.

Der Earl kannte sie viel zu gut. Wie er es herausgefunden hatte, konnte sie nicht erahnen. Er alleine wusste, was für eine schreckliche Mutter sie all diese Jahre gewesen war; und doch hatte er es bis jetzt unterlassen, sie ihrer vielen Unzulänglichkeiten wegen zu belehren. Besonders ihrer Unzulänglichkeiten als Mutter.

Sie war so zufrieden in ihrer eigenen häuslichen Umgebung in dieser Nacht, dass sie Coleridge bald vergaß. Vom Feuer im Kamin gewärmt und glücklich darüber, ihrer Einsamkeit der letzten Zeit entkommen zu sein, genoss Carlotta jede Minute, die sie mit ihrem Nachwuchs und dem Earl von Rutledge in ihrem gemütlichen Salon verbrachte.

Als sie die Nadel durch ihre Handarbeit laufen ließ, dachte sie über Stevies Worte nach. *Schöne Mutter.* Ihr ganzes Leben lang hatte sie sich in ihrer außerordentlichen Schönheit gesonnt, aber nun schien eine derartige Beschreibung seltsam kalt. War ihre Schönheit alles, was sie hatte, um sich ihrem Sohn zu empfehlen?

Es war ein Jammer, dass sie nicht mehr wie Lord Rutledge war, für den es so einfach schien eine Beziehung zu Kindern zu haben. Ohne ihren Kopf zu bewegen, warf sie einen verstohlenen Blick auf den Earl. „Schieß die Kanone", befahl er.

Als er Stevie gegenübersaß, sah er so groß und kräftig wie eine auf einer Munitionskiste aufgebaute Kanone aus. Die Kniebundhosen des Earls spannten sich über seine muskulösen Beine, die in einem Paar glänzend schwarzer Stiefel endeten. Seine Schultern zeichneten sich gegen die gut geschnittene schokoladenbraune Jacke ab, die entlang seiner schlanken Taille enger wurde. Als er sich über die Reihen von Miniatur- Zinnsoldaten lehnte, fiel sein korkfarbenes Haar über seine nachdenkliche Stirn, was Carlottas Atem zum Stocken brachte. Warum war ihr nie zuvor aufgefallen, wie verblüffend gutaussehend Lord Rutledge war? War es möglich, dass sie endlich dazu imstande war, einen Mann aufgrund seines eigenen Wertes beurteilen zu können – und nicht darauf beruhend, wie er im Vergleich zur körperlichen Perfektion Gregory Blankenships abschnitt?

Sie tadelte sich selbst. Dies war der Mann, der für den Tod des armen Stephen verantwortlich war. Mit finsterem Gesicht nahm sie ihre Stickerei wieder auf.

Ihre Gedanken richteten sich auf die spürbare Distanz, die sie immer zwischen sich und Stevie gehalten hatte. Sogar jetzt, als er nur einige Meter von ihr entfernt war, hätte sie nicht weiter weg sein können, wäre sie in den Kolonien gewesen.

„Vielleicht solltest du näher an das Feuer kommen, Liebling", sagte sie zu ihrem Sohn.

Er spielte weiter. *Gott im Himmel! War ihre Fürsorge ihm so fremd?* „Mein Liebes, komm näher ans Feuer", wiederholte sie. „Ich mache mir Sorgen, dass du dich verkühlst."

Nun sah er seine Mutter mit einem wehmütigen, verwirrten Ausdruck auf dem schmalen Gesicht an. Dann begann er, seine Soldaten pflichtbewusst zu verschieben. „In den Süden, Männer!", kommandierte er.

„Es ist eigentlich Westen", verbesserte ihn Lord Rutledge verspielt.

„Marschiert gen Westen, Männer", ergänzte Stevie mit immer noch autoritärer Stimme.

Carlotta konnte ein Kichern nicht unterdrücken, als ihr Blick den des Earls traf. Auch er lächelte.

Sie beobachtete, wie Stevie seine Soldatenreihen in ihre Richtung bewegte. Seine Reihen waren nicht so gerade aufgereiht wie die seines Gegners, eine Tatsache, die ein weiteres Lächeln auf Carlottas Lippen zauberte. Sie schien in letzter Zeit viel zu lächeln.

Seit Lord Rutledge nach Bath gekommen war.

Als Stevies Umsiedlung vollendet war, warf er seiner Mutter einen scheuen Blick zu.

„Das ist viel besser, Liebling", sagte sie sanft. Die Worte waren kaum aus ihrem Mund gekommen, als ihr Blick sich ob Lord Rutledges lächelnden Gesichtes erhellte. Sie wandte ihren Blick schnell ab.

Die Männer waren bald in die Schlacht vertieft, als Carlotta zu grünem Zwirn wechselte und über ihre vor langer Zeit getroffene Entscheidung, Stevie wegzugeben, nachdachte. Zu der Zeit war sie überzeugt gewesen, dass es das Richtige war. Aber nun fragte sie sich, ob sie einen schwerwiegenden Fehler gemacht hatte. *Würde ihr Sohn jemals etwas anderes in ihr sehen, als eine schöne Frau, die ihr Kleid nicht zerknittern wollte? Würde er ihr jemals so nahe sein wie dem Mann, der ihm seinen Vater geraubt hatte?*, fragte sie sich verbittert.

Eltern zu sein war überaus schwierig! Das Problem war, dass man niemals wusste, ob man das Richtige tat. Erfolg – der sich erst in Jahren herausstellen würde – wurde völlig unzulänglich am Wert eines anderen Menschen gemessen. In der Tat eine äußerst große Verantwortung.

Carlotta attackierte ihre Stickerei mit grünen Zwirnen und hörte Stevie und Lord Rutledge und deren regelmäßigem Lachen zufrieden zu.

Und trotz deren beruhigender Gegenwart fühlte sie sich, als ob sie nicht in diese häusliche Szene passte. Sie hatte sich das Recht, hier zu sein, nicht verdient. Würde sie immer ein Außenseiter sein?

Sie schmiss ihre Näharbeit hin, kniete sich auf den Teppich und rutschte näher zu ihrem Sohn. „Ich glaube, Eure Verstärkung ist endlich eingetroffen, Captain."

So lange sie lebte, würde sie Stevies breites Lächeln nicht vergessen.

* * *

James schenkte mehr Wein in Carlottas Glas, stellte seine in Stiefeln steckenden Füße fest auf das spröde Gras und lehnte sich zurück, um Stevie dabei zu beobachten, wie er in der dachlosen römischen Ruine am Fuße des Hügels, auf dem sie saßen, spielte.

„Ich verkünde hiermit, dass ich schon davon müde werde, Stevie nur zu beobachten!", sagte Carlotta. „Wie kann er nach einer derart ausgiebigen Mahlzeit so viel Energie entfalten?" Sie wandte sich an James. „Vergebt mir, dass ich Euch noch nicht gesagt habe, wie überaus gut das Picknick war, das Ihr für uns besorgt habt."

„Es war eindeutig sättigend."

„Ich glaube, ich könnte mich zurücklehnen und

hier auf dem Hügel einschlafen", sagte sie.

Völlig unerwarteterweise brachte der Gedanke daran, dass Carlotta neben ihm lag, James' Gedanken ins Schleudern – und sein Körper reagierte. Er hatte jeden Tag seit zwei Wochen mit Mrs. Ennis und Stevie verbracht, und je mehr er bei ihnen war, desto mehr hinterfragte er seine eigenen Motive, ihr und ihrem Sohn zu helfen. Denn James war bewusstgeworden, wie sehr er sich auf jeden Moment in Carlotta Ennis' Gegenwart freute.

Er fing sogar damit an, sich zu fragen, ob er Captain Ennis' Ehefrau ebenso begehrt hätte, wenn der gute Captain noch am Leben wäre. Bis vor ein paar Tagen hätte James es sich niemals erlaubt, seine Gedanken einen derart düsteren Weg gehen zu lassen, aber nun bezweifelte er seinen eigenen Altruismus. Hatte sein Verlangen nach Carlotta Ennis über all diese Jahre hinweg in ihm gebrodelt?

War dies der Grund dafür, warum keine andere Frau jemals in der Lage war, sein Herz zu stehlen? War er immer von der schwarzhaarigen Witwe mit den violetten Augen besessen gewesen?

Sein Herzschlag wurde unregelmäßig, als James sich einen Blick auf Carlotta erlaubte, die einen Schluck Wein trank und nicht bemerkte, dass er sie beobachtete. Nach ihrem Picknick hatte sie ihre lavendelfarbene Pelisse aus Merinowolle aufgeknöpft. Die Wölbung ihrer Brüste fesselte seine Aufmerksamkeit. Sie würden sanft sein. Wie Carlotta. Die neue Carlotta, die mit jedem Tag sanftmütiger und liebevoller wurde.

Sie stellte ihr Glas nieder und sah ihn an. „Denkt Ihr, dass Stevie nun für eine Amme bereit ist?"

Er erstarrte. „Nein", sagte er scharf. Aus irgendeinem seltsamen Grund beugte sich Mrs. Ennis seinem Urteil und nahm seine Entscheidungen an. Das gefiel ihm überaus.

„Warum?", fragte sie sanft.

Wie sollte er ihr sagen, dass er den Karren nicht aus dem Gleichgewicht bringen wollte? Er war noch nie glücklicher gewesen als während der letzten zwei Wochen. Sie waren wie eine kleine Familie gewesen. Wie die Familie, nach der er sich gesehnt hatte, seitdem er ein Kleinkind gewesen war. „Ich glaube, der Junge braucht mehr Zeit, um sich an Euch zu gewöhnen. Ihr habt viele Jahre wiedergutzumachen."

Es schmerzte ihn, dass Carlotta Ennis, sein Vorbild, früher eine etwas gefühllose Mutter gewesen war, aber er war merkwürdig stolz auf ihre Wandlung.

Sie streckte ihren Arm aus und streichelte kurz seinen Unterarm. „Ihr habt natürlich recht. Ihr habt immer so verteufelt recht und Ihr kennt mich zu verteufelt gut!"

Er schwankte nach ihrer zarten Berührung. Er war erregt und musste seine Augen von ihr losreißen. Die Klänge von Stevies kindlicher Singstimme wehten zu ihnen hinauf. James musste Carlotta und ihre schwindelerregende Berührung aus seinen Gedanken streichen. „Der Junge scheint glücklich zu sein."

„In der Tat. Ich bin Euch so dankbar, Mylord."

Trotz ihrer Worte entdeckte James einen Hauch von Unaufrichtigkeit in ihrer Stimme. Carlotta war dankbar dafür, dass er sie aus dem Elend von Mrs. McKays Unterkunft gerettet hatte. Und sie war dankbar dafür, dass sie dank seiner Hilfe mit ihrem Sohn wiedervereint war. Und doch, er wusste es, hielt sie ihn für den Tod ihres Mannes verantwortlich.

So lange er atmen würde, würde James seine Schuld fühlen. Wegen seines Ungehorsams war Stephen Ennis gestorben. Und durch sein Sterben hatte er James' Leben gerettet. Kein Tag verging, an dem James nicht an den Captain dachte und von Schuldgefühlen erfüllt wurde. Er hatte überlebt, während der Captain – der eine Frau und einen Sohn zurückließ – gestorben war. Es musste einen Grund dafür geben, dass James verschont worden war. Er hatte den Schmerz jahrelang in sich getragen, aber er konnte nicht mehr still leiden. Ähnlich wie Dampf unter dem Deckel eines Wasserkessels brauchte er Erlösung.

„Wie Ihr wisst, Mrs. Ennis", fing er mit pochendem Herzen an, „hat meine Nachlässigkeit dazu geführt, dass Euer ... Euer Ehemann gestorben ist." Es schmerzte ihn ebenso, an sie als Ehefrau eines anderen Mannes zu danken, wie es schmerzte, an den Mann zu denken, der ihr Ehemann gewesen war.

Sie nickte, und ihr schönes Gesicht nahm einen ernsten Ausdruck an.

„Es ist an der Zeit, dass ich Euch darüber berichte."

Sie schüttelte den Kopf. „Ich glaube nicht, dass ich es ertragen kann."

Er nahm ihre Hand in seine. Sie fühlte sich so klein an. „Bitte", sagte er.

Ihre Blicke trafen sich und hielten einander stand.

„Ich muss darüber sprechen", sagte er mit heiserer Stimme.

Sie konnte ihren Blick nicht von ihm abwenden. „Ihr habt mich nie um etwas gebeten", sagte sie nachdenklich. Dann nickte sie. „Fahrt fort."

Er räusperte sich. „Eines der ersten Dinge, die ein Soldat lernt, ist, dass man nicht aufhört, wenn ein Kamerad im Kampf fällt. Man kämpft weiter."

Sie zwirbelte ihr nun leeres Weinglas gedankenlos und nickte.

„Aber ich habe der Anweisung weiter zu marschieren nicht gehorcht ..." Seine Stimme schwankte. Er hustete, setzte sich dann noch gerader auf und sah ihr in die Augen. „Harold Dutton war seit Sandhurst an meiner Seite gewesen." Seine Stimme brach wieder ab.

Carlotta nickte getragen.

„Als ich ihn aufschreien hörte ..."

„Seid Ihr natürlich zu ihm gegangen, um ihm zu helfen", sagte sie, und ihre Stimme war kaum mehr als ein Flüstern.

Er nickte, dann wandte er seinen Blick ab. „Captain Ennis sah, was vor sich ging, und befahl mir vorzurücken. Ich habe ihm nicht gehorcht."

Ihre Augen füllten sich mit Tränen. „Ich denke, ich weiß, was dann passiert ist", sagte sie sanft. „Ihr wart einer von Stephens Lieblingssoldaten. Er hat seine eigenen Anweisungen missachtet, um Euch zu holen."

Er traf ihren schmerzvollen Blick und nickte. „Und mit seinem Rücken zum Feind hat er die Kugel einer Muskete eingefangen, die mich getroffen hätte."

Sie schwieg einige Minuten lang. Das einzige Geräusch war das Pfeifen des Windes und Stevies Stimme, die sich während des Spielens erhob. Dann sprach sie. „Es ist gut, dass so viele Jahre vergangen sind. Ich kann jetzt, da ich mich nicht mehr an den Klang von Stephens Stimme erinnere, neutraler sein. Nun denke ich, dass ich Euch nicht dafür hassen kann, dass Ihr Stephens Tod verursacht habt. Er war genauso daran beteiligt wie Ihr." Mit einem Stich in ihrem Herzen wurde ihr bewusst, dass ihre Worte wahr waren. Die Bitterkeit, die sie dem Earl gegenüber gehegt hatte, schwand. Ein gequältes Lachen entschlüpfte ihrer Kehle. „Ihr wart wohl beide zu gutherzig, um gute Soldaten zu sein."

Der Wind wurde stärker. Ihre helle Haut nahm eine bläuliche Farbe an und sie knöpfte ihre Pelisse wieder zu. Sie saßen einige Minuten in Stille und beobachteten Stevie beim Spielen. „Ich muss an William Blake denken", sagte sie, fast als ob sie sich James' Gegenwart nicht bewusst wäre.

„*Tiger, Tiger, Feuerspracht ...*", fing er an.

Sie schüttelte den Kopf. „Nein, nicht dieses. Dieses: *Wenn die Stimmen der Kleinen laut klingen im Freien, und Lachen dringt über das Grün, dann ruht selbstbewusst mein Herz in der Brust und alles ist gut und schön.*"

Er wurde fast von dem Rausch der Gefühle, die ihn überkamen, übermannt. Noch nie zuvor hatte er sich mit derart überwältigender Schönheit umgeben gefühlt; einer Schönheit, die seine Sinne benebelte und ihm die Sprache raubte.

Als er dasaß und sie beobachtete – mit einem Knoten im Hals – wurde ihm die Weisheit ihrer Entscheidung, keine Hüte zu tragen, deutlich. Die Sonne reflektierte von ihrem glänzenden schwarzen Haar. Sie war so schön, dass es schmerzte sie anzusehen.

„Es wäre ein Jammer, wenn die Sonne Euer helles Gesicht mit Sommersprossen übersäen würde", sagte er.

„Sie warf ihren Kopf zurück und lachte. „Ich

bekomme nie Sommersprossen. Ich muss wohl Zigeunerblut in mir haben!"

Sie lächelten einander an. „Ihr habt mir nie von Eurem Vater erzählt", sagte sie. „Seid Ihr ihm nahegestanden? Wollt Ihr deswegen Stevie fördern?"

Er schüttelte den Kopf. „Mein Vater ist an Fieber gestorben, als ich vier Jahre alt war. Ich habe meine gesamte Kindheit damit verbracht mir zu wünschen, ich hätte einen Vater, so wie alle anderen Jungen."

„Es überrascht mich zu hören, dass Ihr keinen Vater hattet. Ihr seid so ..." Ihre Stimme brach ab. „Das heißt, Ihr seid überaus männlich. Stephen hat erzählt, dass Ihr einer der besten und tapfersten Soldaten wart, die er je kommandiert hatte."

James lächelte. „Keinen Vater zu haben hat mich nur noch härter arbeiten lassen als die anderen Jungen, die von der Erziehung ihres Vaters profitierten." Er zögerte einen Moment. „Ich hatte das Glück überaus athletisch zu sein – das einzige, was ich von meinem Vater geerbt habe", sagte er wehmütig.

„Ich glaube, ich verstehe langsam, warum Ihr nicht wolltet, dass Stevie so wie Ihr aufwächst."

Er nickte.

„Ich habe es nie vermisst, keine Mutter zu haben", sagte Carlotta, „obwohl meine dabei gestorben ist, mich auf die Welt zu bringen. Meine Großmutter hat den Platz meiner Mutter ausgezeichnet ausgefüllt – obwohl sie mich vielleicht ein bisschen verwöhnt hat. Sie war die Mutter meines Vaters und hatte sich immer eine Tochter gewünscht."

Eine ältere, zu nachgiebige Großmutter würde

Carlottas ehemalige Selbstsüchtigkeit erklären, dachte er, und freute sich, dass sie endlich zu einer richtigen Mutter wurde.

Der Wind wurde noch kräftiger. „Ich fürchte, dass Stevie nicht warm genug angezogen ist"; sagte sie.

James nickte und erhob sich. „Ich hole ihn. Es ist Zeit, dass wir uns auf den Weg zurück über den Fluss machen."

Es war an der Zeit, dass er sich von Carlotta und dem, was sie mit ihm tat, entfernte. Er wusste nicht, wie lange er noch in ihrer Nähe sein konnte ohne zu versuchen sie ganz und gar zu erobern.

Während der Kutschenfahrt zurück nach Bath hüpfte Stevie zwischen der Bank seiner Mutter und der von James hin und her und bestimmte das Gespräch. Als sie Carlottas Haus am Monmouth Place erreichten, half James ihnen dabei abzusteigen und brachte sie zur Türe. „Ich bedaure Euch mitzuteilen", sagte er, „dass ich dringende Geschäfte in Yarmouth Hall habe. Ich werde am Morgen abreisen und einige Tage unterwegs sein."

Stevie schmollte. „Ich wünschte, Ihr müsstet nicht fortgehen."

James sah von Stevie zu seiner Mutter.

„Wir werden Euch sehr vermissen", sagte sie.

Aufgrund ihres ernsthaften Gesichtsausdrucks schenkte James ihr Glauben.

Umso mehr Grund dafür, sich ihrer aufwühlenden Gegenwart zu entziehen.

Kapitel 7

Am ersten Tag von Lord Rutledges Abwesenheit wollte Carlotta nicht aus ihrem Bett aufstehen. Sie war diese letzten paar Wochen so fröhlich gewesen und hatte sich ungeduldig auf jeden neuen Tag gefreut und darauf, mit ihm zusammen zu sein. Lord Rutledge war in der Tat ein Regenbogen nach dem größten Sturm ihres Lebens gewesen. Ohne den Earl würde nun jeder monotone Tag dem vorherigen gleichen.

Sie zwang sich dazu aus dem Bett zu steigen und Peggy zu rufen, damit sie ihr beim Ankleiden half.

„Welches Kleid wollt Ihr heute tragen, Mrs. Ennis?", fragte Peggy gut gelaunt.

Carlotta zuckte mit den Schultern. Wen kümmerte es, was sie trug? Nur Peggy und ein sechsjähriges Kind würden sie sehen. Sie war seltsam entmutigt. „Es ist mir völlig gleich. Wähle du etwas aus."

Peggy warf ihrer Herrin einen verwirrten Blick zu. „Ich denke, Lord Rutledge würde Euch heute in Lavendel sehen wollen." Mit einem Lächeln auf ihrem jugendlichen Gesicht öffnete sie die Türe zum Kleiderschrank und wählte das lavendelfarbene Morgenkleid aus weicher Seide aus.

„Es ist egal, was seine Lordschaft sich wünscht", sagte Carlotta mit verzweifelter Stimme, „denn er hat Bath verlassen."

Peggy wirbelte herum und sah Carlottas vor Enttäuschung verzogenes Gesicht. „Wann kommt er wieder?"

Carlotta zuckte mit den Schultern.

„Oh Madam, es tut mir leid, das zu hören, denn er ist so gut für Euch gewesen. Nun mache ich mir Sorgen, dass Ihr wieder Trübsal blasen werdet, so wie damals, als Mr. Blankenship Euch verlassen hat." Sie half ihrer Herrin in das ausgewählte Kleid.

Carlotta lachte ohne Frohsinn, als Peggy ihr Haar zu kämmen begann. „Das ist nicht das Gleiche, Peggy. Da ist nichts zwischen Lord Rutledge und mir."

Peggy sah Carlotta fragend an. „Ihr versucht Euch selbst davon zu überzeugen, aber Ihr könnt Peggy nichts vormachen."

„Es ist die Wahrheit!", beharrte Carlotta. „Er ist … er ist nur an dem Jungen interessiert."

„Dann seid Ihr so blind wie eine Fledermaus, wenn Ihr das glaubt! Ich habe gesehen, wie er Euch ansieht. Er ist liebeskrank Und wenn Ihr mich fragt, dann wette ich, dass er Bath verlassen hat, weil er nicht glaubt bei einer Schönheit wie Euch eine Chance zu haben", sagte Peggy, als sie eine Haarnadel in Carlottas zurückgebundene Haare steckte.

„Ich bin es herzlich leid von meiner Schönheit zu hören", fuhr Carlotta sie an. Der Earl war wahrscheinlich abgereist, weil ihm bewusstwurde, wie sehr ihre innere Schönheit zu ihrer äußeren Schönheit im Kontrast stand. Sie wollte etwas an den Spiegel werfen, dem sie gegenübersaß.

Nach dem Frühstück blieb Carlotta mit ihrem Tee sitzen und hüllte sich in ihren lila Kaschmirschal. Es schien ihr, als hätte Lord

Rutledge die Sonne mit sich genommen, denn ein tiefes Grau bedeckte den bewölkten Himmel. Sie hatte weder das Verlangen Monmouth Place zu verlassen, noch die Stufen zum Kinderzimmer hinauf zu gehen, wo ihr Sohn wahrscheinlich mit den Zinnsoldaten spielte. Es war ein äußerst düsterer Tag.

Aus unerfindlichen Gründen drangen Erinnerungen an die Dinge, die sie mit dem Earl unternommen hatte, und Themen, die sie besprochen hatten, in ihre Gedanken. Sie fragte sich, was sie wohl machen würden, wäre er noch immer in Bath. Sie wären zweifellos trotz des düsteren Wetters draußen heiter. Sie konnte sich nicht vorstellen mit Lord Rutledge zusammen zu sein ohne glücklich zu sein. Er füllte jedes Zimmer, das er betrat, mit gutem Humor. Und so viel mehr, dachte sie verloren.

Er hatte ihrem Leben wieder Sinn gegeben. Er hatte ihr das Verlangen gegeben, in der Frühe aufzustehen und sich um ihr Aussehen zu kümmern. Er hatte ihr ihren Sohn zurückgegeben und er hatte ihr weise Ratschläge erteilt. Und obwohl er ein Gentleman war, sagte er immer, was er dachte, auch wenn sein Worte als verletzend empfunden werden konnten.

Sie saß im Salon neben einer Kerze, die den Raum an diesem düsteren Tag erhellte, als sie an ihrer Stickerei arbeitete – die Näherei, die sie immer noch nicht fertiggestellt hatte. Sie beeilte sich, damit fertig zu werden, so dass sie sich den Luxus gönnen könnte, weiter Coleridge zu lesen.

Allein der Gedanke daran, dass Lord Rutledge ihr den wertvollen Gedichtband geschenkt hatte, brachte ihren Puls zum Rasen. Wie aufmerksam er gewesen war und wie gut er sie kennengelernt

hatte. Kein Mann hatte sie jemals so verstanden, wie er es zu tun schien. Sie errötete, als sie daran dachte, dass sie im Alter von fünfundzwanzig Jahren schon mit zwei verschiedenen Männern intim gewesen war, und ein dritter – dessen Kenntnis von ihr nicht über die Türe ihres Schlafgemachs hinausging – kannte sie eindeutig besser als die anderen beiden.

Ihr Herz klopfte. War es seine Kenntnis ihrer Verruchtheit, die Lord Rutledge vertrieben hatte? Er war kein Narr. Er wusste, dass sie eine furchtbare Mutter gewesen war, und er war dafür verantwortlich, sie aus ihrer Gleichgültigkeit zu reißen. Wusste er auch über ihre größere Schande Bescheid? Schließlich hatte er in Bath gelebt. Sie blinzelte die drohenden Tränen fort.

Sie hatte im letzten Jahr schon so viel verloren. Ihre Gedanken schweiften zu dem vernichtenden Moment zurück, an dem ihr bewusstwurde, dass Gregory sie niemals heiraten würde. Sie war ihm nicht einmal böse gewesen, dann er hatte ihr deutlich gesagt – bevor er sie in sein Bett genommen hatte – dass er ihr niemals eine Heirat anbieten würde. Trotzdem war sie von ihrer Liebe zu ihm derart geblendet, dass sie so dumm war zu glauben, ihn ändern zu können.

Alles, was sich verändert hatte, war ihre Ehrbarkeit.

Und nun – sollte sie Lord Rutledge auch verlieren – dachte sie zweifellos sterben zu müssen.

Sie sehnte sich danach bei ihm zu sein, mit jemandem reden zu können, der sie nicht verurteilte.

Dann erinnerte sie sich an ihre körperliche Reaktion gestern, als er seine große Hand auf ihre legte. Die Erinnerung ließ sie leise stöhnen. Sie legte ihre Stickerei nieder und saß im Dunkeln, als sie an Lord Rutledge dachte, wie er mit seinen langen Beinen vor sich ausgestreckt dasaß, nachdem sie ihr Picknick beendet hatten. Er hatte ein äußerst sanftes Gesicht, besonders, wenn er nachdenklich war. Und der Klang seines Lachens füllte ihre Seele mit Glück.

Obwohl sie Gregory Blankenship wild und rücksichtslos geliebt hatte, hatte sie ihn nicht so sehr respektiert wie James Rutledge.

Und nun hatte sie ihn bestimmt für immer verloren.

* * *

James saß an seinem Schreibtisch im Erdgeschoß der mit Holz getäfelten Bücherei in Yarmouth Hall und beobachtete, wie der Regen gegen sein beschlagenes Fenster klopfte. Er war nicht imstande gewesen, sich auf die Reihen von Ziffern in dem Geschäftsbuch zu konzentrieren, das sein Buchhalter ihm gegeben hatte. Er fragte sich, wie er in den letzten Tagen überhaupt mit dem Buchhalter und seinem Sekretär hatte arbeiten können, wenn jeder seiner Gedanken um Carlotta Ennis kreiste.

Er hatte Bath verlassen, um das zwanghafte Verlangen nach ihr zu überwinden. Außerdem war dieses selbst auferlegte Exil seine Art, sich dafür zu bestrafen, dass er eine Frau begehrte, die einem anderen gehörte. Denn es war ihm bewusstgeworden, dass er immer schon in Carlotta Ennis verliebt gewesen war. Seine Göttin der Nacht. Auch als ihr Ehemann noch am Leben gewesen war.

James war derart von sich selbst angewidert, dass er auch seine Aufrichtigkeit, sich mit Stevie anzufreunden, hinterfragte. Hatte er auch dies getan, um der bildschönen Mutter des Jungen nahe sein zu können?

Er hörte ein Klopfen an der Türe, sah auf und sah seinen Sekretär in den weitläufigen Raum kommen. „Ich habe einige Korrespondenz, die Eure Unterschrift benötigt, Mylord", sagte Fordyce. Der junge Mann stellte sich vor seinen Arbeitgeber und übergab James einen Stapel Briefe. „Wenn ich so kühn sein darf, Euch vorzuschlagen, näher an das Feuer zu rücken. Es ist verteufelt kalt hier beim Fenster, Mylord."

„Die Kälte sagt mir zu", sagte James grimmig, tauchte seine Feder in die Tinte und setzte seine Unterschrift auf eine Seite nach der anderen, nachdem er den Inhalt überflogen hatte.

Als er fertig war, gab er sie seinem Sekretär zurück. „Sei so gut und sag Mrs. MacGinnis, dass sie sich heute nicht um das Abendessen kümmern muss. Ich bin nicht hungrig."

Als Fordyce das Zimmer verlassen hatte, goss sich James ein Glas Portwein ein. Wen kümmerte es, dass es erst zwei Uhr nachmittags war? Er lehnte sich in seinem Lederstuhl zurück und nahm einen großen Schluck. Was war über ihn gekommen? Er war immer ein männlicher Mann gewesen und hatte sich für männliche Aktivitäten interessiert. Und trotzdem konnte er an nichts anderes denken als eine Witwe mit lavendelfarbenen Augen und ihren kleinen Sohn. Die beiden riefen in ihm ein Beschützerbedürfnis hervor. Er wuchs daran, sie auf jede ihm mögliche Art und Weise zu unterstützen, sei es durch die Bezahlung ihrer Miete oder ihnen einfach eine hilfreiche Hand zu reichen.

Aber wie konnte er sich den Rausch in ihrer

Nähe zu sein erlauben, wenn er sie all diese Jahre lang ehebrecherisch begehrt hatte?

Er nahm einen weiteren Schluck und schloss seine Augen, als der Portwein den Weg in seinen Magen hinab wärmte. Gegen seinen Willen dachte er an Carlotta. Carlotta, auf seidenen Laken liegend, mit ihrem schwarzen Haar über den Brüsten. Brüste, die ihn baten, in seine Hände genommen zu werden – und in seinen Mund. Er stellte sich vor, wie ihre dicht bewimperten Augenlider sich verführerisch senkten, als sie ihr Gesicht zu seinem hob.

Wütend auf sich selbst warf er das Weinglas gegen die Ziegel des Kamins.

* * *

Ein trostloser Tag folgte dem anderen. Carlotta beendete endlich ihre Stickerei und las ihren dünnen Band von Coleridges Gedichten so oft, dass sie die Verse auswendig konnte. Seltsamerweise brachte jede Zeile den noblen James Rutledge in ihre Gedanken und erinnerte sie daran, wie sehr sie ihn vermisste.

Sie hatte Monmouth Place nicht verlassen, seit sie ihn zuletzt gesehen hatte. Sie hatte kein einziges Mahl mit Stevie zusammen eingenommen, noch hatte sie sich zu Tisch gesetzt, um alleine zu essen. Es war, als hätte Lord Rutledge ihren Appetit mit sich genommen.

Nachdem eine Woche vergangen war, dachte sie, er würde niemals wiederkommen.

Als Hommage an ihn und alles, was er für sie und Stevie getan hatte, warf Carlotta ihre Gedichte hin und ging die Treppe hinauf zum Kinderzimmer ihres Sohnes. Nur weil ihr der Boden unter den Füßen weggezogen wurde, gab es keinen Grund, den Jungen zu bestrafen. Er musste genauso unter Lord Rutledges Abwesenheit leiden wie sie. Die beiden waren sich furchtbar nahe gewesen. Sie verachtete sich dafür, nicht an Stevies Verlust gedacht zu haben.

Mit jedem Schritt wuchs ihre Aufregung. Ihre Lippen formten ein Lächeln, als sie über den zweiten Stock hinaus ging. Sie hatte den kleinen Kerl vermisst. Zum Teufel mit Lord Rutledge! Sie hatte ihn nicht mehr nötig, um ihr zu zeigen, wie man eine gute Mutter ist. Er hatte ihr die Augen für den Wert ihres Sohnes geöffnet. Nun konnte sie ohne seine Leitung fortfahren. Sie würde dafür sorgen, dass Stevies Glückseligkeit nichts im Wege stand – mit oder ohne Lord James Rutledge!

Als sie sich dem obersten Stockwerk näherte, wo sich das Kinderzimmer ihres Sohnes befand, konnte sie gedämpfte Schluchzer hören. Carlotta griff sich an die Brust, lief zum Kinderzimmer und riss die Türe auf. War ihrem Sohn etwas zugestoßen? Ihr Herz setzte einen Schlag aus.

Dort saß ihr Sohn in eine Ecke gekrümmt. Seine dünnen Beine waren blau vor Kälte, sein Daumen steckte in seinem kleinen Mund und große Tränen sammelten sich auf seinem Gesicht. Sie war dankbar, dass sie kein Blut sah.

Kapitel 8

Carlotta flog über den Holzboden des Kinderzimmers und fiel vor ihrem Sohn auf die Knie, um ihn in ihre Arme zu schließen. „Stevie, Liebling, was ist los?"

„Ich habe Angst, wenn ich hier oben alleine bin."

Sie hielt ihn fest an sich gepresst und streichelte sanft seinen bebenden Rücken, während sich ihre Augen mit Tränen füllten.

Erinnerungen an ihre eigenen Ängste, als sie nicht älter als Stevie war, überkamen sie. Sie hatte schreckliche Angst davor, ohne ihrer Amme in ihrem Schlafgemach zu sein – sogar während des Tages. Es war so groß und dunkel und oft kalt – ein Zeugnis der Sparsamkeit ihrer Großmutter. Und doch hatte sie nie jemandem von ihrer Angst erzählt. Sie hatte sich einfach in eine Ecke gekauert und geweint. So wie Stevie.

Der Kummer ihres Sohnes war wie eine offene Wunde in ihrem Herzen. „Oh, mein Liebling, es tut mir so furchtbar leid. Ich war mir nicht bewusst ..." Sie drückte ihn fester an sich, und Tränen flossen nun ihre Wangen hinunter. „Ich verspreche dir, dass du nie wieder alleingelassen wirst."

Sie hob ihn hoch und trug ihn hinunter in den Salon. Dort setzte sie sich an das Feuer und kuschelte ihn auf ihren Schoß, während sie begann, ihm ein Kinderbuch vorzulesen.

Bald lachte Stevie über die sprechenden Tiere

im Buch, und es gab keine Spur der Tränen mehr, die ihn noch vor kurzem übermannt hatten. Als sie dort saßen und lasen brach die Sonne durch die Wolken.

„Geh und zieh dir deinen Mantel an, mein Schatz", sagte Carlotta zu ihm und klopfte ihm sanft auf sein Hinterteil. „Ich nehme dich in den Pump Room mit." Ihr Magen zog sich zusammen bei dem Gedanken an das eisige Willkommen, das sie dort mit Sicherheit erwartete. Aber solange Lord Rutledge nicht hier war, um ihre Schande zu sehen, konnte sie es ertragen. Stevie hatte Interesse daran gezeigt, das wundersame Heilwasser zu trinken, und sie würde diesen Tag dem Glück ihres Sohnes widmen, so dass er sein Elend vergessen würde.

Sobald sie im Pump Room ankamen, war Stevie jedoch weniger am Wasser als am Orchester interessiert, das auf einem Balkon hoch über dem großen Raum spielte. Stevie streckte seinen kleinen Hals, um die Musiker beobachten zu können. Carlotta wurde schnell bewusst, dass der Junge noch nie zuvor Musikinstrumente gesehen hatte.

„Du wirst dir den Hals ausrenken", warnte sie ihn und nahm seine Hand, um weiterzugehen. „Du musst ein Gentleman sein und deine Mama um den Raum führen. Das macht man, wenn man in den Pump Room geht."

Stevie runzelte die Stirn, als er sich darauf konzentrierte ein Gentleman zu sein. Er machte große Schritte, während er die Hand seiner Mutter festhielt.

„Ich denke, die Ladies hier werden alle eifersüchtig sein", sagte sie neckend, „denn ich habe zweifellos den bestaussehenden Begleiter von allen."

Er konnte das Lächeln, das sich über sein Gesicht ausbreitete, nicht verstecken, obwohl er versuchte sich wie ein erwachsener Mann zu benehmen. „Ewinnest du dich, wie Lord Wutledge gesagt hat, er hat mich für einen klein geratenen Mann gehalten?", kicherte er.

Carlotta brach in Gelächter aus. Der Earl konnte so gut mit Kindern umgehen.

„Ich habe seine Lordschaft vermisst", sagte Stevie getragen.

Genau, was sie auch dachte. „Ich auch, mein Schatz, aber er hat ein großes Gut, das seiner Aufmerksamkeit bedarf. Wir können ihn nicht immer bei uns haben."

„Ich wünschte, du würdest ihn heiraten, so dass wir immer bei ihm sein könnten."

Das Lächeln verschwand aus ihrem Gesicht. So sehr sie den Earl auch bewunderte, hatte sie sich niemals für passend als seine Countess erachtet. Eine Eroberung von derartigem Ausmaß war ihr nie in den Sinn gekommen. Und doch brachte der Gedanke daran ihr Innerstes zum Beben.

Nicht nur war er unverheiratet, er hatte auch oft ihre Schönheit gepriesen. Und wie konnte sie vergessen, dass er seinen Mantel schützend um sie gelegt und sie somit mit seiner Fürsorge umhüllt hatte? Und doch hatte sie ihn nie als einen Freier angesehen.

Ihr Herz pochte heftig. Es lag wohl daran, dass sie verdorben war. Sie war nicht einmal gut genug, um einer solchen Mesalliance einen einzigen Gedanken zu schenken. Der Earl hatte sich Besseres verdient.

Und natürlich lag Lord Rutledges einziges Interesse an ihr als Stephen Ennis' Witwe und der

Mutter des jungen Sohnes des gefallenen Captains. Das war alles.

Stevie sah in ihr gequältes Gesicht. „Führe ich dich nicht angemessen?"

Sie drückte seine Hand und sah zu ihm hinunter, während ein Lächeln ihr Gesicht erhellte. „Du machst es wunderbar. Ich bin in der Tat die glücklichste Frau im Raum."

Das Lächeln blieb auf ihrem Gesicht. Trotz ihrer Verdorbenheit und obwohl die respektablen Leute im Raum sie wahrscheinlich verachteten, glaubte Carlotta, was sie ihrem Sohn gerade gesagt hatte. Stevie allen in Bath zu zeigen, erfüllte sie seltsamerweise mit dem zauberhaftesten Gefühl, einem überwältigenden Stolz, wie sie ihn nie zuvor empfunden hatte.

Als sie und Stevie den Pump Room verließen, traf Carlottas Blick den von Miss Arbuckle, einer äußerst ehrbaren jungen Frau von guter Herkunft, und Carlotta nickte ihr zu.

Ein breites Lächeln erhellte Miss Arbuckles klares Gesicht. „Das muss Euer kleiner Junge sein!", sagte Miss Arbuckle, als sie auf sie zu kam. „Ich hatte beinahe vergessen, dass Ihr Mutter seid."

„Erlaubt mir, Euch meinen Sohn vorzustellen", sagte Carlotta stolz, bevor sie die beiden einander vorstellte.

„Ich muss sagen", sagte Miss Arbuckle und sah Stevie an, „jeder spricht darüber, was für einen guten Jungen Ihr habt."

„Ich bin überaus gesegnet", sagte Carlotta leise, und ihr Lächeln war nun auch in ihren Augen erkennbar, als sie die Hand der großzügigen Miss Arbuckle nahm und hielt.

Natürlich hatte Miss Arbuckle als Jungfer noch

nicht von Carlottas Schande gehört. Trotzdem war die junge Frau freundlich und nett. „Es ist äußerst liebenswürdig von Euch, mein kleines Lamm zu bemerken", sagte Carlotta und strahlte ihren Sohn an. „Und es war ein Vergnügen, Euch wiederzusehen."

Miss Arbuckle, deren Hand immer noch in Carlottas lag, antwortete mit sanfter Stimme: „Ihr müsst uns besuchen kommen. Es ist sehr lange her, dass wir uns unterhalten haben. Ich hoffe aufrichtig, dass es Euch nun bessergeht. Ihr seid wieder Euer altes strahlendes Selbst."

„Ihr seid viel zu höflich", antwortete Carlotta mit sanfter Stimme und gesenkten Wimpern.

„Und bringt Euren Jungen mit. Mama hat immer Jungen bevorzugt, was wohl gut ist, da sie vier Söhne und nur eine Tochter hat."

„Bitte schickt Eurer Mutter meine Wünsche für gute Gesundheit", sagte Carlotta, als sie und Stevie die Kammer verließen.

Carlotta fühlte sich federleicht. Sie platzte vor Stolz auf ihr liebes Kind. Sie hatte sich gerade mit einer äußerst respektablen Lady unterhalten. Die Sonne war durch die Wolken gebrochen. Alles in allem war es ein wunderbarer Tag, um am Leben zu sein. Und sie verdankte all das Vergnügen einem kleinen Jungen.

„Du bist eine wunderbare Begleitung gewesen", sagte sie zu Stevie, „ich werde mit dir zum Süßwarenhändler gehen und dir erlauben, Konfekt zu kaufen."

Er lächelte – im wahrsten Sinne des Wortes – von einem Ohr zum anderen.

* * *

Am darauffolgenden Sonntag nahm sie Stevie zur Messe in der Bath Cathedral mit. Seitdem sie sich erlaubt hatte, Gregory Blankenships Mätresse zu sein, war sie nicht mehr in die Kirche gegangen.

Sie musste wieder damit anfangen, um des Jungen willen.

Er benahm sich gut und schien dem Priester zuzuhören. Obwohl die Zeremonie ermüdend lang war, wurde Stevie nicht allzu zappelig.

Als sie die Kathedrale verließen war sie darauf vorbereitet, von allen geschnitten zu werden, aber einige ihrer Bekannten nickten ihr tatsächlich zu. Sie lächelte zurück und schaffte es sogar, einigen Damen ihren Sohn vorzustellen.

Sie genierte sich langsam weniger. Vielleicht wusste nicht jeder in Bath über ihre Verdorbenheit Bescheid. Gregory war schließlich nicht der Typ Mann, der mit seinen sexuellen Eroberungen angab. Er war zu allererst ein Gentleman. Und er hatte außerdem keinen Grund jemals angeben zu müssen. Es war ein alltägliches Ereignis, dass sich Frauen seinetwegen zum Narren machten. Und es war so gewesen, seitdem er die Führzügel abgelegt hatte.

Ihre Gedanken flogen zu dem Tag zurück, als er ihr mitteilte, dass er Glee Pembroke heiraten würde. Es war, als hätte er Carlottas Herz aus ihrer Brust geschnitten. *Warum nicht mich?* Hatte Carlotta verzweifelt gefragt. Er hatte etwas darüber gemurmelt, dass es keine echte Ehe sein sollte – dass er Glee nur heiratete, um seine Erbschaft zu bekommen, und dass er Carlotta als seine Mätresse behalten wollte.

In diesem Moment erreichte Carlottas Abscheu sich selbst gegenüber den Höhepunkt. Denn es wurde ihr endlich bewusst, dass sie nicht mehr als eine Hure war.

Carlotta hatte gewusst, dass Gregory sich schlussendlich verliebt hatte, als seine junge Frau schwanger wurde – nach der Hochzeit natürlich, denn Glee war die Tochter eines Viscounts und dadurch ein überaus respektables Mädchen. Und nichts, was Carlotta seitdem beobachtet hatte, konnte sie vom Gegenteil überzeugen. Gregory Blankenship war einem Hauch von einem Mädchen verfallen. Das außerdem auch noch nobler Abstammung war.

An diesem Sonntag nahm Carlotta Stevie trotz der Kälte, die in der Luft hing, zum Konzert in die Sydney Gardens mit. Er erinnerte sich sofort daran, dass dies der Ort war, an den sie ihn gebracht hatten, um sein Pony zu reiten.

Er sah zu seiner Mutter auf und sagte: „Ich vermisse B-aunie. Fast genauso sehr wie ich Lord Wutledge vermisse."

Sie legte ihre Hand auf seine winzigen Schultern und sprach einfühlsam: „Ich weiß, mein Liebling, ich vermisse ihn auch."

Stevie war wie hypnotisiert während des Konzertes und beobachtete die Musiker fasziniert.

Als das Konzert vorüber war, sagte Carlotta: „Ich denke, dass Braunie Auslauf braucht. Meinst du nicht?"

Stevies Gesicht leuchtete auf. „Heute?"

„Warum nicht!", sagte sie

* * *

Während der nächsten paar Tage hatte jeder von Carlottas Gedanken nur einen Zweck: Stevie glücklich zu machen. Sie gingen jeden Tag zum Süßwarenhändler. Sie las ihm jede Geschichte vor, die sie hatte; dann ging sie zum Buchhändler und kaufte noch mehr. Sie ging mit ihm zum Mittwochabend-Konzert, obwohl er das einzige

Kind dort war. Sie brachte ihn jeden Tag in den Pump Room mit, um Heilwasser zu trinken und – das Beste von allem – sie erlaubte ihm jeden Tag mit seinem Pony auszureiten.

Sie hielt außerdem ihr Versprechen, dass er nie wieder alleine gelassen werden würde. Sie wies Peggy an, jede Nacht im Zimmer des Jungen zu schlafen und sorgte dafür, dass er nie im Kinderzimmer alleingelassen wurde.

Es machte ihr keinesfalls etwas aus, dass sie ihn an Orte mitnahm, wo keine anderen Kinder waren. Man konnte ruhig sagen, dass sie ihn verwöhnte! Soweit sie feststellen konnte, benahm er sich mit größtmöglicher Angemessenheit für einen kleinen Jungen, und so lange dies der Fall war, würde sie damit fortfahren ihn zu verwöhnen. Er war schließlich etwas Besonderes. Jeder konnte ihn ansehen und das erkennen!

Als sie ihren Sohn an diesem Nachmittag auf seinem Pony beobachtete, musste sie zugeben, dass Lord Rutledges Versuche, Stevie das Reiten beizubringen, überaus erfolgreich waren. Der Junge saß selbstbewusst in seinem Sattel, die Sonne schien auf seine blonden Locken und seine Lippen waren konzentriert aufeinandergepresst. Sie war nun zuversichtlich genug, um ihm das Reiten zu erlauben, ohne dass der Stallknecht neben ihm herlief. Sie war derart überzeugt, dass sie einen Gedichtband mitgebracht hatte, den sie sich von der Leihbücherei geborgt hatte. Sie hatte vor, auf einer Bank zu sitzen und zu lesen, während sie ein Auge auf Stevie warf, der mit seinem Pony um den Park trabte.

Aber sie fand es unmöglich, Stevie zu beobachten und zu lesen. Eine nagende Angst um Stevies Sicherheit zerrte an ihr und zwang sie dazu, ihn ständig zu beobachten. Sie steckte ihr Buch unter ihren Arm, durchquerte den Park und fing an neben Stevie herzugehen.

„Du musst dir keine Sorgen um mich machen", sagte er zu ihr. „Lord Wutledge hat mir beigebracht, wie man mit einem Pferd umgeht."

Sie konnte ein Lachen nicht unterdrücken. Er versuchte so sehr erwachsen zu klingen und sah dabei so klein aus – sogar auf einem kleinen Pony, das man nicht mit einem Pferd vergleichen konnte!

Es war in dem Augenblick, als sie mit einer Hand fest auf dem Sattel ihren Sohn anlächelte, dass sie die leuchtenden Augen von Lord Rutledge sah, der sie beobachtete.

Kapitel 9

„Mylord, Ihr seid zurückgekommen!", sagte Carlotta. Das Lächeln auf ihrem hübschen Gesicht überzeugte James davon, dass seine Rückkehr ihr nicht missfiel. Er kam näher zu ihr heran und verbeugte sich vor ihr. Dann nahm er ihre Hand, um pflichtbewusst mit seinen Lippen darüber zu streifen. Es schien ihm, als wäre sie während seiner Abwesenheit noch schöner geworden. Nicht nur das, sondern seine Göttin der Nacht sah beinahe jungfräulich aus in dem orchideenfarbenen Musselinkleid, das sie trug.

Stevie hielt Braunie an und sprach aufgeregt: „Siehst du, Mama, ich habe dir gesagt, dass er zurückkommen wird!"

James sah in das glückliche Gesicht des Jungen und fühlte sich unerklärlich beschwingt ob des enthusiastischen Willkommens, das Carlotta und ihr Sohn ihm bereiteten. Aber er konnte ihnen nicht erlauben, seine Verwundbarkeit zu sehen. „Ich nehme an, du bist regelmäßig mit Braunie ausgeritten?"

Die Augen des Jungen flogen zu seiner Mutter, dann zurück zu James. „Jetzt, wo das Wetter gut ist, habe ich es getan."

James legte eine Hand auf das Bein des Jungen. „Guter Junge." Dann traf er Carlottas Blick. „Das Wetter war nach meiner Abreise auch hier schlecht?"

Carlotta und er gingen hinter Stevie und dem Pony her, während Stevie um den Park trabte.

Carlotta lachte. „Ich verkünde hiermit, Mylord, ich war davon überzeugt, dass Ihr die Sonne mit Euch genommen habt."

Er tätschelte ihre Hand und hakte ihren Arm in seinen. „Yarmouth war scheußlich." *Alles ohne Carlotta war scheußlich.* Auch nachdem er erfahren hatte, dass sie ein unvollkommenes Geschöpf war, sehnte er sich nach ihr. Es war ihm bewusstgeworden, dass er sie so sehr brauchte wie Blumen die Sonne brauchten.

„Darf ich hoffen, dass Ihr Eure Geschäfte dort erfolgreich abgeschlossen habt?", fragte sie.

Er nickte. „Ich sehe, Ihr und Stevie seid ohne mich gediehen. Mein Plan hat funktioniert."

Sie wirbelte herum, um ihn anzusehen. „Was für ein Plan?"

„Mein Plan, Euch zu zwingen für Euren Sohn Verantwortung zu übernehmen." Er beobachtete, wie sie blass wurde. Er hätte nicht so gnadenlos direkt sein sollen.

Sie senkte ihre Wimpern. „Euer Plan hat funktioniert", sagte sie sanft. „Es ist ein Jammer, dass Ihr mich so verteufelt gut kennt. Eine Frau hätte es lieber, wenn ein Mann nicht all ihre eklatanten Fehler kennen würde."

Sie hatte die Worte Mann und Frau im selben Satz verwendet. Könnte er hoffen, dass sie an ihn als Mann dachte – nicht nur als ihr Wohltäter, nicht nur als Stevies Mentor, sondern als Mann aus Fleisch und Blut? Wenn das der Fall wäre, dann waren es die letzten elf Tage des Elends ohne sie wert gewesen.

„Ich bin nur froh, dass ich auf keine Weise daran beteiligt war, Euch beide einander näher zu bringen", sagte er. „Es ist, wie es sein soll, Carlotta."

Ihre Augen blitzten auf.

Du lieber Himmel! Er hatte sie Carlotta genannt! Wie konnte er sich solch eine Freiheit herausnehmen?

„Ich bin diejenige, die froh ist, Mylord", sagte sie demütig. „Ich erkenne jetzt, wie leer mein Leben diese letzten sechs Jahre gewesen ist, wie schrecklich viel ich verpasst habe." Sie hielt inne und blickte in seine Augen. „Ich stehe unermesslich tief in Eurer Schuld dafür, dass Ihr mich mit meinem Kind vereint habt." Ihre Stimme brach ab. „Ich bereue zutiefst, all diese Jahre seines wertvollen Lebens versäumt zu haben – Jahre, die ich niemals zurückbekommen kann."

„Das Leben ist zu kurz, um in der Vergangenheit zu schwelgen. Denkt nur an die Zukunft, Carlotta."

Sie schluchzte und lachte abwechselnd. „Das Beste steht uns noch bevor."

* * *

Es tat gut, seine Lordschaft wiederzuhaben, sinnierte Carlotta, als sie das letzte Stückchen Konfekt nach dem Abendmahl gegessen hatte. Sie beobachtete ihn, als er Stevie erklärte, wie den Soldaten auf der Halbinsel ihre Mahlzeiten serviert worden waren.

Sie erfreute sich nun daran, Stevie am Esstisch zu haben, obwohl seine Manieren sehr zu wünschen übrig ließen. Es war ein Jammer, dass er eines Tages seine Mahlzeiten wieder im Kinderzimmer einnehmen müsste. Man belästigte seine Gäste nicht einfach mit schmuddeligen Kindern. Nicht, dass eine verdorbene Frau wie sie jemals andere Gäste als Lord Rutledge haben würde.

Sie hatte gehofft, dass Lord Rutledge sie heute

Abend wieder mit ihrem Vornamen ansprechen würde, aber er tat es nicht. Die Vertrautheit am Nachmittag hatte sie seltsam erfreut. Je länger sie darüber nachdachte, desto mehr wurde ihr bewusst, dass er sie vor ihrem Sohn niemals so ansprechen würde. Lord Rutledge war schließlich ein Gentleman. Ein wahrer Gentleman würde einem Kind nie ein schlechtes Vorbild sein.

Als sie die beiden beobachtete, bemerkte sie, dass Stevie gähnte und sich seine geröteten Augen rieb. Der heutige Tag war anstrengend für ihn gewesen. Zu viel Sonne. Zu viel Aufregung. Zu viele Aktivitäten. Alles wegen Lord Rutledge.

„Liebling", sagte sie zu Stevie, „du hast dich heute übernommen. Ich denke, du musst bald ins Bett gehen. Peggy kann dir eine Geschichte erzählen, bis du einschläfst."

Er schüttelte den Kopf. „Ich will nicht ins Bett gehen! Ich will mit Onkel James mit den Soldaten spielen."

„Oh, wir spielen mit den Soldaten", versicherte der Earl, „aber nur bis acht Uhr. Dann musst du ins Bett gehen. Deine Mutter hat recht. Du hast einen langen, ermüdenden Tag hinter dir und musst dich ausruhen."

Nach dem Abendessen spielten sie auf dem Teppichboden im Salon mit den Soldaten. Stevie gähnte oft und rieb sich weiterhin die Augen. *Armes Baby*, dachte Carlotta, als sie nahe am Feuer saß und an einem Leinenhemd arbeitete, das sie für ihren Sohn nähte. In den letzten Wochen, in denen er in Bath gewesen war, wurde seiner Mutter nachdrücklich bewusst, wie wenig Kleidung er besaß. Sie war ständig damit beschäftigt, seine Kniehosen zu stopfen, oder half Peggy dabei, Essensreste von seinen verschmutzten Hemden zu entfernen.

Sie warf immer wieder Blicke auf die Uhr auf dem Kaminsims. Um acht Uhr erhob sie sich und ging zu Stevie. „Es ist Zeit, nach oben zu gehen, Liebling", sagte sie sanft. „Peggy wird dich fürs Bett bereitmachen."

„Sei ein guter Junge", sagte James, „dann habe ich morgen eine Überraschung für dich."

Stevie setzte gerade an zu schmollen, als sein Gesicht von einem Lächeln erhellt wurde.

Carlotta breitete ihre Arme aus, und zu ihrem Entzücken sprang Stevie in ihre Umarmung und schloss seine kleinen Arme um sie. Ihre Augen füllten sich mit Tränen. Vor drei Wochen hätte sich ihr Sohn niemals in ihre Arme geworfen.

Als sie ihn umarmte sah sie zufällig in Lord Rutledges Richtung, der sie mit einem zufriedenen, frechen Lächeln auf seinem hübschen Gesicht beobachtete.

Als Stevie gegangen war, fühlte sich Carlotta unbeholfen. Sie war es nicht gewohnt, mit dem Earl alleine zu sein. Warum zog er sich nicht zurück? Normalerweise verabschiedete Lord Rutledge sich, nachdem er und Stevie ihre Schlacht beendeten. Aber nicht heute.

Sollte sie sich auf ein Sofa näher bei ihm setzen? In dem Stuhl am Feuer zu sitzen, schien etwas abgeschieden von ihrem Gast zu sein. Sie beobachtete ihn, als er die Soldaten aufstellte und sich dann auf das Sofa neben sie setzte.

„Wünscht Ihr ein Glas Sherry, Mylord?"

Er erhob sich und ging auf die andere Seite des Salons zu. „Ich hole ihn mir selbst, danke. Darf ich Euch auch ein Glas bringen?"

„Ja, bitte." Es würde zumindest ihren Händen etwas zu tun geben. Sie war aus unerfindlichen

Gründen nervös, mit seiner Lordschaft alleine zu sein.

Unter gesenkten Augen beobachtete sie, wie er den Brandy in Weinbrandgläser goss und dann auf sie zukam.

„Ich bitte Euch, kommt und setzt Euch neben mich, Mrs. Ennis."

Ihr Herz begann zu rasen, als sie sich erhob und zu dem nahegelegenen Sofa ging. Sie setzten sich gleichzeitig nieder, und ihre Beine waren direkt nebeneinander. Sie bemerkte, dass seine Beine um vieles länger waren als ihre. Sie fing an innerlich zu beben. Es war lange her, dass sie einem Mann so nahe war.

„Stevie erzählte mir, dass Ihr ihn in den Pump Room gebracht habt", fing er an.

Warum fragte der Earl sie über den Pump Room aus? Wusste er über ihre Ächtung Bescheid? Befragte er sie deshalb? Sie nickte verlegen.

„Habt Ihr mir nicht gesagt, dass der Pump Room keinen Reiz auf Euch ausübt?"

Ihr Herz trommelte. Versuchte er die Ursache für ihre Abneigung gegen Baths Hauptattraktion herauszufinden? Dachte er daran, mit ihr und Stevie weiterhin dorthin zu gehen? Das durfte sie nicht zulassen. Sie würde vor Demütigung sterben, sollte der Earl Zeuge davon werden, wie sie geschnitten wurde und dadurch über ihre Schande erfahren. „Ich verabscheue den Pump Room, aber ich wollte Stevie unbedingt glücklich machen. Eure Abwesenheit hat ein enormes Loch in unserer täglichen Routine hinterlassen. In der Tat ..." Sie sah in seine warmen Augen. „Wir beide haben Euch schrecklich vermisst."

Er antwortete nicht, was sie dazu veranlasste

von ihrem Schoß in sein nachdenkliches Gesicht zu blicken. Hatte sie etwas gesagt, das ihn verärgerte? Oder hatte er von ihrer Schande erfahren? „Darf ich hoffen, dass Ihr es geschafft habt, während unserer Trennung einmal an uns zu denken?"

Er lachte verbittert.

„Was ist es?", fragte sie.

„Es ist nichts."

„Warum benehmt Ihr Euch dann so seltsam? Warum beantwortet Ihr meine Frage nicht?"

Er antwortete eine Weile nicht. „Es ist ein Zeichen der Schwäche in einem Mann zuzugeben, dass er eine Frau und ein Kind braucht."

Der Gedanke daran, dass der Earl sie und Stevie brauchte, durchströmte sie mit einer Welle der Zufriedenheit. „Das ist es ganz und gar nicht, Mylord! Ein Mann, der eine Frau und ein Kind beschützt und betreut, ist zutiefst heldenhaft."

Er antwortete nicht. Er saß einen Moment lang in Stille. Dann räusperte er sich. „Sagt mir, wie kommt es, dass eine schöne Frau wie Ihr nicht wieder geheiratet hat?"

Dann weiß er nicht über Gregory Bescheid, dachte sie erleichtert. Es war, als ob ihr Hals von einem Schraubstock zugedrückt worden war. Endlich schaffte sie es, zu sagen: „Ich habe immer daran gedacht, wieder zu heiraten. Es ist mein Wunsch, aber kein Mann hat mir die Ehre erwiesen, um meine Hand anzuhalten."

Er sah sie ungläubig an. „Das kann ich kaum glauben."

Sie zuckte mit den Schultern. „Ich habe nicht einmal darauf bestanden, mich in Schwarz zu kleiden, so wie Felicity – die frühere Mrs. Harrison – es getan hat. Sie hat vier Jahre lang Schwarz für

Captain Harrison getragen. Aber ich habe mir immer gewünscht, wieder zu heiraten."

„Wegen Eurer finanzieller Schwierigkeiten?"

Sie nickte schuldbewusst. Es war besser, er würde dies glauben, als zu glauben, dass sie ein Sklave der Liebe war, besonders der unerlaubten Liebe, die sie Gregory zuteil werden ließ.

„Dann ist Liebe keine Bedingung für eine Ehe – in Euren Augen?"

„Ich weiß, es klingt habgierig, aber Liebe ist für eine Heirat nicht notwendig. Ich würde den Mann jedoch bewundern müssen, Mylord."

Er starrte sie gedankenvoll an, als seine Hand die ihre umschloss. „Bewundert Ihr mich, Mrs. Ennis?"

Ihr Puls beschleunigte sich und ihre Stimme zitterte, als sie antwortete. „Ihr wisst, dass dem so ist", sagte sie sanft und konnte ihren Blick seinem nicht entziehen.

„Genug, um mich zu heiraten, Carlotta?"

Er meinte es ernst! Sein durchdringender Blick bewies es ihr. Ihr Herz begann zu rasen. Sie musste wohl träumen. Der Earl von Rutledge konnte kaum das Verlangen haben, sein Leben an ihres zu binden. Er wusste am besten von allen, wie lasterhaft sie war. Sie musste sich irren. Das Glück war ihr noch nie hold gewesen. Der Earl war liebenswert und gutaussehend und wohlhabend. Er war alles, was sie sich je wünschen könnte. *Außer natürlich, dass er nicht Gregory Blankenship war.*

„Was wollt Ihr damit sagen, Mylord?", fragte sie endlich mit zitternder Stimme.

„Ich möchte wissen, ob Ihr mich heiraten wollt, Carlotta."

Ihre Stimme versagte und sie konnte keine

Worte finden, um ihm zu antworten. Es war, als ob ein Feuerwerk in ihr explodierte. Schlussendlich schaffte sie es. „Es wäre mir eine Ehre, Mylord."

Kapitel 10

James hatte nicht vorgehabt, um Carlotta anzuhalten. Er hatte sich kein einziges Mal bewusst erlaubt, darüber nachzudenken, um ihre Hand zu bitten. Nicht einmal während dieser verfluchten Tage, an denen jeder Gedanke an sie ihn gequält hatte. Nicht einmal, als sie ihm das ehrlichste Lächeln geschenkt hatte, als er von Yarmouth zurückgekehrt war. Nicht einmal, als er in seiner ersten Nacht nach seiner Rückkehr ihre Einladung zum Diner so eifrig angenommen hatte.

Nichtsdestotrotz, sobald er mit ihr alleine war, war er mit dem Antrag herausgeplatzt.

Wie überraschend sein Antrag auch gewesen sein mag, ihre sofortige Zustimmung überraschte ihn noch mehr. Natürlich empfand sie nicht so für ihn, wie eine Frau für einen Mann empfindet. Sie hatte gerade zugegeben, dass sie heiraten wollte, um finanziell abgesichert zu sein. Er wappnete sich dafür, ihre Zustimmung als das anzunehmen, was sie war, und nicht mehr darin zu sehen, als sie bereit war zu geben.

Natürlich *wünschte* er, mehr darin zu sehen. Seine Trennung von Carlotta hatte bestätigt, wie sehr er sie schätzte. Wie sehr er sie liebte. Obwohl er zu dem Schluss gekommen war, nicht ohne sie leben zu können, hatte er keine Absichten gehabt, um ihre Hand zu bitten.

Bis er mit ihr alleine war und seine Worte verrieten, was sein Herz bewegte.

Als sie die Worte ausgesprochen hatte, die ihn

zum glücklichsten aller Männer machten, kämpfte er gegen den plötzlichen Drang an, sie in seine Arme zu schließen und besinnungslos zu küssen. „Ich ... ich wünsche mir, mich um Euch und Stevie kümmern zu können, so lange ich lebe."

Sie nickte und senkte ihre Wimpern. „Wegen dem, was auf der Halbinsel passiert ist."

„Ja. Es ist meine Verantwortung."

„Dann ... dann bittet Ihr mich nicht ... Euch eine wahre Ehefrau zu sein?"

Ja, ja, Gott im Himmel, ja! Er wollte sie als seine Ehefrau – mehr als er je etwas gewollt hatte. Aber sie in seine Seele blicken zu lassen, würde bedeuten, sein langjähriges Verlangen zuzugeben, es würde bedeuten zuzugeben, dass er sie begehrt hatte, als sie noch die Frau eines anderen Mannes war. „Ich wünsche natürlich, eines Tages einen Erben zu zeugen, aber ich werde Euch niemals zwingen, Carlotta." Er atmete tief ein. „Ich hoffe, dass Ihr eines Tages freiwillig zu mir kommen werdet."

* * *

Carlottas Gedanken wirbelten in einer Explosion von Gefühlen durch ihren Kopf. Der Earl von Rutledge hatte um ihre Hand angehalten! Seit sie vor vielen Jahren in Bath angekommen war, war es Carlottas Ziel gewesen, einen Ehemann zu finden. Aber sie hatte niemals davon geträumt, dass dieser Ehemann reich sein und einen Titel haben würde. Lord Rutledge zu heiraten würde mühelos all ihre Probleme lösen. Sie würde sich niemals wieder um unbeglichene Schulden Sorgen machen oder ohne etwas auskommen müssen. Sie würde zweifellos jeden Gedichtband haben können, den ihr Herz begehrte. Und sie würde den gemeinen Tratsch hinter sich lassen können. Wer würde es wagen, die Frau eines Earls schlechtzumachen? Aber das Beste daran, Lord Rutledges Frau zu sein, war, dass sie nie wieder einsam sein würde. Sie und der Earl und Stevie könnten eine glückliche Familie werden, etwas, von dem sie nie geglaubt hatte, dass sie es sich wünschte, was ihr nun aber unermesslich wichtig schien.

Egal, dass er nicht Gregory Blankenship war. Egal, dass sie ihm keine Liebe zu geben hatte. Sie würde ihr Bestes tun, um ihm eine gute Frau zu sein. Sie sah in seine glühenden Augen. „Ich verspreche, dass Ihr Eure Wahl nicht bereuen werdet, Mylord. Ich werde alles mir Mögliche tun, um Euch eine gute Ehefrau zu sein."

„Mylord? Ich bitte dich, mich James zu nennen."

Sie nickte. „Ich bin dankbar dafür, dir eine gute Frau zu sein zu können, James."

Ihr Gesicht kam seinem näher. Sie roch seinen Sandelholzduft und sah auf die dunklen Bartstoppeln auf seinen schmalen Wangen. Er kam näher, und seine Lippen strichen leicht über ihre.

Sie atmete tief ein, schmiegte sich an ihn, als ihre Arme sich um seinen Rücken schlossen, er sie näher an sich heran zog und seine Lippen die ihren sanft berührten.

Dann vertiefte sich sein Kuss. Sie erlaubte ihm, ihre Lippen zu öffnen, aber bevor sie seine Zunge spüren konnte, zog er sich zurück.

Sein Atem war schwer. Er begegnete ihrem Blick: „Hast du Einwände gegen eine schnelle Hochzeit, meine Liebe?"

„Ganz und gar nicht."

„Dann werde ich uns so schnell wie möglich

eine Sonderlizenz besorgen."

Sie lächelte. „Das wird Stevie gefallen. Als du fort warst, hat er mir gesagt, dass er sich wünschte, wir würden heiraten."

Seine Lordschaft – ihr Verlobter – lächelte. „Und was hast du darauf geantwortet?"

„Ich kann ehrlich sagen, dass ich dem Gedanken nie viel Aufmerksamkeit geschenkt habe. Ich habe dich schon einmal angelogen, James. Das weißt du. Aber du musst mir glauben, dass ich nie vorgehabt habe, dich einzufangen."

Er lachte. „Es ist nicht sehr wahrscheinlich, dass du einen Mann erobern willst, den du verabscheust."

„Ich verabscheue dich nicht, James."

Sein Finger fuhr ihren Nasenrücken entlang. „Nicht jetzt, vielleicht, aber du hast es getan, als ich in Bath angekommen bin."

Sie lachte. „Ich nehme an, du hast recht, Mylord."

„James."

„James", flüsterte sie. „Du glaubst mir doch, dass ich dich nicht mehr hasse?"

„Das tue ich. Ich weiß auch, dass du mich nicht liebst."

Sie weigerte sich, ihn anzulügen. „Aber ich werde danach streben, dich in jeder Hinsicht glücklich zu machen."

Würde sie sein Bett teilen müssen? Sie hatte bis jetzt immer nur mit Männern das Bett geteilt, die sie geliebt hatte. Und sie liebte den Earl von Rutledge nicht.

Es war ein Jammer, dass er sein Leben an jemanden wie sie vergeuden würde. Er verdiente eine Frau, die ihn so innig liebte, wie sie Gregory geliebt hatte.

Und doch liebte sie sich und ihren Sohn zu sehr, um den Earl abzulehnen. In der Tat würde sie alles in ihrer Macht Stehende tun, um ihn zu behalten.

Und ihn davon abzuhalten, etwas über ihre sündhafte Vergangenheit zu erfahren und die Hochzeit abzusagen. „Ich bitte darum, dass wir so schnell wie möglich heiraten, My... James."

Seine warmen Augen leuchteten, als er über ihre Worte lächelte. „Das werden wir, meine Liebe."

Mit der Ausnahme von Gregory, der, wie ihr bewusstgeworden war, sie nie geliebt hatte, waren Männer Carlotta immer zu Füßen gelegen. Aber James Rutledge fiel ihr nicht zu Füßen – und sie konnte sich nicht vorstellen, dass er es jemals tun würde. Erstens kannte James sie – und ihre Schwächen – zu gut. Er konnte sie unmöglich lieben. Sein Antrag entsprang reinem Pflichtgefühl, der Pflicht, sich um die Familie des Mannes zu kümmern, dessen Tod er verursacht hatte.

Trotzdem würde sie sicherstellen, dass der noble Lord seine Entscheidung, um ihre Hand anzuhalten, nie bereuen würde.

* * *

Am folgenden Tag sah sie James nicht. Er war nach London gefahren, um die Sonderlizenz zu holen. Seine Abwesenheit machte ihr nichts aus. Sie hatte vieles für die Hochzeit vorzubereiten. Und doch, trotz ihrer angenehmen Vorfreude darauf, Lady Rutledge zu werden, wurde Carlotta von der nagenden Angst verfolgt, dass die Hochzeit niemals stattfinden würde. Ihr Verlobter könnte in London erfahren, dass sie Gregorys Mätresse gewesen war.

Als Carlotta zuerst Stevie und dann Peggy vom Antrag des Earls erzählte, ließ sich eine düstere Wolke über ihr nieder. Sie verlor ihren Appetit, ihr Magen schien so tief zu sinken, dass sie darauf hätte treten können. Sie hielt ihre Aufregung zurück. Wie konnte sie sich über ihr Glück freuen, wenn sich seine Lordship zu genau diesem Zeitpunkt von einer derart furchtbaren Mesalliance zurückziehen könnte? Es bedurfte nur eines zufälligen Treffens, um von ihrer großen Sünde zu erfahren.

Ihr Herz trommelte und sie fuchtelte wild mit den Armen, als Peggy an dem Kleid arbeitete, das sie für die Hochzeit tragen würde.

„Oh, Madam, denkt nur!", rief Peggy aus. „Ihr werdet Lady Rutledge sein. Ich wusste an dem Tag, an dem Ihr mich gerettet habt, dass Ihr eine feine Lady seid."

„Ich flehe dich an, Lord Rutledges Antrag nicht zu viel Bedeutung beizumessen", sagte Carlotta. „Er kann ihn immer noch zurückziehen."

Peggy schnaubte. „Das wird er nicht tun, ich garantiere es. Ich habe gesehen, wie er Euch ansieht."

Carlotta seufzte. *Wenn Peggy nur recht hätte.* Aber Carlotta wusste, dass dem nicht so war. Lord Rutledges Zuneigung für sie war nicht größer als ihre für ihn.

Obwohl es nicht Liebe war, dachte sie warmherzig, gab es etwas zwischen ihnen, das in gewisser Weise stärker war. Mit Stevie zusammen würden sie eine Familie sein. Eine wahre, liebevolle Familie. Denn obwohl Lord Rutledge sie nicht liebte, empfand er dennoch Fürsorge ihr gegenüber.

Irgendwie schaffte sie es durch den langen Tag.

Die Nacht kam, und sie wartete gespannt auf seine Rückkehr.

Er kam nicht.

Sie konnte nicht schlafen. Er hat es herausgefunden. Er würde nicht einmal nach Bath zurückkehren. Ein Edelmann seines Kreises war nicht dazu verpflichtet, sich mit einer Dirne einzulassen.

Seltsamerweise schmerzte sie der Gedanke, James niemals wieder zu sehen. Es war so schmerzhaft wie ihre Chance, Lady Rutledge zu werden. Wenn nicht sogar mehr.

Die ganze Nacht hindurch dachte sie an ihn und wie nahe sie einander gekommen waren. Es war nicht Liebe, natürlich, aber es war etwas, das ihr wichtig war.

Und sie würde es vermissen. Ihre Augen füllten sich mit Tränen; sie presste ihr Gesicht in das Kissen und weinte um ihren verlorenen Lord.

Am nächsten Morgen kam er. Obwohl sie wegen ihres Schlafmangels schrecklich aussah, kleidete sie sich sorgsam, bevor sie glücklich die Treppe hinuntereilte, um ihn zu begrüßen.

* * *

Das Paar heiratete mittels Sonderlizenz in der Kathedrale von Bath am selben Nachmittag. Peggy war Carlottas Trauzeugin und James' Kammerdiener war seiner. Stevie, der sich vor Freude kaum zurückhalten konnte, war der einzige Gast.

Als James einen Smaragdring an ihren Finger steckte und sie am Ende der Zeremonie küsste, atmete Carlotta vor Erleichterung tief aus. Sie waren verheiratet, und niemand würde die Ehe je ungültig machen können. Obwohl ihre größte Angst nicht wahr geworden war, war Carlotta von

Schuldgefühlen erfüllt. Sie hatte James darum gebracht, die Frau zu finden, die er verdiente. Denn er sollte eine Frau haben, die ihn liebte. Nicht nur das, es war nicht fair, ihn mit einer in Ungnade gefallenen Frau zu belasten. Carlotta dachte flüchtig daran, wie er jemand anderen heiratete, jemanden, der es wert war. Seltsamerweise war sie auf diese mythische Frau eifersüchtig. Sie wäre wunderschön gewesen. Natürlich. Und bestimmt von guter Herkunft. James hätte sich zweifellos jede Jungfrau im Königreich aussuchen können. Jede unbeschmutzte Frau.

Carlottas Hände ballten sich zu Fäusten.

Obwohl ihre Heirat nun gesichert war, hatte sie keinerlei Absichten, dem Earl – nun ihr Ehemann – zu erlauben, über ihre Vergangenheit zu erfahren. Sie könnte ihm niemals in die Augen sehen, sollte er es wissen. Es war schlimm genug, dass er wusste, was für eine schreckliche Mutter sie all diese Jahre gewesen war.

Sie hatte vor, die verlorene Zeit mit Stevie wiedergutzumachen. Sie hatte vieles wiedergutzumachen.

Aber zuerst musste sie ihren Ehemann aus Bath wegbringen, wo er bestimmt herausfinden würde, dass sie Gregorys Mätresse gewesen war.

James hatte veranlasst, dass sie ihr Hochzeitsmahl im Sheridan Arms Hotel einnehmen würden. Mit Stevie auf ihrem Schoß fuhren Carlotta und James in der Rutledge-Kalesche zum Hotel.

Ich muss ihn dazu überreden, Bath zu verlassen. Carlotta hatte kaum einen anderen Gedanken in ihrem besorgten Kopf.

Sie feierten und stießen mit prickelndem

Champagner auf ihr gemeinsames Wohl an. James wandte sich ihr mit einem Glas in der Hand zu. „Auf unsere glückliche Familie."

Der Gedanke wärmte sie. Sie sah in Stevies strahlendes Gesicht, dann wandte sie sich wieder ihrem Ehemann zu und traf seinen lächelnden Blick. Dann hob sie das Glas an ihre Lippen.

* * *

James hatte nie zuvor eine schönere Braut als seine Carlotta gesehen. Es war das erste Mal, dass er sie in einer anderen Farbe als einem Violett-Ton gesehen hatte. Ihr Kleid war elfenbeinfarben mit lavendelfarbenen Schleifen, die sich an ihrem Rücken trafen und die Schleppe entlangliefen und auch von ihrem transparenten Kopfschmuck hingen.

Als sie neben ihm zu stehen kam, begannen seine Hände und Knie wie ein grollender Vulkanausbruch zu beben, während er gleichzeitig von einem überwältigenden Gefühl des Besitzerstolzes erfüllt war. *Sie gehört mir.*

Er war nie glücklicher gewesen als in diesem Moment.

Das Glücksgefühl blieb ihm erhalten, als er neben Carlotta an dem eleganten Tisch im Sheridan Arms Hotel saß.

Eines Tages wird sie wahrhaftig mir gehören, dachte er.

Kapitel 11

Das frisch verheiratete Paar spazierte mit Stevie in seiner Mitte vom Sheridan Arms Hotel zurück zum Monmouth Place. Stevie sah zu seiner Mutter auf und blinzelte gegen die Sonne. „Peggy sagte, dass du und Onkel James euch um wichtige Dinge kümmern müsst, wenn wir nach Hause kommen, und dass sie und der Knecht mit mir und B-aunie zu dem Park auf der anderen Seite des Flusses gehen werden."

„Sydney Gardens", sagte Carlotta, als sie mit ihrem Ehemann belustigte Blicke wechselte.

„Du kannst natürlich bei uns bleiben, Junge", sagte James mit einem Zwinkern, „aber ich wage zu behaupten, es wäre genauso interessant wie deine Urgroßmutter beim Lesen der Bibel zu beobachten."

Carlotta kicherte. Wie gut ihr Ehemann ihre Großmutter und ihren Sohn verstand!

Der Junge hüpfte voraus. „Ich bin lieber bei meinem Pony."

„Das dachte ich mir", sagte James. „Und da du nun der Herr des Knechts bist, solltest du seinen Namen kennen. Er heißt Jeremy."

Oh je, dachte Carlotta. Noch ein Name mit dem „R", das ihr Sohn nicht aussprechen konnte. Zuerst hatte sie sich Sorgen darüber gemacht, dass Stevie im Alter von sechs Jahren nicht besser sprechen konnte, doch dann erinnerte sie sich daran, dass ihr Bruder als Kind genauso gesprochen hatte wie Stevie. Als er zehn Jahre alt war, sprach ihr Bruder jedoch ganz normal.

Carlotta wurde traurig beim Gedanken an ihn. So wie Stephen war ihr Bruder auf der Halbinsel gefallen. Ihr lieber Bruder Andrew. Ihr Herz schlug schneller, als sie an ihren doppelten Verlust dachte: Andrew und Stephen. Sie erinnerte sich auch daran, wie schrecklich ihre Reise von der Halbinsel zurück nach Hause gewesen war. Sie war so verloren gewesen, und das Baby hatte die ganze Überfahrt lang geweint. Sie erinnerte sich an diese eisige Angst, dass sie ihn auch würde begraben müssen. Dann kam die bittere Erleichterung, das Baby Gran überlassen zu können.

Carlotta blickte auf ihren Sohn und wurde sich bewusst, dass James ihre Angst vor dem Kind in eine Angst *um* das Kind verwandelt hatte. Sie schwor, James seine Güte zu vergelten.

Als sie beim Haus ankamen, half Peggy Stevie in sein Reitgewand und zusammen mit Jeremy brachte sie den Jungen zu den Sydney Gardens.

Carlotta und James setzen sich auf das Sofa im Salon und sie drehte sich nervös um, um ihn anzusehen.

„Mein Sekretär hat sich darum gekümmert, dass Anzeigen unserer Hochzeit sowohl in den Zeitungen in Bath, als auch in der London Times erscheinen", sagte James.

Übelkeit überkam sie. Wie viele der Leute, die die Anzeige lesen würden, wussten über ihre Indiskretionen Bescheid? Es brauchte nur eine Person, um die Neuigkeit an ihren Ehemann weiterzugeben. Obwohl er sie nicht liebte, würde es James doch schwer treffen, über ihre ehrlose Vergangenheit Bescheid zu wissen. Der gute Mann hatte sich Besseres verdient.

Ich muss ihn aus Bath fortbringen.

James nahm ihre Hand und legte sie ihn seine. „Nun, da ich mir ziemlich sicher bin, dass Stevie sich gut an seine neue Umgebung gewöhnt hat, ist es an der Zeit, dass wir eine Amme für ihn finden. Ich hoffe, du hast keine Einwände dagegen, dass mein Sekretär mit der Suche beginnt."

Carlotta nickte. „Du hast nun genauso viel Recht, Entscheidungen für meinen Sohn zu treffen wie ich, denn du hast dich dazu entschlossen, ihm ein Vater zu sein."

Es war beruhigend, dass sie nun die enorme Verantwortung, ein Kind großzuziehen, mit jemandem teilen konnte. Ihre Ehe würde Carlotta von den vielen Lasten befreien, die viel zu lange auf ihren schwachen Schultern gelastet hatten. Es gab weitere Gründe, warum sie dankbar dafür war, James geheiratet zu haben. Sie würde immer alles mit ihm teilen können. Sie passten in der Tat äußerst gut zusammen und hatten viele gemeinsame Interessen. Er hatte sogar eine Vorliebe für Poesie – nicht so groß wie ihre, natürlich – aber es war ein weiterer Baustein im Fundament ihrer Ehe. Was sie gemeinsam hatten, war vielleicht nicht Liebe, aber auf eine gewisse Art und Weise war es etwas weitaus Befriedigenderes.

Sie sah zu ihrem Ehemann auf und seufzte. „Plötzlich wird mein Sohn Privatlehrer haben, dann wird er fort in die Schule gehen, und ich werde mich fragen, was nur aus meinem kleinen Jungen geworden ist."

James drückte ihre Hand. „Die Zeit vergeht viel zu schnell."

„Was mich daran erinnert", sagte sie, entzog

ihre Hand seiner und erhob sich. „Ich habe ein Hochzeitsgeschenk für dich."

„Das hättest du nicht ..."

„Es ist nicht etwas, das man kaufen kann", sagte sie. „Es ist etwas, das von Herzen kommt."

Carlotta errötete ob ihrer Wahl des Wortes *Herz*, lief die Treppe hinauf und kam mit einem Stück Pergament in ihrer immer noch behandschuhten Hand zurück. „Ich habe ein Gedicht für dich abgeschrieben. Ein Gedicht, von dem ich glaube, dass es uns anspricht", sagte sie sanft. Sie stellte sich vor ihn und reichte ihm mit zitternder Hand das Papier. Dann setzte sie sich nervös neben ihn, als er zu lesen begann. Sie fühlte sich plötzlich, als hätte sie all ihre Kleider abgeworfen und würde nackt vor ihm sitzen.

Pflücke die Knospe, solange es geht,
Und die Blüten, wenn sie noch prangen.
Denn bald sind die Rosenblätter verweht.
Wie schnell kommt der Tod gegangen.

Das strahlende Himmelslicht, die Sonne,
Je höher sie steigt,
Desto schneller vollendet sie ihren Lauf,
Und sich dem Untergang neigt.

Das frühste Alter ist das beste,
Wenn Jugend und Blut noch wärmer,
Doch schlecht ist's wenn's vorüber,
Es drängt die Zeit – und sie wird ärmer.

Dann sei nicht scheu, nütze deine Zeit,
Und verheirate dich, wenn du kannst,
Liegt deine beste Zeit erst hinter dir,

Wirst du für immer zaudern.

Zu ihrer großen Überraschung wurden James' Augen feucht, als er las. Ihr Herz fühlte sich wie erdrückt, als sie ihre Hand in die seine legte. *Sympathisch.* Das waren sie einander.

Er hob ihre Hand zu seinen Lippen und küsste sie zärtlich. „Da wir nicht in der ersten Blüte unserer Jugend sind, wird jeder Tag unserer Ehe umso wertvoller sein", sagte er.

Sie sah ihn durch tränenumflorte Augen an und nickte. „Ich werde es niemals bereuen, dich geheiratet zu haben, und ich bete, dass es dir auch so geht." Sie meinte diese Worte wahrhaftig. Sie hatte sich mit keinem Mann wohler gefühlt. Nicht mit Stephen. Nicht mit Gregory. Aber mit diesem Mann, dessen Ehre ihn unwiderruflich an sie band, würde sie ein bisschen dieses Glücks finden, das ihr, so lange sie sich erinnern konnte, verwehrt war.

Ihre vom Herzen kommenden Worte schienen ihm unangenehm zu sein und er wechselte schnell das Thema. „Nun, da du mir erlaubt hast, ein Teil deines Lebens zu sein, nehme ich an, wir sollten unser eigenes Heim in Bath kaufen. Du, meine Liebe, hast einen äußerst wohlhabenden Mann geheiratet. Erlaube mir, dir zu gestatten, dir etwas auszusuchen, Mylady."

Mylady! Wie seltsam es klang, als solche angesprochen zu werden. Und wie unwürdig sie dessen war. Nach dem Schock, sich selbst als Countess angesprochen zu hören, erinnerte sie sich an den Vorschlag ihres Mannes. *Es ist an der Zeit zu handeln.* Sie würde all ihren weiblichen Charme spielen lassen müssen.

Sie legte eine Hand sanft auf den Unterarm

ihres Mannes. „Bevor ... bevor wir geheiratet haben, habe ich gedacht, dass auf dem Land zu leben, bedeuten würde, sich vom Leben zurückzuziehen. Aber nun, da wir verheiratet sind, sehne ich mich danach, uns ein Heim weit entfernt von den Ablenkungen einer großen Stadt wie Bath zu schaffen. Ich finde die Aussicht darauf, dass wir unsere Eheleben einzig und alleine in unserer Gesellschaft beginnen, äußerst verlockend."

„Willst du damit sagen, dass du in Yarmouth Hall leben willst?" Seine Stimme war frei von Gefühlen, sein Gesicht unlesbar.

Sie senkte ihre dichten Wimpern. „Wenn du keine Einwände hast, Mylord."

„James", sagte er kurz.

* * *

Sie sah in seine Augen auf. „James, Liebster."

Ihre Worte brachten seine erzwungene Gemütsruhe beinahe zum Wanken. „Nichts würde mich glücklicher machen, als dich und Stevie mit nach Yarmouth Hall zu nehmen."

„Es wird wie eine Hochzeitsreise sein", sagte sie zaghaft. „Ich kann mir nichts Besseres vorstellen, um dich kennenzulernen, als dich von deinem Heim und deinen Dienern umgeben zu sehen – und dich ganz für mich zu haben."

Sie sprach beinahe so, als hätte sie Angst davor, ihn mit der Gesellschaft in Bath zu teilen, aber sie hatten sich hier nie auch nur mit einer Seele getroffen. Es war etwas, das ihm immer seltsam vorgekommen war. Sogar heute, an ihrem Hochzeitstag, hatte Carlotta keinen einzigen Freund eingeladen. Nur ihre treue, schlecht erzogene Magd.

Dieser Mangel an Freunden konnte mit ihrer

langen Krankheit, von der sie sich gerade erst erholt hatte, erklärt werden. Felicity, ihre langjährige Freundin, war mit ihrem Ehemann, dem Nabob, fortgezogen. Aber Carlotta musste doch andere Freunde haben. Sie war schließlich von guter Herkunft. Ihre Stellung als Captain Ennis' Witwe hätte ihre gesellschaftliche Stellung erhöhen müssen, denn der Captain war der Sohn eines Earls gewesen.

Er konnte fast verstehen, dass sie hier keine Freundinnen hatte. Welche Frau würde gerne mit der lieblichen Witwe mit den violetten Augen gesehen und mit ihr verglichen werden? Andere Frauen würden natürlich eifersüchtig auf sie sein.

Aber warum gab es keine Freier? Waren alle Männer in Bath blind?

Unabhängig vom Grund ihres Ausschlusses aus der Gesellschaft sah James sich als glücklich an, da er zu dem Zeitpunkt in Bath angekommen war, an dem sie sich nach ihrer langen Rekonvaleszenz wieder in die Gesellschaft einfügte.

„Du musst mich nicht davon überzeugen, meine Liebe", sagte er. „Wenn es nach mir ginge, würde ich dich heute noch entführen, aber es müssen viele Pläne gemacht werden."

„So wie?"

Er liebte es, wenn sie ihn derart übermütig ansah. „Wir müssen packen, und ich muss jemanden nach Yarmouth schicken, um den Vierspänner zu holen, und ich muss die Gemächer der Countess für dich umgestalten lassen. Und es wird viel einfacher sein, hier in Bath eine Amme zu finden."

Sie rümpfte die Nase. „Ich sehe in deinen Begründungen keinen einzigen guten Grund,

Liebster. Sag, wie weit ist es nach Yarmouth?"

„Eine Ganztagesfahrt."

„Dann werde ich übermorgen alles packen und bereit für die Fahrt sein. Ich schlage vor, du schickst sofort jemanden, um die Kutsche zu holen. Wir können genauso gut eine Amme in Yarmouth finden, und erlaube mir, die Zimmer der Countess zu sehen, wenn wir ankommen. Alles, was ich im Moment benötige, sind frische Laken und ein Zimmer ohne Staub."

Ein Lächeln umspielte seine Lippen. „Du hörst dich schon wie eine Countess an."

„Weil ich tyrannisch bin?", fragte sie und sah ihn mit lachenden Augen an.

Er lachte auf. „Eine passende Beschreibung."

„Für was für ein Paradoxon du mich halten musst. Zuerst versichere ich dir, dass ich eine gute Ehefrau sein werde, dann bestimme ich, als wärst du der Diener und ich die Herrin." Sie streckte ihre Hand aus, um seinen Arm zu berühren. „Verzeih mir, Liebster."

Er konnte ihr alles verzeihen, doch er weigerte sich ihr Diener zu sein. „Du, meine Liebe, hast offensichtlich guten Grund dafür zu wünschen, eine große Distanz zwischen dir und Bath zu schaffen."

Ein heftiger Schimmer starker Emotion – war es Angst? – huschte über ihr Gesicht, dann sammelte sie sich wieder. „Hab nicht zu viel Vertrauen in deine Fähigkeit, mich zu verstehen, James. Ich will eine Distanz zwischen Bath und mir schaffen, aber das bedeutet nicht unbedingt, dass es einen Grund für meine Unzufriedenheit mit der Stadt gibt. Es ist einfach an der Zeit ein neues – und besseres – Kapitel in meinem Leben zu beginnen."

Während der nächsten paar Stunden hatten beide Pflichten zu erfüllen. James begab sich in die Bibliothek, wo er Briefe verfasste. Der erste war an seinen Sekretär, um ihm aufzutragen, die Kutsche sofort zu schicken und die Kammern der Countess vorbereiten zu lassen. Der nächste Brief war an seinen Anwalt, um ihn über seine Hochzeit und seine Absichten, seine Frau und seinen Stiefsohn in seinem Testament zu berücksichtigen, zu informieren.

Als James Interesse daran kundtat, in sein Hotel zurückzukehren, protestierte seine Frau.

„Ich werde unseren Hochzeitstag nicht getrennt von dir verbringen! Wo du hingehst, gehe auch ich hin, Liebster."

Er fand ihr Verhalten entschieden seltsam. Obwohl er gerne gedacht hätte, dass sie sich an seine Gesellschaft gewöhnt hatte, kannte er seine Frau zu gut. Sie hatte einen guten Grund, um ihn nicht aus den Augen lassen zu wollen.

Sie hatte ihn schon an diesem Morgen überrascht, als sie darauf bestanden hatte, dass die Hochzeit noch am selben Tag stattfand, obwohl er sie am nächsten Morgen heiraten wollte. Es war, als hätte sie Angst, ihn zu verlieren, wenn sie getrennt waren. Aber er wusste, dass es nicht seine Gegenwart war, die derart starke Gefühle in ihr hervorrief.

Wenn es das nicht war, was war es dann? Er war stolz auf seine Fähigkeit, die Frau zu verstehen, die er geheiratet hatte, aber er war völlig ratlos, was dieses neue, uncharakteristische Verhalten betraf.

Statt in sein Hotel zu gehen, schickte er seinem Kammerdiener eine Mitteilung und wies ihn an, ihm einige Dinge nach Monmouth Place zu bringen. Er ging mit seiner Braut zur Bank, wo sie Geld abhoben, um Carlottas Dienern, die nicht mit ihnen nach Yarmouth Hall reisen würden, eine Abfindung zu zahlen.

Als sie nach Monmouth Place zurückkehrten, ging die Sonne hinter den im Westen gelegenen Hügeln unter. „Ich bin froh, dass ich der Köchin aufgetragen habe, das Abendessen bei unserer Rückkehr bereit zu haben", sagte Carlotta. „Es ist schade, dass sie nicht mit uns nach Yarmouth Hall kommen kann. Ich komme mir schrecklich dabei vor, sie und die anderen so kurz nach ihrer Einstellung zu entlassen."

James tätschelte ihre Hand. „Ich werde mich bemühen, sie mit einer großzügigen Abfindung zu entschädigen."

* * *

Beim Abendessen saßen sie nebeneinander im Schein des Kerzenlichts. Obwohl es ihnen in den letzten Wochen leichtgefallen war, Gespräche zu führen, blieben ihnen nun, da sie verheiratet waren, die Worte im Halse stecken. All ihre Gedanken drehten sich um das eine Thema, das zu besprechen Carlotta verabscheute: Ihm zu erlauben, sich mit ihrem Körper zu vergnügen.

Als es nicht länger möglich war, das Ende des Abendessens hinauszuzögern, legte Carlotta ihre Hand über die ihres Mannes. Ihre Stimme zitterte, als sie sprach. „Ich bin nicht bereit – noch nicht – dir eine wahre Ehefrau zu sein, aber ich will auch nicht von dir getrennt sein, Liebster." Sie befürchtete, dass er fortgehen würde, sobald die Zeit kam, ins Bett zu gehen, und was, wenn er mit anderen Männern in Kontakt käme – zum Beispiel im Gasthaus oder in einem Spielsalon oder irgendeinem dieser Etablissements, die Männer besuchten? Und was, wenn die Erwähnung ihres Namens ihm viel mehr Informationen einbrachte, als sie wünschte? „Bleib bitte hier heute Nacht. Ich kann auf dem Sofa in meinem Zimmer schlafen, und du kannst mein Bett haben."

Sein Gesicht wurde blass. Und ihr Herz setzte einen Schlag aus. *Noch nicht.* Sie würde sich ihm hingeben. Aber noch nicht jetzt. Sie hatte sich noch nicht einmal an den Gedanken gewöhnt, mit ihm verheiratet zu sein. In der Tat erholte sie sich immer noch von seinem Antrag, konnte es immer noch nicht glauben, dass ihr das Glück endlich hold war.

Sie beobachtete ihn, wartete auf seine Antwort. Hatte sie ihn beleidigt?

Endlich antwortete er. „Du wirst *mit* mir schlafen. Es ist schließlich unsere Hochzeitsnacht."

Kapitel 12

Nach dem Abendessen zog sich das frisch gebackene Ehepaar in den Salon zurück und Carlotta war nur zu erfreut, den Brandy zu trinken, den James ihr anbot. Sagte man nicht, dass Spirituosen dabei helfen könnten, die Angst vor der Hochzeitsnacht zu besänftigen? Carlotta litt eindeutig unter großer Hochzeitsnacht-Panik.

Der Mann, mit dem sie sich über die letzten Wochen so gut verstanden hatte, hatte nun eine neue, bedrohliche Rolle eingenommen. Hatte er nicht gesagt, dass er sie nicht zwingen würde? Und trotzdem bestand er nun darauf, mit ihr in ihrem Bett zu schlafen. Sie wusste genug über Männer und ihre Bedürfnisse Bescheid, um zu verstehen, dass James Moore, der Earl von Rutledge, sich wahrscheinlich nicht umdrehen und einschlafen würde, wenn eine lebendige, atmende, nicht unattraktive Frau neben ihm lag. Wenn man eine gewisse Zuneigung dazurechnete, die er ihr gegenüber zweifellos empfand, dann würde das Bewahren ihrer keuschen Beziehung außerordentlich schwierig werden.

„Sollen wir Schach spielen, Liebste?", fragte er, als er sich neben sie auf das Sofa setzte.

Ihr Blick fiel in ihren Schoß. Es war ihr plötzlich unangenehm, ihm so nahe zu sein. Sie war zu überwältigt von dem Bewusstsein seiner Männlichkeit. „Ich bedaure sagen zu müssen, dass ich keine derartigen Spiele spiele, Mylord", sagte sie reuevoll.

Er sah sie ungläubig an. „Du spielst keine Gesellschaftsspiele?"

Sie hob ihr Weinbrandglas still an ihre Lippen, nickte und nahm einen Schluck ihres Brandys. Er brannte, als er hinunterrann. Sie konnte ihrem Mann nicht in die Augen sehen. Es war ihr peinlich, dass sie sich mit derartigen Spielen nicht auskannte.

„Ich dachte, du hast einen Bruder gehabt! Hat er dir nichts beigebracht?"

Sie biss sich auf die Lippen. „Mein Kopf war immer in Büchern vergraben."

„Dann muss ich das wettmachen, meine Liebe", sagte er. „Wenn wir in Yarmouth ankommen, werde ich dich dazu bringen, viele dieser Spiele zu lernen."

„Sogar *deine* endlose Geduld könnte bei dieser Aufgabe getestet werden", sagte sie.

„Unsinn! Du bist eine intelligente Frau, Carlotta. Ich bin äußerst zuversichtlich, dass du darin gut sein kannst, wenn du es zulässt."

„Wie ermutigend es doch ist, mit einem Mann verheiratet zu sein, der derart viel Vertrauen in mich hat." Sie nahm einen weiteren Schluck. Jeder Schluck machte den Brandy weniger abstoßend. In der Tat schmeckte er ihr besser und besser – oder es gefiel ihr der lockernde Effekt, den er auf sie ausübte.

„Dann spielst du wohl auch nicht Karten?"

Sie schüttelte den Kopf.

„Aber mit Sicherheit spielst du Backgammon und Cribbage? Ein Kind kann diese auf Glück basierenden Spiele lernen."

„Dann hat ein Kind größere Fähigkeiten als ich", antwortete sie und sah schmollend zu ihm auf.

Zu ihrer Überraschung lächelte er und legte seinen Arm um ihre Schulter. „Du bist müde", sagte er mit tiefer Stimme. „Hast du letzte Nacht gut geschlafen?"

Sie unterdrückte ein Gähnen. „Wie gut du mich kennst, Liebster."

Er fuhr mit seinem Handrücken ihre Wangen entlang. „Dann gehen wir jetzt ins Bett. Ich werde Peggy ein paar Minuten geben, um dir bei den Vorbereitungen zu helfen, und ich verstehe es, wenn du es vorziehst ein wollenes Nachthemd zu tragen. Es wird schließlich keine *wirkliche* Hochzeitsnacht sein."

Er kam ihr näher, so nahe, dass sie den Brandy in seinem Atem riechen konnte. „Ich habe dir gesagt, dass ich dich niemals zwingen würde, Carlotta."

„Dann bin ich erleichtert, dass du dich an dein Versprechen erinnerst, Mylord. Sie rutschte an den Rand des Sofas, erhob sich und verließ den Raum, ohne ihn eines Blickes zu würdigen. Um ehrlich zu sein, bedurfte es all ihrer Konzentration, das Zimmer graziös zu verlassen. Der Brandy hatte ihren Körper so formbar wie Sand gemacht.

Als Carlotta Peggy in Stevies Kammer fand, las sie ihm gerade eine Geschichte vor.

„Es ist an der Zeit, dass ich deiner Mama helfe, sich fürs Bett fertig zu machen, mein Junge", sagte Peggy. „Ich bin gleich wieder zurück."

Carlotta kam an Stevies Bett und setzte sich auf den Rand, so dass sie die goldenen Haare von seiner Stirn streichen konnte. „Gute Lacht, mein Lämmchen. Ich hoffe, es war ein glücklicher Tag für dich."

Er antwortete mit einem Lächeln. „Jetzt habe

ich einen Vater wie all die anderen Kinder. Glaubst du Onkel James wird mir erlauben, ihn Papa zu nennen?"

Und Stephen ersetzen?, dachte sie mit tiefer Trauer. Dann erinnerte sie sich daran, dass James ihr erzählt hatte, wie schwierig es war, keinen Vater zu haben – so wie die anderen Kinder. *James versteht, wie Stevie sich fühlt.* „Du wirst ihn fragen müssen, mein Schatz", sagte sie und beugte sich vor, um ihn zu küssen.

Als sie in ihr Zimmer kam, hatte Peggy ihr weiches Seidenhemd bereitgelegt. „Es ist ziemlich kalt heute, Peggy. Ich werde das lila Nachthemd tragen, wie sonst auch."

„Aber Madam! Ich meine, Mylady! Es ist Eure Hochzeitsnacht! Ihr könnt nicht das lila Nachthemd tragen. Es ist nicht viel besser als eine Pferdedecke!"

„Ich versichere dir, dass es seiner Lordschaft nichts ausmachen wird."

Peggy zog die Augen zusammen. „Oh, ich verstehe. Gut dann, Mylady."

Was sie verstand, erkannte Carlotta errötend, war, dass das Nachthemd bald abgelegt werden würde.

Die Zofe trug das Seidenhemd fort und half ihrer Herrin, das andere anzuziehen. „Lasst uns Eure Haare ausbürsten. Seine Lordschaft wird bestimmt mit seinen Fingern hindurch streichen wollen."

Carlotta saß mit einem zufriedenen Lächeln vor dem Spiegel, als Peggy ihre Haarnadeln entfernte und damit begann, Carlottas Haare auszubürsten.

„Ich bin so glücklich, dass Ihr Lord Rutledge geheiratet habt. Ich hoffe nur, dass ich mich daran erinnern kann, Euch Mylady zu nennen."

„Das wirst du bestimmt, besonders wenn wir in Yarmouth sind."

Peggy ließ die Perlmuttbürste durch Carlottas Haare gleiten, aber ihr Blick flog zum Spiegel und sie sah die sich darin spiegelnden Augen ihrer Herrin. „Wann fahren wir los?"

„Übermorgen", sagte Carlotta.

„So bald?"

Carlotta nickte.

Peggy räusperte sich. „Wird ... wird Jeremy auch nach Yarmouth mitkommen?"

„Ich glaube, dass er das wird. Lord Rutledge hat Stevie erst heute gesagt, dass er Jeremys Herr sein wird."

Peggys Augen leuchteten auf.

Fühlte sich Peggy zu dem Stallknecht hingezogen? Je mehr sie darüber nachdachte, desto mehr wurde Carlotta bewusst, wie ähnlich sich die beiden waren, was ihr Alter und ihren Hintergrund betraf. Und Peggy war mit ihren blonden Haaren und ihrer hübschen, zarten Figur eindeutig ein einnehmendes kleines Ding. Jeremy, der auf seine eigene Weise gutaussehend war, würde ihre Bewunderung bestimmt erwidern.

Als Peggy die Bürste hinlegte, wandte Carlotta sich ihr zu. „Ich bitte dich, mir den Kubla-Khan-Band aus der Bibliothek zu bringen."

„Ihr werdet in Eurer Hochzeitsnacht lesen?"

Carlotta lächelte. „Das werde ich in der Tat."

Peggy seufzte, stemmte die Hände in ihre Hüften und sah finster drein. „Ihr vergesst, dass ich nicht lesen kann. Woher soll ich wissen, welches Buch das mit dem chinesischen Namen ist?"

„Es ist dünn und in blaues Leder gebunden."

* * *

Später, als ihr Ehemann zu ihr kam, sprach Carlotta zuerst. Sie saß in ihrem Bett, gestützt von einem Berg von Kissen; Kerzen brannten auf Tischen zu beiden Seiten des Bettes, um das Zimmer zusätzlich zum Kaminfeuer zu erhellen. „Da du keinen Umkleideraum hast", sagte sie, „habe ich keine Einwände dagegen, dass du dich hier in der Kammer umziehst, bevor du ins Bett kommst. Ich werde meine Augen schließen."

„Das ist nicht nötig", sagte er neckend, „ich bin nicht schüchtern."

„Aber ich bin es", protestierte sie und drückte ihre Augen fest zu.

Kurz darauf spürte sie, wie sich die Matratze senkte, als er von der anderen Seite darauf stieg. Sie drehte sich um, um ihn anzusehen und war erstaunt zu sehen, dass er keine Kleidung auf seinem Oberkörper trug. Sie wollte nicht einmal daran denken, was er unter den Decken tragen würde – oder nicht!

Erstaunlich war außerdem, wie seine unbedeckten Schultern sie aus dem Gleichgewicht brachten. Es war so furchtbar intim. Und er sah so gut aus. Im Schein des Feuers war seine Haut golden und dunkles Haar breitete sich auf seiner muskulösen Brust aus.

Als er sie sündhaft anlächelte, wurde sie noch nervöser.

„Wie ich sehe, hast du meinen Rat angenommen und dich für die Schlacht gekleidet", sagte er.

Seine Ungezwungenheit lockerte ihre Anspannung und sie fing an zu kichern. „Ich bewundere Männer, die Sinn für Humor haben."

Er warf ihr einen teuflischen Blick zu. „Genug, um mir einen Gutenachtkuss zu geben?"

„Ich bin nicht unschuldig, Lord Rutledge", sagte sie und begegnete seinem Blick direkt. „Ich weiß, was für einen Schaden ein süßer Kuss in einem Mann anrichten kann."

„Dann musst du eine andere Definition von Schaden haben als ich."

Zum Glück sprach er immer noch mit einem gewissen Maß an Humor! Sie zuckte mit den Schultern. „Ich werde dir einen keuschen Kuss geben", sagte sie, als würde sie mit einem kleinen Kind sprechen, „dann habe ich vor, dir Gedichte vorzulesen."

„Man kann nur hoffen, dass die Aufregung mich nicht übermannt", sagte er trocken.

Sie kicherte, lehnte sich zu ihm und legte ihre Lippen schnell auf seine und zog sich dann zurück.

„Was? Keine Umarmung?", fragte er. „Und ich habe dich extra mit Brandy bearbeitet."

„Du hinterhältiger Mann." Sie griff nach dem Buch auf ihrem Nachttisch. „Peggy war äußerst verwirrt, als ich sie gebeten habe, mir den Gedichtband von Kubla Khan zu bringen."

„Einfältiges Mädchen. Du musst sie entlassen." Mit einem Lächeln auf den Lippen verschränkte er die Arme hinter seinem Kopf und lehnte sich gegen das gepolsterte Kopfteil des Bettes.

Sie wollte ihre Hand ausstrecken und ihn berühren, aber eine solche Handlung könnte zu sehr viel mehr Vertrautheit führen, und sie war für den körperlichen Teil dieser Ehe nicht bereit. Noch nicht.

„Wir werden alles teilen, James", sagte sie sanft. „Ich werde lernen, deine Gesellschaftsspiele zu spielen, und du wirst lernen, meine Gedichte zu mögen. Lang verheiratete Paare, so wurde mir gesagt, verschmelzen zu einem einzigen Wesen. Das wird uns genauso gehen – nachdem ich wahrhaftig zu deiner Ehefrau werde."

* * *

Erregung und Leichtsinn wichen aus seinem Körper. Durfte er zu hoffen wagen, dass seine Braut dies wirklich beabsichtigte? Eine Ehefrau. Eine Familie. Das war alles, was er je vom Leben gewollt hatte. Konnte Carlottas Äußeres, das kalt wie Stein war, eine warmherzige und verständnisvolle Frau verbergen? Er würde ihr Zeit geben müssen. Er hatte ihr den Rest seines Lebens versprochen, um es herauszufinden.

„Sag mir noch einmal, welches Gedicht wir heute gemeinsam lesen werden, Liebling", sagte er.

„Da du ein Mann bist, dachte ich mir, wir fangen mit Kubla Khan an."

„Du wirst mich also unterhalten?"

Ihr Gesicht verzog sich in Gedanken. „Ich sehe es lieber als das Verschmelzen unserer Interessen."

Er entriss ihr das Buch und warf es an das Fußende des Bettes. Dann fing er an zu rezitieren: *Sie geht in Schönheit gleich der Nacht; Der Breiten und des Sternenhimmels; Wo das Dunkel und die Pracht; Sich in ihrem Antlitz treffen: Genau das zärtliche Licht ist es; Was der Himmel dem bunten Tag verweigert ...*

„Ich fürchte, ich kenne nur diese eine Strophe", sagte er entschuldigend.

„Ich werde mich immer daran erinnern, dass du in unserer ersten Nacht als Mann und Frau Lord Byron rezitiert hast", sagte sie wehmütig. „Danke, James. Das war wunderschön."

„Ich habe ein weiteres", sagte er.

Sie hob die Augenbrauen. „Wir haben mehr gemeinsam, als ich gedacht hätte. Bitte, fahre fort."

„*Phantom der Freude sie mir war, berückend, ganz liebliche Erscheinung und entzückend.*"

Carlotta schloss sich an: „*Wie zu des Augenblickes Schmuck gesandt, als sie zum ersten Male vor mir stand.*"

Zusammen fuhren sie fort: „*Die Augen wie das Abendlicht so klar, ein Dämmerschein auch auf dem dunklen Haar; sonst alle Dinge, die um sie herum, aus Maienzeit, aus froher Morgendämmerung; bewegliche Gestalt, ein Anblick, der erfreut, den abzupassen, zu erhaschen nie gereut.*"

„Ich liebe Wordsworth", verkündete Carlotta, als sie fertig waren.

„Obwohl ich Kubla Khan sehr bewundere, sind es die Lieder über unvergessliche Frauen, die ich mir zu merken scheine", sagte er schulterzuckend.

Sie senkte ihre Wimpern. Er hatte ihr Unbehagen bereitet. War ihr bewusst, dass er diese Gedichte über unvergessliche Frauen liebte, weil sie über sie geschrieben worden zu sein schienen? Hatte er zu viel seines Herzens offenbart?

Er griff nach dem Kubla-Khan-Band und reichte ihn ihr. „Hier. Lulle mich mit deiner Stimme in den Schlaf."

Sie fing an zu lesen, aber Coleridges Worte lullten nicht ihn in den Schlaf, sondern sie. Bald darauf wurde ihre Stimme schwächer und ihre Augenlider schwerer. Er nahm das Buch sanft aus ihrem schlaffen Griff und stand auf, um ihre Kerze auszublasen.

Bevor er ins Bett zurückkehrte, blies er auch die Kerze auf seiner Seite des Bettes aus, dann schlüpfte er wieder unter die Decken. In der Dunkelheit lauschte er den gleichmäßigen Atemzügen seiner Frau, dem ruhigen Atem einer schlafenden Person. Obwohl ihre Hochzeitsnacht nicht auf die Art und Weise geendet hatte, die er sich erhoffte, war er nicht unzufrieden. Carlotta und er legten zusammen den Grundstein für eine respektvolle Ehe.

Als er in der Dunkelheit lag und ihren Lavendelduft einsog und ihrem sanften Atem lauschte, verfluchte er sich dafür, darauf bestanden zu haben, dass sie im gleichen Bett schliefen. Wie konnte er nur ein derart verfluchter Idiot sein und glauben, er könnte neben Carlotta liegen und sie nicht in seine Arme schließen wollen, um sie mit all seiner Leidenschaft und dem Verlangen, das so lange in ihm gebrodelt hatte, zu lieben?

Sein Verlangen schmerzte ihn. Wenn er sie nur berühren könnte ... Er drehte sich um und stützte sich auf einen Ellbogen. Dann streichelte er zärtlich die sanften Rundungen ihrer Hüfte. Sie rührte sich nicht, aber er tat es. Er bemerkte schnell, dass er noch einen schlimmeren Fehler gemacht hatte. Sein lähmendes Verlangen nach ihr würde ihn noch verrückt machen.

Er stand auf und ging über den Teppich zu der kleinen Chaise an der Wand, warf sich darauf und zog die Decke über seine Kniehosen – und sein explodierendes Verlangen – ein Verlangen nach der Frau, die nun seine Ehefrau war.

Kapitel 13

Die Sonne stand hoch am Himmel, als Carlotta am nächsten Morgen mit einem dumpfen Kopfschmerz erwachte. *Es muss der Brandy gewesen sein,* dachte sie und presste ihre Hand auf ihre pochende Stirn. Dann hörte sie den Klang des leichten Schnarchens eines Mannes und wirbelte herum, um zu sehen, ob Lord Rutledge noch neben ihr lag, obwohl sein Schnarchen von weiter entfernt zu kommen schien.

Ihr Blick huschte zur in der Nähe stehenden Chaise, auf der er tief schlafend ausgestreckt lag. Sie konnte sich beim besten Willen nicht vorstellen, wie er überhaupt schlafen konnte – es sah schrecklich unbequem aus. Seine Füße und Unterschenkel hingen über die Chaise, die viel zu klein für ihn war. Zum Glück bedeckten die Kniehosen, die er am Abend zuvor getragen hatte, seinen Unterkörper. Ihr Blick schweifte über seinen nackten Oberkörper. Er hatte sich offensichtlich in die einzige dünne Decke gerollt, die er hatte. Nachdem das Feuer nun ausgegangen war, zitterte sie bei seinem Anblick.

Sie versuchte sich daran zu erinnern, wie sie eingeschlafen war, aber sie konnte es nicht. Plötzlich wurde ihr bewusst, dass sie eingeschlafen sein musste, als sie ihm vorlas, als sie ihm so nahe war, wie es zwei Pferde im Tandem sind.

Er musste das Buch aufgehoben und die Kerzen ausgeblasen haben.

Wann hatte er sich dann dagegen entschieden, mit ihr in einem Bett zu schlafen? Nicht, dass sie Einwände hatte, natürlich.

Sie blickte auf die Uhr auf dem Kaminsims. Es war viel später, als Peggy sie normalerweise mit einem Tablett voll dampfendem Tee und Toast aufweckte. Carlotta lächelte verschmitzt. Peggy würde natürlich nicht über die frisch Vermählten hereinbrechen wollen.

Von ihrer sitzenden Position auf dem Bett aus konnte Carlotta sich im Spiegel sehen. Das schwere lila Nachthemd sah schrecklich aus. Und sie war immer stolz auf ihr bemerkenswertes Aussehen gewesen! Das einzig Bemerkenswerte an ihr an diesem Morgen war wie verdammt liederlich sie aussah. Sie musste zumindest ihr Haar präsentabel herrichten, bevor sie ihren Mann aufweckte.

Sie stieg aus dem Bett, setzte sich leise an ihren Frisiertisch und fing an, ihr zerrauftes Haar zu kämmen. Als es glatt und glänzend war, versuchte sie es hochzustecken, aber es war hoffnungslos ohne Peggy. Sie steckte sich einfach Kämme in die Seiten. Das musste genügen! Sie tupfte Lavendelduft auf ihren Hals, erhob sich und wandte sich ihrem schlafenden Mann zu.

Wie grauenvoll sie auch aussah, sie musste ihn nun wecken. Sie sorgte sich wegen seines unbequemen und kalten Lagers.

Sie ging auf die Chaise zu, kniete sich nieder und stupste ihn sanft an. „James, Liebster", flüsterte sie zart, „bitte geh ins Bett, wo es viel bequemer ist."

Er öffnete seine Augen und setzte sich auf. Mit einem verwirrten Gesichtsausdruck sah er zuerst zu ihr, dann auf die Chaise, dann zu dem Bett.

Als nächstes wirbelte er herum, um die Uhr sehen zu können. „Wir haben keine Zeit, länger liegen zu bleiben", sagte er schroff.

Sie griff nach seinem Hemd, das auf einem Stuhl in der Nähe hing, und reichte es ihm.

„Brüskiert dich meine Blöße?", fragte er, während ein Lächeln über sein Gesicht huschte.

„Nur wenn die Blöße unter der Taille ist", antwortete sie sittsam.

Er zog sich das Hemd an und knöpfte es zu.

„Warum hast du das bequeme Bett verlassen, um auf der Chaise zu schlafen? Es hat furchtbar ungemütlich ausgesehen."

Er antwortete nicht gleich. Sie beobachtete, wie er zuerst einen Knopf zumachte, dann einen weiteren. Dann sagte er endlich: „Es kam mir in den Sinn, dass mein Plan, neben dir zu schlafen, kein weiser war."

Sie war kurz davor ihn zu fragen warum, aber sie entschied sich dagegen, da sie eine Ahnung seiner Gefühle, die wohl dafür verantwortlich waren, hatte. „Oh je, ich habe deinen Kammerdiener ganz vergessen. Wie wirst du dich nur ohne ihn ankleiden?"

James saß am Rande der Chaise und griff nach seinen Socken und Stiefeln, um sie anzuziehen. „Ich werde mein Hotel völlig unauffällig betreten. Dort erwartet mich Mannington, um mich präsentabel zu machen."

„Ich nehme an, dass alle in Bath nun über unsere Hochzeit Bescheid wissen."

Er erhob sich und nickte, als sie nach seinem Frack griff. „Nicht, dass ich eine bekannte Figur in Bath bin, so wie meine Frau." Er warf ihr einen brennenden Blick zu.

Ihr Herz trommelte in ihrer Brust. Hatte er von

ihrer unwürdigen Vergangenheit gehört? Wenn er es hätte, wäre er bestimmt aufgebrachter. Sie sah zu, wie er seine Jacke zuknöpfte und durchquerte dann das Zimmer, um mit ihren Lippen über seine Wange zu streifen. „Wir müssen uns heute um vieles kümmern. Ist dir bewusst, dass wir morgen um diese Zeit unterwegs nach Exmoor sein werden?"

„Ich habe viel mehr zu tun als du. Du vergisst, dass ich sechs Jahre lang in Bath gelebt habe."

„Ich habe es nicht vergessen. Ich werde zurückkommen, um dir auf jede mir mögliche Art und Weise behilflich zu sein."

* * *

Beim Sonnenaufgang am nächsten Morgen kletterten sie frierend und immer noch schläfrig in den Vierspänner. Carlotta legte für Stevie einen Teppich auf einen der Sitze, so dass er darauf liegen konnte. „Schlaf weiter, Lämmchen", flüsterte sie ihm zu, als er sich auf dem Sitz ausstreckte, der genau dir richtige Größe für ihn hatte.

„Ich bin noch nie in Exmoor gewesen", flüsterte sie ihrem Ehemann zu, als sie sich neben ihn setzte. „Du musst mir etwas darüber erzählen."

„Du wirst dir deine eigene Meinung darüber bilden müssen", sagte er.

Sie beobachtete ihren schlafenden Sohn ein paar Minuten lang. Dann spähte sie unter dem Samtvorhang hinaus, als die Kutsche über den River Avon ratterte. Kurz danach wandte sie sich an James. „Wie lange hast du in Yarmouth gelebt?"

Seine ausgestreckten Beine bildeten eine Linie von einer Ecke der Kutsche zur anderen. „Weniger als ein Jahr. Ich bin zuvor nie dort gewesen."

„Du hast deinen Onkel nie besucht?"

Er lachte. „Ich habe meinen Onkel nie kennengelernt. Mein Vater, du erinnerst dich bestimmt, ist jung verstorben, und wir hatten mit seiner Familie nach seinem Tod wenig Kontakt. Mein Vater war der zweite Sohn. Meine Mutter hat mir immer erzählt, dass der ältere Bruder meines Vaters, der im West Country lebte, der Erbe der Grafschaft ihres Onkels war. Aber es war uns nie in den Sinn gekommen, dass die Grafschaft an mich fallen würde, als mein Onkel ohne einen männlichen Erben verstarb."

Wie sehr Carlotta diese letzten paar Wochen doch nur an sich selbst gedacht hatte, so dass sie James nie mehr über ihn befragt hatte. Und wie seltsam es war, einen Mann zu heiraten, über den man so wenig wusste. „Dann bist du nicht im West Country aufgewachsen?", fragte sie.

Er schüttelte den Kopf. „Nein, meine Mutter war aus Sussex, und nachdem sie dort eine Farm geerbt hatte – und da die Aussichten meines Vaters nicht gut waren – war er froh darüber, ein Gutsherr mit kleinem Vermögen zu sein."

„Aber wenn ihr eine Farm zu führen hattet, warum hast du dann ein Offizierspatent gekauft?"

Er zuckte mit den Schultern. „Meine Mutter war sehr unabhängig, nachdem sie in so jungem Alter zur Witwe geworden war. Sie hat die Farm fast alleine geführt."

„Tut sie es immer noch?"

Er hielt seinen Atem an. „Sie starb als ich in Indien war", sagte er mit einer Stimme, die kaum mehr als ein Flüstern war.

Carlotta schämte sich dafür, nicht einmal gewusst zu haben, dass ihr Mann Waise war und bot ihm ihr Beileid an. „Ihr müsst euch sehr nahe gestanden haben – besonders, da du keine Geschwister hattest."

„Abgesehen davon, dass mein Vater nicht hier war, hatte ich eine perfekte Kindheit. Meine Mutter liebte – und verwöhnte – mich."

Carlotta hatte keine Zweifel, dass James, der loyal, nobel und sensibel war, seine Mutter verehrt hatte. „Gefühle, die du mit Sicherheit erwidert hast."

Seine Augen leuchteten. „Natürlich."

„Es muss schwer für deine Mutter gewesen sein, dir zu erlauben Soldat zu werden und um die Welt zu reisen."

„Ich glaube, es war schwierig für sie, obwohl sie es mir gegenüber nie zugegeben hat. Sie hat mir mein Leben lang gesagt, dass ich für ... das ist etwas peinlich ...", sagte er lachend. „Sie sagte, ich sei dazu bestimmt, jemand von großer Bedeutung zu werden, und das wäre in Sussex nicht möglich."

„Dann kann man in Exmoor große Bedeutung erlangen?", fragte sie scherzend.

Er lachte wieder auf. „Kaum. Du bist dir bewusst, dass es meine Mutter war, die wollte, dass ich ein Mann von Bedeutung werde. Es ist nicht etwas, wonach ich je gestrebt habe. Meine Bedürfnisse sind viel einfacher."

Sie legte unbewusst eine Hand auf seinen Arm. „Was, bitte, sag es mir, sind deine Bedürfnisse?"

Er atmete tief ein und verweilte einige Minuten in Stille. „Ich will das, was ich in meiner Jugend am meisten vermisst habe."

Eine Familie. Sie hatte zu persönliches Terrain betreten. Dieses Gespräch war ihr sehr unangenehm. Natürlich wünschte er sich eine liebevolle Frau und Kinder und eine glückliche

Familie. Und sie konnte ihm niemals die liebende Frau sein, nach der er sich sehnte, die Frau, die er verdiente.

Sie wurde still und hob wieder den Vorhang, um auf die Landschaft hinauszublicken. Die Sonne war nun aufgegangen und Farmer waren schon auf den Feldern. Sie wandte sich wieder an James. „Hast du die Farm in Sussex noch?"

„Ich verpachte sie zurzeit. Ich hoffe, sie eines Tages an Stevie weiterzugeben."

Ihr Herz schmolz. Er liebte Stevie als ob der Junge sein eigener Sohn wäre. Da er nicht James' Fleisch und Blut war, konnte er jedoch niemals Yarmouth erben. Ihr Magen drehte sich um. Vielleicht würde Yarmouth eines Tages James' Sohn gehören. Vielleicht einem Sohn, den sie auf die Welt bringen würde.

Der Gedanke bereitete ihr keine Freude. So freundlich James auch war, sie liebte ihn nicht. Und die Erwartung von Intimitäten zwischen ihnen übte keinen Reiz auf sie aus. Würde sie jemals dazu bereit sein, sein Bett zu teilen? Andere Ehefrauen gewährten ihren ungeliebten Ehemännern solche Freiheiten. Was bedeutete, dass sie doppeltes Glück hatte, da James versprochen hatte, sich keine Befriedigung von ihr zu holen, bis sie freiwillig zu ihm käme. Sie fragte sich, wie lange er zu warten bereit sein würde. Kein Mann würde für immer fromm sein.

„Nimmt dein Stallknecht die Postkutsche mit Peggy?", fragte sie, um die unangenehme Stille zu durchbrechen.

Er runzelte die Stirn. „Jeremy?"

Carlotta nickte.

„Nein. Er bringt mein Pferd zurück. Warum fragst du?"

„Ich glaube, dass Peggy ein Auge auf ihn geworfen hat. Ich hoffe, er ist nicht verheiratet."

James lachte. „Um Himmels willen, nein! Er ist nicht mehr als ein Jüngling. Er ist erst in diesem Jahr gewachsen und in die Höhe geschossen."

„Oh je. Ich hoffe, er ist nicht zu jung für Peggy."

„Sie wirkt jugendlich", sagte er.

„Lass mich rechnen", sagte Carlotta, als sie mit ihren Fingern zu zählen begann. „Sie war erst dreizehn, als ich sie bekommen habe, und das war vor sechs Jahren." Sie sah zu ihrem Mann auf. „Was bedeutet, dass sie nun ..."

„Neunzehn ist."

„Meinst du, das ist zu alt für Jeremy?"

„Ich würde sagen, sie passen perfekt zusammen – obwohl sie doch ein bisschen zu jung sind, um an eine Heirat zu denken."

„Ich war verwitwet bevor ich zwanzig war."

Er antwortete nicht.

Sie ritten einige Meilen in Stille, bevor sie fragte: „Du hast Mieter in Yarmouth?"

Er sah finster drein. „Yarmouth ist nicht wie jedes andere Landgut. Das Land um das Gut wird bewirtschaftet, aber das größte Einkommen stammt von den Kohlengruben, die nicht weit vom Grundstück entfernt liegen."

„Dann hast du vieles über Bergbau lernen müssen?", fragte sie.

„Ich lerne immer noch. Ob als Farmer, Soldat oder Earl, ich bitte meine Leute nicht, etwas zu tun, das ich nicht selbst tun kann."

„Dann bist du tatsächlich in das Kohlenbergwerk gestiegen?"

„Oftmals."

Sie zuckte zusammen. „Ich habe eine höllische Angst davor. Sie sind so dunkel und gefährlich."

„Ich verwende meine Ressourcen dafür, meine Minen sicherer zu machen."

Wie überaus edel, so wie James selbst.

„Ich musste zwei schließen, da es zu viele Unfälle gab." Er hielt inne. „Und sie zu viele Leben gekostet haben", sagte er mit zusammengezogenen Augenbrauen.

„Viele Angehörige deiner Klasse würden sich nicht um niedrigere Klassen kümmern."

Er sagte grimmig: „Ich könnte nicht mit mir leben, wenn ich derlei Ansichten hätte."

„Dann musst du wohl liberal denken – nicht, dass ich über *Die Rechte des Menschen* und all das gut informiert bin."

„Das bin ich auch nicht", setzte er entgegen. „Ich weiß nur, dass ich tun muss, was in meinen Augen richtig ist."

Ihre Gedanken flogen zu James' Mutter und wie gut sie ihn erzogen hatte, dass aus ihm ein derart nobler Mann geworden war. Wie stolz sie doch auf ihn wäre.

Dann sah Carlotta zu Stevie, der ihr gegenüber zusammengerollt lag. Schlafend schien sein Haar, das durch die Feuchtigkeit an seiner Stirn klebte, eher braun als blond. Sein kleiner Mund stand offen, während er selig schlief. Sie lächelte, als sie ihn beobachtete. Er war wirklich ein schönes Kind. Auch wenn er ein bisschen zu dünn war. Nun musste sie dafür sorgen, dass er auch innerlich schön wurde. Zum Glück hatte sie James, um ihr dabei zu helfen, den Jungen zu einem guten Mann zu erziehen.

Stevie rührte sich, rieb seine Augen und sah sie an, als er sich aufsetzte. „Sind wir schon dort?"

James lachte. „Wir haben noch weit zu fahren."

„Wird es finster sein, wenn wir ankommen?",

fragte Stevie.

„Ich hoffe vor Sonnenuntergang in Yarmouth einzutreffen."

„Erzähl mir noch einmal von den Ställen", bat Stevie und lächelte über sein ganzes Gesicht.

„Ich habe keinen Zweifel daran, dass du sie genauso gut wiedergeben kannst wie deine Kinderreime."

„So wie ‚Storch, Storch, Schiebel, Schnabel'?"

James nickte. „Ich weiß wohl, dass du mir genau sagen kannst, wie viele Pferde es in den Ställen von Yarmouth gibt."

„Elf." Der Junge rutschte zum Fenster und hob den Vorhang, um hinauszusehen. „Wenn wir in unserem neuen Heim angekommen sind, Onkel James", sagte er, „darf ich dich dann Papa nennen?"

Carlottas Herz flatterte und ihr Blick flog ängstlich zu James.

Er war einen Moment lang still und sie befürchtete, dass er die bescheidene Bitte des Kindes ablehnen würde.

Schließlich antwortete James mit heiserer Stimme. „Ich würde mich geehrt fühlen. Nichts würde mir größere Freude bereiten, als dir ein Vater zu sein."

Ein großer Knoten formte sich in Carlottas Kehle, und ihre Augen füllten sich mit Tränen.

Ihre Ruhe war nun dahin, als der Morgen dämmerte, da Stevie unaufhaltsam sprach.

In der ersten Pause zwischen den endlosen Fragen ihres Sohnes drehte sich Carlotta zu ihrem Ehemann um, während dieser schnell seinen Blick abwand. Er hatte sie beobachtet und musste sich deshalb unwohl fühlen.

Sie wandte sich wieder dem Fenster zu. Obwohl

sanfte Hügel auch die Landschaft um Bath prägten, waren sie hier im West Country viel größer. Carlotta konnte ihren Blick nicht abwenden, so verzaubernd war die einsame Landschaft. Büsche von Heidekraut bedeckten weite Strecken von baumlosen Mooren und Heideland, und weiche Hügel dehnten sich über die Landschaft aus wie Steine auf Sand.

Sie überquerten einen Fluss, und sie fragte James nach dem Namen.

„Es ist der Parrett – er diente als Grenze zu den Sachsen. Du wirst herausfinden, dass alles westlich des Parrett das Keltische mehr erhalten hat – die Sprache eingeschlossen – als sonst eine Region in England."

„Die Sprache? Du meinst, dass die Leute in Exmoor Keltisch sprechen?"

„Es stirbt langsam aus, aber du wirst sehen, dass der Dialekt anders ist als der, den du gewohnt bist."

Sobald sie glaubte, sich an die Landschaft im West Country gewöhnt zu haben, veränderte sie sich. Von weiten Strecken der Moore zu bewaldeten Schluchten in üppige Flusstäler.

Sie wandte ihren Blick lange genug vom Fenster ab, um ihren Mann anzusprechen. „Ich nehme an, dass wir Exmoor nahe sind; die Geografie unterscheidet sich immens von allem, was ich gewöhnt bin. Und hast du mir nicht erzählt, wie schön es hier ist, James? Es erinnert mich in gewisser Weise an Portugal."

Seine Augen tanzten, als er nickte. „Es gibt Gemeinsamkeiten. Erstens ist es hier wärmer und eindeutig hügelig und nahe dem Meer. Ich hatte gehofft, dass du es genauso schön findest wie ich."

Die Kutsche ratterte bald über eine gebogene Steinbrücke, die sich über einen schmalen, schnell fließenden Fluss streckte. „Wir haben gerade den Barle überquert. Jetzt sind wir in Exmoor", sagte James.

„Nun musst du uns berichten, wie Yarmouth Hall aussieht."

Er schüttelte den Kopf. „Ihr werdet euch eure eigene Meinung bilden müssen. Ich darf eure Meinung darüber nicht beeinflussen."

* * *

Sie hatte die Möglichkeit, sich ihre eigene Meinung zu bilden, als die Kutsche in der Abenddämmerung die breite Straße nach Yarmouth hinaufklapperte.

Sobald James ihr gesagt hatte, dass sie Yarmouth erreicht hatten, riss sie die Vorhänge zur Seite und drückte ihr Gesicht an die Glasscheibe. Hoch über einem ausladenden grünen Park lag ein prachtvolles vierstöckiges Gebäude mit zwei flachen Flügeln auf beiden Seiten der symmetrischen Struktur. Das spitze Dach hatte Balustraden und war mit großen, schmalen Schornsteinen übersät, die die großen, schlanken längs unterteilten Fenster nachempfanden.

Als sie näherkamen, sah sie, dass der gegiebelte Eingang, zu dem breite Treppen führten, im zweiten Stock war.

Aus unerfindlichen Gründen setzte ihr Herz einen Schlag aus, als die Kutsche vor der Türe zum Stehen kam. *Ich werde hier die Herrin sein.* Zweifel an ihrer Kompetenz übermannten sie.

James wandte sich an sie und nahm ihre Hände in die seinen. „Dein neues Heim, Mylady."

Kapitel 14

James hatte vergessen Fordyce zu sagen, dass er den Dienern auftragen sollte, sich nicht wie ein abschreckendes Regiment, das von der neuen Countess begutachtet werden musste, aufzureihen. Die Anzahl seiner vielen Angestellten alleine würden seine Braut wahrscheinlich schon einschüchtern. Er sollte es wissen. Er war verflixt eingeschüchtert davon gewesen, als er zum ersten Mal nach Yarmouth gekommen war. Tatsächlich war er es noch immer. Obwohl er verdammt wäre, wenn er es sich anmerken ließe.

Aber es war nicht Carlotta, um die er sich Sorgen machen musste. Es war ihr Sohn. Ihr gemeinsamer Sohn. Als sie das riesige Foyer betraten, wo an die vierzig Diener auf beiden Seiten und entlang der ausladenden Treppe aufgereiht standen, klammerte sich Stevie an die Röcke seiner Mutter und vergrub sein Gesicht in deren Falten.

James näherte sich dem nervösen Jungen und legte beruhigend eine Hand auf seinen Scheitel. Seine Mutter hielt ihn bereits an den Schultern fest. „Es ist alles gut, Stevie, dies ist dein neues Zuhause", flüsterte James.

Stevie zeigte sein Gesicht trotzdem nicht.

James warf dem Butler und der Haushälterin, deren Kleidung sich von der chartreusefarbenen Livree der anderen Diener unterschied, und einem anderen Mann, der wie ein Gentleman gekleidet war, einen Blick zu. „Ich freue mich, euch die neue Lady Rutledge vorzustellen." Er sah zu Carlotta, die sie strahlend anlächelte. „Meine Liebe", sagte er zu ihr, „Mrs. MacGinnis kann dich morgen durch das Haus führen, wenn du dich von der anstrengenden Reise erholt hast."

Carlotta lächelte die Haushälterin an. „Ich freue mich darauf. Wie lange seid Ihr schon in Yarmouth im Dienst, Mrs. MacGinnis?"

James sah die Haushälterin mit frischen Augen an. Mit ihrem silbernen Haar und molligen kleinen Körper musste sie über sechzig sein. „Ich habe meine Stelle hier vor dreiundzwanzig Jahren angetreten."

„Dann wisst Ihr viel besser über Yarmouth Bescheid als mein Mann", sagte Carlotta mit einem kleinen Lachen.

Die Haushälterin lächelte verschmitzt.

James sagte zu seinem Sekretär: „Mr. Fordyce, erlaubt mir, Euch mit der neuen Lady Rutledge bekannt zu machen."

Der gut gekleidete Mann machte einen Schritt vorwärts und nahm ihre Hand. „Mylady", sagte er mit einer Verbeugung.

„Ich habe vergessen, dir zu sagen, dass Mr. Fordyce mein Sekretär ist, Liebste."

James war ganz und gar nicht damit einverstanden, wie Carlotta den jungen Fordyce von oben bis unten begutachtete, bevor sie sprach. „Ich freue mich, Eure Bekanntschaft zu machen", sagte sie. „Seine Lordschaft hat Euch – und Eure Effizienz – oft erwähnt."

Ihre Worte machten den jungen Sekretär offensichtlich sprachlos. Fordyce war zweifellos nicht daran gewöhnt, von schönen Frauen angesprochen zu werden, dachte James.

Fordyce trat zurück.

James sagte zu dem Butler: „Adams, ich darf Euch Ihre Ladyschaft vorstellen."

Der ernste, magere Butler bot seiner neuen Herrin eine steife Verbeugung.

Dann sah James zu Stevie hinunter und hob seine Stimme. „Dieser Junge ist Lady Rutledges Sohn, der von nun an als mein eigener Sohn behandelt wird. Sein Name ist Master Stephen. Ich fürchte, er ist ein bisschen schüchtern", fügte James hinzu.

„Du meine Güte", sagte Mrs. MacGinnis, „er ist ja noch ein ganz kleiner Kerl."

Stevie streckte seinen Kopf heraus. „Das bin ich nicht. Ich bin sechs." Dann, wie eine kleine Schildkröte, vergrub er seinen Kopf wieder in den Röcken seiner Mutter.

Zu James' Freude lachten alle Dienstboten – sogar der ernste Adams. Was den armen Stevie leider noch befangener machte.

James taten die armen Dienstboten leid, die aufgereiht waren wie Sklaven bei einer Versteigerung. Er entfernte sich einen Schritt von Carlotta und ließ seinen Blick von einer Seite zur anderen schweifen, um sie zu begutachten. „Ihr alle", sagte er mit einer Stimme, die lauter war als während einer normalen Unterhaltung, „sollt dafür gelobt werden, wie ordentlich ihr ausseht und für eure Bemühungen, euch der neuen Lady Rutledge gut zu präsentieren. Anstatt euch einzeln vorzustellen, denke ich, dass Ihre Ladyschaft es bevorzugt, euch während der Ausübung eurer Arbeiten kennenzulernen. Ich versichere euch, dass ich Lady Rutledge berichtet habe, dass es in ganz England kein besseres Personal gibt."

Seine Bemerkung wurde von nicht weniger als

vierzig Lächeln angenommen.

Zu seiner Überraschung machte Carlotta einen Schritt vor, um neben ihm zu stehen, und ihr lächelnder Blick schweifte von links nach rechts. „Ich fühle mich von eurer Begrüßung geehrt und freue mich, euch alle bei eurem Namen kennenzulernen." Dann beugte sie ihren Kopf und hakte sich bei ihrem Mann ein, wobei ihr Sohn sich immer noch an ihre Röcke klammerte.

James wandte seine Aufmerksamkeit Mrs. MacGinnis zu, um mit ihr zu sprechen, aber sie sprach zuerst. „Würden Mylord und Mylady ein Abendessen auf einem Tablett in Ihren Zimmern bevorzugen?"

James sah Carlotta fragend an.

„Wir können uns umziehen und herunterkommen", sagte Carlotta. „Ich freue mich schon sehr auf mein erstes Mahl in Yarmouth Hall."

James konnte an Mrs. MacGinnis' Lächeln erkennen, dass sie mit ihrer neuen Herrin zufrieden war.

„Ich nehme an, die Zimmer sind bereit?", fragte James die Haushälterin.

„Genau, wie Ihr Mr. Fordyce aufgetragen habt. Mir war allerdings nicht bewusst, dass das Gästezimmer von Lady Rutledges Sohn bewohnt sein wird. Es gibt dort kein Bett für die Amme, aber ich werde sofort eines hinaufbringen lassen."

„Es gibt im Moment noch keine Amme", sagte James. „Die Zofe Ihrer Ladyschaft erfüllt diese Aufgabe, bis wir eine passende Person für die Stelle gefunden haben." Er wandte sich an Fordyce. „Du hast dich darum gekümmert?"

Fordyce nickte. „Die Agentur hat eine Liste mit Interessenten geschickt. Möchte Eure Ladyschaft die Informationen heute Abend durchgehen?"

„Es kann bis morgen warten", sagte James kurz angebunden. „Lady Rutledge ist müde von der Reise."

„Und", sagte Carlotta zu Fordyce, „die Auswahl einer Amme werden mein Mann und ich gemeinsam treffen."

Wie ein wahrer Vater.

Als er mit seiner Familie die Treppe hinaufging, schwoll James vor Stolz der Kamm. Carlotta passte hierher, als ob sie in den Adel geboren wäre. Sie als seine Countess auszusuchen, war eine gute Entscheidung gewesen.

Ein Jammer, dass sie ihn nicht liebte.

„Schau, Mama", kreischte Stevie aufgeregt. „Die Decke ist golden."

Carlotta wurde langsamer und sah auf die elegant modellierte Stuckdecke. „In der Tat!"

Als sie den zweiten Stock erreichten, sagte James: „Alle unsere Kammern sind auf diesem Stockwerk." Das erste Zimmer, an dem sie anhielten, war Stevies. „Dies war ein Gästezimmer zu Zeiten des alten Earls."

„Seine Lordschaft hatte gar keine Kinder, auch keine Töchter?", fragte Carlotta.

James schüttelte den Kopf. „Gar keine Kinder. In der Tat muss man fast einhundert Jahre zurückblicken, um Kinder in Yarmouth zu finden."

„Gibt es überhaupt ein Kinderzimmer?", fragte Carlotta.

James ging in das hellblaue Zimmer und sprach über seine Schulter. „Es ist nicht passend für Stevie. Ich habe Fordyce aufgetragen, das Kinderzimmer komplett zu renovieren, mit besonderer Anweisung den Kamin zu reparieren, der im Moment nicht funktioniert."

„Zum Glück! Wir können Stevie nicht in einem kalten Zimmer schlafen lassen", sagte Carlotta. Sie sah sich in der makellosen blauen Kammer um. „Es ist glücklicherweise warm."

Nun, da sie unter sich waren, benahm sich Stevie wieder normal, lief herum und schmiss sich auf das Bett, um dann aufzustehen und darauf herumzuspringen.

„Stephen Andrew Ennis!", schrie Carlotta. „Du weißt sehr wohl, dass du nicht auf Betten springen sollst. Was passiert mit schlimmen kleinen Jungen, die auf Betten springen?"

Sein Gesicht wurde ernst, als er herunterkletterte. „Sie schlagen sich den Kopf auf."

„In der Tat, und wenn du es noch einmal wagst, auf dem Bett herumzuspringen, dann werde ich dazu gezwungen sein, dir dein Hinterteil zu versohlen."

Seine grünen Augen weiteten sich.

James konnte sich nicht vorstellen, dass Carlotta tatsächlich eine Hand gegen den Jungen erheben würde.

„Ich will nicht hier schlafen", sagte Stevie.

„Du wirst niemals hier alleine schlafen, Lämmchen. Ich habe es versprochen. Und nachdem Peggy noch nicht angekommen ist, musst du heute wohl im Zimmer deiner Mama schlafen."

Sein Schmollen verwandelte sich in ein breites Lächeln. „Sollen wir uns dein Zimmer ansehen, Mama?"

Sie sah James an. „Sollen wir?"

Sie verließen Stevies Zimmer und gingen den breiten Flur aus Stein, der von Dutzenden von

Wandleuchten hell erleuchtet war, bis zur Hälfte entlang.

„Der Zugang in dein Schlafgemach", sagte James und öffnete mit Schwung die Türe, „ist durch dieses Arbeitszimmer."

Sie traten in ein gut beleuchtetes Zimmer, das mit ausgebleichter roter Seide und Samtstoffen ausgestattet war und in dessen Mitte ein goldener Louis XIV Schreibtisch auf einem großen Orientteppich stand.

Carlottas Gesicht war unergründlich, als sie sprach. „Ich bin sicher, es war im letzten Jahrhundert sehr prachtvoll."

„Genau", sagte James. „Die letzte Lady Rutledge verstarb 1799."

Carlotta warf ihre Arme in die Luft. „Da hast du es!"

James begab sich in das nächste, mit dem roten verbundenen Zimmer. Das Schlafgemach. Es war einst äußerst königlich gewesen und war so groß wie der gesamte erste Stock in Carlottas Haus am Monmouth Place. Der türkise Seidendamast an den Wänden war von der Sonne schrecklich ausgebleicht, genauso wie die seidenen Bettdecken.

Carlotta ging durch die große Kammer, und ein kleines Lächeln umspielte ihre Lippen. Dann wandte sie sich ihm zu. Und er fühlte sich grundlos nervös. Er hatte wirklich vorgehabt, die Räume neu zu gestalten, bevor sie sie sah. Aus unerfindlichen Gründen war es ihm wichtig, dass sie alles an Yarmouth und alles darin guthieß.

„Weißt du, James", fing sie an, „mit neuer Farbe und neuen Stoffen werden diese Zimmer einfach grandios sein." Sie hakte ihren Arm in seinen. „Und ich werde es furchtbar genießen, das

Dekorieren von Stevies und meinen Räumen zu übernehmen."

Er hätte jubeln können. „Lass mich raten. Dein Zimmer wird lila sein."

Sie brach in Gelächter aus. „Um Himmels willen, nein, du törichter Mann."

„Aber ich dachte, Lila ist deine Lieblingsfarbe."

„Lila *steht* mir am besten. Wegen meiner Augen. Ich habe dir gesagt, dass ich trage, was mir gut steht, nicht was modern ist. Allerdings ziehe ich ein Zimmer vor, das nicht mit mir konkurriert, so dass ich mich zu meinem Vorteil präsentieren kann."

„Weiß?", fragte er.

Sie schüttelte den Kopf. „Das ist mir ein bisschen zu langweilig."

„Was dann?"

Sie dachte einen Moment nach. „Ich glaube, ein helles Gold wäre genau das Richtige."

Er nickte. Ein guter Hintergrund für Carlotta.

Sie ging Stevie nach, der in das dritte verbundene Zimmer gegangen war, den Umkleideraum der Countess. Sie sah sich um, dann blickte sie James an. „Ich bin mit meinen Räumlichkeiten sehr zufrieden. Schließen deine daran an?"

Er blickte auf die nächste Türe in der Mitte der westlichen Wand. „Mein Umkleideraum schließt an deinen an, und meine Zimmer sind das Spiegelbild von deinen. Von rechts nach links, Umkleideraum, Schlafgemach, Arbeitszimmer."

„Darf ich deine sehen?"

„Folge mir, Mylady", sagte er und bot ihr galant seinen Arm an.

Sein Umkleideraum wäre von ihrem nicht zu unterscheiden gewesen, wenn er nicht mit Reihen von Stiefeln und feinen maßgeschneiderten Gentleman-Kleidern gefüllt gewesen wäre.

Sie gingen weiter in sein Schlafgemach.

„Es ist smaragdgrün", quietschte sie, als sie eintraten.

Er wirbelte herum, um sie anzusehen. „Dir gefällt smaragdgrün nicht?"

„Ich liebe es über alles, und ich muss sagen, es passt gut zu dir, James." Sie sah sich einen Moment lang still im Raum um. „Es ist ein äußerst maskulines Zimmer. Hast du die Farbe selbst ausgewählt?"

Er nickte.

„Was für eine Farbe hatte der vorherige Earl hier?"

James rollte die Augen. „Rot."

Sie brach in Gelächter aus. „Ich kann mir dich nicht in einem scharlachroten Zimmer vorstellen!"

„Ich auch nicht", sagte er trocken.

„Kann ich ein wotes Zimmer haben?", fragte Stevie und sah hoffnungsvoll zu ihnen auf.

„Darf ich", sagte Carlotta.

Stevie verzog verwirrt sein Gesicht.

James kniete sich neben ihn. „Um richtig zu sprechen sagt man ‚darf ich', nicht ‚kann ich'. Deine Mama hat dich nur verbessert."

Nun wirbelte Stevie herum, um seine Mutter wieder ansehen zu können. „Darf ich ein wotes Zimmer haben?"

„Wenn du willst, Liebling. Wir werden in Yarmouth Hall viel Spaß haben."

Und wiederum war James zum Jubeln zumute.

* * *

Später an diesem Abend, nachdem sie ein beeindruckendes Mahl im Beisein zweier Diener eingenommen hatten, und nachdem James ihr im

Salon beigebracht hatte, wie man Backgammon spielt, und nachdem Carlotta Stevie in den Schlaf gelesen hatte, kletterte sie auf ihr riesiges Himmelbett in ihrem Zimmer. Sie blies die Kerze auf ihrem Nachttisch aus und lag steif wie Pergament unter ihren Decken. Genauso, wie sie es gerne hatte. Eine ihrer größten Schwelgereien war es, ihre Laken jeden Tag wechseln zu lassen. Sie hatte sich diesen Luxus nicht oft leisten können.

Sie lag im Halbdunkel und lauschte dem Knistern des Feuers und Stevies Atem. Ein Friede, wie sie ihn seit Jahren nicht erfahren hatte, breitete sich über ihr aus.

Sie hatte sich nie freier gefühlt. Und am besten war, dass sie keine Angst mehr hatte, dass James von Gregory erfahren würde.

Obwohl sie ihn nicht liebte, freute sie sich auf das neue Leben mit ihm. Ein Leben ohne finanzielle Schwierigkeiten. Sie würde respektiert werden als die Countess von Rutledge. Sie hatte eine riesige Armee von Dienstboten zu ihrer Verfügung und ein fabelhaftes geerbtes Gut, das sie ihr Eigen nannte. Ihre Zimmer würden – sobald sie neu dekoriert waren – prachtvoll sein, zweifellos so prachtvoll wie die im Schloss des Königs.

Und, nach all diesen Jahren, hatte sie endlich ihren Sohn und würde ihn nie wieder verlieren.

Sie hatte all das Lord Rutledge zu verdanken, dem Mann, der sie mit seinem Namen geehrt hatte. Sie fiel in einen zufriedenen Schlaf und ein sanftes Lächeln umspielte ihre Lippen.

Kapitel 15

Als Carlotta am nächsten Morgen die Treppen hinunterkam, stieß sie auf einen Lakaien in der nun vertrauten chartreusefarbenen Livree. „Kannst du mir sagen, wo ich Lord Rutledge finden kann?", fragte sie.

„Seine Lordschaft ist in der Bibliothek", sagte er ohne jegliche Gefühlsregung.

„Sag, wo mag sich diese befinden?"

Seine Augen wiesen in Richtung des weitläufigen Flurs, der vom Eingang bis zur anderen Seite des Hauses führte. „Erlaubt mir, Euch den Weg zu zeigen, Mylady."

Sie folgte ihm durch das breite Foyer und sah zu den riesigen Gemälden auf, die die Wände bis in das nächste Stockwerk hinauf bedeckten.

Am Ende des Flurs öffnete der Lakai eine große Türe in die dunkle Bibliothek. Obwohl der Raum gewaltig war, gab es nur wenige Fenster. An ihrer Stelle standen große Bücherregale im Zimmer, das trotz seiner Größe gemütlich war. Ein Feuer brannte im großen marmornen Kamin, und schweres, dunkles Holz verlieh dem Raum eine behagliche Wärme.

James, der hinter seinem Schreibtisch saß, blickte von den Geschäftsbüchern auf, die er gerade durchsah, und sein Gesicht leuchtete auf, als er sie sah. Er stand sofort auf und kam ihr mit ausgestreckten Armen entgegen. „Guten Morgen, Mylady. Ich dachte, du würdest mit Mrs. MacGinnis das Haus ansehen."

Carlotta hatte sich immer noch nicht daran gewöhnt, als Mylady angesprochen zu werden. Sie legte ihre Hände auf seine Brust, stellte sich auf die Zehenspitzen und hauchte einen Kuss auf seine Lippen. „Ich denke, eine wichtigere Aufgabe ist es, uns die Informationen über die Kandidatinnen für Stevies Amme anzusehen."

„Das ist in der Tat wichtiger", sagte er. Er ging zurück zu seinem Schreibtisch. „Hier sind die Informationen, die Fordyce von der Agentur bekommen hat." Er nahm die Papiere und setzte sich neben sie auf das Sofa.

Nach der langen Kutschenfahrt am vorherigen Tag hätte sie daran gewöhnt sein sollen, dem Mann, der nun ihr Ehemann war, so nahe zu sein, aber es war ihr unangenehm.

Die Sache war die, dass er viel zu viril war. Sie war sich seiner Männlichkeit nicht bewusst gewesen, als er nach Bath gekommen war – wahrscheinlich, weil er *zu* nett gewesen war, zu entschuldigend, zu desinteressiert an ihr als Frau. Aber nun ... nun war ihr seine Männlichkeit bewusstgeworden. Nicht nur auf körperliche Art, sondern auch wie er Respekt verlangte, wie er ein derart scharfes Verständnis für die menschliche Natur aufbrachte – ihre eigene Selbstsucht eingeschlossen – und wie er mit großer Weisheit Rat erteilte.

Weil er so männlich war, wusste sie, dass sie nicht in der Lage sein würde, ihm körperliche Intimität für immer vorzuenthalten, eine Intimität, von der sie nichts wissen wollte. Als sie dort saßen, ihre Oberschenkel nebeneinander, wurde ihr die körperliche Nähe deutlich bewusst. Seine muskulösen Beine zeugten von seiner unleugbaren Männlichkeit.

Er lehnte sich zurück und kreuzte seine Beine, den Stiefel auf sein Bein, und starrte einen Moment lang ins Feuer, bevor er sprach. „Stevie ist fast zu alt für eine Amme, aber er braucht jemanden, der auf ihn aufpasst. Als Herrin von Yarmouth wirst du viele Aufgaben zu erfüllen haben und kannst nicht ständig ein Kind um dich herum haben."

„Was schlägst du vor?"

„Die Dame, die wir einstellen werden, sollte die Fähigkeiten einer Amme und einer Gouvernante haben. Es ist an der Zeit, dass der Junge lernt, wie man liest und rechnet. Er ist äußerst wissbegierig. Das Verständnis von militärischer Strategie, das er bewiesen hat, würde dir gefallen. Ich würde ihn nicht zurückhalten wollen."

„Ich dachte, es war vielleicht nur ich, die bemerkte, was für ein gescheiter Kerl er ist", sagte sie mit einem Lächeln.

Er nickte. „Sein Verstand glänzt wie eine frisch geprägte Guinea – wenn es noch frisch geprägte Guineas geben würde."

„Bevor wir uns diese Papiere ansehen", sagte James, „schlage ich vor, wir schreiben eine Liste mit Qualifikationen, die uns wichtig sind."

„Ein ausgezeichneter Vorschlag."

Er ging zum Schreibtisch, um Schreibzeug zu holen, und gab es an seine Frau weiter. „Handschrift ist nicht meine Stärke."

Carlotta faltete das Pergament, so dass es dicker war und man darauf schreiben konnte. „Zuerst, denke ich, ist das Alter wichtig. Stevie stand seiner ersten Amme sehr nahe – sie war erst siebzehn, als sie zu ihm kam. Die nächste war großmütterlich, und er hat sie nicht annähernd so gerne gehabt."

James' Augen tanzten. „Dem kleinen Kerl gefallen sie also, wenn sie jung und hübsch sind."

Carlotta unterdrückte ein Lächeln. „Sarah – die erste Amme – war, wenn ich mich recht erinnere, sehr hübsch." Sie fing an zu schreiben.

„Ich bitte dich, nicht *hübsch* aufzuschreiben. Ich habe nur gescherzt. Eine derartige Charakteristik ist wirklich nicht relevant."

Sie sah durch ihre dichten Wimpern zu ihm auf „Dann ist dir gutes Aussehen an einer Frau nicht wichtig?" Sobald sie die Worte ausgesprochen hatte, bereute sie sie auch schon. Nun benahm sie sich, wie die alte Carlotta es immer getan hatte. Die kokette Carlotta. Die Carlotta, die ihrer eigenen Schönheit vertraut hatte. Die Carlotta, die sie in Bath hatte begraben wollen.

Er lachte. „Ich wünschte, es wäre so", sagte er wehmütig, als sein hitziger Blick von ihrem schwarzen Haar bis zu ihren Seidenschuhen schweifte.

Ihr Inneres begann zu zittern, als sie schrieb: „Alter: unter fünfundzwanzig." Dann sah sie ihn wieder an. „Was noch, Mylord?"

„James", fuhr er sie an. „Du sollst mich James nennen."

Sie senkte ihre Wimpern. „Ja, James", sagte sie sanft.

Er hob mit einer schnellen Handbewegung ihr Kinn. „Es ist, als würdest du dich von der Tatsache entfernen wollen, dass du meine Ehefrau bist."

Sie schüttelte den Kopf. „Niemals das. Ich bin sehr glücklich darüber, dass du mich zu deiner Frau gemacht hast. Du ... du bist erst der zweite Mann, den ich mir in den sechs Jahren seit Stephens Tod als Ehemann gewünscht habe." Sie sah, wie er bei ihren Worten erstarrte. *Ich hätte lügen und ihm sagen sollen, er sei der erste.*

Seine Augen blitzten verärgert. „Wer war der andere Mann?"

Wenn sie es nicht besser gewusst hätte, hätte sie geglaubt, dass James eifersüchtig war! Sie schüttelte den Kopf. „Niemand von Bedeutung. Niemand, der meine Gefühle erwiderte." Sie hob die Feder wieder hoch. „Was als nächstes?"

James war einen Moment lang still. „Jemand, der seine Liebenswürdigkeit Kindern gegenüber bewiesen hat."

Carlotta nickte, als sie schrieb.

„Und die Person sollte gut lesen, schreiben und rechnen können."

Als sie schrieb, ertönte ein Klopfen an der Tür zur Bibliothek und Mrs. MacGinnis betrat den Raum.

„Mylord", fing sie an, „Mr. Fordyce erzählte mir, dass Ihr dabei seid, eine Amme für den jungen Master Stephen auszuwählen." Sie sah nervös aus, als sie sich vor sie stellte, und hielt ihre Hände fest ineinander verschränkt.

James hob eine Augenbraue. „Das sind wir."

„Wenn ich so kühn sein darf", sagte Mrs. MacGinnis, „würde ich gerne meine Nichte für die Position empfehlen."

„Deine Nichte hat Erfahrung als Amme?", fragte er.

Die Haushälterin schüttelte den Kopf. „Nicht wirklich, aber sie wäre wunderbar. Ihr müsst wissen, dass sie Kinder liebt. Sie war für ihren jüngeren Bruder verantwortlich und hat bemerkenswerte Geduld und Reife in ihrer Sorge um ihn und in der Ausübung ihrer Pflichten gezeigt."

James lehnte sich zurück, hakte seine Daumen ineinander und sah die Haushälterin durchdringend an. „Erzähl mir bitte von ihr."

Sie seufzte. „Ihre Mutter – meine Schwester – ist die Haushälterin von Sir Eldridge in Middlesex."

Er nickte.

„Meine Nichte Margaret ist das dritte von vier Kindern. Sie hat zwei ältere Schwestern, die verheiratet sind. Ihre Aussichten einen eigenen Ehemann zu finden sind, leider, wegen ihrer Plumpheit begrenzt."

„Sie ist dick?", fragte Carlotta.

Mrs. MacGinnis schüttelte den Kopf. „Ich würde es nicht dick nennen. Sie ist nur ein bisschen zu rundlich."

Das Mädchen muss ihrer Tante ähnlich sein, dachte Carlotta. „Wie alt ist sie?", fragte Carlotta.

Sie ist neunzehn und hat den dringenden Wunsch, eine Position als Amme oder Gouvernante zu finden."

James' Augenbrauen schossen in die Höhe. „Eine Gouvernante? Dann ist sie gebildet?"

Mrs. MacGinnis nickte. „Oh ja, Mylord. Und Ihr solltet ihre Handschrift sehen! Sie ist wie ein Kunstwerk."

„Sie ist hier in Middlesex?"

Sie nickte.

„Danke, Mrs. MacGinnis", sagte James mit verabschiedendem Ton. „Meine Frau und ich werden ernsthaft überlegen, deine Nichte einzustellen."

Als sich die Türe hinter der Haushälterin geschlossen hatte, sahen James und Carlotta einander an.

„Was denkst du?", fragte er.

„Sie klingt perfekt!"

„Das denke ich auch. Wünscht du sie einzustellen, ohne sie gesehen zu haben?"

„Du hältst sehr viel von ihrer Tante, das Mädchen ist offensichtlich guter Herkunft."

„Und die Tatsache, dass sie gebildet ist, sollte sie an den Anfang unserer Liste befördern."

Carlotta nickte. „Dann stelle sie ein, Liebster."

„Bestens."

* * *

Carlottas Hausrundgang wurde um eine halbe Stunde verschoben, in der die Haushälterin einen Brief an ihre Nichte schrieb und aufgab. Während Carlotta wartete, holte sie Stevie von Peggy ab.

„Da ich dir Stevie nun abnehme", sagte Carlotta zu ihrer Zofe, „hast du Zeit deine Sachen auszupacken. Ich weiß, dass du gestern erst sehr spät angekommen bist."

„Ich werde auspacken und Eure Sachen bügeln, Mylady."

Carlotta nickte und reichte Stevie ihre Hand. „Komm, Lämmchen, wir werden uns unser neues Haus ansehen."

Als sie die Treppe hinuntergingen sagte Stevie: „Yarmouth ist gar nicht wie ein Haus, Mama. Es ist wie ein Palast. Es ist so groß!"

„Das ist es. Ich hoffe, wir werden uns nicht verirren."

Als sie das Haus besichtigten stellte Carlotta fest, dass die perfekte Symmetrie des Hauses dies verhindern sollte. Gott sei Dank, dachte sie, gab es keine planlosen Anbauten, die in allen Winkeln an dem Haupthaus hingen, so wie es in vielen alten Häusern des Adels der Fall war.

Während des Rundgangs und der scheinbar nie enden wollenden Reihe von Schlafgemächern, fragte Stevie Mrs. MacGinnis, wie viele Schlafzimmer es gab.

„Dreiundvierzig", sagte die Haushälterin mit einem Stolz, der dem eines Eigentümers glich.

„Aber ich dachte, der alte Earl hatte keine Kinder", sagte Stevie.

„Du musst verstehen, Lämmchen", sagte Carlotta, „dass Earls sehr wichtige Leute sind, die viele Gäste haben."

„King George selbst kam 1719 nach Yarmouth", gab die Haushälterin an. „Es gefiel ihm, in den nahegelegenen Wäldern zu jagen."

Stevies Augen weiteten sich. „Glaubst du, unser König wird hierherkommen?"

„Unser König ist sehr krank – und außerdem kennt Lord Rutledge ihn nicht", sagte Carlotta. Sie blieb stehen, um das Portrait eines Gentlemans mit gepuderter Perücke zu betrachten.

„Das war der alte Earl", sagte Mrs. MacGinnis.

Carlotta begutachtete das Portrait sorgfältig und war der Meinung, dass er keine Ähnlichkeit mit ihrem Mann hatte.

„Waren Kinder hier, als der andere König hier war?", fragte Stevie Mrs. MacGinnis.

„In der Tat. Der dritte Earl hatte vierzehn Kinder."

„Ich wünschte meine Mama – und Papa – hätten vierzehn Kinder."

Carlotta legte eine Hand auf seine Schulter und war innerlich erfreut darüber, wie schnell Stevie James als seinen Vater angenommen hatte. „Ich bin sicher, du wirst hier Kinder finden, die deine Freunde sein werden."

Mrs. MacGinnis nickte. „Das Haus wird jetzt zum Leben erwachen. Es ist viel zu lange viel zu düster gewesen. Die wenigsten Schlafzimmer sind benutzt worden, seit ich hierhergekommen bin."

Sie ging die Treppe bis zum obersten Stockwerk hinauf. „Als ich hier angefangen habe, war die alte Countess noch am Leben und sie war am glücklichsten, wenn alle Zimmer voll waren. Dann hat die arme Lady ein Fieber bekommen und ist plötzlich verstorben." Mrs. MacGinnis schüttelte traurig den Kopf. „Der greise Earl war nie wieder der Alte nach ihrem Tod."

Carlotta blieb bei einem Fenster nahe der Treppe stehen und blickte zuerst auf den Garten hinter dem Haus, dann zog die Pracht der Landschaft im Norden des Gutes ihre Aufmerksamkeit auf sich. Felder in den verschiedensten Grüntönen verwandelten sich weiter im Norden in weiche Hügel mit üppiger Begrünung.

„Der Mangel an Bewohnern", sagte Carlotta zu der Haushälterin, „hat deine Arbeit doch bestimmt einfacher gemacht", sagte Carlotta zu Mrs. MacGinnis.

Die Haushälterin zuckte mit den Schultern. „Mir ist es lieber, in Arbeit zu ersticken. Es bereitet mir viel Freude, einen großen Tisch zu decken und bewohnte Gästezimmer zu haben. Vielleicht wird Seine Lordschaft, nun da er verheiratet ist, wieder Leben nach Yarmouth bringen."

„Vielleicht", sagte Carlotta, obwohl sie nicht wollte, dass Yarmouth geöffnet wurde und ihre sichere Position als die von James geschätzte Frau dadurch gefährdet würde. Wenn andere über das Haus herfielen, würde James sicher von Gregory erfahren.

Mrs. MacGinnis führte sie den Weg hinauf ins oberste Stockwerk.

„Hat mein Mann viele Neuerungen vorgenommen, seit er eingezogen ist?", fragte Carlotta.

„Die meisten von uns sind der Meinung, dass er Yarmouth gerettet hat."

Carlotta runzelte die Stirn. „Wie?"

„Wie ich sagte hatte der alte Earl das Interesse an allem verloren, Yarmouth eingeschlossen, nachdem die Countess verstorben war. Er hat das Personal verringert, da er die dreiundvierzig Zimmer nicht für Gäste, die niemals kommen würden, niemals eingeladen würden, sauber halten wollte. Er ließ zu, dass das Haus verfiel."

Carlotta blickte um sich. „Es kommt mir sehr gut erhalten vor."

„Weil der neue Lord Rutledge unermüdlich daran gearbeitet hat, das Haus zu restaurieren. Er hat einen großen Teil seines Vermögens in das Haus gesteckt – und in die Minen." Mrs. MacGinnis kicherte. „Als wir gehört haben, dass der neue Lord Rutledge ein Junggeselle ist, hatten wir erwartet, dass er sein Vermögen verwenden würde, um ein verschwenderisches Leben in der Stadt zu finanzieren."

Carlotta lachte auf. „Also habt ihr erwartet, dass er ein abwesender Earl sein würde! Das ist lustig, denn wenn man meinen Mann kennt, kennt man sein ausgeprägtes Pflichtbewusstsein."

Die Haushälterin nickte zustimmend. „Fast jede Person hier in Exmoor verdankt Lord Rutledge seinen Lebensunterhalt, und fast alle denken, dass er wahrscheinlich die Sterne auf den Himmel gehängt hat."

Also bin ich nicht die Einzige, die tief in seiner Schuld steht. „Sag, warum ist er so angesehen?"

„Obwohl der alte Earl kein Geld ausgegeben

hat, war er besessen davon, es zu verdienen. Die Minen waren gefährlich, aber er hat sich geweigert dafür zu sorgen, sie sicherer zu machen, und hat sich geweigert, die unsicheren zu schließen."

Stevie sah zu ihr auf. „Ist jemand in den Minen gestorben?"

„Ja, mein Kind", sagte Mrs. MacGinnis und nickte schwermütig. „Es hat in den letzten Jahren drei Tragödien gegeben. Insgesamt haben einundzwanzig Männer ihr Leben verloren."

Carlotta zuckte zusammen. „Willst du damit sagen, dass diese Verluste hätten vermieden werden können?"

Mrs. MacGinnis zuckte mit den Schultern. „Das wurde mir gesagt. Als Euer Mann davon erfuhr, rief er alle Bergarbeiter zusammen und sagte ihnen, dass er alles in seiner Macht Stehende unternehmen würde, um die Minen sicher zu machen. Er sagte ihnen, dass jedes verlorene Leben eines zu viel sei. Sie haben wie wild gejubelt."

Carlotta war von Stolz erfüllt. „Er hat mir erzählt, dass er einige der Minen schließen musste, da sie unsicher waren."

„Unter großem finanziellem Verlust für ihn selbst, wurde mir gesagt." Mrs. MacGinnis blieb stehen, nahm einen Schlüssel aus ihrer Tasche und öffnete eine Türe. „Dies ist das Zimmer eines der Dienstmädchen – es steht im Moment leer, da Kate, die hier wohnte, geheiratet und eine Position in Minehead angenommen hat."

Stevie lief in das Zimmer und sah sich um. „Es ist nicht annähernd so groß wie meine Kammer."

„Aber es ist ein gemütliches Zimmer", verteidigte es Carlotta.

„Ja", sagte Mrs. MacGinnis, verließ das Zimmer

und wartete mit dem Schlüssel in der Hand, um es wieder abzusperren. „Alle Zimmer auf diesem Stockwerk werden vom Personal benutzt."

Sie gingen wieder die Treppe hinunter.

„Wo ist Mr. Fordyces Arbeitszimmer?", fragte Carlotta.

„Verzeiht mir, Mylady, dass ich vergessen habe, es Euch zu zeigen. Wenn Ihr es seht, werdet Ihr verstehen, dass es leicht zu übersehen ist. Mr. Fordyces Büro ist fast wie ein Geheimzimmer, das man von der Bibliothek aus erreicht. Kommt, ich bringe Euch hin."

Sie gingen in den ersten Stock hinunter und in die Bibliothek. Carlottas Blick flog zum Schreibtisch ihres Mannes, aber er war nicht mehr dort, noch sonst irgendwo im Raum. Mrs. MacGinnis streifte mit ihrer Hand entlang des Regals mit den lateinischen Büchern, dann schwang ein drei Meter großer Teil von Regalen zur Mitte des Raumes und offenbarte Mr. Fordyces hell erleuchtetes Arbeitszimmer.

Er saß an seinem Schreibtisch am Fenster und blickte auf, als er sie sah. „Guten Tag, Mylady", sagte er und stand auf. „Womit habe ich diese Ehre verdient?"

„Ich wollte Euch kennenlernen." Carlotta sah zu Mrs. MacGinnis. „Bitte bringt Stevie zu meiner Zofe, Mrs. MacGinnis. Er braucht etwas Sonne."

Als Mrs. MacGinnis den Raum verließ, wollte sie den Eingang dazu schließen.

„Das ist nicht notwendig, Mrs. MacGinnis", sagte Carlotta. „Ihr könnt die Türe offenlassen." Carlotta musste es vermeiden, dass irgendein Skandal ihren Namen noch mehr beschmutzte.

Als sie allein mit Mr. Fordyce war, sagte Carlotta: „Hier arbeitet Ihr also." Sie ging im

Zimmer herum und blieb dann vor ihm stehen. „Darf ich mich hinsetzen?"

„Ich bitte Euch darum." Er wartete, bis sie sich setzte und tat es ihr dann gleich.

Der immer blasser werdende Sekretär sah aus, als wäre er ein bisschen jünger als James, doch er hatte eine Ernsthaftigkeit an sich, die ihn – zusammen mit seiner Brille – älter aussehen ließ. Obwohl seine Kleidung und seine Stimme die eines Gentleman waren, stand sein zurückfrisiertes Haar völlig im Gegensatz zu einem modernen Mann.

„Wie lange seid Ihr schon in Yarmouth, Mr. Fordyce?"

„Ich war ein Jahr lang bei dem alten Earl, und bin jetzt seit fast einem Jahr bei dem neuen Earl."

„Und mein Mann ist ein angenehmer Arbeitgeber?" Sie war verwirrt über die Art, wie James ihn am vorherigen Abend angeschrien hatte.

„Äußerst angenehm."

„Würdet Ihr ihn als einen schwierigen Vorgesetzten bezeichnen?"

Er schürzte die Lippen. „Er verlangt viel von mir, aber er mäßigt seine Forderungen rücksichtsvoll. Es ist nicht schwer für mich zu verstehen, was für ein ausgezeichneter Soldat er in Indien gewesen ist."

Nachdem James direkt von Indien nach Yarmouth gekommen ist, konnte Mr. Fordyce nicht wissen, dass James auch in Spanien, Portugal und in Waterloo gekämpft hatte. Sie war aus unerfindlichen Gründen stolz auf ihn und musste gegen den Drang ankämpfen, den Sekretär über die militärischen Leistungen ihres Mannes aufzuklären.

„Sagt, wie wird man zu einem Sekretär?", fragte sie.

Er lachte schüchtern. „Man versucht nicht, Sekretär zu werden. In meinem Fall, als ich Cambridge verlassen hatte – nach zwei durchschnittlichen Jahren dort – empfahl mich ein Freund dem vorherigen Earl Rutledge, der zu der Zeit einen neuen Sekretär suchte."

„Und die Position gefällt Euch?"

Er dachte einen Moment nach, bevor er antwortete. „Meine Fähigkeiten, so scheint es, sind perfekt geeignet für diese Position. Es ist in der Tat äußerst sympathisch."

Sympathisch. Das war genau das Wort, das sie verwendet hatte, um zu beschreiben, wie gut James zu ihr passte.

Lächelnd erhob sie sich. „Ich habe genug Eurer Zeit vergeudet. Ich wollte Euch kennenlernen, da seine Lordschaft mir gesagt hat, dass ich Eure Dienste in Anspruch nehmen kann, wenn ich sie benötige."

Er erhob sich hastig. „Dienste, die ich Euch mit Freuden leisten werde."

„Oh, da bist du." James' Stimme donnerte hinter ihr.

Carlotta wirbelte herum und stand ihrem Mann gegenüber, der ihr einen verärgerten Blick zuwarf.

Kapitel 16

James' böser Blick verärgerte Carlotta. Dieser grüblerische Mann hatte kaum Ähnlichkeit mit dem Mann, dessen Güte sie erobert und ihm ihre Hand gesichert hatte. Sie begegnete seinen blitzenden Augen mit nüchterner Höflichkeit, huschte an ihm vorbei und sprach eisig. „Du hast mich gesucht, Mylord?" Sie wusste, wie sehr es ihm missfiel, wenn sie ihn als Mylord ansprach und hatte seinen Titel genau deshalb verwendet.

Ein plötzlicher, schmerzhafter Griff um ihren Arm hielt sie mitten im Schritt auf. Sie wirbelte herum und sah seine Hand, die ihren Arm festhielt, und die Wut in seinen Augen. Er schloss die Geheimtüre hinter sich und sprach dann mit kehliger Stimme. „Du wirst mich niemals wieder als *deinen Lord* ansprechen, Carlotta."

Ihre Lippen hoben sich in vorgetäuschter Heiterkeit. „Aber du benimmst dich so lordhaft, Liebster."

Er ließ ihren Arm los und ging weiter in die Bibliothek. „Ich bin nicht gut auf dich zu sprechen, wenn du es wissen willst."

Sie blieb abrupt stehen und warf ihm einen vernichtenden Blick zu. „Ich bitte dich, was hätte ich tun können, um mir deinen Zorn zuzuziehen?", fragte sie mit zitternder Stimme. „Ich habe wirklich keine Ahnung."

Er deutete auf ein Sofa neben dem Feuer. Sie zog die Augen zusammen und setzte sich jählings auf die Seidenkissen. James behandelte sie wie ein Dienstmädchen.

„Ich habe dich überall gesucht", sagte er. „Du hättest so nett sein und mir sagen können, wohin du gehst."

Ihre Augen blitzten vor Ärger. „Du hättest nur Mrs. MacGinnis fragen müssen. Sie wusste genau, wo ich war." Sie starrte ihn an und sprach mit eisiger Stimme. „Außerdem war mir nicht bewusst, dass ich dich über jeden meiner Schritte informieren muss. Werde ich als nicht als mehr als dein Hab und Gut behandelt werden?"

Er zuckte zusammen und fuhr sich mit der Hand durch seine sandfarbenen Haare. „Verzeih mir", sagte er sanft, als er sich neben sie setzte und ihre Hand nahm.

Unerklärlicherweise machte ihr Herz einen Sprung, als er dies tat, zweifellos wegen der Übereinstimmung seiner überaus sanften Stimme mit der Wärme seiner Hand. „Du musst zugeben, James, seit wir in Yarmouth angekommen sind, bist du ein regelrechtes Ungeheuer."

Er nickte schuldbewusst. „Während du, mein Liebling, dich auf eine Art und Weise betragen hast, die mich mit Stolz erfüllt hat."

Sie sah mit hoffnungsvollen Augen zu ihm auf. „Tatsächlich?"

„Du wirst eine ausgezeichnete Countess abgeben, Carlotta."

Sie war ob ihrer Unwürdigkeit bedrückt, strahlte jedoch über sein Kompliment. „Ich habe es ernst gemeint, als ich deinem Personal gestern sagte, dass ich jeden Einzelnen von ihnen kennenlernen würde. Ich habe mit Mr. Fordyce angefangen, aber ich spüre, dass du ihn nicht magst."

James schüttelte den Kopf. „Aber das tue ich!

Er ist in höchstem Maße kompetent."

„Aber schrecklich schüchtern."

„Die Schüchternheit ist nur eine Wand, die er bei Frauen aufzieht. Fordyce hat wenig Umgang mit dem weiblichen Geschlecht."

„Dann ist er mit dir umgänglicher?"

„Nicht am Anfang, aber wir kommen nun gut miteinander aus."

„Ich hoffe innig, dass dein schlechtes Benehmen ihm gegenüber ihn nicht in die Arme eines neuen Arbeitgebers treibt."

„War es so schlimm?"

„Du warst ein wahres Monster. Ich hoffe, dass Stevie diese Seite an dir niemals sehen wird. Das Kind ist viel zu jung und sensibel, um die Gemütsschwankungen eines Stiefvaters zu verstehen."

Seine Augen wurden kalt. „Ich bitte dich, mich nicht als Stevies Stiefvater zu bezeichnen. Es ist mein größter Wunsch, dass das Personal in Yarmouth ihn als meinen eigenen Sohn sieht – obwohl ich verspreche, dass ich es niemals zulassen werde, dass der Junge den edlen Mann vergisst, der sein wirklicher Vater war."

Sie drückte seine Hand. „Ich glaube, dass es Stevie am glücklichsten machen wird, wenn er wie dein eigener Sohn behandelt wird."

„Da wir von Stevie sprechen – ich habe mir gedacht, dass wir mit ihm zu den Stallungen gehen könnten, die er so gerne sehen will."

„Es ist ein guter Tag, um deine Ländereien zu erforschen."

„Unsere Ländereien", sagte er.

„Oh je, ich weiß nicht, ob ich mich jemals an all dies gewöhnen werde."

„Vor einem Jahr ist es mir genauso ergangen."

Er blickte zum Fenster. „Du warst heute schon draußen?", fragte er.

„Nein, aber ich habe auf den schönen Hausgarten hinausgesehen und die Sonne hat geschienen. Ich würde mich freuen, dich und Stevie zu begleiten. Er ist schon draußen, denn seine Mutter glaubt, dass Sonnenschein gut für Kinder ist, solange die Luft frei von kalten Winden ist natürlich."

„Ich stimme dir zu. Ich war ein überaus gesundes Kind und war kaum drinnen."

Ihr Blick schweifte über sein leicht gebräuntes Gesicht und seinen muskulösen Körper. Er sah äußerst gesund aus. „Du verbringst immer noch viel Zeit draußen?"

Er lachte. „Nicht im Vergleich zu meinen Kindheitstagen, aber wenn die Sonne scheint, dann bin ich draußen. Es gefällt mir nicht, wenn Ebony keinen Auslauf bekommt."

„Ich nehme an, Ebony ist dein Pferd?"

Er nickte. „Du wirst ihn heute sehen. Reitest du?"

„Ja, aber nicht gut. Meine Großmutter konnte sich nicht leisten, einen Stall zu erhalten. Stephen hat mir ein Pferd geschenkt, als wir in Portugal waren, und ich habe darauf bestanden, reiten zu lernen. In Portugal war die Haltung eines Pferdes nicht so teuer, wie du weißt."

„Alles war billiger in Portugal! Und in Indien."

„Du hattest einen Offiziersburschen?"

„Er ist immer noch bei mir. Mannington, mein Kammerdiener, war mein Offiziersbursche."

„Ich lerne jeden Tag etwas Neues über dich."

Er lächelte. „Genug über mich. Wir vergeuden die Sonnenzeit. Sollen wir uns auf die Suche nach Stevie machen?"

* * *

Wenn James wegen seiner Braut am Abend zuvor mit Stolz erfüllt war, dann wurde sein Stolz heute verzehnfacht, als er mit seiner Ehefrau und seinem Sohn über das Land ging, das ihm nun so viel bedeutete. Obwohl er nicht als Erbe von Yarmouth aufgewachsen war, war es ihm genauso wichtig geworden wie das Atmen. Er war über jedes Stückchen Land gegangen, hatte jede dunkle Kluft in den Minen besichtigt und kannte jeden Diener und Angestellten beim Namen.

Es war schwer zu glauben, dass er nicht sein gesamtes Leben hier verbracht hatte. Während des letzten Jahres hatte er dieses Defizit behoben, in dem er alles nur Mögliche über die Rutledge-Familie gelernt hatte. Er hatte erfahren, dass der Titel des ersten Earls von Queen Elizabeth verliehen worden war, und dass der zweite Earl als erster Reichtümer aus den Minen, die zwischen Yarmouth und dem Bristol Channel lagen, angehäuft hatte. Er hatte herausgefunden, dass sein Urgroßvater der Earl war, der vierzehn Kinder gezeugt hatte.

Als er und seine neue Familie die samtenen Flächen des grünen Parks überquerten, fragte er sich, ob seine Kinder die Grafschaft erben würden, oder der Titel an einen seiner Moore-Cousins fallen würde, die er nie kennengelernt hatte?

„Ist B-aunie schon hier, Papa?", fragte Stevie.

Papa. Es war das erste Mal, dass der Junge ihn als solchen angesprochen hatte. Nichts, was mit Geld gekauft werden konnte, hätte James jemals so viel bedeuten können. „Noch nicht, aber er kommt heute. Ich werde dir erlauben, mit mir auf meinem Pferd zu reiten."

Stevies kleine Schritte legten nur die Hälfte der Distanz von James' zurück. „Wie heißt dein Pferd?", fragte der Junge.

„Ebony."

„Weißt du, was Ebony bedeutet, Stevie?", fragte Carlotta.

Er schüttelte den Kopf, was sein helles Haar von einer Seite zur anderen flattern ließ.

„Es ist ein schwarzes Holz, also eine andere Bezeichnung für Schwarz."

„Dann sind Papa und ich auch sympathisch", sagte Stevie.

„Warum?", fragte sie.

„Weil ich mein Pony nach seiner Farbe B-aun genannt habe, und er hat seines nach der Farbe Schwarz benannt."

„Ich verkünde, wir sind sympathisch", sagte James, „aber wie hat ein so kleiner Junge ein so großes Wort gelernt?"

„Ich habe es in Bath gelernt. Mama hat gesagt, dass ihr sympathisch seid, und ich habe sie gefragt, was das bedeutet."

Sein Herz schien zu schweben, als James seiner Frau einen Blick zuwarf, die ihn wiederum beunruhigt ansah. Zu seiner großen Überraschung erröteten ihre Wangen, etwas, das er an seiner selbstbewussten Frau noch nie gesehen hatte.

„Ich glaube, ich habe es gesagt, als ich herausgefunden habe, dass du mehr als nur ein vorübergehendes Interesse an Poesie hast", erklärte sie nervös.

Er lächelte zufrieden. Er hatte ein neues Lieblingswort.

„James?", unterbrach Carlotta seine Gedanken. „Mir scheint, als rieche die Luft nach Salz."

„Das, meine Liebe, liegt daran, dass wir dem Meer nahe sind."

„Kann ich das Meer sehen?", fragte Stevie aufgeregt.

„Darf ich", verbesserte Carlotta ihn mit einem verspielten Lächeln.

„Bald", antwortete James.

Bei den Stallungen angekommen gingen James und Stevie von einem Stall zum anderen, und James sagte dem Jungen den Namen jedes Pferdes, aber als der Junge nach dem Alter der Pferde fragte, musste James sich an den Knecht, Jeremy, wenden, der bereits Ebony sattelte.

Während James und Stevie jedes Pferd begutachteten, fing Carlotta ein Gespräch mit Jeremy an.

Obwohl James weiterhin die Flanke eines Pferdes streichelte oder Stevie dabei half, einem Pferd nach dem anderen Karotten zu geben, wurde James böse, als er wahrnahm, wie seine Frau mit dem gutaussehenden Knecht lachte. Seine Gedanken flogen zurück nach Portugal, wo Carlotta sich überaus gut mit den unverheirateten Soldaten verstanden hatte. Obwohl er niemals von einer Unschicklichkeit ihrerseits erfahren hatte, hatte er sie immer für äußerst kokett gehalten und sich gewundert, wie ihr Ehemann ein derart dreistes Verhalten hatte dulden können.

Du lieber Himmel! Was hatte er selbst sich dabei gedacht, diese Frau zu heiraten? Als er sie in Bath gefunden hatte, hatte sie sich wie eine sittsame Witwe benommen. Aber erst letzte Nacht hatte sie eine frühere Beziehung zu einem Mann zugegeben, den sie *nicht* geheiratet hatte! Er hatte doch wohl nicht einem leichten Mädchen erlaubt, die neue Countess Rutledge zu werden!

Eine Mordsangst senkte sich auf sein Gemüt.

Nachdem Jeremy Ebony und eine sanfte Stute gesattelt hatte, hob James Stevie auf Ebony und stieg dann mit Jeremys Hilfe selbst auf.

Später, als Carlotta und ihr Mann in Richtung Küste ritten, fragte sie: „Und wie heißt mein Pferd?"

„Merry May", sagte er. „Sie wurde im Mai vor meiner Ankunft geboren."

„Du bist so gut über Yarmouth informiert, dass es scheint, du hättest schon immer hier gelebt", sagte sie.

Er lächelte. „So scheint es mir auch. Ich bin hier zufrieden."

„Ich glaube, das werde ich auch sein", sagte sie wehmütig.

Es war schwierig, böse auf sie zu bleiben. Sie hatte die Fähigkeit zu sagen, was er hören wollte.

Obwohl er bis zum Meer reiten wollte, hatte seine Frau andere Vorstellungen.

„Oh, James, ich habe mich danach verzehrt, mit dir zusammen durch den Hausgarten zu spazieren."

Er begann, sein Pferd in Richtung des Gutshauses zu lenken. „Ich kann nicht meine Frau sich verzehren lassen", sagte er neckend.

Sie würdigte ihn nach diesem anzüglichen Kommentar keines Blickes.

Bald banden sie ihre Pferde in der Nähe des Gartens an.

Stevie schmollte. „Ich will das Meer sehen!"

James zerzauste das Haar des Jungen. „Bald, Sohn. Ein Mann muss lernen, dass er – um die Harmonie in seinem Haushalt zu erhalten – den Frauen erlauben muss, ihren Willen durchzusetzen."

Mit einem Lächeln warf Carlotta ihrem Mann einen Blick gespielter Empörung zu. „Du lässt mich wie eine wahre Fuchtel erscheinen!"

James kam mit einem verschmitzten Lächeln zu ihr und bot ihr seinen Arm.

Sie spazierten durch die vielen sich kreuzenden Pfade des Gartens. „Ich nehme an, der Garten war hier, als du das Gut geerbt hast?", sagte sie.

Er lachte auf. „Er war hier, war aber von Unkraut überwuchert. Mein Onkel hatte den alten Gärtner nach seinem Tod nicht ersetzt und die Erhaltung aller Gärten auf dem Gut nur einem Mann überlassen."

„Mit all den Neuerungen, die du in Yarmouth und in den Bergwerken eingeführt hast, ist es ein Wunder, dass überhaupt noch Geld übrig ist."

Er runzelte die Stirn. „Wie bist du an solche Informationen gekommen?"

„Das Meiste habe ich von Mrs. MacGinnis erfahren, in deren Augen du die Sterne an den Himmel gemalt hast."

„Ich muss sagen, dass sie wohl verrückt ist." Er tätschelte die Hand seiner Frau. „Du brauchst niemals Angst haben, meine Liebe, denn meine Besitztümer – jetzt unsere Besitztümer – können all die Ausgaben decken, die ich getätigt habe."

Sie blieb stehen, um eine rote Tulpe zu pflücken. „Je älter ich werde, desto weniger brauche ich. Juwelen und Ballkleider haben keinen Reiz mehr. Gib mir einen Garten, Poesie, ein Kind ... einen gefälligen Ehemann und den Frieden, den man nur auf dem Land finden kann, und ich werde glücklich sein."

„Dann existiert die Frau, die ich auf der Halbinsel gekannt habe, nicht mehr", sagte er getragen.

Sie sah ihn an und sprach mit einer Stimme, die aus weiter Ferne zu kommen schien. „In der Tat."

„Aus irgendeinem Grund kann ich mir dich nicht mit einer Schaufel und Hacke vorstellen, mein Liebling."

Ein kleines Lachen entkam ihr. „Das liegt daran, dass ich keines von beiden je besessen habe, seit ich achtzehn war. Aber ich versichere dir, dass mein Kopf davor nicht in Büchern vergraben war. Ich hatte eine Schaufel in der Hand und habe im Garten meiner Grandma – der nicht annähernd so schön war wie deiner – herumgegraben."

„Unserer."

„Unserer", ahmte sie nach und lächelte bis zu ihren violetten Augen.

„Dann planst du also, dich hier in Yarmouth im Garten zu betätigen?"

„Mit größter Freude!" Ihr Blick schweifte über die Landschaft von Ost nach West. „Sag, wie heißt der Gärtner, der sich um all dies kümmert?" Ihr Arm zeigte auf die geometrisch angelegten Gärten in verschiedenen Farben.

Er hielt einen Moment inne. „Richards. Leistet er nicht gute Arbeit?"

„Oh, das tut er. Ich würde gerne herausfinden, welche Blumen er im Spätfrühling pflanzen wird."

„Du kannst das Gewächshaus jederzeit besuchen und sie selbst sehen."

„Ich glaube, ich bin im Himmel."

Sie gingen jeden Pfad im Garten entlang und Carlotta bückte sich von Zeit zu Zeit, um ein Unkraut zu entfernen oder Blumen für ein Bouquet zu pflücken, das sie zusammenstellte. James' Gedanken wanderten zu den Tagen zurück, an denen er diese Wege alleine gegangen war und sich danach gesehnt hatte, all dies mit jemandem zu teilen, dessen Leben unwiderruflich mit seinem verbunden war. Er hob die Hand dieser Person und küsste sie.

„Morgen, meine Liebe, werde ich dir die Minen zeigen", sagte er.

Sie runzelte die Stirn. „Werde ich hineingehen müssen?"

Er betrachtete ihr Gesicht. Es war von einem starken Gefühl gezeichnet und schließlich erkannte er, dass es Angst war. „Ich werde dich nie dazu zwingen, etwas zu tun, das dir unangenehm ist, Carlotta."

Kapitel 17

„Dann liegen die Minen zwischen Yarmouth und dem Meer?", fragte Carlotta ihren Mann am nächsten Tag, als sie nebeneinander auf ihren Pferden über das Ackerland ritten, das Yarmouth Hall umgab.

Seine Augen ruhten auf ihr, als er nickte. In ihrem dunkellila Reitkleid war sie ein Fest für seine – oder jedermanns – Augen. Vielleicht war es doch kein guter Plan, Carlotta zu den Minen mitzunehmen. Die Bergarbeiter mussten schließlich nach Hause zu ihren gewöhnlichen Frauen zurückkehren, nachdem sie die außergewöhnliche Schönheit von Lady Rutledge erblickt hatten.

James hatte gedacht, dass er ihr das persönliche Interesse seiner Familie an den Bergmännern zeigen könnte. Es kam ihm nicht in den Sinn, dass es so aussehen könnte, als würde er sein großes Glück zur Schau stellen.

Bald lag das Ackerland, auf dem seine Schafe weideten, hinter ihnen und sie waren von einem steilen, dicht bewaldeten Gebiet unebenen Landes umgeben. „So habe ich mir als Kind Sherwood Forest vorgestellt", sagte sie.

„In der Tat war ein Großteil dieses Gebiets zurück bis in die Zeit von Henry VIII. ein königliches Jagdgebiet."

„Wie konnte die Krone es jemals aufgeben? Es ist wunderschön hier."

„Genauso empfinde ich auch. Es gefällt mir,

dass du so denkst wie ich."

„Nur eine blinde Person könnte eine derartige natürliche Pracht nicht ehren."

Natürliche Pracht. Man konnte sich seine Frau ohne jegliche Anstrengung als Dichterin vorstellen. „Schreibst du Gedichte?", fragte er.

Sie schüttelte den Kopf, und ihre blauschwarzen Haare wurden vom Wind zerzaust. „Ich bin viel zu anspruchsvoll in meinem Geschmack, so dass mir meine eigene Arbeit nicht gefällt."

„Dann hast du es versucht?"

Sie lachte. „Sehr primitive Versuche, fürchte ich."

„Hast du einige dieser primitiven Versuche unternommen, seit ich dich kennengelernt habe?"

„Zwei, in der Tat", antwortete sie nach einer kurzen Pause. „Einen, nachdem ich meinen engelsgleichen Sohn beim Schlafen beobachtet habe, und den anderen in der Nacht, als du um meine Hand angehalten hast."

Carlotta hatte ein Gedicht über ihn geschrieben! Er fühlte sich genau wie nach einem Kampf zwischen Schuljungen, wenn ein Schlag einem die Luft raubte. Der Jubel, der ihn erfüllte, wurde schnell durch Neugier ersetzt. „Wenn ich so kühn sein und fragen darf", versuchte er, „welche Gefühle hat mein Antrag in dir geweckt, und …", fügte er scherzend hinzu, „ich hoffe Angst war nicht darunter."

„Ich könnte niemals Angst vor dir haben, James", sagte sie mit sanfter Stimme. „Du bist viel zu gut zu mir gewesen – außer wenn du eine deiner schlechten Launen hast, so wie gestern."

„Verzeih mir", sagte er. Sie hatte seine Frage nicht wirklich beantwortet. Er dachte darüber nach, sie zu wiederholen, entschied sich aber dagegen. Sie fühlte sich offensichtlich noch nicht wohl genug, um ihre Gefühle mit ihm zu besprechen. Genauso wenig wie er mit ihr, um ehrlich zu sein.

„Ich muss dir sagen, James, es fiel mir furchtbar schwer, Jeremy zu verstehen. Es ist, als ob er in einer fremden Sprache spräche. Ich glaube nicht, dass ich mich zuvor wirklich mit ihm unterhalten habe."

James lachte. „Du hast ein Gespräch mit einem *Mann der Hügel*, wie sie sich selbst gern nennen, aus Exmoor geführt. Mit der Zeit wirst du ihren Dialekt verstehen."

„In Yorkshire war ich immer stolz darauf viele der örtlichen Dialekte zu verstehen, aber ich muss sagen, dass dieser West-Country-Dialekt etwas ganz anderes ist."

„Ihr hattet mehr Einfluss von den Wikingern im Norden. Hier sind die Leute Kelten geblieben."

Sie bemerkte, wie ihre Atmung sich veränderte, als sie höher hinaufritten. „Auf welche Weise sind diese Männer der Hügel anders als andere Männer?"

„Man sagt, dass die Männer der Hügel ein härteres Leben haben. So wie die Schotten, glauben die Männer hier, dass sie so gut wie unbesiegbar sind. Wenn sie dazu einberufen würden, Waffen zu tragen, würden sie sich zweifellos von anderen unterscheiden."

„Sind die Bergleute auch Männer der Hügel?"

Er nickte. „Sie sind ein harter Haufen."

„Es ist eine harte Arbeit", sagte sie und erschauderte.

„Wie kommt es, dass du so gut um die Gefahren des Bergbaus Bescheid weißt?"

„Es gibt Minen in Yorkshire. Und Grubenunglücke. Ich muss während eines bestimmten Unglücks, als ein Schacht eingebrochen war und viele Männer lebend begraben hat, in einem besonders beeindruckbaren Alter gewesen sein. Ich habe immer gedacht, das müsste die schrecklichste Art zu sterben sein."

„Genau, was ich nicht hören wollte an dem Tag, an dem ich vorhabe in die Minen zu gehen", sagte er in einem Versuch zu scherzen.

„Ich verstehe nicht, warum du darauf bestehst, eine derart aktive Rolle in den Minen zu spielen, wenn du schon so erfolgreich bist. Es gibt Minen auf dem Landgut von Lord Worth in Yorkshire und er hat ein äußerst gutes Abkommen mit einem Bergbauunternehmen, das die Minen gegen einen Teil des Gewinns verwaltet. Soweit ich weiß, hat Lord Worth niemals einen Fuß in die Minen gesetzt und ist nicht für sie verantwortlich."

James ritt voran und hob tiefhängende Zweige an, um es ihr leichter zu machen, durch die Schlucht zu reiten. „Du scheinst mit meiner Rolle, was die Minen betrifft, nicht einverstanden zu sein."

Sie zuckte mit den Schultern. „Ich habe keinen Einfluss darauf, was du vor unserer Hochzeit getan hast."

„Trotzdem, du bist nicht mit meinem Interesse an den Minen einverstanden."

„Hast du jemanden, der sie für dich verwaltet?"
„Das habe ich."

„Dann verstehe ich nicht, warum du dich in Gefahr bringst."

„Weil ich so bin, Carlotta. Ich war schon beim Militär so. Wenn meine Männer in Gefahr sind, dann muss auch ich mich in Gefahr begeben."

„Ich heiße es nicht gut."

Er lächelte sie spitzbübisch an. „Man könnte denken, dass du dich wahrhaftig um mich sorgst. Du weißt, dass ich Vorkehrungen getroffen habe, die dich zu einer sehr reichen Frau machen werden, sollte mir etwas zustoßen."

Sie zuckte zusammen. „Geld – auch große Summen davon – kann Menschen nicht ersetzen, und ich ziehe es vor, meinen Ehemann zu haben anstatt seines Geldes."

„Darf ich fragen warum?" Mit trommelndem Herzen beobachtete er ihr klassisches Profil, als sie ihren Blick auf den Pfad vor sich richtete.

„Ich weiß nicht, wie ich es erklären soll. Es ist, als wäre mein Leben kalt und grau gewesen, bevor ich dich kennengelernt habe und seit du hier bist, hat es Wärme und einen Sinn und jemanden, mit dem ich alles teilen will ... und eine Zukunft, auf die ich mich freue." Sie blickte zu ihm auf und ihre großen Augen leuchteten. „Dies sind Dinge, die Geld nicht kaufen kann."

Du lieber Himmel! Auch wenn sie ihn nicht liebte, waren ihre Gefühle für ihn doch etwas Besonderes. Er hätte sie von ihrem Pferd reißen und leidenschaftlich küssen können. Stattdessen ritt er mit einem Knoten im Hals schweigend voran.

Eine Weile später durchbrach sie die Stille. „Ich hoffe, es macht dir nichts aus, dass ich Stevie heute nicht mitnehmen wollte. Ich wollte seine Meinung die Minen betreffend nicht durch meine Ängste beeinflussen."

„Ich bin sicher, er ist viel glücklicher bei Peggy und Jeremy."

„Und Braunie", fügte sie hinzu. „Man könnte

glauben, das Tier sei ein langjähriges Familienmitglied, so sehr liebt er es." Ihr Blick schweifte zu einer Heide unter ihnen, wo einige wilde Ponys grasten. „Wo wir gerade von Braunie sprechen, das Pony dort unten muss sein Zwilling sein!"

Sein Blick folgte ihrem. „Das ist ein Exmoor Pony. Sie sind völlig wild – und einzigartig in Exmoor."

„Dann ist Braunie ein Exmoor Pony?"

„Das ist er, aber er wurde in Yarmouth großgezogen."

„Nun werde ich mir Sorgen machen, dass das Tier in die Wildnis zurückkehren will – mit meinem Sohn auf dem Rücken!"

„Es ist keine Frage des Zurückkehrens. Er hat nie in der Wildnis gelebt und würde nicht wissen, wie man Futter findet. Er hat ein viel zu angenehmes Leben geführt, um jemals mit seiner Familie leben zu wollen."

Sie ritten in Richtung eines schnell fließenden Flusses. „Wir folgen dem Fluss zu der Mine", sagte er.

Die nächsten zehn Minuten folgten sie dem Wasser und atmeten die stechenden Gerüche des Waldes. Dann sah Carlotta ein riesiges Holzrad, das fast so groß war wie Yarmouth.

„Ist dies, wo die Mine ist?", fragte sie.

„Ein bisschen weiter hinten. Das Rad liefert uns die Energie für die Pumpen."

Bald kamen sie an der Hauptmine an, wo ein Dutzend Männer mit schwarzen Gesichtern ein und aus gingen.

„Wer wohnt in diesem Haus?", fragte Carlotta und deutete auf ein naheliegendes weißes Cottage.

„Der Captain der Mine."

„Und sein Name ist …?"

„Hastings. Er ist seit fünfzehn Jahren hier."

* * *

Sie stiegen von den Pferden ab und James nahm ihre Hand. Sie fühlte sich aus unerfindlichen Gründen angespannt. Erstens hatte sie Angst, dass sie kein Wort der Männer verstehen würde. Sie wusste, es war ihrem Mann wichtig, dass sie sich im Umgang mit den Bergmännern wohl fühlte, und umgekehrt. Sie hatte außerdem Angst, dass einer der Bergleute sie angreifen könnte, und die Aussicht darauf, mit schwarzer Kohle beschmutzt zu sein, war nicht verlockend.

Diese Männer mussten wirklich hungrig sein, dachte sie, um ein Leben in den Kohlebergwerken zu wählen.

Ein großer, breit gebauter Mann, der weniger schmutzig als die anderen war, kam auf sie zu, nachdem sie ihre Pferde angebunden hatten. Er verbeugte sich vor ihnen.

Carlotta fand sein Aussehen äußerst seltsam. Klare grüne Augen starrten sie aus seinem schwarzen Gesicht an. Ihre Augen wanderten zu seinen Händen, die auch schwarz waren. Sein lockiges goldenes Haar zeugte davon, dass er vor seinen Tagen im Bergwerk hellhäutig gewesen sein musste. Seine Kleidung war von guter Qualität und weniger geschwärzt als die der Bergmänner, die sie in der Nähe sah.

„Ah, Hastings, erlaube mir, dir die neue Lady Rutledge vorzustellen", sagte James.

Das war also der Mann, der das Bergwerk leitete, dachte sie. Captain Hastings.

„Verzeiht mir, wenn ich Eure Hand nicht

berühre, Mylady, aber meine Gründe für eine derartige Zurückhaltung sollten überaus deutlich sichtbar sein."

Dieser Mann sprach nicht, als käme er aus Exmoor. „Ich freue mich, Euch kennenzulernen, Mr. Hastings. Es ist äußerst beruhigend für meinen Mann zu wissen, dass die Minen in Euren fähigen Händen liegen."

Er wandte sich an ihren Mann. „Ich schätze Euer Vertrauen, Mylord, und darf ich sagen, dass es gut ist, Euch wieder hier zu haben? Die Männer hatten Angst, Ihr würdet nicht mehr zurückkehren."

„Exmoor ist nun mein Heim. Ich werde es nie verlassen."

Hastings wandte seine Aufmerksamkeit der neuen Lady Rutledge zu. „Erlaubt mir, Euch die Anlage zu zeigen", sagte er und drehte sich zurück in die Richtung, aus der er gekommen war.

Sie ging an mit Kohle gefüllten Wägen vorbei, die in und aus dem Schacht geführt wurden, und alle Männer, die daran arbeiteten, waren von Kopf bis Fuß schwarz. Sie fragte sich, ob sie jemals ein Bad nahmen, oder ob die Kohle sich so tief in ihre Haut eingegerbt hatte, dass eine Säuberung gar nicht mehr möglich war.

Zuerst dachte sie, dass einige der Männer eher klein waren, besonders, da James ihr von der Robustheit der Männer der Hügel erzählt hatte. Sie dachte, sie würde nicht wünschen, dass diese Kerle sie im Fall eines Krieges beschützten.

Dann drehte sich einer um. Und sie sah, dass es ein Junge war, der nicht älter als zehn Jahre sein konnte. Sie dachte an ihren kleinen Stevie und wurde von Entsetzen erfüllt, aber sie würde es jetzt nicht ansprechen, da sie James gefällig sein wollte – James, der es verdiente, dass sie ihm ihre Loyalität zeigte.

Ihr Mann stellte sie den Bergmännern vor, und wie sie befürchtet hatte, konnte sie keines ihrer Worte verstehen. Sie schenkte ihnen einfach ein warmes Lächeln und nickte, als ob sie genau wusste, wovon sie sprachen.

Es brach ihr fast das Herz, fünf Jungen zu sehen, die über Tage arbeiteten und sie betete, dass keine in den Schächten waren. Gerade als sie diesen Gedanken hegte, kam ein kleiner Kerl, nicht viel größer als Stevie, aus dem Schacht und war von Kopf bis Fuß geschwärzt.

Ihr Lächeln verschwand.

James rief den Jungen beim Namen. „Willy, bitte geh wieder hinein und sage den Männern, dass ich wünsche, sie sollen eine Pause machen, um Lady Rutledge kennenzulernen. Ich wage zu behaupten, dass ihr der Gedanke daran hineinzugehen, nicht sehr gefällt."

Der Junge, der offensichtlich jedes Wort ihres vornehmen Mannes verstand, lächelte und verschwand wieder in der Mine.

Einige Minuten später kamen ungefähr zwanzig Bergmänner aus der Mine und Carlotta lächelte breit und nickte den schwarzen Gesichtern zu. Als die Vorstellung beendet war, entließ James die Männer, so dass sie zu ihren Pflichten zurückkehren konnten. Dann fing James ein Gespräch mit einem der Männer an, und sie konnte kein Wort davon verstehen. James verwendete Fachwörter, und der Bergmann sprach mit seinem unverständlichen West-Country-Dialekt.

Sie wandte sich an Hastings. „Wie viele Männer arbeiten hier?"

„Dreißig und ich."

„Ist es eine dieser Situationen, wo, wenn der Vater und Großvater Bergarbeiter waren, die Söhne keine andere Wahl haben, als in deren Fußstapfen zu treten?"

Er sah betrübt aus. „Ja, so ist es. Bergbau liegt mir im Blut. Die Stelle des Captains folgte dann."

„Ihr seid verheiratet?"

Er lachte bitter. „Ich kam vor fünfzehn Jahren mit einer Braut hierher. Sie hat bald darauf erkannt, dass das Bergbauleben nichts für sie war und ist mit einem Pferdehändler durchgebrannt."

Carlotta runzelte die Stirn. „Das tut mir leid." Es tat ihr leid, eine derart persönliche Antwort heraufbeschworen zu haben. Er erweckte viel Mitgefühl in ihr, da er so viele Opfer für die Minen gebracht hatte, und doch konnte sie die Frau verstehen, die sich auf und davon gemacht hatte. So schön Exmoor auch war, Carlotta verabscheute die Minen. Und, nachdem sie darüber nachgedacht hatte, wusste sie, dass sie es auch verabscheuen würde, mit einem von Kohle verrußten Mann intim zu sein.

James beendete sein Gespräch und wandte sich wieder ihr zu. „Verzeih mir, Liebling, aber ich muss in die Mine hinuntergehen. Ich verspreche, dass ich nicht lange bleiben werde." Er warf Hastings einen Blick zu. „Sei so gut und biete meiner Frau eine Tasse Tee an."

Mit Angst im Herzen beobachtete sie, wie James in der Mine verschwand. Der Gedanke an ihren Mann unten im Schacht gefiel ihr ganz und gar nicht.

„Folgt mir bitte, Mylady", sagte Hastings und ging auf das zweistöckige Cottage zu.

Dort wies er die Köchin an, Tee zu machen und

bot Carlotta einen hölzernen Stuhl an, um sich zu setzen. „Auf diesem Stuhl werdet Ihr nicht schmutzig werden", sagte er. „Ich benutze ihn nie, so dass ich einen sauberen Stuhl habe, wenn Besucher kommen." Er sah sich in seinem ordentlichen Cottage um und fügte hinzu: „Ihr müsst verzeihen, dass es hier so schmutzig ist. Wir lernen mit dem Ruß zu leben."

Der Mann sprach die Wahrheit. Obwohl alles ordentlich war, waren die Wände verrußt, so wie die Vorhänge und die gepolsterten Möbelstücke. Ja, sie konnte gut verstehen, wie eine gut erzogene Frau vor einem solchen Leben davonlaufen konnte.

„Dann habt Ihr hier Besucher?"

Er lachte. „Manchmal."

Von ihrem Sitzplatz am Kamin aus sah sie sich in dem Cottage mit den dicken Steinwänden um. „Euer Heim ist gemütlich", sagte sie.

Trotz der Gemütlichkeit konnte sie das zitternde Beben in ihrem Inneren nicht bekämpfen. Sie hatte Angst um James.

Mr. Hastings sah ihr in die Augen. „Ihr seid genauso wie Alice – meine Frau. Ihr verabscheut die Minen."

„Dann ist es offensichtlich?"

„Ich kenne die Anzeichen. Hoffentlich erkennen es die Bergarbeiter nicht. Deren Frauen akzeptieren es offensichtlich."

„So wie ich es muss. Obwohl ich es lieber nicht tun würde."

„Macht Euch keine Sorgen. Dank Eures Mannes sind unsere Minen wahrscheinlich die sichersten in England."

„Ich wünschte, Eure Worte würden mich beruhigen." Sie beobachtete die Türe in der

Hoffnung, dass James sich beeilen und zurückkommen würde.

Als sie dort saß, wurde ihr der Kontrast zwischen Mr. Fordyce und Mr. Hastings bewusst. Beide Männer hatten sie gerade erst kennengelernt, aber dem einen schien ihre Gegenwart völlig unbehaglich, während der andere leicht eine kameradschaftliche Verbindung zu ihr herstellte. Vielleicht war es der Altersunterschied. Mr. Fordyce war wahrscheinlich noch keine fünfundzwanzig Jahre alt und Mr. Hastings war bestimmt schon vierzig.

Sie sah auf, als Mr. Hastings Köchin mit einer Schürze um die Taille gebunden das Tablett mit Tee brachte und auf den Tisch vor dem Sofa stellte, auf dem Mr. Hastings saß. Carlotta schenkte Tee in zwei eiserne Tassen. „Ich glaube was mich am meisten bedrückt – abgesehen davon, dass mein Mann sich hunderte Meter unter der Erde befindet – ist das Alter einiger der Jungen, die ich hier sehe." Sie reichte ihm seine Tasse und Untertasse. „Warum müsst Ihr sie einstellen?"

„Was würden sie sonst machen?"

„Was habt Ihr getan, als Ihr zehn oder elf wart?"

Er stellte seine Tasse nieder. „Ich war in der Schule."

„So wie mein Mann und mein Bruder es waren."

„Aber es gibt keine Schule für Jungen ihrer Gesellschaftsschicht, und ihre Größe kann im Bergbau überaus nützlich sein.

„Aber sie sind Kinder! Abgesehen von den Gefahren sind sie zu jung, um für Einsätze, bei denen es um Leben und Tod geht, verwendet zu werden. Ihr erlaubt es, dass Eure Sicherheit in diesen kleinen Händen liegt?"

„Sie sind gut ausgebildet."

Ihre Tasse klapperte auf der Untertasse. „Aber sie sind Kinder."

Die Türe öffnete sich und James trat ein. „Über welche Kinder sprechen wir?", fragte er und seine Augen ruhten auf ihr.

Sie blickte ihren Mann mit zusammengezogenen Augen an. Nun war auch er mit Ruß bedeckt. „Über die Jungen, denen du erlaubst, in den Minen zu arbeiten."

„Wir werden es besprechen, wenn wir alleine sind", zischte er. „Bist du bereit, nach Yarmouth zurückzukehren?"

Sie setzte ihre Tasse nieder. „Das bin ich."

* * *

Auf dem Weg zurück nach Yarmouth brachte sie das Thema der Kinder, die in der Mine arbeiteten, und ihre Unzufriedenheit damit zur Sprache.

Er starrte sie böse an. „Ich bitte dich, deine Meinung niemals vor den Bergmännern zu äußern."

Sie versteifte sich. „Das würde ich nicht, denn ich weiß, es würde meinem Mann missfallen."

„Vielleicht ist es besser, wenn ich dich nicht mehr mitnehme."

Sie erhob stolz ihren Kopf. „Dann hast du vor mir zu sagen, wohin ich gehen oder nicht gehen kann?"

Er fluchte. „Weib, du strapazierst meine Geduld."

„Verzeih mir", sagte sie ohne es zu meinen. „Wenn dir meine Worte missfallen, dann werde ich den Rest des Weges nicht mit dir sprechen."

Und genau das tat sie.

Kapitel 18

Obwohl er verärgert über seiner Frau war, versuchte James beim Abendmahl seinen Ärger hinter sich zu lassen. Er wollte Carlottas stures Schweigen an jenem Nachmittag vergessen und sie so behandeln, als hätten sie den gesamten Weg zurück nach Yarmouth zufrieden miteinander geplaudert. Sein Plan funktionierte. Sobald Carlotta klar wurde, dass er die Meinungsverschiedenheit des Nachmittags nicht wieder erwähnen würde, stimmte sie für den Rest des Essens freudig in sein freundschaftliches Gepländel ein.

„Ich sehe, dass du den Ruß erfolgreich von deiner Haut entfernt hast", bemerkte sie, als sie Kartoffel auf ihren Teller häufte.

„Es hat nur ein Bad gebraucht."

„Und doch kommt mir vor, dass die Bergmänner nicht jeden Tag baden."

Er zuckte mit den Schultern. „Sie sind den Ruß gewöhnt und ich behaupte, ihre Familien sind es ebenso."

Carlotta verzog das Gesicht. „Dann bin ich dankbar, dass mein Ehemann aus einem anderen Holz geschnitzt ist, denn ich könnte mich niemals an das schreckliche Schwarz gewöhnen. Hast du gesehen, wie schmutzig Mr. Hastings Haus ist? Es war überall schwarz oder grau. Es ist so düster."

James lächelte, als sie ihn als Ehemann bezeichnete. Kurz davor, jedoch, hatte er nicht lächeln können. Als sie in das Esszimmer schwebte, überwältigten ihn ihr Anblick und ihr Lavendelduft beinahe. Ihre graziösen Bewegungen und die Intensität ihrer Schönheit bewirkten eine tiefe körperliche Reaktion in ihm. Er hatte gedacht, dass er mittlerweile immun gegen sie wäre, aber sie übte immer noch eine fast magische Kraft auf ihn aus.

Sogar jetzt, als sie das Hammelfleisch auf ihrem Teller schnitt, beobachtete er sie begierig. Das sanfte Kerzenlicht der herabhängenden Kronleuchter warf einen Lichtschein auf sie. Ihr glänzendes Haar war von ihrem nachdenklichen Gesicht zurückgekämmt und ihre Wimpern waren gesenkt, als sie sich auf ihren Teller konzentrierte. Seine Augen schweiften über ihre makellose milchige Haut von ihrer Augenbraue, entlang der römischen Nase, über ihren schlanken Hals, zu dem tiefgeschnittenen Korsett ihres orchideenfarbenen Seidenkleides.

„Ich bitte darum, dass wir eine Diskussion über die Minen heute Abend lassen", sagte er. Er wusste, dass sie ihre unterschiedlichen Ansichten irgendwann besprechen mussten, aber nicht heute. Nicht nach ihrer Entfremdung am Nachmittag. Heute Abend wollte er nur Frieden.

Dann richtete er seine Aufmerksamkeit auf Stevie, der bis zur Ankunft seiner Amme weiterhin mit ihnen zu Abend essen durfte. James hatte Carlotta gewarnt, dass Stevie sich in seiner neuen Umgebung wahrscheinlich unwohl fühlen würde und dass ihm erlaubt werden sollte, während der ersten Woche in Yarmouth mit ihnen zu essen.

„Um wieder gut zu machen, dass ich dich heute nicht zu den Minen mitgenommen habe", sagte James zu dem Jungen, „schenke ich dir morgen meine volle Aufmerksamkeit. Würdest du gerne

Angeln gehen?"

Stevies Augen weiteten sich, genauso wie sein Lächeln, das fast zu groß für sein kleines Gesicht zu sein schien. „Das würde mir besser gefallen als alles andere."

James warf Carlotta einen Blick zu. „Ich nehme nicht an, dass Angeln dir gefällt, Liebling?"

Sie schüttelte den Kopf. „Ungefähr so sehr wie meiner Großmutter beim Bibellesen zuzusehen", sagte sie zwinkernd und kicherte. „Morgen soll ein Tag der Männer sein. Ich bin sicher, ihr werdet ohne mich mehr Spaß haben. Ich habe eine große Abneigung gegen Würmer." Sie hielt inne. „Außerdem gibt es hier so viele neue Gedichtbände und ich sehne mich danach, sie zu lesen. Ich werde es mir vor dem Kamin in deiner Bibliothek gemütlich machen und den ganzen Tag lesen."

„Es ist nicht *meine* Bibliothek, sondern unsere", setzte James entgegen.

„Ich gebe zu, dass es nicht einfach ist, all dies mein zu nennen. Es zu tun, würde mich wie eine Thronräuberin aussehen lassen."

James lachte. „Aber wie kannst du jemanden entthronen, wenn ich weder verheiratet noch verlobt war und die letzte Countess von Yarmouth vor zwei Jahrzehnten gestorben ist?"

Sie zuckte mit den Schultern. „Wenn ich keine Thronräuberin bin, dann fürchte ich habgierig zu wirken. Vergiss nicht, dass ich noch vor nur einigen Monaten in einer gemieteten Unterkunft in einem nicht allzu edlen Haus gelebt habe."

Er legte seine Hand auf ihre. „Du bist nicht habgierig."

Stevie, dessen Augenbrauen konzentriert gerunzelt waren, sah James an. „Papa?"

James' Herz schlug schneller. „Ja, Sohn?"

„Hast du eine Angel für mich?"

„In der Tat. Du wirst deine eigene haben."

„Ich wünschte, es wäre schon morgen", sagte der Junge.

„Das wird es schnell genug sein, Lämmchen", sagte Carlotta.

James war von Stolz erfüllt gewesen, als der Junge ihn Papa genannt hatte, dann noch mehr, als er beobachtete, was für eine Zärtlichkeit Stevie in Carlotta hervorrief. Für den Bruchteil einer Sekunde fragte sich James, ob Carlotta mit ihrer beider Kind genauso zärtlich umgehen würde. Sein Herz wurde leicht und seine Brust zog sich zusammen aus Liebe zu dem Kind, das es vielleicht niemals geben würde.

Seitdem er Carlotta als seine Frau nach Yarmouth gebracht hatte, waren James' Gefühle in ständigem Aufruhr. Ihr Anblick allein durchströmte ihn mit einem wachsenden Verlangen. Wie lange würde er darauf warten müssen, sie zu besitzen? Er wurde von Angst erfasst. Würde sein Durst nach ihr jemals gestillt werden? Er könnte vor Verlangen nach ihr verrückt werden. Er bezweifelte, dass er viel länger warten könnte.

Seitdem sie gebeichtet hatte, dass ihre Zuneigung vor kurzer Zeit jemand anderem gegolten hatte, hatte James sich vor Eifersucht verzehrt. Hass auf diesen unbekannten Mann durchströmte ihn. Wer war der Mann? Wie konnte er Carlottas Leidenschaft nicht erwidern? James wünschte ihn zur Hölle.

Als das Abendessen beendet war, wandte sich Carlotta an James. „Ich bringe Stevie nur zu Bett und lese ihm seine Gutenachtgeschichte vor."

„Ich gehe mit euch."

Die drei gingen die Treppe hinauf, unterhielten sich und lachten und machten Pläne für den nächsten Morgen. Nachdem er für das Bett umgezogen war, wollte Stevie, dass James ihm eine Geschichte erzählte.

James und Carlotta saßen nebeneinander am Rand des Bettes des Jungen, während James ihm eine Geschichte über einen braven Bauern erzählte, der einen der niederträchtigen Doone-Banditen getötet hatte. Obwohl Carlotta einmal protestiert hatte, dass Geschichten über Gewalt und Tod keine Gutenachtgeschichten waren, schien Stevie nie genug von ihnen bekommen zu können – und, sie musste zugeben, es gab keinerlei schlechte Auswirkungen auf ihren Sohn.

Nachdem beide ihn auf die Wange geküsst hatten, gingen James und Carlotta wieder hinunter in den Salon, wo die Diener den Kartentisch vor dem Kamin aufgestellt hatten.

„Möchtest du einen Brandy?", fragte James sie.

Sie nickte und setzte sich an den Tisch.

Kurz danach saßen die beiden einander gegenüber und James fing an ihr zu erklären, wie man Cribbage spielt. Sie lernte es schnell und zu seiner Überraschung spielte sie nicht nur, um ihm einen Gefallen zu tun. In der Tat wollte sie gewinnen. Was ein überaus gutes Zeichen war.

Als das Spiel intensiver und die Brandy Flasche leerer wurde, entspannte Carlotta sich vor seinen Augen.

„Du, meine Liebe", sagte er, „hast eine außerordentlich schnelle Auffassungsgabe. Ich freue mich darauf, über Jahre meine liebliche Braut über einen Kartentisch hinweg anzusehen."

Sie wickelte eine Locke um ihren Finger und

lächelte ihn über den Tisch an. „Hat dich jemals jemand Jim oder Jimmy genannt?"

Er schüttelte den Kopf. „Meine Mutter hielt James für einen gebieterischen Namen, der besser zu meiner zukünftigen Bedeutung passen würde", sagte er zwinkernd.

„Ich hätte deine Mutter gern gehabt", sagte sie. „Dir ist wohl bewusst, dass du ein wichtiger Mann bist."

Er lachte. „Der Lord von Exmoor."

„Ich dachte nicht daran, wie andere hier dich sehen, obwohl sie dich eindeutig als eine wichtige Persönlichkeit sehen. Ich dachte daran, wie wichtig du für Stevie und mich geworden bist."

„So wie du und Stevie es für mich geworden seid", antwortete er und hoffte, dass seine Stimme eine Festigkeit hatte, die seinem restlichen Körper im Moment völlig fehlte.

Sie errötete, als sie ihre Spielfigur bewegte.

„Würdest du mich gerne Jim oder Jimmy nennen?", fragte er.

Sie sah ihn mit ihren großen violetten Augen an. „Manchmal, wenn der Brandy mich warm und geschmeidig gemacht hat, würde ich dich gerne Jimmy nennen, aber ich glaube nicht, dass der Name auch nur annähernd so gut zu dir passt wie James."

Warm und geschmeidig. Verdammt, es war schwer seine Gedanken beim Cribbage zu halten, wenn er an seine Frau als *warm und geschmeidig* dachte.

* * *

Für was für einen Dummkopf er sie doch halten musste! Das geistige Bild ihrer selbst, als sie Lord Rutledge, lallend vom Brandy, mit Jimmy ansprach, war absolut lächerlich.

Es war ihr wichtig, dass er sie nicht nur als intelligent sah, sondern auch als würdige Gegnerin bei den Spielen, die er jede Nacht genoss. Sie musste sich auf das Spielen konzentrieren, so dass ihre Fähigkeiten ihn ihr dummes Verhalten vergessen ließen.

Mit ihrem Mann jeden Abend zu spielen war eine kleine Wiedergutmachung für alles, was er für sie und Stevie getan hatte. Sie dachte daran, wie James ausgesehen hatte, als er Stevie die männliche Gutenachtgeschichte vorgelesen hatte. Er sah eindeutig so aus, als würde er die Geschichte genauso sehr genießen wie Stevie.

Und morgen, dachte sie mit Genugtuung, würden ihre Männer den Tag mit Fischen verbringen.

Wegen Stevie war James in ihr Leben gekommen und hatte es ausgefüllt. Der Earl war dem Jungen völlig ergeben. Sie bezweifelte, dass er den Jungen mehr lieben könnte, wenn er sein eigener Sohn wäre.

Der Gedanke daran, dass der Earl einen eigenen Sohn haben würde – oder nicht – machte sie traurig. Er verdiente es, einen Sohn und Erben zu haben. Und als Mann wünschte er sich bestimmt die Intimität, die dieses Kind hervorbringen würde, obwohl sie dachte, dass er mit ihrer nicht körperlichen Beziehung zufrieden schien.

Oder nicht? Es gab Momente, in denen sie ihn dabei erwischte, wie er sie begehrlich ansah. So empfand sie es zumindest. Ein Mann musste schließlich nicht in eine Frau verliebt sein, um sie zu lieben. Es lag in der Natur der Männer. Und der Earl von Rutledge war eindeutig ein Mann.

Seine Blicke voll nackter Lust verwirrten sie.

Wäre sie ein Spieler, hätte sie gewettet, dass James sie wegen seiner Zuneigung für ihren Sohn geheiratet hatte – und wegen seiner Schuldgefühle Stephen gegenüber. Niemals, weil er sie wollte. Er mochte sie mit Sicherheit nicht einmal. Er kannte ihre vielen Fehler besser als sonst jemand auf Erden.

Seitdem sie James zum ersten Mal getroffen hatte, war sie über seine scheinbare Immunität ihren körperlichen Vorzügen gegenüber verwundert. Bei jedem anderen wären derartige Gedanken über sich selbst reine Arroganz. Für Carlotta jedoch war es, wie über das Wetter zu sprechen. Komplimente über ihre Schönheit waren so alltäglich für sie wie Bemerkungen über den Sonnenschein.

Sie nahm eine Karte und steckte sie zu einer passenden in ihrer Hand. James, dachte sie, verdiente ihre unerschütterliche körperliche Zuneigung. Warum konnte sie sich nicht zu ihm hingezogen fühlen?

Es war eigentlich nicht so, dass sie sich nicht zu ihm hingezogen fühlte. Denn das tat sie. Nicht nur war er der edelste Mann, den sie kannte, er war auch überaus intelligent und gutaussehend.

Sie glaubte, dass der Grund dafür, dass James' viele Vorzüge sie unbewegt gelassen hatten, in Gregory Blankenship lag. Nach Gregory war sie so tief verletzt gewesen und ihr Schmerz war so allumfassend, dass sie ihre Fähigkeit zu fühlen verloren hatte. Zu fühlen bedeutete, für Schmerz offen zu sein.

Wenn sie nun an Gregory dachte, flatterte ihr Inneres jedoch nicht mehr. In der Tat hatte sie während der letzten paar Wochen bemerkt, dass sie endlich an Gregory denken konnte, ohne von

Schmerz durchbohrt zu werden. Sie hatte endlich akzeptiert, dass Gregory seine Frau liebte. Und sie, Carlotta, war nicht mehr in Gregory Blankenship verliebt. Wenn sie sich nur in James verlieben könnte.

Sie unterdrückte ein Gähnen.

„Nach dieser Partie", sagte James sanft, „werden wir zu Bett gehen. Du bist müde."

„Das bin ich", sagte sie während eines weiteren Gähnens, als sie ihre Hand vor ihren offenen Mund hielt.

Als sie die Partie beendet hatten, vereinbarten sie, das Spiel am folgenden Abend fortzusetzen. Mit seiner Hand besitzergreifend um ihre Taille gelegt gingen sie die Treppe hinauf.

Er hielt an ihrer Tür inne und sie hob ihr Gesicht dem seinen zu einem Kuss entgegen.

Kapitel 19

Das Gefühl ihrer sanften Lippen auf den seinen war berauschend. Besser noch – oder mindestens genauso gut – war das Wissen, dass sie den Kuss initiiert hatte. Er zog sie in seine Arme und auch sie legte ihre Arme um ihn. Er glaubte vor Begierde explodieren zu müssen, als ihre Lippen sich öffneten und der Kuss sich vertiefte.

Kurz darauf ließ sie ihn jedoch los und machte einen Schritt zurück zu ihrer Kammertür. Sein hochfliegendes Herz sank. Für einen Moment hatte er sich erlaubt zu glauben, dass sie ihn in ihrem Bett wollte. Nun wurde ihm bewusst, dass es nur eine Illusion war, die durch sein eigenes Verlangen hervorgezaubert worden war.

Mit zusammengepressten Lippen nickte er ihr zu, als wäre der leidenschaftliche Kuss nie passiert. „Gute Nacht, meine Liebe."

Er ging auf seine eigene Kammer zu, als sie ihm nachrief: „Gute Nacht, James." Er kämpfte gegen den Drang an, zu ihr zurückzukehren und sie in seine Arme zu nehmen. Obwohl seine Frau es ihm schwermachte, musste er seinen Stolz bewahren, so zerbrechlich er auch sein mochte.

Als er in dieser Nacht im Bett lag, hinterfragte er seinen eigenen Verstand, sich zu erlauben Carlotta Tag für Tag so verdammt nahe zu sein. Jede Stunde in ihrer Gegenwart war eine weitere Stunde der Qual. Seine ständige Gesellschaft, wurde ihm mit tiefem Leid bewusst, hatte nicht die Wirkung auf sie, die er sich erhofft hatte. Er hatte gedacht, dass ihre fortwährende Nähe zueinander dazu führen würde, dass seine Frau ihn zu lieben lernte.

Vielleicht, wenn er nicht immer zu ihrer Verfügung stünde ... Das brachte ihn auf eine Idee: Vielleicht sollte er sich von ihr distanzieren. Wenn seine Gegenwart seltener wurde, würde sie sich vielleicht danach sehnen. Er erinnerte sich daran, wie erfreut sie gewesen war, ihn nach seiner langen Abwesenheit in Bath wiederzusehen.

Wie schwierig es auch sein würde, sich der Freude ihrer Gesellschaft zu entziehen, schwor er doch, sich von ihr so viel wie möglich fernzuhalten.

Bevor er einschlief, machte er einen Plan, der ihn von nun an im Umgang mit Carlotta leiten würde.

* * *

Carlotta hatte den ersten Tag, an dem ihr Mann und Stevie fischen gegangen waren, genossen. Da es ein eher grauer Tag war, schwelgte sie in der wohligen Wärme des Kamins und las Shakespeares Sonette.

Sie konnte nicht ahnen, dass dies nur der erste von vielen Tagen war, an denen James sie ausschließen würde. Er verbrachte den nächsten Tag mit seinem Verwalter, den nächsten mit seinem Sekretär, den nächsten in den Minen; dann fing es wieder mit Stevie an. James hatte festgestellt, dass Stevie erfahren genug im Sattel war, um nun die Feinheiten des Reitens zu lernen und begann, seinem Stiefsohn diese beizubringen.

Carlotta ließ Maler und Stoffhändler aus Bath kommen und beschäftigte sich damit, ihre und Stevies Zimmer neu zu dekorieren.

Als Stevies Amme kam, fühlte sich Carlotta noch weniger gebraucht, denn ihr Sohn und Miss Kenworth fanden schnell zu einer angenehmen Vertrautheit, als hätten sie sich schon immer gekannt.

Miss Kenworth hatte eine fröhliche Ausstrahlung und einen schnellen Verstand, zusätzlich zu ihrem guten Humor. Dazu kam ihr scharfes Verständnis dafür und ihr reges Interesse daran, was junge Burschen gerne unternahmen. Wenn Stevie mit seinen Soldaten spielen wollte, legte sie sich auf den Boden und spielte mit ihm. Wenn der Junge im Wald Verstecken zu spielen wünschte, versuchte sie ihre Rundungen hinter einem dicken Baum zu verbergen. Wenn Stevie sich wünschte, eine Froschfamilie einzufangen, dann versuchte Miss Kenworth sie mit ihrem Schützling zusammen zu fangen. Kurz gesagt, was auch immer Stevie sich wünschte, Miss Kenworth tat alles in ihrer Macht Stehende, um es ihm zu ermöglichen.

Carlotta sorgte sich nicht mehr darum, dass ihr Sohn keine Spielkameraden hatte, denn mit Miss Kenworth hatte er die bestmögliche Spielkameradin: eine, die immer genau das tat, was er sich wünschte.

Als Miss Kenworth noch keine sechs Wochen in Yarmouth gewesen war, las Stevie bereits eifrig. Er lernte auch, wie man addierte, denn James fühlte sich bemüßigt, seinem Stiefsohn dies täglich nahezubringen. Beide Lehrer ihres Sohnes lobten Stevies scharfen Verstand. Nicht, dass sie ihren Mann regelmäßig sah. An den meisten Abenden aß er das Abendessen mit ihr zusammen, und an manchen Abenden spielten sie nach dem Essen zusammen. Aber ihr Mann gab ihr niemals wieder einen leidenschaftlichen Gutenachtkuss.

Sie nahm an, dass er sie wohl doch nicht begehrte. Er hatte sie nur wegen Stevie geheiratet.

Eines Abends beim Essen fragte er sie, ob sie gerne Gäste einladen würde.

Seine Frage überraschte sie. „Wen, frage ich dich, würden wir einladen?", sagte sie und sah zu ihrem ernsthaften Mann auf.

Er zuckte mit den Schultern. „Den Landadel der Umgebung?"

Sie zog ihre Augenbrauen rasch in die Höhe. „Ich habe nicht gewusst, dass es in der Gegend Landadel gibt. Ich dachte, wir wären Stunden entfernt von allem, außer deiner Mine."

„Dann bist du zu abgeschieden gewesen."

Ihre Hand umfasste den Stiel eines Glases. „Ehrlich, James, ich habe mich nicht abgeschieden gefühlt. Ich liebe es hier in Yarmouth, obwohl ich nur dich und Stevie als Gesellschaft habe – und obwohl du in letzter Zeit nicht unbedingt ein guter Gefährte gewesen bist."

Er lachte. „Was ist mit anderen Frauen? Ich dachte, Frauen brauchen andere Frauen."

Ihr hitziger Blick traf auf seinen. „Du weißt, ich bin nicht wie andere Frauen."

„Was ist dann mit der Bewunderung anderer Männer, meine Liebe? In Portugal schienst du unter der Bewunderung von Männern aufzublühen."

Sie konnte seine Behauptung nicht leugnen. Bedauerlicherweise sprach er die Wahrheit. Obwohl es nie mehr als Koketterie gewesen war, hatte sie diese – zu der Zeit – benötigt. Später hatte sie ihre kokette Art mit lähmenden Schuldgefühlen gebüßt. Stephen hatte eine viel hingebungsvollere Frau verdient, als sie es jemals gewesen war.

„Wenn man älter wird", sagte sie, „bereut man einiges, was man in der Jugend getan hat."

James lachte leise auf. „Sagt der graue Bart von fünfundzwanzig Jahren."

Nachdem das Konfekt aufgetragen worden war, kehrte er zu dem Thema zurück. „Warum arbeitest du nicht mit Fordyce an einer Gästeliste für eine Dinner Party hier in Yarmouth?"

Ihr Magen drehte sich um. Sie hatte kein Verlangen danach, jemanden in ihr Heim eindringen zu lassen, der ihre Vergangenheit kennen könnte und dieses Wissen möglicherweise dazu verwenden würde, dass ihr Mann sich weiter von ihr abwendete.

Oder ihn mehr zu entfremden, als er es bereits war. Aber James bat sie um so wenig, und wenn ihm dies wichtig war ... „Ich bin völlig zufrieden ohne Gäste, aber wenn es dich erfreut, dann werde ich morgen mit Mr. Fordyce sprechen", sagte sie.

„Ich habe genügend Umgang mit anderen. Ich mache mir um dich Sorgen." Obwohl sein Tonfall locker und leicht war, überzeugte sie etwas in seinem Verhalten davon, dass seine Sorge aufrichtig war.

Sie hielt ihren Kopf hoch und schenkte ihrem Mann ein Lächeln. „Du brauchst dir um mich keine Sorgen zu machen. Ich bin überaus glücklich, besonders jetzt, da der Frühling wahrhaftig angekommen ist."

Er nahm seine Gabel und sprach ungezwungen. „Es ist mir aufgefallen, dass du damit angefangen hast, eine Haube zu tragen, wenn du im Garten arbeitest."

„Ich war mir nicht bewusst, dass du mich überhaupt bemerkt hast."

„Auch wenn ich mit etwas anderem beschäftigt bin, werfe ich manchmal einen Blick auf die Dame des Hauses mit einer Haube auf ihrem Haupt. Zuerst habe ich nicht glauben können, dass es meine Carlotta ist, denn meine Carlotta trägt keine Hauben."

Meine Carlotta. Aus unerfindlichen Gründen gefielen ihr diese Worte. „Ich bin so viel in der Sonne, dass ich einen breitkrempigen Hut tragen muss, um zu verhindern, dass mein Gesicht zu dunkel wird. Deine schmeichelnden Kommentare über meine zarte Haut sind nicht unbemerkt geblieben. Ich würde dich nicht enttäuschen wollen. Du hast eine nicht unattraktive Frau geheiratet, und ich werde mich bemühen, dies zu erhalten."

Die unzähligen Stunden, die sie im Garten verbracht hatte, hatten sie beschäftigt und ihr weiterhin das Gefühl gegeben, eine Aufgabe zu haben, besonders nachdem weder ihr Sohn, noch ihr Mann sie zu brauchen schienen.

Als das Abendmahl vorbei war, sagte er: „Ich bitte dich, mich heute Abend zu entschuldigen. Ich muss in die Bibliothek gehen. Ich habe meine Aufmerksamkeit einigen Dokumenten zu widmen."

Sie versuchte, ihre Enttäuschung zu verbergen, als sie sprach. „Ich werde in meinem Arbeitszimmer lesen – solltest du früher als geplant fertig sein und ein Spiel spielen wollen."

Er erhob sich und kam zu ihr, um ihren Kopf zu tätscheln. „Warte nicht auf mich, Liebste. Ich erwarte, bis spät zu arbeiten."

Vielleicht hätte sie zustimmen sollen, Gäste zu

haben. Sie sehnte sich mehr und mehr danach, mit einem anderen Erwachsenen zu reden. Jemand anderes als Mrs. MacGinnis, die nachfragen würde, wie ihre Ladyschaft den Steinbutt zubereitet haben wollte oder Carlotta fragen würde, ob die Vorhänge abgenommen und gereinigt werden sollten.

Als Carlotta sich die Treppen hinaufschleppte, um eine weitere einsame Nacht mit Lesen zu verbringen, wurde ihr bewusst, dass sie sich mit der Zeit an James gewöhnt hatte und sie vermisste ihn schmerzlich.

* * *

Wenn sie ihren Mann nicht als Gesprächspartner haben konnte, konnte sie vielleicht eine Freundschaft mit Mr. Fordyce erwägen. Am folgenden Nachmittag – während James bei den Minen war – ging sie in das Büro des Sekretärs.

Als er von seinem Schreibtisch aufsah, rutschte seine Brille die Hälfte seiner Nase herunter. Er sprang auf die Beine, während eine Hand die Brille zurück an ihren ordentlichen Platz schob. „Guten Tag, Mylady, wie kann ich Euch behilflich sein?"

„Ich habe schon ziemlich lange nicht mehr mit Euch gesprochen, und ich dachte mir, wir könnten ein wenig plaudern. Würdet Ihr gerne meinen Garten sehen?"

Sein Blick glitt auf den Stapel Arbeit auf seinem Schreibtisch, dann zurück zur Frau seines Arbeitsgebers. „Ich wäre geehrt, Mylady."

Als sie durch die schmalen Wege des Hausgartens gingen, zeigte Carlotta auf die verschiedenen Blumen, die sie gepflanzt hatte, während sie zugleich den Gärtner pries, der für das Gewächshaus zuständig war.

Bevor sie zu weit gegangen waren, fragte sie. „Sagt, ist mein Mann immer so viel beschäftigt, wie er es in letzter Zeit gewesen ist?"

„Der Earl von Rutledge zu sein, bringt riesige Verantwortung mit sich. Euer Mann nimmt seine Verantwortung viel ernster als sein Vorgänger. Obwohl der derzeitige Lord Rutledge uns allen, die für ihn arbeiten, vertraut, besteht er darauf, über alles, das wir tun, informiert zu werden. Sein Verstand ist so scharf; er hat mir sogar einige zeitsparende Schnellverfahren für meine eigene Arbeit beigebracht."

Sie war stolz auf James und gleichzeitig eifersüchtig darauf, dass sein Sekretär ihren Mann öfter sah, als sie selbst. „Ihr führt die Bücher für meinen Mann?"

Er nickte.

„Ich habe befürchtet, dass die Minen in finanziellen Schwierigkeiten sein könnten. Verbringt er deshalb so viel Zeit dort?"

„Die Minen machen guten Gewinn", sagte Fordyce. „Wenn Lord Rutledge viel Zeit dort verbringt, denke ich, liegt es daran, dass er großes Mitgefühl für die Bergleute hat. Ich kannte einen Kerl in Cambridge, der Eurem Mann sehr ähnlich war. Er war ein Benthamite."

Erwartete Mr. Fordyce, dass sie wusste, was ein Benthamite war? Sie hatte nie davon gehört, hatte aber Angst davor, ihre Unwissenheit zuzugeben. Schließlich blitzte eine mögliche Definition durch ihren Kopf. „Ein Anhänger von Jeremy Bentham?"

„Ja. Er verbreitet die utilitaristische Theorie."

„Ich fürchte, davon habe ich noch nie gehört, Mr. Fordyce."

„Es ist die Philosophie, dass alles für das größtmögliche Wohl für die größtmögliche Anzahl von Menschen getan werden sollte."

Eine derartige Philosophie hörte sich für sie eher wie Christentum an. Sie wölbte ihre Augenbrauen. „Seid Ihr ein Benthamite, Mr. Fordyce?"

Er lachte. „Ich sehe mich nicht als irgendetwas Bestimmtes. Ich sehe jedoch großen Wert in den Utilitariern, und ob Euer Mann weiß, dass er einer ist oder nicht, ich denke, dass er einer ist. Er ist eindeutig nicht von der alten Garde. Er ist überaus liberal denkend und hat großes Interesse an Bürgerrechten."

„Dann könnt Ihr ihn vielleicht dazu überreden, ein Parlamentarier zu werden", schlug Carlotta vor.

Er wurde langsamer und wandte sich ihr zu, seine blauen Augen blitzten und ein Lächeln erhellte sein schmales Gesicht.

„Die Sache ist die, dass ich wirklich glaube, dass Lord Rutledge unpolitisch ist. Ich bin nicht einmal sicher, dass er Jeremy Bentham jemals gelesen hat. Ich bin der Überzeugung, dass er von Natur aus gut ist. Er hat einen außergewöhnlichen Sinn dafür, was richtig und was falsch ist."

Er musste Carlotta diese Tatsache über den Mann, den sie geheiratet hatte, nicht mitteilen. Sie konnte sich an über ein Dutzend Gelegenheiten erinnern, an denen James unnachgiebig selbstlos gewesen war. Es lag an ihm, immer das zu tun, was andere glücklich machte; es lag an ihm, anderer Leute Leiden nachzuempfinden. „Ich weiß, dass das wahr ist."

Weder sie, noch der Sekretär sprachen für

einen Moment. Sie war froh, dass sie und Mr. Fordyce diesen Spaziergang unternommen hatten. Sich in einem derartigen Umfeld zu unterhalten – und über jemand anderen als sich selbst zu sprechen – hatte den schüchternen Sekretär entspannt.

„Ich weiß, dass mein Mann nicht in die Politik gehen will. Er ist überaus glücklich hier in Exmoor. Ich kann jedoch nicht umhin, an die verstorbene Mutter seiner Lordschaft zu denken. Sie hat immer daran geglaubt, dass ihr Sohn ein wichtiger Mann sein würde. Was ihr nicht bewusst war, ist, dass er ein großartiger Mann sein kann, ohne eine Spur im öffentlichen Leben zu hinterlassen."

„Ihr solltet Philosophin sein, Mylady, anstatt Dichterin."

Sie lachte. „Ich bin wirklich keine Dichterin. Ich wünschte, ich wäre es. Ich bin einfach süchtig nach Poesie."

„Es scheint mir, dass Eure Position und Eure Umgebung Euch in die perfekte Situation gebracht haben, um Gedichte zu schreiben."

Sie dachte einen Moment lang darüber nach. Was er sagte war wahr. Sie war von Schönheit umgeben, und der Überfluss an Dienstboten ermöglichte es ihr, die Zeit zu haben, alles zu tun, was sie wünschte. Es war nur, dass sie niemals fanatisch Gedichte *schreiben* wollte. Sie war fanatisch begeistert davon, sie zu lesen. Warum sollte sie versuchen einen Gedanken niederzuschreiben, wenn viel Talentiertere als sie dies bereits mit viel größerer Eloquenz getan hatten?

„Ich fühle tief, so wie Dichter es tun", sagte sie, „aber unter normalen Umständen bin ich niemals dazu geneigt, meine Gefühle niederzuschreiben. Wenn ich es tue, dann sind meine Bemühungen immer denen der Dichter, die ich so bewundere, weit unterlegen."

Während sie mit Fordyce durch den Garten spazierte, ritt ihnen James auf Ebony entgegen. Er sah finster drein, als er sie lachen sah.

Er stieg ab und warf ihr einen strengen Blick zu. „Solltest du dich nicht fürs Abendessen umkleiden, meine Liebe?"

„Es ist noch nicht dunkel", warf sie dagegen ein und sah zum Spätnachmittagshimmel auf.

„Ich muss einige Dinge mit Fordyce besprechen", zischte James.

Als die beiden Männer fortgingen, bückte sich Carlotta und entfernte mit zittriger Hand ein Unkraut.

* * *

Als Carlotta sah, dass ihr Mann mit ihr zu Abend essen würde, war sie erfreut. Es hatte jüngst zu viele Nächte gegeben, in denen er sich in seine Bibliothek zurückgezogen hatte. Ihre Freude war jedoch von kurzer Dauer. Er schmollte während des ganzen Essens und sprach kaum ein Wort mit ihr.

Nach dem Essen zeigte er Interesse daran, ihren Unterricht in Schach fortzusetzen, was er auch tat – während er mehrere Gläser Brandy trank.

Obwohl seine Fähigkeiten sich in keiner Weiser verschlechterten als sie mit dem Spiel fortfuhren, wurde seine Zunge lockerer. „Erzähl mir von diesem Mann, der deine Zuneigung nicht erwiderte, Carlotta", verlangte er.

Sie fing an zu zittern. Hatte er von Gregory erfahren? Behandelte er sie deshalb mit derart schlecht verstecktem Ärger? „Es gibt nichts zu erzählen. Er hat es vorgezogen, eine andere zu heiraten. Ende der Geschichte."

„Aber *nicht*, so wie ich es verstehe, das Ende deiner Zuneigung."

„Nein, das war es nicht. Ich habe lange daran gelitten."

Er nagelte sie mit einem bösartigen Blick fest. „Und tust es noch jetzt?"

Sie sah in seine feurigen Augen. „Nicht mehr. Ich bin über ihn hinweg."

„Was gibt es dann für einen anderen Mann, Carlotta? Ist es Fordyce? Denn ich weiß, dass die liebliche Carlotta immer einen Mann haben muss."

Sie wirbelte herum und stieß ihr Leugnen aus. „Ich habe keinen Mann"

Er lachte verbittert. „Besonders nicht deinen Ehemann."

Ihr Herz trommelte. Sie hatte gewusst, dass dieser Tag kommen würde. James war schließlich ein Mann. Ein Mann konnte es nicht so lange ohne eine Frau aushalten. „Dann ist es *das* ... was dich stört?"

Er schlug mit seiner Faust auf das Schachbrett. „Zur verdammten Hölle, ja, es stört mich! Glaubst du, dass ich kein Mann bin?"

Ihre Stimme wurde sanfter. „Ich könnte nie vergessen, dass du ein Mann bist, James."

Er starrte sie mit glasigen Augen an. „Hasst du alle Männer oder nur mich?"

„Ich hasse dich nicht."

„Du hasst nur den Gedanken daran, mit mir ins Bett zu gehen, Gemahlin."

„Wenn ... wenn du wünschst, dass ich die pflichtbewusste Ehefrau bin, dann werde ich es tun." Sie fing an zu zittern und ihre Stimme schwankte, als sie sprach. „Würdest du gerne jetzt in mein Schlafgemach kommen?"

Kapitel 20

Sie hatte gewusst, dass ihr Mann ihr Angebot nicht abschlagen würde. Sie hatte die Zeichen seit Wochen gesehen. So edelmütig James auch war, er brauchte sie, so wie ein Mann eine Frau braucht. Da er nicht der Typ Mann war, der sexuelle Erleichterung unter den Röcken von Dirnen suchte, wusste sie, dass er viel zu lange ohne eine Frau gewesen war. Sie wusste genug über Männer, um zu wissen, dass eine derartige Abstinenz sie reizbar machen konnte, sie zum Trinken animierte und ihnen körperliche und seelische Schmerzen verursachte.

James hatte wochenlang all diese Symptome gezeigt. Sie hatte das nackte Verlangen in seinen Augen gesehen und war davon seltsam beschwingt gewesen.

Sie hatte auch gewusst, dass er sie niemals um sexuelles Entgegenkommen bitten würde. Aber er wünschte sie zutiefst. Auch wenn er sie nicht liebte, brauchte er sie. Und er hatte jedes Recht nach Gottes und der Menschheit Gesetz, sein Verlangen an ihrem Körper zu stillen. Sie schuldete ihm zumindest das.

Es war Zeit. Zeit, sich dem Mann, der sie aus der Trostlosigkeit gerettet hatte, hinzugeben.

Sobald sie sich ihm angeboten hatte, schwand seine Verbitterung und wurde durch ein verführerisches Lächeln ersetzt, als er seinen Platz verließ und zu ihr kam, während seine glühenden Augen immer auf ihr ruhten.

Seine Arme legten sich um sie, als sie ihr Gesicht für einen langen Kuss zu seinem hob, und ihre Lippen sich für eine Innigkeit teilten, die sie genauso genoss wie er. Er fiel neben ihr am Kartentisch auf seine Knie und küsste einen Pfad von Schmetterlingsküssen ihren Hals entlang. Ihr Atem – wie seiner – beschleunigte sich, als wären sie gelaufen. Als er das Korsett ihres Kleides herunterschob und seinen Mund um ihre straffe Brustwarze legte, hielt sie den Atem an, wollte aber nichts tun, was ihn dazu bringen könnte, damit aufzuhören. Sie war vor körperlichem Genuss wie gelähmt. Durch ihre benebelte Gefühlswelt war ihr bewusst, dass sie auf ihn nicht reagierte, wie eine Lady es sollte. Sie wollte distanzierter sein, respektabler, aber ihr eigenes Verlangen, bemerkte sie schockiert, war genauso groß wie das ihres Mannes.

Es war, als könne sie nicht genug von ihm bekommen. Ihre Hände bewegten sich hungrig über seine Schultern, seine Arme entlang, unter sein Hemd – dann tiefer und tiefer. Sie legte ihre Hand über sein schwellendes Verlangen und stieß einen kleinen Schrei aus.

„Komm, mein Liebling", flüsterte er heiser, „lass uns hinaufgehen."

Ohne ihre Augen von ihm abwenden zu können nickte sie, als wäre sie betäubt, und reichte ihm ihre Hand.

Zusammen gingen sie die Treppe hinauf. James legte seinen Arm um sie. Sie dachte, er würde sie bei ihrer Kammer loslassen, damit sie sich für ... für diese verspätete Hochzeitsnacht vorbereiten konnte, aber er tat es nicht. Er folgte ihr in die Kammer, die vom Kaminfeuer und einer einzigen Kerze neben ihrem Bett erhellt war.

Sie drehte sich um, um ihn anzusehen. „Wünschst du, dass ich das Nachthemd anziehe, das ich für diese Nacht aufgehoben habe?"

Er schüttelte den Kopf, und seine hungrigen Augen musterten ihren bereitwilligen Körper. „Was ich mir wünsche, Carlotta, ist dich beim Auskleiden zu beobachten."

Sie hatte sich noch nie vor einem Mann ausgezogen. Nicht vor Stephen, dessen sexuelle Beziehung mit ihr immer im Dunkeln stattgefunden hatte. Auch nicht vor Gregory, der es vorzog, ins Bett zu kommen, nachdem sie ihre Kleidung abgelegt hatte.

Und doch, der Gedanke sich vor James auszuziehen berauschte sie. Wahrscheinlich wegen ihrer eigenen rastlosen Erregung. Dann dachte sie an die Wölbung, die sie unter ihrer Hand gespürt hatte und wurde noch aufgeregter. Noch gieriger – falls dies möglich war – ihren Ehemann in sich zu spüren.

Sie bewegte sich verführerisch auf ihn zu und legte ihre Arme um seinen Hals. „Ich werde deine Hilfe benötigen."

Er riss sie an sich und küsste sie wild, während seine Hände ihre zarte Haut erforschten. Dann spürte sie einen Zug kalter Luft auf ihren Brüsten, als er ihr Kleid herunterzog. Als nächstes vernahm sie das Reißen ihres Kleides und beobachtete hilflos, wie es zu Boden fiel.

Seine Augen nahmen ihren Körper auf, und sein Atem war noch stockender, als er sie aufhob und zum Bett trug. Er war zu ungeduldig, um die seidene Überdecke zu entfernen und legte sie darauf. Als Carlotta auf ihrem Rücken lag, beeilte er sich, seine eigene Kleidung abzulegen. Da die Kerze noch brannte, beobachtete sie begierig, wie er zuerst sein Hemd auszog, dann seine Schuhe und Strümpfe, dann seine Kniehosen. Als diese auf den Boden fielen, stockte ihr Atem und ihre Augen ergötzten sich an seinem kräftigen Körper, der in dem flackernden Kerzenlicht golden aussah.

Mit seinen Augen von ihren gefesselt stieg er auf das Bett und presste ein Knie zwischen die Oberschenkel seiner Frau, während seine Hände ihre Brüste umfassten.

Sie konnte nicht umhin ihre Hüften zu heben, um ihn an der Nahtstelle ihrer Oberschenkel zu spüren. Mit jeder ihrer entgegenkommenden Bewegungen wurde James' Atem schneller.

Bald ließ er sich auf sie hinab und beide schrien vor Genuss auf, fieberhafter mit jedem lustvollen Stoß.

Sie hätte niemals gedacht, dass sie diese Verbindung so ersehnen könnte, aber es war, als ob sie gehungert hatte und James ihr Festmahl war.

Als sie seine warme Saat in sich spürte erzitterte sie unter ihm, und jeder bebende Schauer wurde von dem Mann, der in sie stieß, bis er vor Lust stöhnend über ihr zusammenbrach, erwidert.

Er nahm sein Gewicht von ihr und wandte sich ihr zu. Sie drehte sich zu ihm, und ihre Hände streichelten zart seinen Körper. Den Körper, der ihr so viel unbekümmerten Genuss gebracht hatte.

Seine Arme umschlangen sie, als er feuchte Küsse auf ihre Augen, ihre Nase, ihre Lippen streute.

Sie vergrub ihren Kopf an seiner Brust und seufzte zufrieden. Dann wartete sie auf die süßen

Liebesworte, nach denen sie so sehr verlangte.

Endlich fuhr er sanft mit einem Finger ihre Nase entlang und sprach. „Danke, liebste Gemahlin. Du hast mich heute Nacht zum glücklichsten Mann im Königreich gemacht." Er hielt inne und küsste sanft ihre Wange. „Es war ... viel schöner, als ich je hoffen konnte."

Es waren keine Liebesworte, aber sie würde Trost in ihnen finden. Wenigstens hatte sie ihn glücklich gemacht. Sie fand auch eine seltsame Genugtuung in dem Wissen, wie sehr er sie begehrte.

Ihr Mann fiel bald in einen zufriedenen, satten Schlaf, seine großen Hände immer noch auf ihren Hüften, ihre Körper aneinandergepresst.

Sie blieb im Kreis seiner Umarmung liegen und fuhr mit ihren Händen sanft über seine weichen Muskeln. Sie wollte sich wegen ihres erhitzten Eifers, ihn in sich aufzunehmen, schämen, aber sie konnte es nicht. Sie hatte es zu sehr genossen. Mehr als das: Was zwischen ihr und ihrem Mann geschehen war, fühlte sich gut an, so überaus befriedigend. Es war, als wäre sie geboren worden, um diesem Mann Vergnügen zu bereiten.

* * *

Als sie am nächsten Morgen erwachte, war James nicht mehr in ihrem Bett. Sie flüsterte seinen Namen, falls er im angrenzenden Umkleideraum war, bekam aber keine Antwort.

Sie wickelte die Decke um sich, stieg aus dem Bett und hob ihr Kleid vom Boden auf, bevor sie sich daran erinnerte, dass es ihr vom Leibe gerissen worden war. Mit heißen Wangen ging sie zum Schrank, nahm ein jungfräuliches Musselinkleid heraus und zog es an. Als sie angezogen war, öffnete sie die Türe zum

Ankleideraum und ging hindurch zu dem angrenzenden Ankleideraum ihres Mannes in der Hoffnung, ihn dort zu finden, aber auch hier war er nicht.

Sie öffnete die Türe zu seinem Schlafgemach. Dort war er auch nicht. Ihr Blick landete auf seinem Bett – auf den zerwühlten Decken – und ihr Herz sank. Er war in der Nacht in sein eigenes Bett gegangen! Er wollte die Nacht nicht in ihren Armen verbringen.

Zutiefst enttäuscht ging sie in ihre Kammer zurück und brach auf dem Stuhl ihres Schminktisches zusammen. Nun, da sie wahrhaftig James' Frau war, wollte sie sich fühlen, als wären sie auf jede Art und Weise verheiratet. Sie wollte am Morgen neben ihm aufwachen. Sie wollte fröhlich die Pläne für den Tag besprechen. Sie hätte sich daran erfreut, ihn beim Ankleiden zu beobachten.

Sie war dumm genug gewesen zu glauben, dass jetzt, nachdem sie ihr Bett mit ihm geteilt hatte, ihre alte Verbundenheit zurückkehren würde und er nicht mehr so distanziert sein würde.

Sein Sekretär, sein Verwalter, der Captain der Mine – sogar ihr eigener Sohn – verbrachten mehr Zeit mit ihrem Mann als sie. Sie sehnte sich danach, dass er für die Frau, die er geheiratet hatte, Zeit hätte.

Sie hob ihre Flasche mit Lavendelwasser und hatte vor, es an ihren Spiegel zu werfen, als Peggy mit einem übermütigen Gesichtsausdruck in das Zimmer kam. „Seid so nett und brecht keine weiteren Spiegel, Mylady."

Carlotta stellte den Duft hin und wartete darauf, dass ihre Zofe ihr Haar richtete.

* * *

Nichts in seinem ganzen Leben war je so schmerzhaft gewesen, wie Carlottas Bett bei Sonnenaufgang zu verlassen. Er wollte sie wieder und wieder lieben. Liebestrunken zu sein, passte jedoch nicht in seinen Plan, die Liebe seiner Frau zu erobern. Sein Plan, ihre Zuneigung durch seine Abwesenheit zu gewinnen, musste bereits funktionieren. Nicht nur hatte seine geliebte Carlotta eingewilligt, ihr Bett mit ihm zu teilen, sie hatte sich ihm mit ebenso begierigem Verlangen hingegeben wie er sich ihr.

Als er mit Ebony durch die Moorlandschaft ritt, war er bei jeder Erinnerung an die magische Vereinigung zwischen Carlotta und ihm in der vorherigen Nacht erregt. Er hatte sie so lange begehrt und hatte sich vorgestellt, wie erfüllend es sein würde, sie zu lieben, aber er war nicht darauf vorbereitet gewesen, um wie viel gewaltiger die lebende, atmende, verführerische Carlotta sein würde als die Frau seiner Träume.

Er hatte gehofft, dass sie seine Leidenschaft dulden könnte. Er hatte nicht gedacht, dass ihre Leidenschaft seiner gleichen würde.

* * *

In dieser Nacht kam er wieder in ihr Bett. Sie hatten eine Partie Cribbage gespielt. Er war aufgrund seines überwältigenden Verlangens nicht in der Lage gewesen, länger zu spielen.

Er hatte damit angefangen, die Stifte für das Spiel in das Brett zu stecken und beobachtete sie lüstern. „Sollen wir ins Bett gehen, mein Liebling?", fragte er mit belegter Stimme.

Ihre langen Wimpern hoben sich und sie nickte verführerisch.

So wie sie es in der Nacht zuvor getan hatten, stiegen sie die Treppe hinauf, sein Arm besitzergreifend um ihre Taille. Er folgte ihr in das spärlich beleuchtete Schlafgemach, wo sie sich ihm mit glühenden Augen zuwandte.

Er kam auf sie zu und riss sie an sich. Ihre Lippen trafen sich und verschmolzen atemlos. Ihre Hände streichelten seinen Körper genauso eifrig wie seine ihren. Er knöpfte gekonnt ihr Kleid auf und warf es auf den Teppichboden. Dann nahm er ihr Korsett ab, umfasste ihre Brust und beugte sich, um sie in seinen Mund zu nehmen, als sie stöhnte. Er wurde bald von ihrem Rhythmus mitgerissen, als sie sich gegen seinen Oberschenkel bewegte.

Seine Hand glitt an ihr hinunter und streichelte die Haare zwischen ihren Oberschenkeln, und sie stöhnte vor Genuss, als er mit einem Finger in ihre feuchte Spalte glitt. Sie ging langsam rückwärts auf das Bett zu und setzte sich auf den Rand; ihre Beine spreizten sich, um seine Leidenschaft besser empfangen zu können. Sie griff nach ihrem Bein, um zuerst einen Strumpf, dann den anderen zu entfernen, ohne jemals ihre Augen von den seinen zu lösen, als sein Finger tiefer und schneller in sie tauchte.

Dann schlüpfte sie mit der Hand unter seine Hosen und streichelte seinen geschwollenen Schaft bis er dachte verrückt zu werden. Er riss sich seine Hosen vom Leibe und stürzte sich auf das Bett und seine kostbare Carlotta und begrub sich verzweifelt in ihr.

Als seine Erlösung kam, erzitterte er krampfartig über ihr und hörte ihr mit rasendem Jubel zu, als sie unter ihm wimmerte und jeder ihrer Schauder seinem glich.

Als sein Herzschlag sich wieder beruhigte, glitt er von seiner geliebten Frau und war vorsichtig, seine untere Körperhälfte nicht von ihrer zu trennen. Dann küsste er sie leidenschaftlich. Er wollte ihr sagen, wie sehr er sie liebte, aber das war nicht Teil seines Plans.

Er wollte wieder in ihr hart werden, aber auch das war nicht Teil des Plans. Stattdessen strich er ihr das Haar aus der feuchten Stirn und hielt sie nahe bei sich bis sie in einen tiefen Schlaf fiel.

Dann verließ er sie, um in seine eigenen Zimmer zu gehen, und fühlte sich zutiefst beraubt.

Er wusste, dass Carlotta ihn noch nicht liebte. Aber sie sehnte sich langsam nach ihm, so wie er sich lange nach ihr gesehnt hatte. Er würde darin Trost finden müssen. Diese lähmende Lust.

Kapitel 21

Carlotta führte eine kleine Armee von Körbe tragenden Lakaien an, als sie beinahe mit Fordyce zusammenstieß, der versuchte, eine Handvoll Briefe aufzugeben.

„Ich bitte um Verzeihung, Mylady." Sein Blick fiel auf die Körbe. „Gibt es eine Veranstaltung, über die ich nicht informiert wurde?"

Carlottas Augen tanzten. „Nicht einmal mein Mann wurde informiert. Ich werde ihn bei den Minen überraschen, indem ich den Bergmännern eine herzhafte Jause bringe."

„Die Lakaien helfen Euch?"

„Nur an diesem Ende." Sie senkte die Stimme. „Seine Lordschaft, da bin ich mir sicher, würde seinen Reichtum oder seine Dienerschaft vor den Bergmännern nicht zur Schau stellen wollen."

Mr. Fordyce nickte. „Sagt! Wenn Ihr zu den Minen fahrt, bitte ich Euch, die Unterschrift seiner Lordschaft auf einem Dokument für mich einzuholen. Ich laufe schnell zurück, um es zu holen."

Carlotta musste bei der schwer beladenen Kutsche lachen, als sie Stevie beobachtete, der versuchte einen Korb aufzuheben, der fast so groß war wie er. „Schau wie stark ich bin, Mama."

Sie und Miss Kenworth wechselten erheiterte Blicke.

„Hier ist das Dokument", sagte Fordyce, der gerade aus dem Haus kam.

Carlotta nahm es, sah Stevies Amme an, dann

wieder Fordyce. „Ihr kennt Miss Kenworth, nicht wahr, Mr. Fordyce?", fragte sie.

Er nickte Miss Kenworth schüchtern zu. „Sie war so nett und hat mich letzte Woche eingeladen, mit ihr zu essen."

„Wenn Ihr eine Stunde in Miss Kenworths Gesellschaft verbracht habt, bin ich sicher, dass sie Euch gut genug kennt, um Eure Kindheitsfreunde aufzuzählen. Miss Kenworth hat die Gabe, schnell Freundschaften zu schließen."

„Ich muss protestieren, Mylady", sagte Miss Kenworth. „Ihr schreibt mir Fähigkeiten zu, die ich nicht habe. Ich weiß nicht mehr über Mr. Fordyce als zu der Zeit, als ich in Middlesex war. Ich habe das Gefühl, dass er Gespräche während des Abendessens aufdringlich findet."

„Ich bitte um Eure Vergebung, Miss Kenworth, wenn ich Euch diesen Eindruck vermittelt habe", sagte Fordyce.

Als sie den reumütigen Mr. Fordyce und die plötzlich verlegene Miss Kenworth beobachtete, wurde Carlotta schnell bewusst, dass die Schüchternheit des Sekretärs dem Missverständnis zugrunde lag. Und obwohl Miss Kenworth keine Schönheit war, war sie doch eine Frau, und Carlotta hatte Grund zu glauben, dass Mr. Fordyce überaus zurückhaltend war, was das andere Geschlecht betraf.

„Miss Kenworth, wenn Ihr eine Unterhaltung mit Mr. Fordyce wünscht, müsst Ihr nur über neue Philosophen sprechen – so wie Mr. Bentham – oder über die Regierung, und er wird viel ungezwungener sprechen."

„Unser Vikar in Middlesex war ein starker Befürworter von Jeremy Bentham", sagte Miss Kenworth, sah zu Fordyce auf und machte dann den Mund fest zu.

Carlotta konnte sich nicht erinnern, dass Miss Kenworth jemals nach nur einem Satz zu sprechen aufgehört hätte. Sie blickte von ihr zu dem jungen Sekretär und kam zu der Schlussfolgerung, dass beide äußerst schüchtern in der Gegenwart des anderen waren. Und das musste geändert werden!

Carlotta hakte ihren Arm in Fordyces. „Mr. Fordyce, ich bitte Euch, uns zu den Minen zu begleiten. Es ist ein wunderbarer Tag, um draußen zu sein."

„Seine Lordschaft bezahlt mich nicht, um durch die Landschaft zu wandern, Mylady", antwortete er.

Sie tätschelt seinen Arm. „Macht Euch keine Sorgen. Ich werde jegliche Schuld auf mich nehmen. Ich verspreche Euch, dass mein Mann keine Einwände haben wird."

Sie konnte sehen, dass der Mann hin- und hergerissen war. „Außerdem", fügte sie hinzu, „brauche ich Euch heute Nachmittag, und James hat gesagt, dass ich Eure Hilfe jederzeit beanspruchen kann. Da habt Ihr es!"

„Also gut", sagte er.

Sie sahen zu, wie die letzten Körbe auf das Dach der Kutsche gebunden wurden, dann sprang Stevie in den Wagen. Fordyce half Carlotta hinein, und sie setzte sich neben ihren Sohn. Als nächstes kam Miss Kenworth, dann Fordyce als Letzter.

„Wann werden wir ankommen, Mama?", fragte Stevie.

„In ungefähr einer Stunde, Liebling. Die Fahrt mit der Kutsche ist fast doppelt so lange wie auf dem Pferd, da die Kutsche sich auf Straßen beschränken muss, die oft einen Umweg machen."

„In Vorbereitung auf seinen ersten Besuch der Minen hat Master Stephen gelernt einige neue Worte zu buchstabieren. Buchstabiere die Worte für deine Mutter, Liebes", sagte Miss Kenworth.

„Kohle. K-o-h-l-e", sagte Stevie. „Ich habe gedacht, man würde es K-o-l-e schreiben, aber Miss Kenworth hat mir beigebracht, wie man es wirklich schreibt."

Fordyce sah Miss Kenworth bewundernd an. „Aber ich dachte, Ihr seid die Amme des Jungen. Ich habe nicht gewusst, dass Ihr eine Gouvernante seid."

„Zu meinem Glück kann ich beides sein", antwortete sie.

„Ich glaube, dass Miss Kenworth gerne draußen ist", sagte Carlotta, „deshalb gehen sie und Stevie den Aktivitäten nach, die einem Jungen Spaß machen, wenn sie mit dem Unterricht fertig sind."

„Letzte Woche haben wir einen verletzten Baby-Spatz gefunden", sagte Stevie aufgeregt, „und Miss Kenworth und ich pflegen ihn, bis er wieder ganz gesund ist."

„Wo haltet Ihr ihn?", fragte Fordyce.

„Zurzeit in Master Stephens Zimmer."

„Wollt Ihr kommen und ihn sehen, Mr. Fordyce?", fragte Stevie.

„Ich denke, das würde ich gerne."

„Ich war bisher nicht in der Lage Master Stephen davon zu überzeugen, dass Vögel vielleicht nicht gerne in Decken gewickelt werden", sagte Miss Kenworth lachend.

„Ich weiß, dass er es gerne hat", sagte Stevie stur. „Ich habe ein kleines Stück Wolle von Mrs. MacGinnis bekommen, das genau die richtige Größe für eine Spatzendecke hat."

Miss Kenworth zuckte mit den Schultern. „Das Geschlecht des Spatzes ist eine weitere Angelegenheit, über die Master Stephen und ich uns nicht einig sind", sagte Miss Kenworth mit einem Hauch von Drama. „Ich sage, dass der Vogel eine Sie ist, und er besteht darauf, dass er ein Er ist." Sie sah ohne den Hauch eines Errötens zu Fordyce. „Sagt, Mr. Fordyce, könnt Ihr beurteilen, ob ein Vogel männlich oder weiblich ist?"

Er hüstelte verlegen und schüttelte den Kopf. „Vielleicht gibt es ein Buch in der Bibliothek seiner Lordschaft, das Euch über ... das Thema aufklären kann."

„Ein ausgezeichneter Vorschlag", sagte Miss Kenworth.

Als die Kutsche den Hügel hinauf ruckelte, hatte Carlotta die Möglichkeit, die Amme ihres Sohnes zu beobachten. Es war schade, dass man als erstes ihre Rundlichkeit bemerkte. Es war nicht so, dass sie dick war. Das war sie wirklich nicht. Es war nur so, dass sie keine Taille hatte und nicht mit Größe gesegnet war; daher schien sie genauso breit wie hoch zu sein.

Noch bedauernswerter war, dass ihre Farbgebung äußerst lieblich war, mit sahneweißem Teint und dunklen Augen und Haaren. Sie wäre also als überaus hübsch angesehen worden, wenn sie nicht diesen verflixten Körperbau hätte.

Carlotta dachte, dass Miss Kenworth einen guten Kontrast zu Mr. Fordyces Hellhäutigkeit und Schlankheit darstellte. Sie dachte auch, dass der Altersunterschied zwischen den beiden nicht mehr als fünf Jahre sein konnte.

„Mr. Fordyce?", fragte Stevie.

„Ja?"

„Wusstet Ihr, dass Miss Kenworth Cricket spielen kann?"

Der Sekretär musterte die Amme anerkennend, und sie errötete. „Das wusste ich nicht."

„Ihr müsst einmal mit uns spielen", sagte Stevie. „Ihr *wisst*, wie man Cricket spielt, nicht wahr?"

Ein Lächeln huschte über sein Gesicht. „Ja, das tue ich. Als ich nicht viel älter war als du, habe ich in der Schule Cricket gespielt. Dann wieder in Cambridge." Er sah Miss Kenworth an. „Sagt, wie kommt es, dass Ihr spielen könnt?"

„Meine Mutter war Sir Eldridges Haushälterin und dieser hatte vier Söhne. Sie haben mich immer gebeten, mit ihnen zu spielen."

„Weil sie gut ist", sagte Stevie. „Sie hat gar nichts Mädchenhaftes an sich", fügte der Junge hinzu.

Carlotta sah, wie dunkleres Rot sich auf dem Gesicht der Amme ausbreitete. „Das ist nicht wirklich wahr, Lämmchen", sagte Carlotta. „Miss Kenworth gibt dir nur nach, wenn sie Dinge tut, die Jungen gerne machen."

„Nein", protestierte Stevie, „sie hat mir gesagt sie war schon immer burschikos."

Carlotta zuckte mit den Schultern. „Sie ist auch eine sehr feine Dame."

„Sagt", wandte sich Fordyce an Miss Kenworth, „habt Ihr den Vikar in Middlesex gut gekannt?"

„Das habe ich in der Tat. Bevor er seine Braut in unser Dorf gebracht hat."

„Dann habt Ihr mit ihm über die Benthamsche Rechtsauffassung gesprochen?"

Sie nickte, dann diskutierten die beiden über Utilitarismus bis sie bei den Minen ankamen.

* * *

James war tief im Schacht, als Willy hinuntereilte. „Lord Rutledge! Lady Rutledge ist hier und hat Proviant für alle gebracht."

Aber Carlotta hasste die Minen! James schüttelte seine Hände aus und murmelte etwas, dann bückte er sich und bewegte sich durch die Dunkelheit in Richtung von Willys Stimme. Er bog um eine Ecke im Schacht und folgte dem Licht – und Willy – hinaus.

Über Tage kniff er die Augen gegen die strahlende Sonne zusammen und sah sich um, bis er seine Frau erblickte. Carlotta dirigierte das Abladen von Dutzenden Körben und zwei Falttischen. Sie und Miss Kenworth überblickten prüfend das Auspacken der Körbe und breiteten das Festessen aus. Es gab geräuchertes Wild, Leberpastete, Äpfel, Pudding, Schinken und einen Korb gefüllt mit Süßspeisen. Ein weiterer Korb war mit Tellern und Besteck gefüllt.

James räusperte sich, um den Kohlenstaub aus seinem Hals zu entfernen, und ging zu seiner Frau, wo er unaufhaltsam zu husten anfing.

Ein Ausdruck von Sorge huschte über ihr Gesicht. „Du brauchst frische Luft, nicht diese schreckliche Luft in den Schächten", schimpfte sie.

Er ignorierte ihren Kommentar. „Was ist der besondere Anlass?", fragte er seine Frau, als sein Blick über die mit Essen gefüllten Tische schweifte.

„Als ich nach Yarmouth kam habe ich versprochen, alle deine Arbeiter namentlich kennenzulernen. Dies, so denke ich, ist ein guter Anfang." Sie ging auf ihn zu und legte ihre Hand auf seine. „Und bitte sei nicht auf Mr. Fordyce böse. Ich habe ihn dazu genötigt, mit uns zu kommen. Er und Miss Kenworth hatten eine äußerst angenehme Fahrt. Sie haben, wie ich meine, viel gemeinsam."

James wäre auf jeden Mann eifersüchtig, der mit Carlotta Zeit verbrachte, und nachdem Fordyce der einzig verfügbare Gentleman war, trug der unglückliche Sekretär die Hauptlast von James' vehementer Eifersucht. James wollte glauben, dass Carlotta seinen Sekretär heute wirklich nur gebracht hatte, um seine Freundschaft mit Miss Kenworth zu fördern, aber James' unlogische Eifersucht erfasste ihn zu stark. Als er sein Gesicht finster verzog, hob sich Carlotta auf ihre Zehenspitzen und küsste seine schwarze Wange. Seine Gedanken blitzten zurück in die vergangene Nacht und wie empfänglich sie für sein Liebesspiel gewesen war. Er konnte sich gerade noch davon abhalten, sie in die Kutsche zu zerren und gleich dort zu nehmen.

Stattdessen versteifte er sich, nahm ein Taschentusch aus seiner Tasche und wischte den Ruß von ihren Lippen. „Ich dachte du verabscheust Kohle", flüsterte er.

„Es sieht so aus, als würde ich mich daran gewöhnen müssen, da ich mit dir verheiratet bin. Komm, Liebster, erlaube mir, dir einen Teller herzurichten."

Sie häufte Essen auf seinen Teller, und er musste zugeben, dass dies überaus willkommen war. Ein Mann konnte sich in den Minen einen herzhaften Appetit erarbeiten. Er setzte sich auf einen großen Stein um zu essen – und um seine Frau dabei zu beobachten, wie sie jeden Bergmann mit ausgestreckter Hand persönlich begrüßte. Wenn sie sich weigern wollten, sie schmutzig zu machen, lachte sie. „Bitte", sagte sie wieder und wieder, „es lässt sich abwaschen."

James dachte, dass sie nie schöner ausgesehen hatte als jetzt, in einem einfachen lavendelfarbenen Baumwollkleid, ihre Handschuhe schwarz und ihre Augen warm. Als sie eine Strähne rabenschwarzen Haars aus ihrer Stirn wischte, hinterließ sie eine schwarze Spur auf ihrer milchigen Haut.

Und sie war zweifellos das schönste Geschöpf, das er je gesehen hatte.

Als er fertig war, kam er zu ihr. „Wie kommt es, dass du den Dialekt der Männer besser verstehst?"

„Peggy und ich lernen den Dialekt von Jeremy."

„Ah ... sag, sind Peggy und Jeremy ...?"

Sie zuckte mit den Schultern. „Noch nicht. Ich habe von dem obersten Stallknecht gehört, dass ein Mädchen aus der Gegend Jeremys Zuneigung gewonnen hat, bevor er Peggy kennengelernt hatte. Ich nehme an, wir werden darauf warten müssen, welche der beiden er letztendlich auswählen wird."

„Das arme einheimische Mädchen hat wohl keine Chance, wenn meine Frau irgendetwas damit zu tun hat."

„Ich wünschte, ich könnte einen Zauber aussprechen", jammerte sie mit im Scherz zusammengekniffenen Augen.

Er brach in Gelächter aus.

Carlotta wandte sich an die Amme. „Miss Kenworth, bitte richtet einen Teller für Mr. Fordyce und Euch selbst her. Die Bergleute haben alle etwas bekommen."

James sah, dass Carlotta Miss Kenworth und Fordyce beobachtete, als diese sich ein Stück entfernten und nebeneinander hinsetzten.

Er bemerkte auch, dass, egal was Carlotta tat, Stevie nie weit aus ihrem Blickfeld entfernt war. Zweifellos wollte sie nicht, dass er in die Schächte spazierte, die sie so verabscheute.

Er war stolz, dass Carlotta sich trotz der Gegenwart von Stevies Amme um seine Sicherheit sorgte. Sie war zu einer guten Mutter geworden, endlich.

Ein Gefühl der Enge schnürte seine Brust zusammen, als er sie sich mit ihrer beider Kind vorstellte. Ein Kind, das vielleicht bereits gezeugt war. Er hätte sein Glücksgefühl vom Gipfel des Hügels schreien können.

Er lauschte, als ein freundlicher Bergmann – Douglas Covington – Carlotta von seiner Frau und seinen Kindern erzählte.

„Genießt diese Tage, solange Ihr könnt", sagte Douglas zu Carlotta, „denn sobald Babys kommen, werdet Ihr für nichts mehr Zeit haben. Ich sollte es wissen. Meine gesegnete Frau hat mir gerade unser neuntes Kind geschenkt und sie hat niemals einen ruhigen Moment."

„Es hört sich an, als *wäre* Eure Frau gesegnet", sagte Carlotta. „Ist das neue Baby ein Junge oder ein Mädchen?"

Douglas' Zähne sahen gegen seine geschwärzte Haut besonders weiß aus, als er lächelte. „Ah! Ein weiterer guter Junge."

„Ich werde das Baby besuchen müssen", sagte Carlotta

James war in seinem ganzen Leben noch nie so stolz gewesen.

Kapitel 22

Am folgenden Tag ritten Carlotta und Stevie durch die Moorlandschaft zum Cottage von Douglas Covingtons Familie. Das weiße Haus lag leicht erhoben auf der Heide über einem Bach. Neben dem Haus war ein kleiner Gemüsegarten und eine Kuh graste in der Ferne.

Carlotta wurde aus unerfindlichen Gründen nervös, als sie abstieg, die Hand ihres Sohnes nahm und den matschigen Pfad zum Haus entlangging. Es war gut, dass die Tür braun gestrichen war, um die rußigen Handabdrücke besser zu verbergen, dachte Carlotta, als sie anklopfte.

Eine Frau, die so alt wie Carlotta zu sein schien und rosige Wangen und unfrisiertes Haar hatte, öffnete die Türe.

„Mrs. Covington?", fragte Carlotta.

„Ah, Mylady, bitte kommt herein."

Carlottas Besuch kam also nicht unangekündigt. Sie hielt Stevie immer noch fest an der Hand, als sie das Wohnzimmer betrat, das offensichtlich in Vorbereitung ihres Besuches aufgeräumt worden war.

Ein Säugling lag in einer von Hand gemachten Krippe nahe dem Kamin.

„Darf ich das Baby sehen?", fragte Carlotta.

Ein Lächeln huschte über das Gesicht der Frau. „Mein Douglas sagte, Ihr wolltet das Baby besuchen, aber ich sage Euch, er ist ein Zwerg. Das kleinste Kind, das ich je gehabt habe.

Douglas und ich sind ein bisschen in Sorge um ihn."

Carlotta ging zur Krippe und beugte sich darüber. Sie gurrte leise und sah dann zu Mrs. Covington auf. „Darf ich ihn hochnehmen?"

„Bitte gerne. Er weint nie, wenn man ihn trägt. Ihr könnt in dem Stuhl beim Feuer sitzen, wenn Ihr wünscht."

Carlotta hob das kleine Bündel auf, das nicht mehr als ein Kissen zu wiegen schien. In der Tat, erinnerte sie sich wehmütig, war das Baby genauso groß wie Stevie, als sie mit dem Schiff von Portugal nach England zurückgekehrt waren. Stevie war auch klein gewesen. Sie erinnerte sich wehmütig daran, dass Stephen wegen der geringen Größe ihres Säuglings besorgt gewesen war.

Carlotta hob das Kind an ihre Brust und Wärme durchflutete sie. Was für ein Jammer, dass sie bei der lange vergangenen Überfahrt eine derartige Angst vor ihrem Sohn gehabt hatte. Aber sie verstand nun, wie schwierig ihr neunzehntes Lebensjahr gewesen war, in ihrem schweren Kummer und dem schwachen körperlichen Zustand so kurz nach der Geburt. Sie hoffte, dass alle diese Miseren hinter ihr lagen.

Stevie kaute an seinen Nägeln, als er sich ihr langsam näherte und sein Gesicht neben das des Babys beugte. „Wie heißt er?", fragte Stevie.

Carlotta sah die Mutter an.

„Daniel."

„Er ist so klein", bemerkte Stevie, unfähig seinen Blick von dem Säugling abzuwenden.

„Du warst auch einmal so winzig", sagte Carlotta. Dann blickte sie zu Mrs. Covington. „Ihr braucht Euch keine Sorgen zu machen. Klein

Daniel sieht durchaus gesund aus. Ich nehme an, Eure anderen Kinder waren einfach überdurchschnittlich groß."

„Ah ja, das waren sie."

„Stevie", sagte Carlotta, „gib Mrs. Covington das Geschenk, das wir für Daniel mitgebracht haben."

Mit Stolz überreichte Stevie der Frau gestrickte Schühchen und Fäustlinge.

Mrs. Covingtons braune Augen leuchteten auf. „Das ist das erste neue Geschenk, dass das Baby bekommen hat. Der arme Bursche muss die abgelegte Kleidung seiner Geschwister tragen."

„Wie viele Brüder hat er?", fragte Stevie, als sein Blick auf mehrere Kinder fiel, die in dem grauen Raum verstreut waren. Carlotta sah sich die um sie versammelten Kinder an und war überrascht, dass sie alle blond waren. Sie war am Tag zuvor nicht in der Lage gewesen, die Farbe der rußgeschwärzten Haare ihres Vaters zu erkennen.

„Wir haben sieben Jungen und zwei Mädchen", sagte Mrs. Covington.

Stevies Augen weiteten sich. „Sieben Brüder! Ich wünschte, ich hätte sieben Brüder."

„Erlaubt mir, Euch meine Burschen vorzustellen", sagte Mrs. Covington, nahm Stevies Hand und wandte sich an ihre Kinderschar.

Carlotta beobachtete die Kinder amüsiert und konnte nicht feststellen, wer schüchterner war, Stevie oder die Covington-Kinder.

„Es ist schön draußen", sagte Mrs. Covington. „Warum zeigt ihr Master Stevie nicht unser neugeborenes Lämmchen?"

Ein dünnes kleines Mädchen, das doppelt so alt wie Stevie zu sein schien, kam und nahm seine Hand. „Willst du das Lämmchen sehen?", fragte sie, als ob sie mit einem Kleinkind sprechen würde.

Mit großen Augen nickte Stevie glücklich.

Der Raum war plötzlich leer, bis auf die zwei Frauen und den Säugling.

„Bitte setzt Euch zu mir, damit wir uns unterhalten können", sagte Carlotta zu ihrer Gastgeberin.

Mrs. Covington brachte einen hölzernen Stuhl und setzte sich neben Carlotta.

„Ihr seid gesegnet, so viele Kinder zu haben", sagte Carlotta. „Und alle bei guter Gesundheit."

Die Frau wurde ernst. „Wir haben unser letztes Kind verloren, ein kleines Mädchen, und es hätte meinen Douglas umbringen mögen."

„Nichts könnte schmerzhafter sein, als ein Kind zu verlieren", sagte Carlotta sanft. „Mein tiefstes Beileid für Euch beide."

„Ich musste für Douglas und die anderen Kinder stark sein. Ich glaube, meine größte Angst war, dass ich die anderen auch verlieren würde. Ich hatte Albträume nicht über meine liebe verlorene Mary, sondern darüber, dass ihre Schwestern und Brüder ihr ins Grab folgen würden. Es war eine überaus schwierige Zeit. Dann erfuhr ich, dass ich mit Daniel schwanger war, und es schien Douglas und mir zu helfen. Ihr habt meinen Douglas kennengelernt, nicht wahr?"

Das müde Gesicht der Frau leuchtete auf.

„In der Tat. Er ist sehr stolz auf seine Familie."

Mrs. Covington lächelte. „Er ist ein guter Mann. Ein so guter Ehemann und Vater, wie er nur sein kann. Ich habe ihn mein Leben lang geliebt. Es gab niemals einen anderen für mich."

„Wie alt wart Ihr, als Ihr Euch Mr. Covington versprochen habt?"

Sie dachte einen Moment lang nach, bevor sie antwortete. „Ich war vierzehn. Er war sechzehn. Drei Jahre später haben wir geheiratet. Mein Douglas wollte vor unserer Heirat das Cottage bauen."

Carlotta sah sich im Zimmer um. „Euer Mann hat dies gebaut, als er nur sechzehn Jahre alt war?" Ihr eigener Bruder – und ihr Mann – waren mit sechzehn kaum mehr als Schulkinder gewesen.

Mrs. Covington nickte stolz. „Natürlich hatte er fünf Brüder, die ihm halfen."

„In welchem Alter hat Euer Mann seine Arbeit in der Mine begonnen?"

„Mit elf."

Carlotta kniff die Augen zusammen. „Und Euer ältestes Kind ist nun ...?"

„Das ist Sally. Sie ist diejenige, die die Hand Eures Jungen genommen hat. Sie ist elf."

„Ihr würdet Euren Burschen erlauben in die Minen zu gehen, solange sie noch Kinder sind?"

Mrs. Covington zuckte mit den Schultern. „Was gibt es sonst für sie? Ich wünschte, sie müssten es nicht tun. Ich wünschte, mein Douglas müsste es nicht tun. Wenn ihm jemals etwas passieren würde ..." Mrs. Covingtons Augen füllten sich mit Tränen.

James würde wütend auf Carlotta sein, wenn sie Leute dahingehend beeinflussen würde, ihre Kinder nicht in den Minen arbeiten zu lassen. Es war eine Angelegenheit, in der sie und ihr Ehemann nicht der gleichen Meinung waren. Sie würde mit Mrs. Covington nicht darüber sprechen, denn sie wollte mit James arbeiten, nicht gegen ihn. Aber sie musste ihren Mann umstimmen. Es musste in Exmoor etwas anderes für junge Burschen geben. Sie würde die Angelegenheit mit James besprechen.

Mrs. Covington wischte sich eine Träne ab. „Wenn ich mehr Zeit gehabt hätte, um mich auf Euren Besuch vorzubereiten, hätte ich Tee besorgt und für Euch zubereitet, Mylady. Kann ich Euch ein Glas frische Milch anbieten?"

Carlotta schüttelte den Kopf. „Nein danke." Carlotta war genau an dem Tag gekommen, nachdem sie mit Mr. Covington gesprochen hatte, um zu vermeiden, dass sie teuren Tee für sie kaufen würden. Carlotta erinnerte sich gut daran, dass sie ohne Tee hatte auskommen müssen, da der Preis zu hoch und ihr Geld zu wenig gewesen war.

Sie sah hinunter auf das warme Bündel in ihren Armen. Der kleine Daniel schlief zufrieden. Sie hatte vergessen, dass die Finger von Säuglingen nicht breiter waren als ein Stück Wolle.

„Ihr und Lord Rutledge werdet wohl bald eine Familie gründen."

Carlotta wurde flau im Magen, als sie daran dachte, wie innig James sie in der vorherigen Nacht geliebt hatte. Sie hatte in letzter Zeit noch nicht drüber nachgedacht James' Kind zu tragen. Nun, da sie es tat, erwachte etwas Bedeutungsvolles und Erfüllendes in ihr. „Es ist mein größter Wunsch", sagte Carlotta. Und sie meinte es von ganzem Herzen.

Während Carlotta und Mrs. Covington sich unterhielten, begutachtete Carlotta das Wohnzimmer, wo eine große Metallbadewanne nur einige Meter vom Kamin entfernt stand. Da Douglas Covington immer mit schwarzem Ruß bedeckt war, war Carlotta sicher, dass die Wanne notwendig war. Ein Jammer, dass sie nicht jeden Tag benutzt wurde. Und ein Jammer, dass das Zimmer durch das Grau überall so düster war.

Der Säugling fing an ein klägliches Glucksen von sich zu geben.

„Er wird Hunger haben", sagte seine Mutter und streckte ihre Arme nach ihm aus.

Carlotta erhob sich und gab ihn Mrs. Covington, dann verabschiedete sie sich, so dass die Mutter ihr Kind in Ruhe stillen konnte.

Draußen ging Stevie nur widerwillig fort. „Können meine neuen Freunde einmal zu mir zum Spielen kommen?", fragte er seine Mutter.

„Wann immer sie wollen", sagte Carlotta fröhlich. Sie wandte sich an den größten der Jungen und sagte: „Weißt du, wo Yarmouth Hall ist?"

„Ja", sagte der Junge.

„Bitte kommt uns besuchen", sagte Carlotta. Dann banden sie und Stevie ihre Pferde los und ritten davon.

* * *

„Und was hast du heute unternommen, meine Liebe?", fragte James seine Frau beim Abendessen an jenem Abend.

„Stevie und ich waren bei den Covingtons."

James' Augen weiteten sich. „Douglas Covington?"

Carlotta nickte und löffelte Erbsen auf ihren Teller.

„Warum?"

„Ich wollte ihnen ein Geschenk für das neue Baby bringen. Es ist so entzückend." Sie hielt ihre Hände parallel in die Höhe. „Er ist so groß und tut nichts außer schlafen." Ihre Stimme war sanft und ein wehmütiger Ausdruck kam über ihr

Gesicht, als sie über das Baby sprach.

James Herz schlug schneller, als er sich vorstellte, wie sie mit ihrem eigenen Kind umgehen würde, und er wurde von einer tiefen Zufriedenheit erfüllt. In den letzten paar Tagen war er von Stolz auf seine geliebte Carlotta durchdrungen gewesen. Nicht nur war sie eine leidenschaftliche Liebhaberin, sie hatte sich auch an ihre Aufgaben als Countess von Rutledge gewöhnt. Er hätte keine besser geeignete Braut auswählen können.

Schade, dass sie ihn nicht liebte. Seit sie sich ihm derart innig hingegeben hatte, hatte er sowohl den Drang bekämpft, ihr seine Liebe zu gestehen, als auch das gewaltige Verlangen, mehr Zeit mit ihr zu verbringen. Er musste sich daran erinnern, dass sein Plan nicht erfolgreich sein würde, bis Carlotta ihm nicht ihre Liebe gestand. Dann könnte er sich das Vergnügen erlauben, sie mit seiner Liebe zu überschütten. Aber nicht, bevor er sich ihrer Liebe sicher war.

Auch wenn Carlotta ihn noch immer nicht liebte, war James nie glücklicher gewesen. Sie hatte sich derartig verändert, dass er die Liebe Tag für Tag näherkommen sah. Er erwartete ihr Herz zu besitzen, bevor die langen Tage des Sommers eintrafen.

„Und was für ein Geschenk hast du dem Baby gebracht?", fragte er.

„Fäustlinge und Schühchen, die ich selbst gestrickt habe."

„Aber du hast erst gestern von dem Baby erfahren."

Sie nickte. „Aber ich hatte schon zuvor beschlossen, Babysachen für neue Kinder deiner Arbeiter zu stricken. Ich habe mit denen, die ich

Daniel gegeben habe, vorgestern angefangen."

Er legte seine Hand auf seine. „Danke, dass du so eine gute Countess bist."

Sie verdrehte die Augen. „Du vergisst, dass ich in dem Earl, der auch mein Mann ist, ein einschüchterndes Vorbild habe."

Sie bewunderte ihn also. Sie kamen sich näher. Sehr nahe. „Und wie hat dir das Cottage der Covingtons gefallen?", fragte er mit funkelnden Augen.

„Ziemlich schmutzig von der Kohle. Ich weiß wirklich nicht, wie diese Leute das aushalten. Sie haben eine Badewanne gleich im Wohnzimmer."

Er lachte. „Und was hat Stevie von den Covington-Kindern gehalten?"

„Er hatte Riesenspaß beim Spielen. Ich muss zugeben ich hatte Angst, dass er sie nicht verstehen würde, aber offensichtlich hatten sie keine Probleme."

„Er ist jeden Tag bei Jeremy. Ich bin sicher, er gewöhnt sich daran."

„Er will die Covington Kinder nach Yarmouth einladen", sagte sie.

„Ich hoffe, sie werden kommen. Ihr Vater ist ein guter Mann."

„Das hat Mrs. Covington auch gesagt. Nach all der Zeit und trotz des Elends ist sie immer noch verliebt in ihn." Sie nahm einen Schluck Wein. „Wusstest du, dass Douglas Covington mit elf Jahren in der Mine zu arbeiten begonnen hat?"

„Viele der Bergmänner haben das getan."

Mit vor Sorge gesenkten Augenbrauen traf Carlotta seinen Blick. „Es ist nicht richtig, James. Sie sind nicht mehr als Kinder."

„Ich kenne deine Ansichten zu dem Thema sehr gut und, ehrlich gesagt, stimme ich dir zu. Aber ich bin erst seit einem Jahr hier und will mir keine Feinde machen, indem ich ein Verfahren, das seit Generationen praktiziert wird, abschaffe. Viele der Burschen, die in der Mine arbeiten, haben keinen Vater, und deren Mütter sind auf das Einkommen angewiesen."

„Aber sie könnten etwas anderes machen als in gefährlichen Schächten zu arbeiten!"

Er streichelte ihren Arm und sprach sanft. „Ich tue, was ich kann, um die Schächte sicherer zu machen."

„James?"

Er stellte sein Weinglas nieder und hob eine Augenbraue.

„Auch wenn die Burschen nicht in Minen arbeiten würden, wäre ich nicht zufrieden. Ich verabscheue den Gedanken, dass Elfjährige Geld verdienen müssen. Sie sind noch Kinder!"

„Ich weiß, aber sie können ja auch nicht zur Schule gehen, wie Kinder unserer Klasse."

Carlotta legte ihre Gabel hin. „Aber Lesen und Schreiben zu können, würde ihnen eine völlig neue Welt eröffnen, eine Welt, die sie nie kennen werden. Alles, was sie je kennen werden, ist vom Land zu leben, über der Erde oder darunter. Es ist wirklich traurig."

Er runzelte die Stirn. „Ich habe eine Abhandlung in der Edinburgh Review gelesen, die von der Regierung bezahlte allgemeine Bildung vorschlägt."

„Wie sehr ich so einen Plan auch gutheißen würde, sehe ich nicht, wie es je funktionieren soll. Es gibt Kinder in so dünn besiedelten Gegenden, dass ein solches Programm wirtschaftlich nicht machbar wäre, und die Kosten, um allgemeine Bildung irgendwo einzuführen, wären so hoch, dass es ganz und gar nicht umsetzbar wäre."

„Es würde bestimmt in London funktionieren, aber wie du sagst, wären die Kosten überwältigend."

„Ein Jammer."

Der Diener deckte die Teller und Schüsseln vom Tisch ab und entfernte dann das Tischtuch, um das Konfekt zu servieren.

„James, warum können wir nicht eine Schule nur für die Kinder von Exmoor aufmachen? Du hast mir oft gesagt, wie reich du bist."

„So sehr ich das auch möchte, Liebste, versichere ich dir, dass die Leute von Exmoor ein derartiges Unterfangen ablehnen würden. Ihre Kinder sind eine große Hilfe, wenn es um das züchten von Schafen oder das Melken von Kühen oder das Stampfen von Butter und viele andere Aufgaben geht. Männer in dieser Gegend fühlen sich überaus gesegnet, eine große Familie zu haben, die mit der vielfältigen Arbeit auf der Farm hilft."

„Ist dir nicht bewusst, wie viel mehr Arbeit eine Frau mit jedem weiteren Kind hat?"

Er sah sie getragen an. „Du bist gegen große Familien?"

„Ich würde mir eine große Familie wünschen, aber ich habe eine kleine Armee von Dienstboten. Ich dachte an Frauen wie Mrs. Covington, die keine Diener zur Hilfe hat."

Carlotta wünschte sich eine große Familie! Ihre Worte machten ihn überaus glücklich. Noch erfreulicher war ihr Wandel in den letzten Monaten. Er bezweifelte, dass die Carlotta, die er in Mrs. McKays Unterkunft kennengelernt hatte, sich eine große Familie gewünscht hatte. Sie hatte nicht einmal das Kind gewollt, das sie schon auf die Welt gebracht hatte.

In dieser Nacht ging er wieder in Carlottas Zimmer und es war ihm fast unmöglich, ihr während ihrer erhitzten, überaus befriedigenden Liebesspiele nicht zu sagen, wie allumfassend er sie liebte.

Kapitel 23

Jeden Morgen, wenn Carlotta aufwachte, hoffte sie, ihren Mann neben sich zu finden, aber jeden Morgen musste sie enttäuscht feststellen, dass er während der Nacht verschwunden war. Es war, als ob er nicht wirklich mit ihr verheiratet sein wollte, sondern dass sie ihn nur körperlich befriedigte.

Sie hatte versucht, ihm eine gute Frau zu sein, nicht nur, um seine Zuneigung zu gewinnen – obwohl sie dies wirklich wollte – sondern weil sie tun wollte, was ihr richtig erschien. Die Taten ihres eigenen Mannes dienten ihr schließlich als Vorbild, dem es nachzueifern galt. Er war der beste Mann, denn sie je gekannt hatte. Sie konnte nur hoffen, es wert zu sein, sich seine Frau zu nennen, indem sie danach strebte ein besserer Mensch zu sein und Gutes zu vollbringen.

Mit jedem Tag, der verstrich, pochte ihr Herz stürmischer, wenn sie an ihren Mann dachte. Wenn sie nicht bei ihm war, sehnte sie sich nach seiner Gegenwart. Er und Stevie waren wahrhaftig zum Sonnenschein ihres Lebens geworden.

Sie zog ihr Nachthemd wieder an, als sie Peggys Schritte im Korridor vor ihrer Kammertür hörte. Von allen Dienern in Yarmouth machten Peggys Schritte ein unverwechselbar schleppendes Geräusch.

Carlottas Türe öffnete sich langsam und Peggy brachte ein Tablett mit Tee und Toast herein.

„Bitte stell es auf den Schminktisch. Mir ist

heute Morgen nicht danach, länger im Bett zu bleiben", sagte Carlotta und sprang vom Bett. „Ich brauche dich, um mir meine Haare zu frisieren."

Carlotta saß vor ihrem Spiegel und knabberte an ihrem Toast, während Peggy ihre Haare frisierte.

„Oh, Mylady, Stevie kann sich vor Freude heute Morgen kaum beherrschen!"

Carlotta beobachtete das Spiegelbild ihrer Zofe. „Sag, warum?"

„Der Spatz, den er gepflegt hat, fliegt in seinem Schlafgemach umher."

Carlotta lächelte. „Beeil dich bitte mit meinen Haaren. Ich muss mich sputen, um den Vogel zu sehen."

„Es ist ein ziemlich lustiger Anblick. Miss Kenworth, wie Ihr wisst, ist nicht viel größer als Master Stevie, und sie versucht, den Vogel zu erreichen, der dann gleich zur hohen Decke fliegt. Dann fängt Miss Kenworth an, auf dem Bett zu hüpfen, aber sie ist immer noch nicht annähernd groß genug. Master Stevie bat sie, Mr. Fordyce zu holen, da der Gentleman ja Interesse daran gezeigt hat, den Vogel zu sehen."

„Dann nehme ich an, dass mein Mann nicht hier ist, um seine Hilfe anzubieten?" Carlotta schluckte den Kloß in ihrem Hals tapfer hinunter.

„Er ist heute den ganzen Tag unterwegs, Mylady."

Carlottas Haar war bald hochgesteckt, und Peggy half ihr in ein lavendelfarbenes Kleid. Dann flog Carlotta den Korridor entlang in die Kammer ihres Sohnes.

Ihre Ankunft traf mit der von Mr. Fordyce zusammen, der Stevies Tür für sie öffnete.

„Oh, bitte schließt die Tür!", schrie eine

überaus aufgewühlte Miss Kenworth.

Carlotta brach in Gelächter aus, als sie Miss Kenworths rundlichen Körper in die Luft springen sah; ihr dunkles Haar wirbelte hoch über ihren Schultern, ihre Röcke hoben sich und enthüllten ihre sehr kurzen, sehr stämmigen Beine, und sie verwünschte den herzigen Vogel, der über ihr flatterte. „Komm herunter von der Decke, du undankbarer, teuflischer, fedriger Unhold!" Um die Lage noch schlimmer zu machen brachten Miss Kenworths Sprünge sie dem Vogel nur um weniges näher, als sie es auf dem Bett stehend gewesen war.

Gentleman, der er war, weigerte sich Mr. Fordyce in Carlottas Lachen einzustimmen. Er ging direkt auf das Bett zu und bot Miss Kenworth seine Hand an. „Erlaubt mir", sagte der Sekretär mit strengem Ton.

Miss Kenworth nahm seine Hand, stieg vom Bett hinunter und versuchte ihre Würde wiederzufinden.

Anstatt Miss Kenworths Platz einzunehmen, wandte sich Mr. Fordyce an Stevie und sprach ruhig. „Wie ich sehe, Master Stephen, war Euer Verarzten des Spatzen erfolgreich."

„Bedeutet verarzten das Gleiche wie pflegen?", fragte Stevie und sah seine Mutter an.

Sie nickte.

„Dann waren meine Verarztungen erfolgreich", antwortete Stevie.

Mr. Fordyce stellte sich neben Stevie und legte seine Hand auf die Schulter des Jungen. „Sagt, als Ihr den Vogel in Euer Zimmer gebracht habt, was habt Ihr zu erreichen gehofft?"

„Ich wollte, dass er gesund wird und wieder fliegen kann."

Mr. Fordyce nickte. „Und du warst dabei erfolgreich. Vögel sind dazu da, um zu fliegen." Er hielt inne. „Denkt Ihr, dass Gott den Vögeln Flügel gegeben hat, damit sie in Eurer Kammer herumfliegen und sich ihren Kopf an Eurer Decke anschlagen?"

Stevies Gesicht wurde traurig und er schüttelte den Kopf.

Mr. Fordyce sprach sanft. „Ich bin sicher, dass der Vogel glücklich darüber war, in Eurer Kammer zu sein, als er krank war, aber nun, da er wieder fliegen kann ... Wo, denkt Ihr, will der Vogel sein?"

Stevies Antwort war kaum mehr als ein Flüstern. „Er will zurück zu seinen Freunden und seinen Bäumen und dem Himmel."

Mr. Fordyce nickte. „Und wie, glaubt Ihr, könnt Ihr ihm dabei helfen?"

Stevies Augen weiteten sich. „Ich kann das Fenster öffnen!" Sein Blick schoss zu Miss Kenworth, die zustimmend nickte, bevor sie Mr. Fordyce bewundernd ansah.

Stevie lief zum Fenster, öffnete zuerst die Vorhänge und dann die Fensterflügel.

Der Vogel flog nicht sofort hinaus. Seine erste Sorge schien zu sein, sich von den beängstigend großen Menschen zu entfernen. Als frische Luft die Kammer erfüllte, musste der Vogel jedoch den Geruch und das Gefühl von Freiheit erkannt haben und folgte seinem Drang hinaus aus Stevies Zimmer.

Stevie schmollte. „Ich werde Wobert vermissen."

„Robert, wie Ihr wissen müsst", sagte Miss Kenworth zu Mr. Fordyce, „ist der Name, den Master Stephen dem kleinen Spatzen*mädchen* gegeben hat."

„Er ist kein Mädchen!", behauptete Stevie.

Miss Kenworth stemmte ihre Hände auf ihre ausladenden Hüften. „Ich frage Euch, Mr. Fordyce, flog dieser Spatz nicht wie ein graziöses Mädchen?"

Carlotta lächelte, als sie Fordyce beobachtete, der sich weder auf Stevies Seite, noch die seiner Amme schlagen wollte. Obwohl die Amme nur gescherzt hatte – eine Tatsache, die dem ernsthaften Mr. Fordyce entgangen zu sein schien.

Mr. Fordyce räusperte sich. „Ich glaube nicht, dass das Geschlecht eines Vogels von der Schönheit seines Fluges bestimmt wird."

„Lasst uns in Papas Bibliothek gehen und dieses Buch finden, von dem Ihr gesprochen habt, Mr. Fordyce", sagte Stevie. „Das Buch, das erklärt, wie man Vogeljungen von Vogelmädchen unterscheidet."

Mr. Fordyce sah ratlos aus. „Das ist nicht genau das, was ich sagte. Ich sagte, dass seine Lordschaft vielleicht ein Buch hat, das sich mit ... diesem bestimmten Aspekt der Anatomie eines Tieres beschäftigt."

Stevie kam auf den Sekretär zu. „Kommt und helft Miss Kenworth bei der Suche."

Mr. Fordyce sah von Stevie zu Carlotta. „I-i-i-ich weiß nicht ..."

„Oh bitte, Mr. Fordyce", sagte Miss Kenworth. „Ich würde nicht verdächtigt werden wollen, Beweise zu fälschen, um meine Behauptung zu unterstützen."

„Nun, wenn Ihr denkt, dass ich hilfreich sein kann ..."

„Ich bestehe darauf", sagte Carlotta. „Lord Rutledge wird keine Einwände haben." Carlottas

Motivation hatte nichts damit zu tun, gleiche Bedingungen für Stevie und seine Amme zu schaffen, sondern damit, den schüchternen Mr. Fordyce in Richtung der geselligen Miss Kenworth zu schubsen. Denn Carlotta hatte beschlossen, dass derer beider Unterschiede, wenn man sie kombinierte, zu ihren Stärken werden würden. Sie würden einander gut ergänzen. Ein zufriedenes Lächeln machte sich auf ihrem Gesicht breit, als die drei hinunter in die Bibliothek gingen.

Carlotta war besonders glücklich darüber, dass Stevie die Bibliothek als *Papas* bezeichnet hatte. Der Name war ihm ganz natürlich von den Lippen gekommen.

* * *

Eine Stunde später stürzte Stevie in Carlottas Arbeitszimmer. „Mama! Mama! Papa ist gekommen, um mit mir fischen zu gehen!"

Sie sah von ihrem Schreibtisch auf, an dem sie einen Brief an ihre Großmutter verfasst hatte, und ihr Herz schmolz. Ihr Sohn hatte fischen mit seinem Papa mehr als alles andere zu lieben gelernt. Mehr noch, als Braunie zu reiten. James' Zuneigung zu Stevie – und Stevies zu James – brachte ihr Herz vor Glückseligkeit zum Zerspringen.

Stevie kam zu ihrem Schreibtisch. „Aber ich mache mir Sorgen um Miss Kenworth. Sie wird einsam sein ohne mich. Ich habe sie eingeladen mit uns zu kommen – denn, du weißt schon, sie ist burschikos und fischt gerne, so wie Jungen."

„Ich bin überzeugt davon, dass Miss Kenworth sich ohne dich sehr gut schlagen wird, Liebling. Sie hat bestimmt Briefe an ihre Familie zu schreiben."

Er schüttelte den Kopf. „Sie hat ihnen heute

Morgen geschrieben, als ich meine Handschrift geübt habe."

„Dann wird sie vielleicht nähen", schlug Carlotta vor.

Er rümpfte die Nase. „Miss Kenworth sagt, dass sie nicht gerne näht. Sie mag nicht die gleichen Dinge wie du, Mama, weil sie burschikos ist."

Carlotta lächelte.

„Kannst du nicht verlangen, dass Mr. Fordyce den Nachmittag mit Miss Kenworth verbringt, so dass sie mich nicht zu sehr vermisst?", beschwor Stevie sie. „Sie hat mir gesagt, dass sie Mr. Fordyce sehr gerne hat."

Miss Kenworth musste es Carlotta nicht sagen. Carlotta konnte sehen, dass Miss Kenworth Mr. Fordyce gegenüber eine große Zuneigung empfand. „Ich nehme an, das könnte ich tun", gab Carlotta nach.

Carlotta legte ihre Feder nieder und folgte ihrem Sohn aus dem Zimmer. Sie fand Mr. Fordyce und Miss Kenworth immer noch in der Bibliothek. „Miss Kenworth, Ihr könnt Euch den Nachmittag freinehmen, da Stevie den Rest des Tages mit seinem Vater beim Angeln sein wird."

Dann wandte sich Carlotta an Fordyce. „Ich bitte Euch, Mr. Fordyce, den Nachmittag auch freizunehmen, um Miss Kenworth zu unterhalten. Ich fürchte, mein Sohn sorgt sich darüber, dass Miss Kenworth ohne ihn einsam sein wird."

Miss Kenworth wirbelte herum, um Carlotta anzusehen. „Aber ich kann vielen Dingen meine Aufmerksamkeit schenken, ohne Mr. Fordyce zu zwingen, seine vielen wichtigen Pflichten zu vernachlässigen, um mich zu unterhalten", sagte Miss Kenworth.

„Genau das habe ich meinem Sohn auch

gesagt, aber er wird nicht glücklich sein bis er sicher ist, dass Ihr einen angenehmen Nachmittag verbringt", sagte Carlotta. „Außerdem verdient sich Mr. Fordyce auch einen freien Nachmittag. Er arbeitet viel zu viel und genau das werde ich meinem Mann sagen." Carlotta warf dem Sekretär einen Blick zu. „Ich wünsche, dass Ihr etwas Unterhaltsames mit Miss Kenworth unternehmt."

Derart despotisch zu sein, war nicht einfach für Carlotta, und sie fühlte sich schrecklich unwohl dabei.

In einer, wie Carlotta dachte, eher galanten Geste bat Mr. Fordyce Miss Kenworth seinen Arm an, und die beiden spazierten aus der Bibliothek.

„Übrigens", rief sie ihnen nach, „habt Ihr herausgefunden, wie man einen männlichen Vogel von einem weiblichen unterscheidet?"

Miss Kenworth drehte sich um und sah Carlotta an. „Noch nicht." Dann wirbelte sie mit einem Ausdruck reiner Freude wieder herum.

* * *

Das Wissen, das James in Yarmouth war, ließ Wellen großer Zufriedenheit – und Aufregung – durch Carlotta strömen. Natürlich würde er jeden Moment wieder entschwunden sein, um mit Stevie zu fischen. Schade, dass sie nicht fischen konnte.

Sie gab ihren Brief einem Diener, um ihn aufzugeben, als ihr eine Idee kam. Eine wunderbare Idee, wie sie glaubte. Warum konnte sie nicht auch fischen gehen? Wen kümmerte es, dass fischen sie zuvor nie gereizt hatte. Heute übte es eine überaus große Anziehungskraft auf sie aus. Mit James zusammen zu sein – und ihrem kostbaren Sohn – schien von überragender Wichtigkeit zu sein. Und sie würde nicht wirklich fischen müssen. Sie zu beobachten und den

Frühlingstag zu genießen, wäre für sie unterhaltsam genug.

Sie musste ihren Mann finden, bevor er das Haus verließ. Sie ging zuerst in seine Bibliothek und wurde damit belohnt, einen Blick von ihm hinter seinem Schreibtisch zu erhaschen. Als sie hineinsah, machte ihr Herz einen seltsamen Sprung. In letzter Zeit hatte James' Anblick einige ungewöhnliche körperliche Reaktionen in ihr hervorgerufen und keine davon war unangenehm.

Er sah zu ihr auf. „Hallo, meine Liebe."

Sie durchquerte den Raum und kam nahe zu ihm heran, um seine Stirn zu küssen, während er einen Stapel Papiere durchsah.

„Ich habe beschlossen, dass ich dich und Stevie auf eurer Fischexpedition begleiten werde."

Er sah sie verwundert an. „Du willst fischen?"

„Das habe ich nicht gesagt", protestierte sie mit gespieltem Ärger. „Ich möchte nur mitkommen. Es ist ein guter Tag, um draußen zu sein."

„Das würde uns sehr freuen und solltest du wünschen, fischen zu lernen, wäre ich glücklich, dir dabei entgegenzukommen."

Sie schüttelte den Kopf. „Ich versichere dir, ich werde mit meinem Gedichtband äußerst zufrieden sein, während ihr fischt."

„Natürlich", sagte er mit erheiterter Stimme.

Bald waren die drei unterwegs in Richtung des River Barle. Das Gelände zwischen Yarmouth und dem Punkt am River Barle, wo es viele Fische geben sollte, war schwierig zu überqueren. Es gab nur spärliche Pfade durch die üppigen Sträucher der zerklüfteten Hügel. Es schien Carlotta, als würden sie immer bergauf und niemals bergab reiten.

„Sind wir in einem Wald?", fragte sie.

Er nickte. „Er ist als Bagworthy Wood bekannt."

Schließlich kamen sie zum Gipfel des Hügels und erhaschten einen Blick auf den sich windenden Barle, der unter ihnen schimmerte, dann ritten sie in Kurven den bewaldeten Hügel hinab durch einen Irrgarten von Pinien und Eschen.

Nun, da der Frühling da war, waren die grünen Hügel übersät mit Vögeln und Wild und vereinzelt sogar mit Exmoor-Ponys. Wo auch immer sie hingingen, hörten sie glucksendes Wasser fließen und das Geschnatter von Brachvögeln, Schnepfen und Waldvögeln.

Das Land hier war so unverfälscht natürlich, bis auf die Minen, dachte sie finster. Wie sehr sie diesen Ort verabscheute! Und doch sprach sie ihre große Ablehnung der Minen niemandem gegenüber aus, denn sie war James' Frau und würde niemals gegen ihn arbeiten.

Carlotta und James ritten nebeneinander hinter Stevie.

„Man würde denken, dass einem Mann voller Tatendrang, so wie du es bist, fischen zu langweilig ist", sagte Carlotta. „Wenn ich es richtig verstehe, dann verbringt man die meiste Zeit mit geduldigem Warten."

Er lachte auf. „Du hast recht. Ich habe nie verstanden, warum Männer so gerne fischen. Ich weiß nur, dass es eine starke Anziehungskraft hat. Ich habe es immer gespürt, und unser Sohn tut es auch."

Ihr Herz flatterte. Es war das erste Mal, dass er Stephens Sohn seinen eigenen genannt hatte. Obwohl sie brüskiert sein sollte, war sie es nicht. Stattdessen war sie von Freude erfüllt. Und von

Stolz. Es machte sie glücklich, sich so mit James verbunden zu fühlen. Zu spüren, dass sie eine richtige Familie waren.

Ihre Gedanken flogen zu der Möglichkeit, dass sie eines Tages James' Kinder haben würde, und sie wurde plötzlich von einem Hunger – einer Notwendigkeit – übermannt, dies zu wünschen. Nichts würde ihr mehr Freude bringen. Nun, in der Tat gab es etwas ... Ihr Herz schlug schneller, als sie daran dachte. Mehr als alles andere wünschte sie sich, James' Liebe zu empfangen. Es war ihr überaus wichtig, dass dieser Mann, der sie nur zu intim kannte, nun ihre vielen Fehler übersehen könnte, um in seinem Herzen Platz für sie zu schaffen.

Ihr Atem stockte, als sie daran dachte, was für ein zarter, leidenschaftlicher Liebhaber ihr Mann war. Sie wusste, dass sie ihn auf körperlicher Ebene befriedigte. Wenn er nur auch auf einer anderen Ebene – einer noch wichtigeren – mit ihr zufrieden sein könnte.

Bald waren sie am Ufer des schnell dahinrauschenden Barle angelangt und stiegen ab. Sie beobachtete, wie die beiden ihre Ausrüstung auspackten und zu einer felsigen Lichtung am Ufer gingen, um sich einen Platz zu sichern. Als sie ihre Angeln geködert und ausgeworfen hatten, machte Carlotta sich auf die Suche nach einem perfekten Platz, wo sie sitzen und die beiden beobachten konnte. Sie wollte in der Sonne sein, denn im Schatten war es zu kalt. Nur ein paar Buchen standen weit genug entfernt vom immergrünen Laubdach, um in der Sonne zu schwelgen. Sie ging zu der nächstgelegenen, aber die Erde war durchnässt. Die Wurzeln der Buche waren jedoch trocken. Sie setzte sich nieder und nutzte den Baum als Rückenlehne, während sie ihren Mann und Sohn beobachtete.

Ohne schulmeisterlich zu sein gab James Stevie geduldig und ruhig Ratschläge, während er ihn zur gleichen Zeit für seine Fähigkeiten beim Auswerfen und seine Geduld, wenn die Fische nicht sofort anbissen, lobte.

Sie lauschte, als sie miteinander über andere Ausflüge plauderten und Fischergeschichten erzählten. Als sie eine Pause einlegten, öffnete sie ihr Buch und begann zu lesen. Sie hatte diesen bestimmten Band wegen seiner Frühlingsgedichte ausgewählt, aber es waren die Verse über Liebe, die ihre Aufmerksamkeit fesselten.

Eine Strophe des jungen Shelley sprach sie an:

Als ich am frühen Morgen erwacht,
Seufzt' ich nach dir!
Als den Thau getrocknet der Sonne Pracht,
Und die Gluth lag drückend auf Bäumen und mir,
Und der müde Tag sich zögernd zur Rast
Wandte, gleich einem unlieben Gast
Seufzt' ich nach dir!

Ihr Herz schlug schneller, als sie daran dachte, wie James seinen Arm um sie legte – und daran, welche Glückseligkeit es ihr brachte, wenn er sie liebte. Sie sah zu ihm auf und ihr Herz schlug noch schneller. Nur der Anblick seines hübschen Gesichts, seines langen, schlanken Körpers, wie er ausgestreckt am Flussufer lag, der Klang seiner sanften Stimme, als er mit ihrem Sohn sprach. All diese Dinge zusammen drohten sie in einem überwältigenden Gefühlsrausch davonzutragen.

Und dann wurde ihr plötzlich bewusst, dass sie

sich wie verrückt und unwiderruflich in ihren Ehemann verliebt hatte.

Kapitel 24

Ihr Mann war zu den Minen geritten. Carlotta zupfte Unkraut in ihrem Hausgarten. Sie verabscheute es, wenn er in die verdammten Schächte hinunterging. Noch mehr jetzt, da sie erkannt hatte, wie verzweifelt sie ihn liebte und wie sehr sie ihn brauchte. Ihn zu verlieren war undenkbar, der Schmerz wäre unerträglich.

Der Gedanke an ihn in der Mine war genug, um sie in schlechte Laune zu versetzen. Sie vernahm den Klang von Gelächter und schob die Krempe ihres Sonnenhutes hinauf, um zu beobachten, wie Peggy und Jeremy durch den Park spazierten und immer wieder lachten. Ein Lächeln hob Carlottas Mundwinkel. Junge Liebe.

Carlotta kehrte zum Unkrautjäten zurück. Ihre Gedanken drehten sich um ihren eigenen Geliebten – wie es jetzt so oft der Fall war. Ihre Erinnerungen hingen an ihrer magischen Vereinigung in der Nacht zuvor. Jedes Verschmelzen mit ihrem Mann war magisch, umso mehr, da ihr James auf jeder Ebene gefiel: der körperlichen, der intellektuellen und der geistigen. Auf alle drei Arten berührte er sie, machte sie stark, wo sie schwach gewesen war, gab ihr Licht, wo nur Dunkelheit gewesen war. Jede Minute in seiner Gegenwart war berauschend, erfüllend. Sie hatte sich noch nie zuvor so vollkommen gefühlt.

Es hinderte sie nur eines daran, ihre zukünftige vollkommene Glückseligkeit zu sichern. James liebte sie nicht. Sie war letzte Nacht so nahe dran gewesen, ihm zu sagen, wie innig sie ihn liebte, aber ihr fehlgeleiteter Stolz wollte es nicht zulassen. Wie dumm sie ausgesehen hätte, ihm ihre Liebe zu gestehen, wenn sie nichts weiter als ein williger Körper für ihn war, der sein Bett wärmte und sein männliches Verlangen stillte.

Sie konnte es sich nicht erlauben, ihre Liebe zu gestehen, bevor er es tat. Aber dieser Tag würde vielleicht niemals kommen. Wie konnte ausgerechnet sie jemals hoffen, James' Liebe zu gewinnen, wo er ihre Fehler nur zu gut kannte? Alle, außer ihrem größten.

Gab es irgendetwas, das sie tun konnte, um sich seine Liebe zu sichern? Es gab nichts, was sie nicht tun *würde*. Aber als sie darüber nachdachte, kam sie zu dem Entschluss, dass sie bereits alles in ihrer Macht Stehende tat. Sie war zu einer liebenden Mutter geworden. Sie hieß ihren Mann jede Nacht in ihrem Bett willkommen. Sie wünschte sich, James einen Sohn und Erben zu schenken und so viele weitere Kinder, wie der Herr ihnen schenken würde. Sie wollte eine gute Countess für all seine Angestellten sein. Sie würde keine seiner Bestrebungen untergraben, ganz egal, wie vehement sie diese auch ablehnen würde. Sie war bestrebt, die Spiele zu erlernen, die ihrem Mann so viel Freude brachten. Sie kümmerte sich um ihr Aussehen und versagte sich zusätzliches Essen, damit sie nicht dick würde und er stolz auf ihr Äußeres sein könnte, auch wenn er nicht stolz auf sie war.

Sie konnte an nichts anderes denken, das sie tun könnte, um die Liebe ihres Mannes zu erlangen, schwor jedoch, weiterhin daran zu arbeiten, neue Wege zu finden und seine Zuneigung zu gewinnen.

Zwischenzeitlich würde sie Trost in der Tatsache finden, dass sie doch etwas richtig zu machen schien. James hatte sich keine Nacht von ihr ferngehalten.

Sie mochte es, dass er an ihrem Körper Gefallen fand. Obwohl sie alleine im Hausgarten war, waren ihr Geist und ihre Seele mit den Gefühlen für James erfüllt, und sie errötete, als sie daran dachte, wie heftig sie sich nach ihrem Mann und seinem Körper, der ihr so viel Genuss bescherte, verzehrte. Wenn sie nur zurückhaltender sein könnte – und weniger wie die ausgehaltene Frau, die sie einmal gewesen war. Obwohl, selbst mit Gregory – den sie rückhaltlos geliebt hatte – war sie niemals so ungehemmt, so hingebungsvoll gewesen, wie sie es mit ihrem Mann war. James' Berührung war ein kräftiges Aphrodisiakum für sie. Bei Gott, schon allein der Klang seiner Stimme brachte ihr Herz zum Rasen.

Sie beschäftigte sich den Nachmittag über in ihrem Garten. Sie entfernte die abgeblühten Dolden des Rhododendrons. Sie pflanzte süße Steinkräuter. Sie düngte die Erde. Und sie genoss die Wärme der Sonne.

Als sie im Garten arbeitete, kamen die vier Covington-Brüder den Hügel in Richtung Yarmouth herauf. Nachdem sie sie in der Ferne gesehen und erkannt hatte, erhob sich Carlotta und kam ihnen im Park entgegen.

„Seid ihr gekommen, um mit meinem Sohn zu spielen?", fragte sie.

„Ja", sagte der Älteste, als sein Blick von ihr zu dem riesigen vierstöckigen Gutshaus blitzte.

„Bitte folgt mir", sagte sie. „Wollt ihr das Haus sehen?"

Der Junge, in saubere handgemachte Kleidung gekleidet, zuckte mit den Schultern. „Wir werden es vielleicht schmutzig machen."

"Unsinn! Kommt herein", sagte sie, schritt auf die große Türe zu und ging hinein. Sie wies den Dienstboten an, Master Stevie zu finden und ihm mitzuteilen, dass er Besuch hatte. Dann zeigte Carlotta den Jungen die Räume, die vom Foyer ausgingen.

Als sie fertig war, kam Stevie die Treppe herunter und begrüßte glücklich seine neuen Freunde, die alle größer waren als er selbst.

„Es ist ein schöner Tag, um draußen zu sein", sagte Carlotta zu den Burschen. „Stevie, warum gehst du nicht mit deinen Freunden zu den Stallungen?"

„Wir haben elf Pferde – und ein Pony", sagte Stevie stolz, als er sich zur Tür wandte, um hinauszugehen, und die vier größeren Jungen folgten ihm.

Carlotta sah auf und erblickte Miss Kenworth hinter Stevie.

„Wünscht Ihr, dass ich mitgehe?", fragte Miss Kenworth.

„Ich glaube, das wird nicht notwendig sein. Die Covington-Burschen scheinen verantwortungsvoll zu sein."

„Dem Herren sei gedankt, dass Master Stephen sich so viel besser benimmt als mein Bruder", sagte Miss Kenworth und stemmte ihre Hände in die Hüften. „Stellt Euch einen Sohn nach vier Schwestern vor! Zu sagen, dass meine Mutter – und wir alle, um ehrlich zu sein – meinen kleinen Bruder verwöhnt haben, ist eine Untertreibung.

Ich wage zu behaupten, dass David glaubte, mit allem durchkommen zu können, und ich wage zu behaupten, dass er nichts unversucht ließ, mit dem er davonkommen könnte! Ganz und gar nicht wie Master Stevie, der durch und durch ein guter Junge ist."

Carlotta strahlte. Stevies Güte musste von seinem Vater kommen. „Ich wünschte, ich könnte die Lorbeeren für seine guten Eigenschaften, wenn er sie tatsächlich besitzt, einheimsen, aber leider kann ich das nicht. Wie Ihr wissen müsst, hat mein Sohn seine prägenden Jahre mit meiner Großmutter verbracht, die auch die Frau ist, die mich wie eine Mutter großgezogen hat."

Carlotta räusperte sich, dann erzählte sie Miss Kenworth etwas, das sie keinem anderen je erzählt hatte, nicht einmal James. „Seht, der Tod meines ersten Mannes hat mich fast ohne Geld zurückgelassen. Ich dachte, Stevie hätte es bei meiner Großmutter besser, deren eigene Finanzen eher limitiert waren. Ich hatte beschlossen, dass ich einen Ehemann finden würde, um meinen Sohn wiederzubekommen und in der Lage zu sein, ihn so großzuziehen, wie der Enkel eines Earls großgezogen werden sollte. Was ich mir jedoch niemals vorgestellt hatte war, dass es sechs lange Jahre dauern würde bis ich einen Heiratsantrag erhielt. Und, ich versichere Euch, ich habe mir nie vorgestellt, dass der Antrag von einem Earl kommen würde – oder von einem Mann, den ich so innig zu lieben lernen würde." Carlottas Gesicht errötete. „Oh je, ich plappere über mein langweiliges Leben und erzähle Euch viel mehr, als Ihr jemals wissen wolltet."

„Ganz und gar nicht, Mylady. Ich liebe märchenhafte Liebesgeschichten wie Eure."

Märchenhafte Liebesgeschichte! Carlotta konnte sich gerade noch davon abhalten, laut loszulachen.

„Ich muss sagen, ich habe noch nie einen Mann gesehen, der verliebter ist, als der Earl in Euch verliebt zu sein scheint."

Carlottas Herz machte einen Satz. Vielleicht benötigte das arme Mädchen Mr. Fordyces Brille! „Ich würde gerne glauben, dass Wahrheit in dem liegt, was Ihr sagt", sagte Carlotta und zog ihre Gartenhandschuhe aus.

„Sagt, habt Ihr und Mr. Fordyce Euren Spaziergang jüngst genossen?"

Nun war es Miss Kenworth, die errötete. „Ich kann nicht für Mr. Fordyce sprechen, aber für mich war es äußerst nett. Mr. Fordyce ist eindeutig ein interessanter, intelligenter Mann."

„Ich habe es sehr geschätzt, wie er mit Stevie und seinem Spatz umgegangen ist."

„Ich habe mich wie eine tobende Schwachsinnige gefühlt", sagte Miss Kenworth. „Warum ich nie daran gedacht habe, den Vogel freizulassen, weiß ich nicht!"

„Manchmal braucht man die Perspektive einer anderen Person, um zu sehen, was eigentlich so deutlich erkennbar sein sollte wie die Nase auf unserem Gesicht."

„Ja, in der Tat."

Carlotta blickte aus dem Fenster. „Es ist wieder schönes Wetter heute. Warum geht Ihr nicht wieder mit Mr. Fordyce spazieren? Stevie wird mit seinen neuen Freunden bestimmt bis zum Abendessen beschäftigt sein."

„Ich kann mich Mr. Fordyce nicht derartig aufdrängen. Er muss sich um wichtige Angelegenheiten kümmern."

Carlotta seufzte. „Ich muss ihm wohl wieder befehlen, sich Zeit zu nehmen um die schönen Dinge des Lebens zu genießen." Sie fing an in Richtung der Bibliothek zu gehen. „Kommt. Ich glaube, dass es sehr gut ist, dass Ihr eine andere junge Person habt, die Eure Sprache spricht, sozusagen."

Miss Kenworth lachte. „Ganz bestimmt. Ich habe jedoch noch nicht gelernt, seinen Somerset-Dialekt zu verstehen."

„Ich nehme an, sie glauben, dass ihre Sprache dem Devonshire-Dialekt ähnlicher ist."

„Da ich aus Middlesex stamme, bin ich mit keinem der beiden vertraut."

Carlotta drückte auf das schwingende Bücherregal, so dass es sich öffnete, und war sofort in Mr. Fordyces Büro.

Er erhob sich, um die Damen zu begrüßen.

„Mein lieber Mr. Fordyce, könnt Ihr nicht erraten, warum wir hier sind?", fragte Carlotta ihn.

Seine Augen blitzten eine Sekunde lang, dann war er stumm und schüttelte den Kopf.

„Es ist ein wunderschöner Frühlingstag, und mein Sohn hat Miss Kenworth verlassen, um mit den Nachbarskindern zu spielen. Ich wünsche, dass Ihr Miss Kenworth unterhaltet."

Er blickte von Carlotta zu Miss Kenworth. „Ich würde nicht wünschen, Euch zu enttäuschen, Mylady!"

* * *

Als Carlotta an diesem Abend zum Abendessen kam, war James nicht am Tisch. Ihr Herz sank vor Enttäuschung ins Uferlose. Seit sie begonnen hatten, ihr Bett zu teilen, war ihr Mann nur einmal vom Essen abwesend gewesen. Sie wollte glauben, dass er ihre Gesellschaft genauso zu schätzen gelernt hatte wie sie seine.

„Lässt mein Mann sich sein Essen in der Bibliothek servieren?", fragte sie einen der Diener.

„Nein, Mylady."

„Wisst Ihr, wann er nach Hause gekommen ist?"

Der zweite Diener zuckte mit den Schultern. „Soweit ich weiß, ist seine Lordschaft nicht zurückgekehrt."

Carlottas Augen weiteten sich. Nicht zurückgekehrt? Es war seit über einer Stunde dunkel! Sicherlich würde James nicht in Erwägung ziehen, in der Finsternis über das felsige Gelände zu reiten! Jetzt war sie überaus besorgt um ihn. Als ob es ihr nicht bereits genug Sorgen machte, dass er darauf bestand, in die Minen zu gehen!

Sie war böse genug, um ihn wie eine Furie anzuschreien, wann auch immer er zurückkehrte. Abgesehen von ihrer Sorge hasste es Carlotta, alleine zu essen. Es verdarb ihr den Appetit.

Der andere Diener kam näher und hielt ihr das Tablett mit dem gebutterten Hummer hin, sie füllte ihren Teller damit und nahm von den kleineren Serviertellern, die in der Nähre standen. Mit jedem Bissen sorgte sie sich mehr um James.

Sie sah zum nächststehenden Diener. „Bitte weise Adams an, mir zu sagen, wenn seine Lordschaft ankommt."

Nickend verschwand er aus dem Zimmer.

Carlotta versuchte ihren Teller zu leeren, fand aber, dass sie ihren Appetit verloren hatte. Mit jedem Schlag der Uhr wuchs ihre Sorge um James. Während des Tages hatte ihr Magen sich verkrampft, als sie an ihn in diesen elenden

Minen dachte, und nun, da er nicht nach Hause gekommen war ... Wo war er? Hatte er sich vielleicht bei einem Sturz vom Pferd verletzt? Warum, um Himmels willen, war er so leichtsinnig gewesen, in der Nacht über die Hügel zu reiten? Ihre Brust verengte sich. Was, wenn er nicht nach Hause geritten war? Was, wenn es einen Unfall in den Minen gegeben hatte?

Ihre Finger krampften sich um das Weinglas. Vielleicht sollte sie eine Suchmannschaft aussenden. Es sah James gar nicht ähnlich, so spät noch unterwegs zu sein. Er war viel zu intelligent, um die Gefahren von Exmoor – und den Bagworthy Woods – nicht zu kennen.

Sie sah auf die Uhr auf dem Kaminsims. Es war halb sieben. Wenn er bis sieben nicht zurückgekehrt war, würde sie alle Diener von Yarmouth aussenden, um ihren Herren zu finden.

Der Gedanke, dass James verletzt sein könnte, durchströmte sie mit Wellen der Angst. Sie fing an zu zittern und ihr Herz schlug in einem tiefen, beängstigenden Rhythmus.

Sie schob ihren Teller von sich und erhob sich vom Tisch.

„Eure Ladyschaft wünschen nicht, dass der zweite Gang serviert wird?", fragte der Diener.

Sie schüttelte den Kopf. „Ich bin nicht hungrig." Dann huschte sie aus dem Zimmer. Zuerst ging sie zum Fuß der Treppe in der Nähe des Eingangs und traf den Blick des Dieners, der dort stand.

Er schüttelte seinen Kopf ernsthaft. „Lord Rutledge ist noch nicht zurückgekehrt."

Sie biss auf ihre Unterlippe, nickte und ging den marmornen Korridor entlang zu James' Bibliothek. Sie ließ die Tür offen, so dass sie James hören würde, sollte er nach Hause kommen. Dann begann sie von einer Seite des türkischen Teppichs zur anderen zu schreiten. Alle paar Minuten blieb sie stehen, um Buchtitel auf den Reihen der in Gold beschrifteten Bücher zu lesen. Dann fing sie wieder an herumzugehen, während ihr Herz wie verrückt raste und ihre Hände vor wachsender Angst zitterten.

Sie blickte auf die Uhr über dem Kamin der Bibliothek. Noch zwanzig Minuten. Dann würde sie nicht zögern, allen in Yarmouth zu befehlen, hinauszugehen, um ihren Herren zu suchen.

Als sie hin und her ging füllten sich ihre Augen mit Tränen, aber sie erlaubte ihnen nicht, aus ihren Augen zu rinnen. James würde das nicht wollen. Und, dachte sie in einem Rausch von hochkochenden Emotionen, James war schließlich ihr Herr.

Die Zeiger der Uhr bewegten sich so langsam, dass Carlotta sich fragte, ob die Uhr kaputt war. Sobald sie beschloss, sie zu begutachten, bewegte sich der lange Zeiger eine Minute weiter. *Es wird bald sieben Uhr sein.*

Als es zwei Minuten vor sieben war, verlor Carlotta all ihre Geduld. Sie eilte aus dem Zimmer und begann, die Dienerschaft zu versammeln. „Ich bin überaus besorgt um Lord Rutledge", sagte sie, sobald alle im Foyer versammelt waren. „Er sollte bereits hier sein, und ich habe Angst, dass ihm etwas zugestoßen ist. Es sieht ihm gar nicht ähnlich, so spät noch nicht zu Hause zu sein. Ich wünsche, dass ihr euch paarweise in Richtung der Minen aufmacht, um Lord Rutledge zu suchen."

Als Carlotta sprach, donnerte ein hartes Klopfen an der Eingangstüre. Der Diener, der dafür verantwortlich war, die Tür zu öffnen, machte sich in ihre Richtung auf, aber Carlotta huschte an ihm vorbei und riss die Tür auf.

Sie glaubte ihr Herz würde zerspringen, als sie einen Bergmann mit rußgeschwärztem Gesicht vor sich stehen sah. Er neigte seinen Kopf zur Seite und begann dann zu sprechen. „Es tut mir leid, dass ich so spät komme, aber Lord Rutledge erlaubt uns nicht, in der Nacht durch diese Gegend zu reiten ..."

Lord Rutledge! Wenigstens war James am Leben!

„... Da er unten im Schacht war, wusste er nicht, wann es dunkel wurde, und er hatte Angst, dass Ihr Euch sorgen würdet, wenn er nicht bis zum Abendessen zu Hause eintreffen würde ..."

Sie wollte den Mann anschreien sich zu beeilen! Warum war ihr Mann nicht zu Hause?

„Es gab einen Unfall in der Mine", sagte er endlich.

„James!", kreischte sie. Es war, als hätte jemand ein Messer in ihr Herz gebohrt. „Was ist meinem Mann zugestoßen?"

„Lord Rutledge ist unverletzt. Es gab einen Einsturz im Schacht und zwei Bergmänner wurden verschüttet. Seine Lordschaft ist unten im Schacht und arbeitet daran, sie zu befreien."

„Wann war der Unfall?"

Die Augen des Bergmanns blitzten vor Angst. „Gerade, als wir unsere Sachen eingesammelt hatten, um nach Hause zu gehen."

Carlotta erstarrte. Ohne Luftzufuhr wären die verschütteten Bergmänner mit Sicherheit schon tot. Und doch weigerte sich James aufzugeben. Alles, woran sie denken konnte, war James herauszuholen.

„Ich wünsche, dass Ihr mich mit zurück nehmt", sagte sie.

Kapitel 25

Bevor Carlotta nach oben raste, um ihre Pelisse, ihren Mantel und ihre Handschuhe zu holen und feste Stiefel anzuziehen, schickte sie Adams, um Mr. Fordyce zu bitten, sie zu der Mine zu begleiten. Während jeder Stufe, die sie die Treppe hinaufstieg, als sie ihre Stiefel zuschnürte und nach ihrem Mantel griff, trommelte ihr Herz vor Sorge um James.

Sobald ihre Stiefel geschnürt waren, flog sie die Treppe hinunter, wo Mr. Fordyce, umringt von mehr als einem Dutzend livrierter Diener, wartete.

„Die Männer wünschen alle, in der Mine behilflich zu sein", sagte Mr. Fordyce.

Carlotta sah den geschwärzten Bergmann an, der mit hochgekrempelten Ärmeln in der Tür stand. Er nickte. „Ja, wir können jede Hand brauchen."

„Dann beeilt Euch und holt Mäntel!", zischte Carlotta. „Es ist kalt in den Hügeln in der Nacht und wir wollen nicht, dass sich einer von euch ein Lungenfieber holt."

Als nächstes wandte sie ihre Aufmerksamkeit dem Bergmann zu. „Sagt, wie lange habt Ihr gebraucht, um Yarmouth zu erreichen?"

Er zuckte mit den Schultern. „Ich habe mich recht schnell fortbewegt. Ich würde sagen, ich habe eine halbe Stunde gebraucht."

Carlotta konnte es nicht erwarten, zu den Minen aufzubrechen. „Wie ist Euer Name?"

„Matthew."

„Kommt, Matthew. Lasst uns aufbrechen. Die anderen werden uns einholen."

Die drei verließen Yarmouth Hall schnellen Schrittes. Sobald sie das Foyer verlassen hatten, verfing sich eine Windböe in Carlottas Haaren und blies sie in ihr Gesicht. Sie schob sie zur Seite, um sehen zu können, nicht, dass man in der Dunkelheit überhaupt etwas sehen konnte. Sie sah in den schwarzen Himmel auf, um zu sehen, dass es mehr als nur einen schmalen Neumond gab.

Der Wind heulte und biss aus dem Norden und schnitt ihr ins Gesicht. Sie zog ihren Mantel enger um sich und setzte die Kapuze auf, war sich aber ihres Unbehagens kaum bewusst. Jeder ihrer Gedanken drehte sich um James und die undenkbare Gefahr, die ihn umgab. *Ich muss ihn davon überzeugen, aus der Mine herauszukommen!*

Sie konnte sich nicht erinnern, jemals so viel Angst gehabt zu haben. Sie durfte James nicht verlieren. Nicht jetzt. Jetzt, da sie entdeckt hatte, wie innig sie ihn liebte. Nicht nach all den Jahren des Strauchelns und der Einsamkeit. Nun, da ihre Träume wahr geworden waren. Alle, bis auf einen, aber sie würde sogar das gerne hinnehmen, wenn sie nur ihren Mann lebendig und gesund wieder bei sich hatte.

Beide Männer, die mit ihr gingen, waren um ihren Komfort und ihre Sicherheit bemüht, aber sie war entschlossen, sie nicht aufzuhalten. Auch wenn ihre Beine kürzer waren und ihre Konstitution delikater war, schwor sie, mit ihnen mitzuhalten.

Bald konnte sie die tiefen Stimmen der Diener hören, die beschlossen hatten, den Bergmännern zu Hilfe zu kommen und sie verwandelte es in einen Wettbewerb für sich selbst, ihnen nicht zu erlauben, sie zu überholen. Egal, wie kalt ihr war oder wie müde sie sich fühlte, sie würde nicht nachlassen.

Die Moorlandschaft war in der Nacht unheimlich und von Tiergeräuschen erfüllt. Carlotta war dankbar – obwohl immer noch recht unbehaglich – dass sie von Männern umringt war.

Sie verließen bald das Moor und stiegen eine Heide empor in einen Wald. Wenn sie das Moor unheimlich gefunden hatte, dann erfüllte sie in der Nacht durch einen Wald zu gehen mit schierer Angst. Nächtliche Geschöpfe mit leuchtenden Augen hatten ihr immer Angst eingeflößt, und obwohl diese ihr Bestes taten, vor Carlotta zu flüchten, war sie sich ihrer Gegenwart doch überaus bewusst. Sie fürchtete sich auch vor dem, was sie hinter jedem Baumstamm sehen würde. Zu ihren eingebildeten Ängsten kamen außerdem die wirklichen Bedrohungen, wie über die dicken Wurzeln oder anderen Bewuchs des Waldbodens zu stolpern. Aber ihre größte Angst war die um ihren Mann.

„Nehmt meine Hand, Mylady", sagte Fordyce und streckte ihr seine Hand entgegen.

Sie nahm sie dankbar an. Jeder Schritt fühlte sich nun sicherer an. Wenn sie sich nur ebenso sicher fühlen konnte, was James' Sicherheit betraf. Sie ging weiter durch den Wald und, obwohl ihr Gesicht von der Kälte glühte und ihre Beinmuskeln von der ungewohnten Anstrengung brannten, weigerte sie sich, langsamer zu werden.

Nach einer halben Stunde verließen sie den Wald und der Bergmann sagte ihnen, dass sie fast dort seien.

Innerhalb von Minuten hörte sie das Drehen

des riesigen Rades neben dem Fluss und sie fing an, in Richtung der Mine zu laufen.

Als sie ankam, tauchte der Captain, mit seinem von Rußschwärze fast unkenntlichen Gesicht aus der Mine auf. „Lady Rutledge!" Er sah sie verwundert an.

Der getragene Blick auf dem Gesicht des Mannes gefiel ihr ganz und gar nicht. „Mein Mann? Geht es ihm gut?"

Er nickte. „Da er der größte und stärkste Mann hier ist, will er nicht aufgeben. Er versucht, die beiden Männer, die eingeschlossen wurden, alleine zu befreien."

Sie runzelte besorgt die Stirn und sprach sanft. „Erfolgreich?"

Er schüttelte traurig den Kopf.

„Es scheint mir, dass, nachdem es bereits einen Einbruch gegeben hatte, alles unstabil sein muss", sagte Carlotta mit vor Angst zitternder Stimme. „Könnt Ihr ihn nicht herausholen?"

„Es gibt keinen Mann unter uns, der unsere Männer ohne Hoffnung dort unten lassen will."

Ihre Augen wurden feucht. „Ihr könnt bestimmt keine Hoffnung mehr haben? Wie lange sind diese Männer ohne Luft gewesen?"

Er zuckte mit den Schultern, und sie sah den Schmerz auf seinem Gesicht. „Wir können die Hoffnung nicht aufgeben."

Sie rang ihre behandschuhten Hände. *Ich muss James herausholen!* Wie egoistisch sie aussehen musste, wenn zwei andere Männer – Männer, die auch von ihren Frauen geliebt wurden – nun sicherlich tot waren. Sie traf den ernsten Blick des Captains. „Sagt, Mr. Hastings, habt Ihr wirklich noch Hoffnung für die beiden Männer?"

Er wandte sich ab und schüttelte langsam den

Kopf.

„Warum bergen wir ihre Körper dann nicht morgen bei Tageslicht? Warum gefährden wir weiterhin meinen Mann – und andere Männer – heute Nacht?"

„Die Entscheidung liegt nicht bei mir, Lady Rutledge. Ich bekomme meine Anweisungen von Lord Rutledge und er ist derjenige, der nicht aufgeben will."

Sie hatte sich so sehr um James gesorgt, dass sie die Familien von Frauen und Kindern nicht bemerkt hatte, die sich um die Mine versammelt hatten. Ein Blick auf sie ließ Carlotta sich schrecklich schuldig fühlen. Dann hörte sie eine bekannte weibliche Stimme und sah Mrs. MacGinnis und eine ganze Gruppe von Dienstmädchen und Köchinnen von Yarmouth Hall ankommen, die mit Körben beladen waren und erschöpft aussahen. Dem Himmel sei gedankt, dass ihre Haushälterin daran gedacht hatte, Proviant zu bringen. Carlotta selbst war zu aufgeregt gewesen, um rational zu denken.

„Diener von Yarmouth haben Essen – und hoffentlich Getränke – für Eure Männer und deren Familien gebracht", sagte Carlotta zum Captain.

Sie drehte sich in Richtung des Schachtes um. „Nun, wenn es Euch recht ist, bringt mich bitte in den Schacht."

* * *

James hatte seit einer Stunde gewusst, dass sein verzweifeltes Graben und Verstärken und Graben und Verstärken seine Männer nicht retten würde. Sie waren mittlerweile längst tot. Er hatte nicht nur ihren Verlust zutiefst verspürt, sondern sein Herz blutete auch für ihre Familien. Liebende Frauen und vielgeliebte Kinder. Er schluckte schwer, dann schlug er den fest umklammerten Pickel in den kalten Stein.

Es war seine Schuld, dass die Männer tot waren. Anmaßend hatte er gedacht, dass seine Verbesserungen die Mine völlig gefahrlos gemacht hatten. Er hatte seinen Männern falsche Zuversicht gegeben. Er hätte die unsichere Mine zusperren sollen, als er letztes Jahr hierhergekommen war. Er hatte gezögert, da er den Männern nicht ihren Lebensunterhalt rauben wollte. Nun hatte er sie ihres Lebens beraubt.

Er hörte, wie das Kabel gesenkt wurde und hielt seine Laterne hoch, um zu sehen, wer sich näherte. Zuerst sah er nichts als lila Samt. Dann roch er Lavendel. Carlottas Duft. Sein Herz schlug schneller.

Es konnte nicht seine Frau sein. Sie hatte Angst vor den Minen. Sie würde sich niemals erlauben, in den Schacht hinabgelassen zu werden. Und, um ehrlich zu sein, wollte er sie nicht hier haben. Besonders nicht nach dem, was heute hier passiert war.

Er hielt seine Laterne höher und blinzelte in die Dunkelheit. Bei Gott, es war Carlotta! Eine unerklärliche Angst erfasste ihn. „Was tust du hier?", verlangte er zu wissen.

„Ich bin gekommen, um dich zu bitten herauszukommen."

Seine Carlotta, die geschworen hatte niemals eine Mine zu betreten, war in diese hinabgestiegen, nur um ihn zu überreden, sie zu verlassen. Er war zutiefst berührt von ihrer Sorge um ihn. Als sie neben ihm zum Stehen kam, wollte er ihr schönes Gesicht mit seiner schwarzen Hand streicheln, dann hielt er inne. Er war in seinem Leben noch nie so stolz gewesen.

Noch war er jemals so verliebt gewesen.

„Ich kann nicht", sagte er. „Ich muss versuchen, die Männer zu bergen." „James", sagte sie sanft, kam näher zu ihm und legte eine Hand leicht auf seinen Arm, „du weißt, dass es keine Hoffnung gibt. Mr. Hastings hat es mir gegenüber zugegeben. Bitte, willst du nicht morgen zurückkommen, wenn es sicherer ist und du erholt bist?"

Obwohl er ihr Gesicht kaum sehen konnte, wusste er, dass sie weinte. Schluchzte seine geliebte Carlotta, weil sie hier unten so angsterfüllt war? Oder wurde sie von einer Angst um ihn erfasst? Was auch immer es sein mochte, sie hatte offensichtlich tiefe Gefühle für ihn. Zum ersten Mal in Stunden fühlte sein Herz sich fast leicht.

„Stevie und ich brauchen dich. Ich ... wir könnten es nicht ertragen, wenn dir etwas zustoßen würde." Sie streckte ihre Arme aus und legte ihre lilienweißen Hände auf sein schwarzes Gesicht. „Bitte, mein Liebling, komm heraus. Mrs. MacGinnis hat Essen gebracht."

Er stellte die Laterne ab und zog sie in seine Arme. Es war ihm egal, dass seine Schwärze auf ihr Kleid abfärben würde. Sein Verlangen sie zu küssen war stärker als seine Angst vor einem weiteren Einbruch. Er legte gierig seine Lippen auf die ihren für einen offenen, hungrigen Kuss.

Obwohl sie zuerst dazu bereit war, zog sie sich bald zurück. „Bitte, Liebling, lass uns hinaufgehen."

Ihr Verlangen nach ihm, in der Tat ihre tiefe Zuneigung zu ihm, bewegte ihn so sehr, dass er sich fühlte als gäbe es nichts, was er nicht tun könnte. Er fühlte sich, als ob er die Decke der gesamten Mine ganz alleine anheben könnte. Aber er musste seine geliebte Frau herausbringen. Und er wusste, dass sie nicht ohne ihn gehen würde.

„Ich folge dir", sagte er kurz. Er wusste, dass die anderen jegliche Hoffnung verlieren würden, wenn er hinaufkam. Noch schlimmer, als den hoffnungslosen Bergmännern gegenüberzutreten, war es, den Familien der toten Männer gegenüberzutreten.

Mit seiner Hand um die Taille seiner Frau geschlungen, kamen sie aus dem Schacht und in die dunkle Nacht hinaus. Er sah, dass sich ernst aussehende Familienmitglieder versammelt hatten. Seine Gedanken kehrten nach Waterloo zurück und zu seinen Männern, die er dort verloren hatte. Männer, deren Familien er benachrichtigen musste. Einen Brief zu schreiben, so schmerzhaft es auch gewesen war, war leichter als einer des Gatten beraubten Witwe und vaterlosen Kindern von Angesicht zu Angesicht gegenüberzutreten.

Hastings kam auf ihn zu und legte seine Hand auf James' Schulter – sein stummer Versuch, Trost zu vermitteln, den er nicht in Worte fassen konnte.

„Wir haben alles getan, was wir tun konnten", sagte James endlich. „Ich habe beschlossen, keine weiteren Leben zu riskieren. Die Männer müssen heute zu ihren Familien zurückkehren", sagte er zu Hastings. Er räusperte sich. „Und ich muss die beiden Familien trösten."

Hastings nickte.

Carlotta machte einen Schritt vorwärts. „Ich komme mit."

Er war kurioserweise zerrissen von den entgegengesetzten Gefühlen tiefster Trauer um die verlorenen Leben und des Jubels aufgrund der Courage und Hingabe seiner Frau.

Er nickte und ging auf die versammelten Familien zu. „Wir können heute Nacht nichts mehr tun", fing James an.

Das tiefe traurige Wehklagen einer Frau unterbrach seine Ansprache und ließ sein Inneres schmerzvoll erbeben. Es war zu dunkel, um Gesichter zu erkennen, aber er wusste, dass zumindest eine der Witwen hier war.

„Wir treffen uns morgen wieder, um zu versuchen die Leichen zu bergen."

Stille legte sich über die Gruppe. Sogar die Kinder waren stumm.

Er konnte ihnen jetzt nicht sagen, was in seinem Herzen war. Dass er die Mine schließen musste. Es war zu viel für sie an nur einem Tag.

Er machte einen Schritt zurück und flüsterte Hastings zu. „Sind die Witwen hier?"

Eine weitere Frau schrie auf und James drehte sich um und sah, dass es seine eigene Frau war.

„Douglas Covington?", fragte sie hoffnungslos.

Er nickte.

„Seine arme Frau ..." Tränen rannen Carlottas Wangen hinunter.

Er kam zu ihr und legte einen Arm um ihre Taille.

„Ich muss zu Mrs. Covington gehen", sagte Carlotta schniefend und wischte sich die Tränen aus ihrem nassen Gesicht.

„Wir gehen zusammen."

Zuerst versammelten sich James und die Familien der Bergleute um Mrs. Linderman, die ein Taschentuch auf ihre geschwollenen Augen drückte, während sie sanft schluchzte. „Mein Harry. Warum mein Harry?"

James fiel vor ihr auf ein Knie und sprach sanft. „Ich weiß, Mrs. Linderman, dass ich nichts sagen kann, was Euren Mann wiederbringt. Ich möchte, dass Ihr wisst, wie viel ich von ihm gehalten habe, was für ein engagierter Arbeiter er war ..."

„Und was hat es ihm eingebracht?", jammerte sie.

James nickte. „Seid versichert, dass Eure Familie nie in Nöten sein wird. Ich werde sicherstellen, dass es Eurer Familie an nichts fehlt."

Sie brach in Schluchzen aus. „Danke, Mylord." Dann fing sie an zu weinen, und einige Frauen ließen sich um sie herum nieder.

James erhob sich und wandte sich mit ausgestreckter Hand seiner Frau zu. „Jetzt gehen wir zu den Covingtons."

* * *

Hastings begleitete sie auf dem zehnminütigen Weg zum Cottage der Covingtons, aber ehe sie es erreichen konnten, kam ihnen der gesamte Covington Clan über das Moor entgegen.

Sobald Mrs. Covington Lord und Lady Rutledge sah, erstarrte sie und James wusste, dass sie es wusste.

„Mein Douglas ist tot", sagte sie trocken.

Carlotta und ihr Mann blieben stehen und Carlotta nickte. „Woher wusstet Ihr es?"

Es war eine Leere in der Stimme der Witwe, als sie antwortete. „Einer der Männer, der in der Mine war, kam und hat uns gesagt, dass unser Douglas im Schacht verschüttet ist. Ich habe heute gar nicht daran gedacht, dass ihm etwas passieren könnte, da er sagte, er würde später kommen, weil er Mr. Hastings nach der Arbeit helfen wollte." Mrs. Covington brach in qualvolles Schreien aus.

Carlotta legte eine sanfte Hand auf die Schulter der Frau. „Lasst uns zurück in Euer Cottage gehen. Dort wird es wärmer sein."

Es war der längste Marsch, den Carlotta je unternommen hatte. Die beiden Covington-Töchter weinten hysterisch, und sogar die Burschen waren nicht in der Lage, ihre Tränen zurückzuhalten. James bot an, das Baby zu tragen, das von einem der älteren Mädchen gehalten wurde, und Hastings hob einen kleinen Jungen hoch, der nicht älter als zwei Jahre gewesen sein konnte.

Im Cottage setzte Carlotta die Witwe auf ihr düsteres Sofa, und die Kinder der Frau versammelten sich um sie.

„Mrs. Covington", sagte Carlotta, „Ich kann Euch nicht sagen, wie furchtbar leid es mir für Euch tut."

James machte einen Schritt vorwärts. „Douglas Covington war einer der besten Männer, die ich je gekannt habe."

Mrs. Covington nickte. „Er war der beste Mann, der beste Ehemann und der großartigste Vater, den es je gegeben hat."

„Das war er in der Tat", flüsterte Carlotta und drückte die Hand der Witwe. Carlotta konnte sich gut an den Stolz erinnern, der über den Mann gekommen war, als er so liebevoll über seine Familie gesprochen hatte. Mit einem stechenden Schmerz erinnerte sie sich auch an die Worte, die seine Frau erst kürzlich ausgesprochen hatte. *Ich weiß nicht, was ich tun würde, wenn meinem Douglas etwas zustoßen würde.*

Wie gut Carlotta die Gefühle verstand, die die

Frau nun zerrissen. Bis vor wenigen Minuten war Carlotta von der gleichen Angst gelähmt gewesen, Angst, dass sie ihres eigenen geliebten Mannes beraubt werden könnte.

„Ihr habt Glück, dass Euer Douglas Euch solch wunderbare Kinder hinterlassen hat", sagte Carlotta in einem kläglichen Versuch, die Witwe zu trösten. „Je mehr Zeit vergeht, desto mehr werden Eure Söhne Euch an Euren Mann erinnern."

Anstatt der gewünschten Auswirkung, brachten Carlottas Worte frische Wellen von Tränen aus Mrs. Covington hervor.

Ein Klopfen ertönte an der Türe. Hastings öffnete sie und ein halbes Dutzend Frauen eilten in das Zimmer und schlangen ihre Arme um die trauernde Witwe.

Carlotta wollte die erste Nacht bei Mrs. Covington bleiben, aber nachdem die anderen Frauen gekommen waren, wurde ihr bewusst, dass die Witwe sich mit den Frauen ihres eigenen Standes wohler fühlen würde.

Bevor sie gingen, teilte James Mrs. Covington mit, dass er Vorkehrungen für sie treffen würde, dass sie und ihre Kinder immer gut versorgt wären.

Draußen trennten sich Carlotta und James von Hastings und begannen ihre einsame Rückkehr nach Hause.

Kapitel 26

Die Moorlandschaft hatte eine unheimliche Atmosphäre in dieser mondlosen Nacht, als Carlotta und ihr nachdenklich grübelnder Mann auf ihrem Weg nach Yarmouth Hall über den Waldboden gingen. Der einzige Laut in der gespenstischen Stille war das knisternde Geräusch ihrer Tritte. Finsternis umhüllte alles, auch ihre ernsten Gedanken. Sie konnten die Vorstellung von Douglas Covingtons rußgeschwärztem Körper, der unter der kalten Steinlawine begraben lag, nicht abschütteln.

„Ich weiß, du musst völlig erschöpft sein", sagte sie schließlich. „Du hast das Haus heute sehr früh verlassen."

Er seufzte. „Das bin ich."

Carlottas Gedanken weilten bei Douglas Covingtons armer Witwe. Es war nur einige Tage her, dass sie Carlotta gesagt hatte, wie lieb ihr Ehemann ihr war, wie sehr sie ihn schätzte. Carlotta erinnerte sich daran, wie das Gesicht der Frau freudig erhellt war, als sie über ihn sprach. Kein wehmütiges Lächeln mehr für die arme Witwe, dachte Carlotta bestürzt.

Ihr Herz schmerzte auch für die unglücklichen Burschen, die keinen Vater haben würden, der ihnen beibrachte, wie man zu einem Mann heranwuchs. Sie dachte an Stevie und wie glücklich er sich schätzen konnte, James zu haben.

Ihr Herz schlug schneller. Wie glücklich sie sich

schätzen konnte.

Als Carlotta und James in Yarmouth ankamen, waren Mrs. MacGinnis und ihre Belegschaft bereits zurückgekehrt.

„Mrs. MacGinnis", rief Carlotta der Haushälterin zu, „Ich muss Euch dafür danken, dass ihr daran gedacht habt, den Bergleuten Essen zu bringen. Eure Güte wurde sehr geschätzt."

Mrs. MacGinnis lächelte schüchtern.

Carlotta ging näher zu ihr hin und ordnete mit sanfter Stimme an. „Ich wünsche, dass Ihr der Köchin auftragt, ein Festessen vorzubereiten, das morgen an die Familien der verstorbenen Bergmänner geliefert wird. Könntet Ihr am Nachmittag auch Erfrischungen zur Mine bringen?" Carlotta sah ihren Mann an und suchte wortlos seine Zustimmung.

Er nickte, als Mrs. MacGinnis sagte: „Wir freuen uns, auf jede mögliche Art zu helfen." „Nun", sagte Carlotta, als sie ihrem abgekämpften Mann die Treppe hinauf folgte, „bringt bitte heißes Wasser in die Kammer meines Mannes."

* * *

Während sie darauf warteten, dass James' Badewanne gefüllt wurde, kniete sich Carlotta zu seinen Füßen und half ihm, seine matschigen Stiefel auszuziehen.

„Mach dir keine Umstände meinetwegen", sagte er. „Mannington kann das erledigen. Du musst den Ruß und Matsch von dir selbst entfernen."

Sie traf seinen Blick und sprach mit heiserer Stimme. „Ich wünsche, dass du Mannington hinausschickst."

Nun verstand er. Wie erschöpft er auch sein mochte, er verstand und sein Körper antwortete schwach auf den samtenen Klang ihrer verführerischen Stimme.

Mannington kam mit sauberen Kleidern für seinen Herrn aus dem Umkleideraum.

„Ich werde dich heute nicht mehr brauchen, Mannington", sagte James ohne seinen Blick von Carlotta zu nehmen.

„Sehr gut, Sir", sagte der Kammerdiener tonlos und legte die Kleidung auf James' Bett, bevor er auf seinen Fersen kehrtmachte und das Schlafgemach verließ.

Mit dem lichten Schein des Feuers als Hintergrund beobachtete James, wie die Diener die letzten Kessel mit Wasser in die Wanne gossen und dann das Zimmer verließen.

Carlotta sah ihren Mann mit glühenden Augen an und griff nach seinen Knöpfen. James holte tief Luft. Sie knöpfte einen nach dem anderen auf. Als sie fertig war, legte sie ihre Hand auf das Haar, das sich auf seiner Brust kräuselte. „So weiß hier im Vergleich zu dort", flüsterte sie, als sie ihre Hand ausstreckte, um sein geschwärztes Gesicht zu streicheln.

Sein Atem wurde heftiger, seine Gedanken und sein Herz bis auf ihre Grundfesten erschüttert durch ihre Sanftheit und seine stetig wachsende Liebe zu ihr.

Langsam zog sie ihm das Hemd aus. „Sollen wir aufstehen?", flüsterte sie.

James' Antwort bedurfte keiner Worte und er zog sie mit sich hoch. Ihre Hände glitten zur nackten Haut unter seinen Kniehosen und sie zog an ihnen. „Ich werde deine Hilfe benötigen, mein Schatz, um sie zu entfernen."

Mein Schatz. Du lieber Himmel! Er fing an zu glauben, dass seine Frau sich tatsächlich in ihn verliebt hatte. Er riss sich seine Kniehosen vom Leibe und beobachtete, wie ihre Augen zur Mitte seines Körpers flogen, dann zurück in sein Gesicht.

„Steig in die Wanne, Liebling, und ich werde dich waschen", sagte sie mit kaum mehr als einem heiseren Flüstern.

Er gehorchte ihr.

Sie fiel auf ihre Knie und rührte das Wasser mit den Händen um, dann schäumte sie die Seife auf.

„Rutsch hinunter, Liebling, und ich fange mit deinen Haaren an."

Er glitt gänzlich unter das Wasser, dann streckte er nur seinen Kopf wieder heraus.

Carlotta seifte seine Haare ein, dann wusch sie mit sanften Händen sein Gesicht, vorsichtig, seine Augen auslassend. „Da!", sagte sie, als sie fertig war. „Du kannst dich jetzt abspülen."

Er versank wieder unter dem Wasser. Als er auftauchte, hielt seine Frau ein Handtuch für ihn bereit. Er nahm es, trocknete seine Augen und seine Haare und warf es dann zu Carlotta zurück.

Dann begann sie, seine Schultern und Brust zu waschen. Jede zarte Bewegung ihrer magischen Hände brachte sein Herz zum Rasen. Als das Licht des Feuers auf ihrem Gesicht spielte, lächelte er über die schwarzen Schmierflecken darauf.

Er dachte an den Rausch der Gefühle, der über ihn gekommen war, als sie ihn in der Dunkelheit des Minenschachts an sich gezogen hatte. Es war ihr egal gewesen, dass er ihr Kleid beschmutzte. Genauso, wie es ihr jetzt egal zu sein schien, dass sie bestimmt schmutziger war als je zuvor in ihrem Leben.

Er liebte sie deswegen nur noch mehr. Sie hatte

ihn über sich selbst gestellt. Sie liebte ihn! Er könnte aus dem Zimmer laufen und seine Liebe zu ihr jubelnd vom Dach des Hauses schreien!

„Wir werden Plätze tauschen müssen, mein Liebling", sagte er. „Als nächstes werde ich dich waschen."

Ein Lächeln huschte über ihr Gesicht und ihre Augen tanzten.

Er erhob sich in der metallenen Wanne.

Sie bot ihm ihre Hand an. „Komm, erlaube mir, dich beim Feuer zu trocknen, Liebling."

Als sie ihn abtrocknete fing er an ihr Kleid aufzuknöpfen, obwohl er von ihren verführerischen Handlungen beinahe gelähmt war. Schließlich ließ sie das Handtuch fallen und stand vor seinem nackten Körper, als er ihr Kleid auszog und sie aufhob, um sie zur Wanne zu tragen und sie so sanft in das Wasser legte, dass es sich zu teilen schien, um ihren elfenbeinfarbenen Körper zu empfangen.

Mit erotischem Vergnügen wischte er langsam die schwarzen Flecken von ihrem zarten Gesicht. Sie glitt weiter ins Wasser, und ihre ebenholzschwarzen Haare tauchten unter.

Dann bewegten sich seine eingeseiften Hände langsam kreisend über ihre Brüste.

Sie sah ihn mit ihren großen violetten Augen flehentlich an.

„Ist es Zeit, mein Liebling?", fragte er, seine Stimme schwer vor Lust.

Sie nickte.

Er stand auf, hob sie aus der Wanne und brachte ein Handtuch mit sich. Vor dem Kamin trocknete er sie sanft ab, dann hob er sie wieder in seinen Armen auf, wickelte sie in das Handtuch und trug sie in sein Bett, wo er sie auf die smaragdgrüne Samtdecke legte.

Nun dachte er, dass er mit Sicherheit vor Verlangen explodieren würde.

Ihre Hand berührte ihn dort, wo sein Verlangen am größten war und er stieß sie fort. „Ich kann nicht warten, Liebling."

Er legte ein Knie auf das Bett, das andere zwischen ihre Knie.

Sie wimmerte, als ihre Hände seine Oberschenkel streichelten.

Er konnte nicht länger warten. Er stieß mit rasendem, pochendem Hunger in die Wärme seiner Frau. Sie presste sich ihm entgegen. Es war, als könnte er nicht tief genug in sie eindringen, um sie ganz auszufüllen. Sie hob sich ihm verzweifelt entgegen, bis sie letztendlich unkontrollierbar unter ihm erbebte und seinen Namen schrie.

* * *

Lange nachdem ihr erschöpfter Mann eingeschlafen war, lag Carlotta in seiner Umarmung. Trotz der Tragödie, die sich an dem Tag ereignet hatte, und des Kummers, den sie alle durchlitten hatten, war sie die glücklichste Frau auf Erden. Erstens, weil ihr Mann überlebt hatte. Und zweitens, weil James, als sie sich so innig geliebt hatten, gesagt hatte: „Gott, aber ich liebe dich, Carlotta!"

Carlotta, die keinen Stolz kannte, wenn es um ihren Mann ging, hatte geantwortet: „Und ich liebe dich, Liebster, von ganzem Herzen!"

Obwohl sie sich immer leidenschaftlich geliebt hatten, war heute Nacht noch viel aufregender gewesen. Sie hatte sich niemals zufriedener gefühlt. Niemals vollständiger. Sie fühlte sich, als könnte sie vor endloser Liebe zu diesem Mann, den sie geheiratet hatte, platzen.

Das Wissen, dass sie zum ersten Mal im Bett ihres Mannes gelegen hatte, machte die Nacht zu etwas ganz Besonderem.

Heute würden sie zum ersten Mal eine ganze Nacht zusammen verbringen. Sie fragte sich, ob sie sich am Morgen wieder lieben würden.

* * *

Als der Morgen kam, konnte sie James neben sich erwachen spüren und sie öffnete die Augen, um zu erkennen, dass er seinen Kopf auf seine Hände gestützt hatte und glücklich in ihr Gesicht blickte. Sie streichelte seinen muskulösen Arm und erinnerte sich aufgeregt daran, dass keiner von ihnen beiden ein Kleidungsstück trug.

„Deine Berührung wird mich wieder in Schwung bringen, Liebling", warnte er.

„Ein Jammer", sagte sie verspielt und fuhr fort, ihn zu streicheln.

Er stürzte sich auf sie, und innerhalb von Minuten lagen sie erschöpft und keuchend unter den Decken.

Nachdem er sich gerade genug erholt hatte, um wieder normal atmen zu können, setzte sich James auf. „So sehr ich es auch genießen würde, den Tag mit dir im Bett zu verbringen, Liebling, habe ich doch schwerwiegende Pflichten zu erfüllen."

Er verließ das Bett und ging in seinen Ankleideraum.

Sie betrachtete seine festen Muskeln und bewunderte den schönen Körper des Mannes, den sie liebte. Dann stand sie auf und folgte ihm, so dass sie sich auch ankleiden konnte. „Ich helfe dir mit deinen Stiefeln, wenn du mir mit meinen Knöpfen hilfst", sagte sie lächelnd. „Wie kommt es, dass sowohl Peggy, als auch Mannington wussten, dass sie sich heute Morgen fernhalten sollten?"

„Es ist zweifellos ein sechster Sinn, mit dem Diener geboren zu sein scheinen."

* * *

Sie gingen hinunter, um zusammen zu frühstücken. Er würde seine genussvollen Gedanken hinter sich lassen müssen, denn er hatte heute ernste Pflichten zu erfüllen.

Sie waren während des Frühstücks still. Er war verwundert darüber, wie gut Carlotta seine Gemütslage zu erkennen gelernt hatte. Sogar letzte Nacht, als ihre Zärtlichkeit, ihre Liebe die einzigen Gefühle gewesen waren, die er ertragen konnte. Sie hatte gewusst, wie sehr er litt, und sie hatte gewusst, wie sie ihn heilen konnte.

„Was wirst du mit den Minen machen?", fragte sie.

Bei Gott, sie hatte gelernt seine Gedanken zu lesen! Ihre Augen trafen sich und hielten einander als Bestätigung des Verschmelzens ihrer Gedanken.

Er zuckte mit den Schultern. „Was werden die Männer tun, wenn ich entscheide, die Mine zu schließen?"

Sie legte ihre kleine Hand über seine größere. „Es wird dir etwas einfallen."

Er nickte ernsthaft und erhob sich dann.

„Ich komme mit dir", sagte sie und stand auf.

Er wusste, dass er es ihr erlauben musste. So sehr er auch wünschte, dass sie hierblieb. Sie war nun wahrhaftig ein Teil von ihm. Er konnte sie nicht mehr ausschließen.

* * *

Obwohl Carlotta ihren Mann angefleht hatte,

nicht in den Schacht zu gehen, tat er es dennoch. Sie hatte gewusst, dass er es tun würde. Und so lange er unter Tage arbeitete, weigerte sie sich zu gehen.

Es war erst spät am Nachmittag, als sie in der Lage waren, den eingestürzten Schacht freizulegen und die erstickten Körper von Douglas Covington und Matthew Linderman zu bergen. Carlotta wandte ihren Kopf ab, als sie die Leichname heraufbrachten. Sie wünschte, sie könnte auch die Köpfe der Frauen und Kinder, die sich im Laufe des Tages versammelt hatten, abwenden. Besonders die der Kinder.

Als ihr versichert wurde, dass ihr Mann nicht mehr in den Schacht gehen würde, brach sie in Richtung des Covington Cottage auf, in Begleitung des jungen Willy, worauf James bestanden hatte.

Einige der Frauen waren immer noch um die trauernde Witwe versammelt, die auf dem gleichen Platz auf dem Sofa saß wie in der Nacht zuvor. Nur hielt sie heute ihren Säugling – Douglas' Säugling – an ihre Brust. Sie sah mit vom Weinen geröteten, leeren Augen zu Carlotta auf.

„Danke, Mylady, dass Ihr Lebensmittel für meine Kinder geschickt habt", sagte Mrs. Covington. „Ich bin sicher, dass sie mindestens für einen ganzen Monat ausreichen werden."

„Ich weiß, wie schwer es Euch in dieser großen Trauer fallen wird zu kochen", sagte Carlotta.

Tränen füllten Mrs. Covingtons Augen und sie nickte.

„Ich bin gekommen um zu sehen, ob ich sonst noch etwas für Euch tun kann", sagte Carlotta.

„Ich will meinen Douglas hierhaben."

Carlottas Herz schmerzte. „Sie bringen ihn

gerade her."

Mrs. Covington vergrub ihr Gesicht in ihren Händen und fing zu schluchzen an.

Carlotta blieb, bis ein halbes Dutzend Bergmänner, in Begleitung ihres eigenen Mannes, Douglas Covingtons Leichnam brachten. Die anderen Frauen begannen sofort, den toten Mann zu säubern und vorzubereiten. Carlotta wollte die Kinder davon abhalten, dieses düstere Tun zu beobachten. Sie sprang auf die Beine und sagte: „Kinder, bitte kommt mit mir hinaus", dabei sah sie jedes der blonden Kinder an.

Sie wagten es nicht, der Countess von Rutledge zu widersprechen. Acht Kinder verließen das Haus. Draußen versammelte sie die Kinder um sich. „Ich finde es passend, draußen zu sein, wo wir dem Allmächtigen am nächsten sind. Ich möchte für euren lieben verstorbenen Vater beten."

Alle außer der Kleinsten senkten mit Tränen gefüllten Augen ihren Kopf.

„Herr, unser Gott, König des Himmels, bitte empfange Douglas Covington heute in deinem Königreich. Er war ein guter und edler Mann, ein guter Christ, der in seinem Leben die liebte, die ihm am nächsten waren, seine liebe Frau, seine sieben starken Söhne und seine zwei schönen Töchter. Lieber Gott, gib Douglas' Familie die Kraft, ohne ihren geliebten Mann und Vater weiterleben zu können. Versichere ihnen, dass diese geliebte Person seinen Platz bei Dir im Himmel gefunden hat."

Als sie fertig war, sah sie zu den Kindern auf. Es gab kein trockenes Auge.

„Ich will euch nicht traurig machen", sagte sie sanft. „Ich will, dass ihr euch freut, da euer Vater seinen Platz neben seinem Herrn im Himmel gefunden hat. Er ist nun mit seiner kleinen verlorenen Mary wiedervereint. Er ist frei vom Kohlestaub und den langen Stunden schwerer Arbeit. Er kann endlich ruhen."

Sie sah, dass die Lippen des Ältesten sich in einem schiefen Lächeln kräuselten, obwohl seine Augen immer noch feucht waren.

„Nun", sagte Carlotta, „Ich will, dass jeder von euch sich etwas Besonderes über euren Vater ausdenkt. Etwas, das euch wichtig war. Mein Sohn Stevie und seine Amme werden mit Papier und Feder herkommen, um eure Erinnerungen in einem Buch aufzuschreiben, ein Buch nur für eure Gedanken an euren Papa. Und eines Tages werdet ihr lernen, das Buch zu lesen." Sie hielt inne. „Und ich denke, dass euer Vater sehr glücklich wäre zu wissen, dass seine Kinder lesen gelernt haben."

Mittlerweile hatten sie aufgehört zu weinen. Alle. Sie konnte ihre Gedanken fast durch ihre kleinen Köpfe wirbeln sehen. „Setzt euch nun an den Bach und denkt über eine Geschichte über euren Papa nach. Der Bach ist ein passender Ort, um euch an ihn zu erinnern. Fließendes Wasser ist ein Zeichen des Lebens. Ihr sollt euch an das Leben eures Vaters erinnern."

* * *

Als Carlotta und ihr Mann nach Yarmouth zurückkehrten, sagte er: „Ich muss die Minen schließen."

Sie nickte. „Du wirst dadurch dein größtes Einkommen verlieren."

Er wirbelte herum. „Das ist dir wichtig?"

Sie schüttelte den Kopf. „Ganz und gar nicht. Ich glaube, ich könnte auch in einem Cottage nicht größer als das der Covingtons mit dir glücklich sein."

Ein Lächeln breitete sich auf seinem Gesicht aus. Er war von Gefühlen wie erstickt – und von dem überwältigenden Drang, sie in seine Arme zu schließen. Stattdessen versuchte er zwanglos zu wirken. „Es wird uns gut gehen. Ich habe viele profitable Investitionen, und ich kann Schafe und Rinder auf meinem Land züchten."

„Wir müssen den entlassenen Bergleuten ein anderes Einkommen sichern."

Er nickte.

„Bitte sei nicht böse, Liebster, aber ich habe den Covington-Kindern versprochen, dass sie lesen lernen würden." Sie erzählte, was sie den Kindern gerade gesagt hatte.

„Ich denke, das wird sich machen lassen", sagte er.

„James, ich will den Familien der Bergleute helfen."

„Die Countess von Rutledge kann wohl kaum eine Lehrmeisterin sein", sagte er lachend.

„Das nicht", warf sie ein. „Ich habe einige wertvolle Diamanten behalten, die Bedeutung für mich hatten. Da dies nicht mehr der Fall ist, wünsche ich sie zu verkaufen, um mit dem Geld Schafherden für die Bergleute zu kaufen, so dass sie mit der Schafzucht beginnen können, oder womit auch immer du denkst, dass sie ihr verlorenes Einkommen ersetzen können."

James drückte ihre Hand. „Ich kann es mir leisten, das selbst zu tun."

„Aber ich will es tun! Außerdem musst du dein eigenes verlorenes Einkommen ersetzen."

Er hob ihre Hand und küsste sie. „Wenn es dich glücklich macht, werde ich versuchen, die

Diamanten für dich zu verkaufen."
* * *

Als Carlotta in Yarmouth ankam, lief sie in ihre Kammer um das Diamanthalsband zu holen und stolz brachte sie es James in die Bibliothek.

Er sah die unverwechselbare Halskette an. Er hatte sie schon zuvor bei Rundel & Bridges gesehen. Es gab nur eine einzige davon im Königreich. Mr. Rundel hatte James gesagt, dass die Kette niemals kopiert werden würde. Ihre Fassung, die gänzlich aus Diamanten bestand, bildete ein perfektes Viereck, das ein Herz umrahmte.

James erstarrte. Die Halskette war von Gregory Blankenship für seine Mätresse in Auftrag gegeben worden.

Kapitel 27

James war kurze Zeit nach seinem Aufstieg zur Grafschaft nach London gefahren. Er hatte den wohlhabenden Gregory Blankenship bei Boodles kennengelernt, und man hatte ihm gesagt, dass Frauen sich dem gutaussehenden Blankenship zu Füßen warfen. James selbst hatte den Mann freundlich und bewundernswert gefunden. James dachte, er gäbe sein Geld etwas zu leichtfertig aus, auch wenn er die Hälfte der Männer in Boodles hätte kaufen können. Wenn man den Gerüchten glauben konnte.

Während seines Aufenthaltes in London hatte James Anlass zu Rundel & Bridges zu gehen, um einige Edelsteine der Rutledge-Juwelen neu fassen zu lassen. Es war, als er die Juwelen hinbrachte, dass er auf Blankenship traf. Nachdem sie sich zuvor im Club kennengelernt hatten, nickten sie einander zu, bevor James sich an den nächsten verfügbaren Angestellten wandte.

Es war Mr. Rundel selbst, der den überaus wohlhabenden Blankenship bediente. Als Mr. Rundel die ungewöhnliche Halskette hochhob, musste James sie einfach ansehen. In der Tat versammelten sich alle, die in dem Geschäft waren, um die atemberaubende Kette und bewunderten deren Pracht.

Eine der Kundinnen hatte die schlechten Manieren zu sagen: „Wie glücklich Eure Frau sein wird, sie zu bekommen!"

Woraufhin Gregory Blankenship scherzte – nachdem er ihr einen hochmütigen Blick zugeworfen hatte – „Aber ich habe keine Frau."

Dann erinnerte sich James daran, dass Blankenship eine wunderschöne Frau als Mätresse hatte – eine Frau mit Augen in der Farbe von Veilchen.

Nun daran zu denken, sandte stechende Schmerzen direkt in sein Herz. Seine Carlotta war Gregory Blankenships Mätresse gewesen. Er dachte zurück an all die Dinge, die sie ihm über ihre gescheiterten Versuche, nach Captain Ennis' Tod wieder zu heiraten, erzählt hatte. *Sie hatte wieder heiraten wollen und ihr Herz einem Mann geschenkt, der ihr die Ehe nicht anbot.* Gregory Blankenship.

Wäre Carlotta von einer Patrone getroffen worden, bezweifelte James, dass sein Schmerz größer sein könnte als in diesem Moment.

Er wusste nicht, was mehr schmerzte, die Tatsache, dass sie eine Mätresse gewesen war, oder die Tatsache, dass sie Blankenship so sehr geliebt hatte, dass sie in derartige Tiefen sinken konnte.

Ungewollt schossen Gedanken an seine schöne Frau im Bett mit ihrem Angehimmelten, Gregory Blankenship, durch James' Kopf. Er würde sich übergeben müssen.

Er konnte seine Frau nicht ansehen. „Bitte entschuldige mich", brachte er hervor. „Mir ist übel geworden." Er drehte sich um, um in seine Kammer zurückzukehren.

„Liebling, was ist los?", fragte sie, legte eine Hand auf seinen Arm und folgte ihm.

Er schüttelte den Kopf und stieß sie fort, dann betrat er seine Kammer und warf ihr die Türe ins

Gesicht.

Er übergab sich sehr lange. Und als nichts mehr in seinem Magen übrig war, lag er auf seinem Bett im dunklen Zimmer und konnte sich nicht bewegen. Sein lebenslanges Glück hatte nun keine Bedeutung mehr. Er lachte verbittert. Er wäre lieber sein Leben lang gestrauchelt, nur um nun glücklich verheiratet zu sein.

Sein Leben war nicht ohne Schmerz verlaufen. Captain Ennis' Tod hatte ihn schwer getroffen. Er war erschüttert gewesen, als er seine liebe Mutter verloren hatte. Aber keiner dieser Verluste konnte ihn auf den Schmerz, seine geliebte Frau zu verlieren, vorbereiten.

Denn er hatte sie verloren. Die schöne Witwe, in die er sich verliebt hatte, hatte niemals existiert. Die liebevollen Eigenschaften, die er in ihr gesehen hatte, waren nichts mehr als Hirngespinste. Sogar die leidenschaftliche Art, mit der sie sich ihm hingegeben hatte, bedeutete nun nichts mehr. Denn derartige erotische Reize waren für eine Kurtisane nur natürlich. Und seine Frau war eine Kurtisane gewesen.

Er hatte sich noch nie so leer gefühlt. Im Zeitraum einer einzigen Sekunde war sein Leben unwiderruflich verändert worden. Anstatt eine liebevolle Familie zu haben und sich auf eine Zukunft mit einer liebenden Frau und mehreren Kindern freuen zu können, hatte er nichts.

Denn er konnte es nicht akzeptieren, eine Dirne zur Frau zu haben.

Er konnte nicht weiterhin mit ihr ihn Yarmouth leben. Er musste ihr entfliehen. So sehr er sie in diesem Moment hasste, konnte er sie doch nicht hinauswerfen. Er musste den Jungen berücksichtigen. So sehr er die Mutter verabscheute, er konnte das Kind nicht bestrafen. Nein, dachte James, er müsste fortgehen. Für den Jungen würde sich nichts ändern. James würde sich weiterhin um sie kümmern. Er würde nur nicht anwesend sein.

Er stand auf, um den Zustand seines Magens zu testen und befand, dass er sich ohne Übelkeit bewegen konnte. Er musste Carlotta finden und es ihr mitteilen.

Zuerst trug er Mannington auf, all seine Kleider zu packen. „Ich werde heute noch nach Bath fahren", informierte er seinen Kammerdiener.

James fand Carlotta in ihrem Büro. Als er die Türe aufriss, erhob sie sich und kam mit sorgenvollem Gesicht auf ihn zu, um ihn zu grüßen. „Geht es dir gut, Liebster?"

Als sie seine Hand ergreifen wollte, stieß er sie fort und ging zum Kamin, wo er ihr den Rücken zuwandte. „So gut, wie man es erwarten kann"

„Sag, Liebling, was denkst du ist die Ursache?"

Er stöhnte tief. „Ich kann deine Diamanten nicht annehmen."

„Warum? Wie ich dir sagte, habe ich keine Verwendung für sie. Ich werde sie niemals tragen."

Wenigstens war sie über Blankenship hinweggekommen, dachte er verbittert. James hatte endlich das erreicht, von dem er glaubte, dass er es mehr als alles andere wollte, nur um herauszufinden, dass er nichts mehr davon wollte.

„Ich werde die Halskette nicht nehmen, weil Gregory Blankenship sie gekauft hat." Er wirbelte herum, um sie anzusehen. „Sie für seine Mätresse gekauft hat."

Ihr Gesicht verlor alle Farbe, als sie in ihren Stuhl sank und ihre großen Augen sich mit

Tränen füllten.

Seine Hände ballten sich zu Fäusten, als er sie anstarrte. „Warum hast du es mir nicht gesagt?"

„Weil du mich niemals geheiratet hättest ..." Sie brach in Tränen aus.

„Nein, das hätte ich nicht. Aber du hättest es mir sagen müssen, Carlotta."

Sie machte keinerlei Versuche, ihre Tränen abzuwischen oder das qualvolle Beben aus ihrer Stimme zu verbannen, als sie sprach. „Ich wäre lieber gestorben, als die Wahrheit zuzugeben."

So sehr er sie auch hasste, war es doch schwer dazustehen und ihr Leiden zu beobachten, ohne zu ihr zu gehen und sie in seine Arme zu nehmen. „Ich verstehe es nicht, Carlotta, wie konntest du dir erlauben ...?"

Ihre Stimme schwankte, als sie sprach. „Meine Liebe hat mich zu einem Dummkopf gemacht." Schwere Schluchzer schüttelten sie. „Ich ... ich dachte, er würde um meine Hand anhalten."

Es schmerzte ihn zu hören, wie sie ihre Liebe zu Blankenship gestand. Schlussendlich sagte er. „Du weißt, dass ich dich verlassen muss", sagte er einfach, ohne sie anzusehen.

Sie nickte, dann vergrub sie ihr Gesicht in ihren Händen, während ihre Schultern vom Schluchzen bebten.

Er schritt durch das Zimmer, ging hinaus und schmiss die Türe hinter sich zu.

* * *

Carlotta war auf diesen großen Liebeskummer nicht unvorbereitet. Sie war nie zuversichtlich gewesen, dass ihr dunkles Geheimnis unentdeckt bleiben würde. Gregory, obwohl sie sich seiner Diskretion sicher war, war viel zu bekannt, um eine derart langfristige Affäre vor seinen Freunden zu verbergen, von denen der Mann viel zu viele hatte.

Tief in ihrer Brust hatte Carlotta immer gewusst, dass James von ihrer großen Schande erfahren würde. Er musste herausfinden, dass er seinen Namen und seinen Titel einer gefallenen Frau gegeben hatte.

Sie hatte immer gewusst, dass sie niemals glücklich sein würde. Wann auch immer sie einen kurzen Blick darauf erhascht hatte, war es ihr brutal entrissen worden. Sie war in jungem Alter zur Waise geworden. Sie war mit nur neunzehn Jahren zur Witwe geworden. Und sie hatte einen Mann von ganzem Herzen geliebt, der nur ihren Körper wollte.

Keines dieser schmerzhaften Ereignisse konnten jedoch mit der heutigen Zerstörung verglichen werden, sagte sie sich und brach bitterlich weinend auf ihrem Schreibtisch zusammen. Sie war vollständiger Glückseligkeit so nahe gewesen – nein, sie hatte sie in der Hand gehalten. Sie würde tausend Leben leben können und niemals jemanden finden, der James gleich war. Er hatte nicht nur ihr Herz besessen, er hatte ihre Seele besessen. Mit ihm in einem Raum zu sein konnte ihr Herz vor endloser Liebe zum Bersten bringen. Jedes Mal, wenn er sie in seine Arme nahm, wurde etwas tief in ihr erweckt.

Er war der selbstloseste Mann, denn sie jemals gekannt hatte. Sogar darin, dass er sie verließ, war er selbstlos. Es war er, der den Komfort seines Heims und seiner Dienerschaft aufgeben würde, so dass sie und Stevie sie behalten konnten.

Frische Tränen liefen ihr Gesicht herunter.

Sie erinnerte sich an die völlige Vernichtung,

die sie empfunden hatte, als Gregory heiratete. So herzzerreißend dies auch gewesen war, es war nichts im Vergleich zu dem Verlust ihres geliebten Mannes.

Denn sie wusste, dass sie James verloren hatte. Er war ein zu feiner Mann, um sich mit einer Frau wie ihr zu beschmutzen.

Sie erinnerte sich auch, wie sie sich vergraben und tot gewünscht hatte, als sie Gregory verloren hatte. Über Monate hinweg hatte sie ihre Unterkunft nicht verlassen, bis auf einmal – um aus dem großen Haus auszuziehen, als ihr Zuschuss von Gregory erschöpft war.

Mit geschwollenen Augen und einem nicht mehr heilbaren Herzen erhob sie sich von ihrem Schreibtisch und ging zum Fenster. Ihr Blick fiel auf die Landschaft vor Yarmouth und auf den breiten Weg, der zu dem Heim führte, das James so sehr liebte. Sie beobachtete, wie Jeremy Ebony aus den Stallungen brachte. Sie hielt den Atem an, um sich vom Weinen abzuhalten, als sie James auf sein Pferd steigen sah.

Mit tränengefüllten Augen folgte ihr Blick James, als er von Yarmouth fortritt, fort von dem Ort, an dem sie zusammen vollständige Glückseligkeit erlebt hatten. Wie schmerzhaft es auch war, ihn zu beobachten, weigerte sie sich doch, ihren Blick abzuwenden, bis sie ihn nicht mehr sehen konnte.

Schwere Tränen fielen über ihre Wangen, als Carlotta sich vom Fenster abwand. Es war, als wäre ihr das Herz aus der Brust gerissen worden. Wenn sie sich nicht um ihren Sohn hätte kümmern müssen, hätte sie sich gewünscht zu sterben. Aber, bei Gott, sie hatte einen Sohn. Einen Sohn, der sie brauchte. Sie konnte sich nicht mehr erlauben, in Selbstmitleid zu vergehen, zu vergessen, dass andere von ihr abhängig waren.

All die Güte, die James ihr hatte zukommen lassen, würde nichts bedeuten, wenn sie sich ihren Verpflichtungen entzog. Sie würde ihre Liebe zu James nicht beweisen, indem sie weinend auf ihrem Bett lag; sie könnte ihre Liebe zu ihm beweisen, indem sie ihren eigenen Kummer beiseiteschob und anderen half, so wie James in seiner Selbstlosigkeit so vielen geholfen hatte.

Sie streckte ihren Rücken und setzte sich vor ihrem Schreibtisch auf. Sie weigerte sich, sich davon lähmen zu lassen. Nicht, weil sie es nicht wollte. Oh, sie wollte sich hinlegen und sterben. Aber sie konnte es sich nicht erlauben. Zu viele Menschen waren nun von ihr abhängig.

Ihre erste Sorge musste Stevie gelten. Sie würde um seinetwillen stark bleiben, auch wenn ihr Herz blutete. In James' Abwesenheit würde es viele andere Leute geben, die ihren Rat suchten, und sie hatte vor, sich aus der Verzweiflung zu erheben und all die Aufgaben der Countess von Rutledge in Angriff zu nehmen. Obwohl sie eine gefallene Frau war, würde sie ihre vielen Pflichten mit der Würde einer Countess erfüllen. Ihre Zukunft lag im Dienst für andere. Besonders für die, die weniger hatten als sie. Sie musste tun, was James getan hätte, das, was er sie durch sein Beispiel zu tun gelehrt hatte.

Tagsüber würde sie starke Führung bieten und sich liebevoll um Stevie und all die, die sie liebte, kümmern. In der Nacht würde sie sich erlauben, um ihren verlorenen James zu weinen.

Sie wischte die Tränen ab, die gerade geflossen

waren, und stand auf. Sie war entschlossen, James' solide Schuhe nach besten Kräften zu füllen. Aber was würde sie sagen, wenn man sie wegen ihres Mannes fragte?

Sie ging zum Waschbecken und spritzte kaltes Wasser auf ihre geschwollenen Augen. Sie würde über diese Brücke gehen, wenn es so weit war. Eines war sicher: sie würde niemals wieder lügen.

Was konnte sie sagen, nachdem Wochen vergangen waren und Lord Rutledge noch nicht wiedergekehrt war – denn sie wusste, dass er nicht wiederkehren würde.

* * *

Nachdem der Himmel klar war, hatte James beschlossen, mit Ebony nach Bath zu reiten. Wegen seiner späten Abreise war er ziemlich sicher, dass er die Nacht in einem Gasthaus verbringen musste. Dies war einer weiteren Nacht in Yarmouth vorzuziehen. Wie konnte ein Ort, der ihm derartige Glückseligkeit gebracht hatte, nun solch lähmenden Kummer bringen?

Mit dem Wind im Rücken ritt er auf Ebony über die Moorlandschaft, Bergschluchten und weitreichenden Hügel. Als sie zwei Stunden von Exmoor entfernt waren, bewölkte sich der Himmel über ihnen. James sah hinauf und erkannte, dass es gleich zu regnen anfangen würde. Was zu seinem kummervollen Tag passte. Sollte es nur regnen! Warum sollte es ihn kümmern? Warum sollte ihn irgendetwas kümmern?

Nur eine Nacht zuvor war ihm bewusstgeworden, dass er alles besaß, was sein Herz begehrte: die Liebe seiner Frau. Nun hatte er nichts. Die Frau, die er geheiratet hatte, gab ihre Liebe – und ihren prächtigen Körper – viel zu leicht her. Trotz seines plötzlichen Hasses auf sie, war er erregt beim Gedanken an die sexuellen Freuden, die sie ihm in der vorherigen Nacht geschenkt hatte. *Zum Teufel mit ihr!*

Er versuchte, zur Vernunft zu kommen. Einen Mann zu lieben – obwohl dieser Mann nicht ihr Ehemann war – machte eine Frau nicht zu einer Hure. Denn, so sehr es auch schmerzte, dies zuzugeben, Carlotta war in Blankenship verliebt gewesen. *Zum Teufel mit ihm!* Sie war in der Hinsicht ehrlich gewesen. Und was war damit, dass sie eine Ehe wünschte – die Blankenship ihr nicht gewährte? Wie hatte der Mann sie nur derart zerstören können? James wünschte sich, das hübsche Gesicht Blankenships wegschlagen zu können. Besser nicht, denn James war ganz und gar nicht davon überzeugt, dass er ihn nicht töten würde, sollte sich die Möglichkeit bieten.

Es begann leicht zu nieseln und James hoffte, dass er es bis zum nächsten Dorf schaffen würde. Er zog seinen Mantel eng um sich, um den stärker werdenden Wind abzuwehren. Bevor er eine weitere Meile geritten war, wurde der Himmel dunkler und das Nieseln wurde zu Regen, der gnadenlos auf ihn einschlug. Bald standen riesige klaffende Pfützen in Ebonys Weg, und er konnte kaum weiter als ein paar Meter sehen.

James lehnte sich vor und streichelte Ebony, während er sanft zu ihm sprach. Er konnte nur hoffen, dass das Blitzen, das er in der Ferne sah, sich nicht nähern würde, denn sein Pferd hatte furchtbare Angst vor Blitz und Donner.

Und wieder hielt James' berühmtes Glück nicht an. Der Donner kam näher, bis der Himmel direkt über ihnen zu toben schien. Ebonys starke Hinterbeine brachen unter ihm zusammen, während sich seine Vorderbeine in Richtung

Himmel aufbäumten. Aufgrund der Nässe rutschte James vom Sattel. Er fiel zurück und sein Kopf schlug auf dem Boden auf und traf etwas Scharfes und Hartes. Dann war alles, was James bemerkte, eine große, weite Finsternis.

Kapitel 28

Er wusste nicht, wie lange er im kalten, nassen Regen gelegen hatte. Bestimmt mehrere Stunden. Als er aufwachte, war die Nacht schwarz und der Regen schwächer geworden, obwohl James so aussah und sich fühlte, als wäre er von einem rasenden Fluss mitgerissen worden und hätte dabei seinen Rücken über ein felsiges Flussbett geschleift. Es gab keinerlei Anzeichen von Blitz und Donner, die Ebony so erschreckt hatten.

Als James versuchte aufzustehen, schoss ein heftiger Schmerz durch seinen Kopf. Er war nicht in der Lage seinen Kopfschmerz zu ignorieren, wollte ihm aber auch nicht nachgeben und erhob sich auf seine Beine. Er vernahm ein Geräusch im Wald hinter sich und wirbelte herum. Trotz des Pochens in seinem Kopf huschte ein Lächeln über seine Lippen. Ebony war nicht weggelaufen, sondern war stundenlang neben dem regungslosen Körper seines Herrn geblieben. Das arme Pferd fühlte sich wahrscheinlich schuldig.

Vor Kälte zitternd machte James einen Schritt auf sein Pferd zu, um ihm sanft zuzureden und es zu streicheln.

James benötigte nun wirklich ein warmes Zimmer in einem Gasthaus. Er hatte keine Ahnung, wo er war oder wie lange es dauern würde, bis er ein Gasthaus erreichen würde. Nicht ohne Schmerz stieg er auf Ebony und ritt gen Osten.

* * *

Carlotta blinzelte gegen die Sonne, die direkt über ihr stand, als sie ihre Stute über die einsame Moorlandschaft ritt. Die Angelegenheit an diesem Morgen war überaus unangenehm gewesen. Sie hatte der Witwe und den Kindern des anderen verstorbenen Bergmanns, Matthew Linderman, einen Besuch abgestattet. Ihr tat das Herz weh in Gedanken an die arme Witwe. Sie war so jung – nicht älter als zweiundzwanzig – und nun alleine mit vier kleinen Kindern. Und nach ihrem gerundeten Bauch zu urteilen, würde sie noch vor der Sommersonnenwende ein weiteres Kleines zur Welt bringen.

Carlotta hatte die junge Mutter, die sich bemüht hatte, ihre Trauer zu verdrängen, um Lady Rutledge in ihrem bescheidenen Cottage zu empfangen, sofort bewundert. Die junge Frau hatte vor Stolz gestrahlt, als sie Lady Rutledge ihre kleinen Kinder vorstellte. Der Älteste – ein stämmiger Bursche – konnte nicht älter als vier Jahre sein. Mrs. Linderman weigerte sich, vom Sarg ihres Mannes zu weichen, der auf einer Bahre lag.

Die dankbare, schluchzende Witwe hätte Carlottas Rocksaum küssen mögen, als Carlotta ihr versicherte, dass Lord Rutledge für sie und ihre Kinder sorgen würde.

Nachdem sie das trauernde Linderman-Cottage verlassen hatte, wurde Carlotta bewusst, dass ihr eigenes Schicksal viel schlimmer hätte sein können. Zumindest war der Mann, den sie liebte, noch am Leben. Sie hätte den Anblick ihres geliebten James, grau und leblos in einem Sarg, nicht ertragen können. Es war schlimm genug, dass sie nie wieder in seinen Armen liegen würde, nie wieder seinem neckischen Blick begegnen würde oder nie wieder seine geflüsterten Liebesschwüre hören würde. Nach einem derart schmerzvollen Morgen nach einer derart qualvollen Nacht war Carlotta bereit für einen Hauch von Heiterkeit, und wer war besser dazu geeignet als ihr süßer kleiner Sohn?

Zurück in Yarmouth angekommen, fand sie ihn mit Miss Kenworth im Kinderzimmer. „Ich bin gekommen, um Stevie lesen zu hören", verkündete Carlotta, als sie in das Zimmer kam und sich zu ihrem Sohn hinunterbeugte, um ihn zu küssen.

Er warf seiner Amme einen verlegenen Blick zu.

„Warum liest du nicht das Gedicht, das du gerade gelernt hast? Deine Mutter mag Gedichte besonders gern."

Er fing an, einen Stapel von Büchern auf seinem Schreibtisch durchzusehen, bis er das fand, das er gesucht hatte. „Hier ist es!", rief er aus und sah Carlotta glücklich an.

„Es würde mir schrecklich gefallen, wenn du es mir vorliest, Lämmchen." Sie stellte einen hölzernen Kinderstuhl neben ihren Sohn und setzte sich. Ihr Gesicht leuchtete auf, als sie in sein ernsthaftes kleines Gesicht sah.

Er nahm das dünne Buch und stand auf. „Es heißt ‚Die Frau von Ushers Well'."

Sie nickte.

Es lebte eine Frau in Ushers Well und reich sie war so sehr; Sie hatte drei stramme Söhne und sandte sie übers Meer.

Er stolperte nur über das Wort „stramme".

Als er zur letzten Strophe der alten Ballade kam und las: *Lebe wohl, oh Mutter lieb; Lebe wohl, oh Stall und Gemäuer; Und lebe wohl, du holde Maid, die hütet der Mutter Feuer*, rollte eine Träne aus Carlottas Auge. „Das hast du sehr gut gelesen, mein Süßer. Ich bin sehr stolz auf dich."

Er sah auf und lächelte. „Genau wie die Frau von Ushers Well."

„Sie hat ihre Söhne so sehr geliebt", sagte Carlotta. „Genauso wie ich meinen Sohn liebe."

„Mama?"

„Ja, Schatz?"

„Ich habe die Diener sagen hören, dass Papa fortgegangen ist. Kann das wahr sein?"

Ihr Atem stand still. „Ja, er ist fort. Ich werde ihn schrecklich vermissen, so wie du bestimmt auch." Sie versuchte zwanglos zu wirken, um den zertrümmernden Schmerz in ihrem Herzen zu verbergen.

„Wann kommt er nach Hause?"

Sie zuckte mit den Schultern. „Ich weiß es nicht, Schatz. Ich hoffe bald."

Ihr armer Sohn hatte genug Veränderungen durchgemacht. Sie musste ihm erlauben sich daran zu gewöhnen, dass James nicht hier war, bevor sie es wagen konnte, ihm zu sagen, wie unwahrscheinlich es war, dass er seinen Stiefvater jemals wiedersehen würde.

Mit einem gezwungenen Lächeln verließ sie das Kinderzimmer und schleppte sich in ihr Arbeitszimmer. Was sollte sie tun? Sie hatte immer noch Arbeit hier in Yarmouth zu erledigen. Zum ersten Mal in ihrem Leben fühlte sie sich nützlich, als hätte sie etwas beizutragen. Außerdem weigerte sie sich nachdrücklich, mit ihrem Sohn schon wieder umzuziehen.

Und doch, vor all den Gründen, warum sie in Yarmouth bleiben *sollte*, lag der eine Grund, warum sie es verlassen sollte. *Yarmouth gehörte ihr nicht.* Es gehörte James. Er hatte in seiner

Vergangenheit nichts getan, was seine Vertreibung aus Yarmouth rechtfertigte. Warum sollte er das Leben eines Vagabunden führen, wenn sie diejenige war, die die große Sünde begangen hatte?

Sie hatte außerdem Schuldgefühle, seine Großzügigkeit anzunehmen. Dann beruhigte sie sich mit dem Gedanken, dass James bei ihr und Stevie in tiefer Schuld stand, da er ihnen den Ehemann und Vater geraubt hatte. Und es war auch nicht so, dass James es sich nicht leisten konnte. Wenn es nur sie gewesen wäre, und nicht auch Stevie, dann hätte sie Yarmouth mit nichts verlassen. Aber sie musste sich um ihren Sohn kümmern.

Wenn es Stevie nicht geben würde, erkannte sie, würde sie in ihrem Bett liegen und James' Verlust beklagen und darauf hoffen, dass der Tod sie von ihrem schrecklichen Dasein erlöste.

Sie fuhr damit fort, einen pflichtbewussten Brief an ihre Großmutter zu schreiben, ohne der armen Frau irgendeinen Hinweis darauf zu geben, dass in Yarmouth Hall nicht alles in Ordnung war, und ging dann hinunter, um den Brief aufzugeben.

Mr. Fordyce ging gerade mit einigen Briefen, die er aufzugeben hatte, in das Foyer. „Oh, hier seid Ihr, Mylady", sagte er und schob seine Brille hoch. „Darf ich um ein Wort bitten?"

Carlotta neigte ihren Kopf zur Seite. „Natürlich."

Er legte die Briefe auf den halbmondförmigen Tisch und senkte seine Stimme. „In meinem Büro bitte."

Sie folgte ihm in die Bibliothek und sein anschließendes Büro, wo sie sich vor seinen

Schreibtisch setzte.

Er blieb stehen. „Es geht um seine Lordschaft", fing er an. „Mir wurde gesagt, dass er gestern plötzlich abgereist ist, aber das sieht Lord Rutledge gar nicht ähnlich. Ich habe nie einen pflichtbewussteren Mann gekannt. Wir – der Verwalter und ich – haben viele Projekte, die seine Anwesenheit verlangen. Er ist nicht wirklich einfach fortgegangen?"

„Oh je", sagte Carlotta scheinbar leichtherzig, um ihren Schmerz zu verstecken, „das ist er in der Tat. Ich bin sicher, er war davon überzeugt, dass Ihr und der Verwalter durchaus in der Lage seid, ohne ihn Entscheidungen zu treffen."

Fordyce runzelte die Stirn. „Wann wird Lord Rutledge wiederkommen."

Sie zuckte mit den Schultern. „Ich weiß es wirklich nicht."

„Wenn Ihr mir seine Angaben gebt, dann werde ich versuchen, mit ihm auf dem Postweg Kontakt aufzunehmen."

Carlottas Brust zog sich zusammen. Sie steckte in einer Zwickmühle. Einerseits wollte sie nicht lügen; andererseits war sie nicht sicher, ob ihr Mann wünschte, dass alle wussten, dass er aus Zorn geflüchtet war. Was sollte sie tun? „Es wird äußerst schwierig sein, mit ihm zu kommunizieren, da sein Zielort unbekannt ist." Wenigstens hatte sie nicht gelogen.

„Aber was, wenn Ihr mit ihm kommunizieren müsst?"

„Oh, das muss ich nicht", sagte sie flott.

Der Sekretär fing an, in seinem Büro auf und ab zu schreiten und blieb einmal stehen, um aus dem Fenster zu blicken. „Hat Eure Lordschaft Euch ermächtigt, für ihn zu agieren?"

Oh je. Sie wollte wirklich nicht lügen. „Ich *kann* für ihn agieren." *Auch wenn er mich dazu nicht ermächtigt hat.*

Mr. Fordyces Gesicht hellte sich auf. „Lord Rutledge hat mir gestern aufgetragen, für die Familien der zwei getöteten Bergmänner Treuhandfonds einzurichten. Sie sollen auf unbegrenzte Zeit am ersten jedes Quartals eine bestimmte Summe erhalten."

Carlotta nickte

„Aber seine Lordschaft hat mir nicht mitgeteilt, um welche Summen es sich handelt."

„Das ist eine leicht zu lösende Angelegenheit"; sagte sie bestimmt. „Ihr müsst nur herausfinden, wie viel die Bergmänner verdient haben und sicherstellen, dass die Familien denselben Betrag erhalten."

Mr. Fordyce lachte. „Das war zu einfach. Ich kann nicht glauben, dass ich nicht selbst daran gedacht habe."

„Ich denke, Mr. Fordyce, dass ich den Bergleuten eine neue Möglichkeit bieten möchte, ihren Lebensunterhalt zu verdienen, sollte mein Mann beschließen, die Minen aufzugeben."

„Ihr, meine liebe Lady Rutledge, mögt Euch dessen nicht bewusst sein, aber Ihr seid reformorientiert."

„Ich denke, ich werde dies als Kompliment annehmen." Sie hielt inne. „Mr. Fordyce?"

„Ja?"

„Ich möchte Euch nach London schicken, um etwas für mich zu erledigen."

„In London?"

„Ja. Ihr seid mit Sicherheit schon dort gewesen?"

„Oftmals."

„Ich möchte, dass Ihr zu Rundel & Bridges geht und eine schrecklich protzige Halskette verkauft. Ich möchte das Geld, das ich dafür bekomme, dazu verwenden, den Bergleuten eine Möglichkeit zu bieten, mit der Schafzucht anzufangen – oder etwas Ähnlichem, das ihnen erlaubt, ihr Einkommen aus der Mine zu ersetzen."

„Und Lord Rutledge ist einverstanden damit, dass Ihr Euren Schmuck auf eine derartige Art und Weise verkauft?"

„Natürlich ist er einverstanden – obwohl es sich dabei *nicht* um Rutledge-Juwelen handelt. Sie waren schon vor meiner Hochzeit in meinem Besitz. Und, ich versichere Euch, mein Mann ist ein überaus großzügiger Mann, wie Ihr bestimmt wisst. Es ist nur so, dass, wenn er die Minen schließt, wohl auch sein eigenes Einkommen stark reduziert wird. Ich würde nicht wollen, dass er meinetwegen leidet. Besonders, da ich eine derart wertvolle Halskette in meinem Besitz habe."

„Wann wünscht Ihr, dass ich aufbreche?"

„Wenn Ihr keine Einwände habt, dann wäre morgen gut."

* * *

Jedes Mal, wenn Ebony sein Gewicht verlagerte, durchbohrte Schmerz James' Kopf. Sein Körper war schwach. Er fror. Sie ritten und ritten und waren noch an keinem Inn vorbeigekommen. Endlich lockte ihn ein Licht im Fenster eines steinernen Farmhauses an. Er musst dort Unterschlupf finden, bevor er in seiner schmerzvollen Erschöpfung wieder von Ebonys Rücken fiel.

Kurz darauf hinkte James auf die Türe des Farmhauses zu und klopfte an.

Ein weißhaariger Mann in schlichter Kleidung

öffnete mit fragendem Gesichtsausdruck.

„Vergebt mir die Störung", krächzte James, „aber ich bin bei einem Sturz von meinem Pferd verletzt worden und würde Euch gerne dafür bezahlen, eine Nacht in Eurem Haus verbringen zu dürfen."

Der Farmer öffnete die Türe weiter. „Gerne, Sir, doch ich kann nicht für die Sauberkeit der Laken garantieren. Das Kinderzimmer wurde nicht mehr benutzt, seit meine Frau gestorben ist. Natürlich sind unsere Kinder alt genug, um Euch gezeugt zu haben", sagte er lachend.

James stolperte durch die Türe. „Wenn Ihr mir nur den Weg zum Bett zeigt ..." Er hatte kaum genug Kraft um zu sprechen.

„Hier entlang", sagte der Mann und führte James eine dunkle, schmale Treppe hinauf.

Als der Mann eine Kerze für James anzündete und sie neben das Bett im „Kinderzimmer" stellte, bedankte sich James und brach auf dem Bett zusammen.

Er schlief wie ein Toter bis zum Morgen. Als er erwachte, war er erfrischt und fühlte sich viel besser als in der Nacht zuvor. Dann bewegte er sich. Die Wunden auf seinem Rücken und an seinem Kopf machten sich rasend bemerkbar. Er wappnete sich gegen den Schmerz und bewegte sich aus dem feuchten Bett, um hinunterzugehen.

Dort bereitete der Farmer ein Frühstück mit Zunge, Forelle und Toast zu – wie er James mitteilte.

James hätte ein Pferd essen können. „Kann ich Euch behilflich sein?", fragte er den Farmer.

„Nicht ein Gentleman, wie Ihr einer seid. Bin sicher, dass Ihr selbst noch nie in einer Küche wart."

James lachte. „Ich war in einer Küche, aber ich muss zugeben, dass ich mich darin nicht auskenne."

Der alte Mann seufzte. „Es gab eine Zeit, als ich es auch nicht konnte. Aber dann verstarb meine Betty. Wir waren achtunddreißig Jahre verheiratet."

„Ihr müsst sie sehr vermissen."

„Das tue ich." Der Farmer legte die Forelle auf zwei Teller, dann sah er James an. „Ihr seid verheiratet?"

James' Magen drehte sich um, als er kaum sichtbar nickte.

Sein Gastgeber füllte die Teller und stellte sie auf den Tisch vor James. „Kein schickes Essen, wie ein Gentleman von Eurer Herkunft es gewöhnt ist", sagte er entschuldigend.

„Mein guter Mann, dies ist die begehrteste Mahlzeit, die ich je hatte." Dann stach James mit seiner Gabel in die Forelle.

Der Appetit des Farmers war nicht annähernd so groß wie James'. Ein Blick auf den hauchdünnen Farmer bestätigte die Annahme, dass das Festmahl dieses Morgens nicht alltäglich war.

„Erlaubt mir, mich vorzustellen", sagte James nach einem Schluck kalter Milch. „Ich bin James Moore." Kein Grund, den Mann mit seinem Titel in Verlegenheit zu bringen."

Der Farmer nickte. „Mein Name ist Tilburn. Michael Tilburn."

„Wo sind wir?"

„Zwei Stunden außerhalb von Bath."

Er hätte diese zwei Stunden letzte Nacht niemals durchgehalten, dachte James. Er stürzte sich wieder auf seinen Teller. Als er leer war, wandte er seine Aufmerksamkeit seinem Gastgeber zu. „Danke für Eure Großzügigkeit, Mr. Tilburn. Das war das beste Frühstück, das ich jemals hatte."

Der alte Mann kicherte. „Ihr müsst furchtbar hungrig gewesen sein. Ein Jammer, dass meine Betty verstorben ist. Sie war eine gute Köchin!" Er sah James an. „Wie lange seid Ihr schon verheiratet?"

James lachte verbittert. „Nur ein paar Monate."

Die Augen des Farmers musterten James. „Erlaubt einem alten Mann einen Ratschlag. Als meine Betty starb, habe ich vieles bereut. All die Worte, die ich ihr sagen wollte und niemals sagen konnte. Die lächerlichen kleinen Streitigkeiten, die einen Zwist verursachten. Und dann war sie plötzlich fort und ich erkannte, dass keine dieser Unstimmigkeiten von Bedeutung war. Das einzige, was zählte, war, dass ich sie von ganzem Herzen geliebt hatte und es ihr nie gesagt habe."

Er sah James getragen an. „Seid niemals böse auf Eure Frau."

Die Augen des Mannes wurden feucht, und James wusste, dass er wegsehen musste oder dass es ihm genauso wie seinem Gastgeber ergehen würde.

Bevor er Mr. Tilburns Haus verließ, gab James ihm mit tiefer Dankbarkeit einen Sovereign.

Als James das Sheridan Arms Hotel in Bath erreichte, war Mannington, der James' Kleidung in der Kutsche gebracht hatte, außer sich vor Sorge und überaus erleichtert, dass sein Herr endlich ankam.

Das erste, was James nach seiner Ankunft tat, war, auf die dicke Federmatratze zu fallen und fast einen ganzen Tag zu schlafen. Als er endlich erwachte, durchzog ihn heftigster Schmerz. Nicht nur der Schmerz durch die Wunden auf seinem Rücken oder die Beule auf seinem Kopf, sondern der tiefliegende Schmerz zu wissen, dass die Carlotta, in die er sich verliebt hatte, für immer verloren war.

James war einige Tage lang in Bath und schaffte es nicht weiter als bis zu den Gasthäusern, die die Spirituosen anboten, die er nun brauchte.

Es lagen zwei Tage zwischen ihm und Carlotta und Gedanken an sie bestürmten ihn immer noch. Er war dem vollständigen Glück so verflixt nahe gewesen, dass er es spüren und schmecken konnte, aber es war zu flüchtig gewesen.

James war beklagenswert stümperhaft gewesen in der Annahme, dass er Carlotta aus seinen Gedanken verbannen konnte indem er sich aus ihrer Gegenwart entfernte. Ihre Macht über ihn war viel stärker. Es verging kaum ein Moment, an dem er sich nicht an ihren lieblichen Lavendelduft oder den schnurrenden Klang ihrer verführerischen Stimme oder das sanfte Gefühl ihrer nackten Haut erinnerte. Sie hatte seinen Körper und seine Seele durchdrungen wie Tinte ein Löschblatt.

Als die Nacht kam, lag er in seinem Bett und quälte sich mit dem Gedanken an Carlotta, wie sie sich unter Gregory Blankenship wand. Er verabscheute sie beide.

Während seiner zweiten Woche in Bath ging er in den Pump Room und trug sich in das Gästebuch ein, ohne zu erwarten, dass sich daraus etwas ergeben würde. Er war schließlich kein geselliger Mensch. Er war zufrieden damit gewesen, sich auf das Land zurückzuziehen und dort mit der Frau, die er liebte, zu wohnen.

Wut durchströmte ihn. Nun wusste er, warum Carlotta in Bath keine Freunde hatte, warum sie so darauf bedacht war, ihn aus der Stadt zu entfernen. Er fühlte sich furchtbar düpiert.

Als er die Namen im Buch durchsah, kam Gregory Blankenship auf ihn zu. James konnte sich gerade noch im Zaum halten, seine Faust nicht in das Gesicht des Mannes zu schlagen.

„Lord Rutledge!", sagte Blankenship. „Ich nehme an, Ihr erinnert Euch nicht an mich." Er fiel in eine Verbeugung. „Gregory Blankenship ... von Boodles."

James' Augen hätten durch den Schuft hindurch brennen können. „Ich erinnere mich."

„Glückwünsche zu Eurer Hochzeit. Ich sah Eure Anzeige in der *Times*."

„Ich erinnere mich auch an Euch von Rundel & Bridges", sagte James bösartig.

„Die Halskette!"

„Genau." James spuckte die Worte aus.

Blankenship sah hinter sich und wandte sich dann wieder an James. „Wo können wir sprechen?"

„Ich habe Euch nichts zu sagen."

„Dann wisst Ihr ..."

„Ich weiß, dass ich ein Schwert in Euer Herz bohren sollte."

Blankenship senkte den Kopf. „Es ist nicht so, wie Ihr denkt, Mylord. Mrs. Ennis war eine tugendhafte Frau", flüsterte er beinahe.

„Ihr werdet mich niemals davon überzeugen können, dass der große Frauenheld Gregory Blankenship nicht mit meiner Frau ins Bett gegangen ist", sagte James frostig.

Blankenship sah sich wieder nervös um. „Sie

machte von Anfang an klar, dass für sie nichts anderes als eine Ehe in Frage kommen würde. Es war nicht so, wie Ihr glaubt."

Guter Gott, James wollte dem Mann glauben, aber Carlotta selbst hatte ihre Schuld zugegeben.

„Ich weigere mich, mit Euch über meine Frau zu sprechen", sagte James, drehte auf seinem Absatz um und verließ den hohen Raum.

Kapitel 29

Ihr Sohn begleitete Carlotta, als sie am Sonntag in die kleine Kirche ging, die auf der anderen Seite von Bagworthy Wood lag. Es war das einzige Mal, dass sie die Bergleute mit sauberen Gesichtern sah. Während der Messe konnte Carlotta die meisten Leute nicht sehen, denn die Rutledge Familienbank war in der ersten Reihe der Kirche.

Danach gesellte sie sich zu denen, die sich draußen vor den Kirchentüren versammelt hatten. Ihre Augen landeten auf Mrs. Covingtons' kleinem Sohn, der seine Arme hochhielt, so dass seine Mutter ihn hochheben konnte, aber die Arme seiner Mutter waren bereits von Daniel besetzt.

Carlotta bückte sich, um den Jungen, der fast noch ein Baby war, hochzuheben, aber er hatte Angst vor ihr. Dann hielt sie ihre Arme Mrs. Covington entgegen. „Erlaubt mir, Daniel zu halten."

Nachdem sie ihren Säugling Carlotta übergeben hatte, hob Mrs. Covington den kleinen Kerl hoch, der noch keine zwei Jahre alt sein konnte. Trotz des Leidens auf dem Gesicht der Witwe und des Schmerzes, den sie durchmachen musste, war Carlotta seltsam eifersüchtig auf sie, denn Mrs. Covington hatte neun Kinder zur Welt gebracht – neun wunderbare Kinder – für den Mann, den sie geliebt hatte. Ihr Reichtum war viel größer als Carlottas. Carlotta drückte Daniel an sich.

Während sie den Säugling zärtlich streichelte und sanfte Küsse auf seinem daunenweichen

Haar verteilte, machte es sich Carlotta zur Aufgabe, so viele Bergleute, wie sie entweder namentlich oder vom Sehen kannte, zu grüßen.

„Sagt, dass es nicht wahr ist, dass Lord Rutledge Exmoor verlassen hat", sagte einer der Bergmänner zu ihr.

„Lord Rutledge mag nicht körperlich hier sein, aber seid versichert, dass er in Gedanken hier ist. Die Bergleute sind seinem Herzen nie fern. Wenn es ihm irgendwie möglich wäre, wäre er hier." Eine weitere vage Antwort, die zu geben sie in letzter Zeit äußerst versiert geworden war.

Nachdem sie sich mit der Gemeinde unterhalten hatte, stiegen sie und Stevie in die Kutsche. Obwohl sie in der vorherigen Woche zu Fuß zur Kirche gegangen waren, wollte Carlotta ihn heute so wenig wie möglich draußen haben. Er hatte gehustet und geniest, und sie wollte ihn – aus Angst, dass er sich an der kalten Luft verkühlen könnte – so viel wie möglich drinnen behalten.

Er saß ihr gegenüber. „Komm, setz dich zu deiner Mama, Liebling", sagte sie sanft.

Er setzte sich dicht zu ihr und legte seinen Kopf auf ihren Busen. Sie legte ihren Arm um ihn. *Gab es irgendetwas auf Erden, das erfüllender war, als sein Kind in seinen Armen zu halten?*, fragte sie sich. Sie strich sein Haar aus seiner Stirn, und ihre Hand berührte seine Haut, die so heiß war wie ein Ofenschirm. „Oh je, du glühst ja fast, mein Kind! Warum hast du mir nicht gesagt, wie krank du bist?"

„Ich bin nicht krank", protestierte er mit klappernden Zähnen. „Mir i-i-i-ist nur kalt."

Sie nahm ihren Mantel ab, wickelte Stevie damit ein und nahm seine Hand in ihre. „Wir müssen dich nach Hause und ins Bett bringen, Lämmchen." Ihre Hände rieben seine dünnen Ärmchen, um ihn zu wärmen.

Sie sah in sein apathisches Gesicht und seine halb geschlossenen Augen und bekam Angst. Sie hatte Stevie noch nie ohne endlose Energie gesehen.

Die Fahrt zurück nach Yarmouth schien unendlich lang zu sein. Sie fuhr fort, seine Arme und Schultern zu erwärmen und seinen Scheitel zu küssen, während sich eine Übelkeit in ihrem Magen breitmachte. Andere – erfahrenere – Mütter würden vielleicht nicht so reagieren wie sie, aber nachdem sie sich zum ersten Mal um ihr krankes Kind kümmerte, war sie, vielleicht grundlos, besorgt. War es normal, dass ihr armer Kleiner Fieber hatte? Was für eine schreckliche Mutter sie doch gewesen war, nicht besser über den Gesundheitszustand ihres Kindes Bescheid zu wissen.

Als die Kutsche vor Yarmouth anhielt, wartete Carlotta nicht darauf, dass der Lakai die Tür öffnete. Sie stieß sie auf und hob ihren Sohn hoch. Sie trug ihn ins Haus und die Treppe hoch in seine Kammer und ignorierte die Bitten der Diener, ihr den Jungen abzunehmen.

Sie legte Stevie auf seine neue rote Bettdecke und beugte sich zu ihm, um seine Schuhe, dann seine kleinen Kleider auszuziehen. Sie zog die Decke über ihn und küsste ihn. „Was du brauchst, Lämmchen, ist Schlaf. Morgen wirst du wieder ganz der Alte sein."

„Mama?", flüsterte er krächzend.

Sie lehnte sich zu ihm. „Was, mein Liebling?"

„Es tut so gut, hier zu liegen."

„Ich weiß, mein Süßer." *Wenn nur ich es sein*

könnte. Es war viel zu schmerzhaft ihren Sohn so außer Gefecht gesetzt zu sehen. Besonders jetzt, da sie bereits James verloren hatte. James, der in Zeiten wie diesen eine große Hilfe gewesen wäre. Sie durfte sich nicht erlauben an James zu denken. Sie hatte sich beigebracht, Gedanken an ihn aus ihrem Kopf zu verbannen, so dass sie hier in Yarmouth in seiner Abwesenheit funktionieren konnte. Wenn sie sich erlaubt hätte, sich an ihre Liebe zu James oder an das Glück, das er ihr geschenkt hatte, oder die Leere, die nun in ihr herrschte, zu erinnern, wäre sie niemals imstande gewesen, ihre Pflichten zu erfüllen.

Carlotta konnte sich nicht dazu bringen, von Stevies Seite zu weichen. Die Lakaien mussten über ihre dramatische Rückkehr berichtet haben, denn Miss Kenworth flog bald mit besorgtem Blick in das Zimmer. „Mylady! Was fehlt Master Stephen?"

Es tat gut, ihre Sorge mit einem anderen Erwachsenen zu besprechen. „Er brennt vor Fieber, obwohl ich ihn gezwungen habe, wegen seines Hustens, die Kutsche zur Kirche zu nehmen. Ich nehme an, er wird morgen wieder zu seiner sonstigen Wildheit zurückfinden."

Miss Kenworth runzelte die Stirn, als sie näherkam. „Ich habe ihm gestern gesagt, dass er einen Mantel anziehen sollte, aber er wollte nichts davon wissen." Sie sah betrübt aus. „Oh, ich fürchte, es ist meine Schuld."

„Es ist niemandes Schuld", sagte Carlotta fest. „Das Kind hat sich nur verkühlt."

Miss Kenworth wandte sich an Carlotta. „Macht Euch keine Sorgen um Master Stephen, Mylady. Ich werde bei ihm bleiben."

Carlotta nickte, küsste ihren Sohn und verließ

sein frisch gestrichenes Zimmer, wobei sie über seine Wahl der rubinroten Farbe lächeln musste.

Da es Sonntag war, konnte sie sich nicht einmal mit Gartenarbeit ablenken, aber sie konnte zumindest im Garten spazieren gehen. Und hoffen, dass James nicht zu sehr ihre Gedanken bestimmte. Aber bei Gott, sie vermisste ihn. Es war kein Tag vergangen, an dem sie ihm nicht irgendetwas hätte mitteilen wollen. Und sie durfte sich nicht erlauben, sich an seine Stimme oder sein Lächeln oder seine erfüllende Berührung zu erinnern.

Sie ging über die unzähligen, sich kreuzenden Pfade und konnte den Mann, der ihr Ehemann gewesen war, nicht aus ihren Gedanken verbannen. Wo war er? Würde er jemals nach Yarmouth zurückkehren? Hätte er jemals einen Gedanken für sie oder Stevie über? Ihr Magen zog sich zusammen. Würde sie ihn jemals wiedersehen?

Auch wenn sie das, was sie einmal hatten, nie wieder erleben könnten, sehnte sie sich danach, ihn noch einmal zu sehen. Ihn zu sehen wäre Balsam für ihre Seele.

Falls er nicht zurückkehrte, müsste sie Vorkehrungen treffen, um Yarmouth und die Minen weiter zu führen. Auch wenn es nicht ihre Aufgabe war. Es wäre besser, wenn er nach Hause käme.

Wenn er zurückkäme, wusste sie, dass sie Yarmouth verlassen müsste. Sie und Stevie. Denn Yarmouth gehörte nicht ihnen, obwohl sie sich hier nun zu Hause fühlten. Sie und Stevie würden irgendwo ein kleines Cottage finden und eine bescheidene Abfindung von dem Mann annehmen, der den Tod von Stephen Ennis verursacht hatte.

Wenn sie nur einen Weg finden könnte, James nicht so schrecklich zu vermissen.

„Guten Tag, Mylady."

Sie drehte sich um und sah Mr. Fordyce. Sie hatte ihn nicht einmal näherkommen gehört. „Hallo, Mr. Fordyce."

„Habt Ihr Einwände dagegen, dass ich mit Euch gehe?"

„Natürlich nicht. Ich genieße es immer, meinen Garten mit anderen zu teilen, und ich muss sagen, dass ich mich über Gesellschaft freue. Es ist ziemlich einsam hier in Yarmouth ohne meinen Mann."

Fordyce ging neben ihr her. „Gibt es Neuigkeiten über Lord Rutledges Rückkehr?"

Sie schüttelte den Kopf. Sie war es so leid, dieselbe Frage zu hören.

„Ich muss Euch in Eurer Weisheit loben, Miss Kenworth ausgewählt zu haben. Sie ist überaus fähig", sagte er.

„Ich kann nicht leugnen, dass sie gut qualifiziert ist. Was bedeutend zu sein scheint – besonders für Stevie – ist ihre unvergleichbare Gutmütigkeit."

Carlotta sah ihn versteckt an. Verliebte sich Mr. Fordyce vielleicht in die nette Amme? *Wie teuflisch wunderbar!* „Man kann sich kaum vorstellen, dass Miss Kenworth jemals schlecht gelaunt ist."

„Und sie ist einzigartig intelligent", fügte er hinzu. „Besonders für jemanden, der so jung und zart ist wie Miss Kenworth."

Miss Kenworth zart! Carlotta musste sich zwingen, nicht zu lachen.

Mr. Fordyce verlangsamte seine Schritte. „Es

war offensichtlich, als Lord Rutledge hier war, dass Ihr ihn sehr liebt."

Sie seufzte. „Das tue ich."

Er räusperte sich. „Mir wurde dies bewusst, da mir Liebe und Heirat in letzter Zeit sehr oft durch den Kopf zu gehen scheinen."

Sie ging weiter und sprach ruhig. „Seit Miss Kenworth nach Yarmouth gekommen ist?"

„Genau."

„Ich denke, dass Ihr Euch vielleicht verliebt habt, Mr. Fordyce."

„Ich glaube, dass Ihr recht habt, Mylady. Die Frage ist, was soll ich deshalb unternehmen?"

Sie verlangsamte ihre Schritte und lächelte ihn an. „Das ist einfach. Ihr müsst sie nur fragen!"

„Aber es wäre schrecklich demütigend, sollte sie mich ablehnen. Und ich muss sie schließlich jeden Tag meines Lebens sehen."

„Aber Mr. Fordyce, ich glaube wirklich nicht, dass Miss Kenworth Euch ablehnen wird."

„Sie hat mit Euch gesprochen?", fragte er hoffnungsvoll.

Ihre Schultern sackten zusammen. „Nein, aber ich kann es an ihrem Verhalten erkennen, genauso, wie Ihr erkennen konntet, wie sehr ich James liebe." *Auch wenn er mich nicht liebt.* Sie würde James immer lieben.

Er sah sie zweifelnd an. „Ich wünschte, ich könnte Euch glauben."

Carlotta legte eine Hand auf seinen Arm. „Vertraut mir."

Dann, ohne zu sprechen, gingen sie weiter, bis Carlotta endlich sagte: „Warum fragt Ihr sie nicht?"

„Ich kenne mich mit Herzensangelegenheiten nicht gut aus. Ich weiß, man sollte den Vater des

Mädchens fragen, aber nachdem Miss Kenworth' Vater verstorben ist, bin ich nicht sicher, wie ich es anlegen soll."

„Fragt sie einfach. Miss Kenworth ist reif genug, um ihre eigenen Entscheidungen zu treffen."

„Ich war noch nie so nervös."

„Erlaubt mir, sie herunterzuschicken. Je schneller Ihr es macht, desto schneller wird es vorbei sein."

„Glaubt Ihr wirklich, sie wird meinen Antrag annehmen?"

Carlotta hatte sich abgewandt, um fortzugehen. Sie hielt inne und drehte sich zurück zu ihm. „Ich weiß nicht, wie Miss Kenworth über die Ehe denkt, aber ich glaube, dass sie Euren Antrag über allen anderen in Erwägung ziehen wird."

Er seufzte. „Also gut."

Carlotta ging auf Zehenspitzen in das Zimmer ihres Sohnes, wo Miss Kenworth neben seinem Bett saß und ihm aus einem Buch vorlas. „Wie geht es ihm?", fragte Carlotta.

„Es gibt keine Veränderung, Mylady", antwortete Miss Kenworth.

„Erlaubt mir, Euch abzulösen", sagte Carlotta. „Mr. Fordyce ist im Hausgarten und hat mich gebeten, Euch zu bitten zu ihm zu kommen."

Miss Kenworth' Hand flog automatisch zu ihrem Haar. „Mich, Mylady?", fragte sie überrascht.

Es fiel Carlotta schwer, nicht mit den Absichten des Sekretärs herauszuplatzen, aber sie wagte es nicht, ihn des Vergnügens zu berauben. „Ja. Ihr beide seid zu guten Freunden geworden, nicht wahr?"

Miss Kenworth antwortete schüchtern. „Das würde ich gerne glauben."

„Dann hinaus mit Euch!"

„Seid Ihr sicher, dass Ihr ohne mich auskommt?"

„Ich bin sicher."

Carlotta saß lange neben ihrem Sohn und beobachtete ihn. Er war so hübsch mit seinem hellen Haar und seiner hellen Haut und seinem perfekten kleinen Gesicht. Ein Jammer, dass er sich heute so erbärmlich fühlte. Er warf sich im Bett herum und warf die Decke von sich, während sein Haar schweißdurchnässt war. Dann bat er abwechselnd um die Decke und schüttelte sich vor Kälte. Sie machte sich mehr und mehr Sorgen und läutete schließlich nach einem Diener.

Adams folgte dem Läuten.

„Jemand muss den Arzt holen", sagte sie nicht ohne Sorge. „Master Stevie ist ziemlich krank."

„Ich schicke sofort jemanden los, Mylady", sagte Adams, bevor er leise aus dem Krankenzimmer huschte.

Kaum hatte Adams das Zimmer verlassen, kam Miss Kenworth – zusammen mit Mr. Fordyce – herein.

Carlotta blickte auf ihre strahlenden Gesichter und wusste, dass sie gute Neuigkeiten brachten. Sie erhob sich und kam mit ausgestreckten Armen auf sie zu.

„Ich wollte es Euch zuerst sagen, Mylady", sagte Miss Kenworth.

Mr. Fordyce machte einen Schritt vorwärts. „Miss Kenworth hat mir die große Freude erwiesen, meinen Heiratsantrag anzunehmen."

Carlotta lächelte von einem zum anderen. „Ich bin zuversichtlich, dass Ihr gut zueinander passen werdet. Bitte nehmt meine Glückwünsche an." Sie ergriff beider Hände. „Werdet Ihr in Middlesex heiraten?"

Das verlobte Paar sah sich an und Miss Kenworth zuckte mit den Schultern.

„Ihr könnt gerne in Yarmouth Hall heiraten", sagte Carlotta.

„Wir haben viele Entscheidungen zu treffen", sagte Mr. Fordyce.

Carlotta schubste sie in Richtung der Türe. „Dann geht los. Ich werde Miss Kenworth heute nicht mehr benötigen."

„Aber, Mylady ...", protestierte Miss Kenworth.

„Der Arzt kommt und ich möchte bei meinem Sohn bleiben."

Als sie gegangen waren, nahm Carlotta wieder ihre Position an Stevies Bett ein. Er hatte einen Hustenanfall, und sie fühlte sich völlig machtlos. *Armes kleines Lämmchen.*

Adams kam bald mit dem Arzt in Stevies Schlafgemach. Ein Mann mittleren Alters betrat mit seiner Medizintasche das Zimmer.

„Welche Symptome hat der kleine Kerl?", fragte er schroff.

„Ich habe gestern geglaubt, dass er sich vielleicht verkühlt hat, denn er fing an zu husten. Dann, nach der Kirche heute, hatte er Fieber."

Der Doktor legte eine Hand auf Stevies Stirn. „Hat er etwas gegessen?"

Sie schüttelte den Kopf.

„Was ist mit Flüssigkeit?"

„Er wollte gar nichts."

„Der Junge leidet offensichtlich an einer Lungenangelegenheit", sagte der Arzt. „Ich werde ihm eine Medizin geben, um sein Blut abzukühlen. Er braucht natürlich Ruhe – nicht, dass er in seinem erbärmlichen Zustand irgendetwas tun könnte – und sollte übermorgen wieder gesund sein."

„Ich hoffe, Ihr habt recht", sagte Carlotta getragen.

„Der Junge ist zu dünn", fuhr der Arzt Carlotta an. „Wenn er wieder gesund ist, müsst Ihr ihn aufpäppeln und darauf achten, dass er an Gewicht zunimmt."

Carlotta nickte mit ernstem Blick.

Nachdem er Stevie die Medizin verabreicht hatte, packte er seine Tasche und ging auf die Türe zu. „Wenn er bis übermorgen nicht gesund ist, schickt nach mir."

Kapitel 30

James' Rückreise nach Yarmouth verlief reibungslos. Es schien ihm, als würde jeder Schritt auf dem Weg seine Sehnsucht nach Carlottas Anblick stärker werden lassen. Aber sie war nicht der Grund, weshalb er heimkehrte. Es war ihr Sohn.

Als er Carlotta geheiratet hatte, hatte er versprochen Stevie wie seinen eigenen Sohn großzuziehen. Es war dem Jungen gegenüber nicht fair, von ihm verlassen zu werden, gerade als James sein Vertrauen gewonnen hatte. Es war nicht Stevies Schuld, dass seine Mutter sich falsch verhalten hatte. James hatte es nie für richtig erachtet, dass man Söhne für die Sünden der Väter verantwortlich machte. Er hatte nie verstanden, warum uneheliche Kinder geächtet wurden, da es nicht sie waren, die gesündigt hatten, sondern ihre Eltern.

Es graute ihm davor, Carlotta gegenüberzutreten. James wäre glücklich gewesen, wenn er sie niemals wiedersehen würde. Vielleicht war ‚glücklich' nicht das richtige Wort.

Die Anziehungskraft von Yarmouth war stark. Er hatte sich danach gesehnt, das Gutshaus und Bagworthy Wood und den River Barle und die Heide und Moore wiederzusehen.

Er hatte außerdem den Entschluss gefasst, die Mine zu schließen, und er sollte es sein – nicht jemand anderes – der den Bergleuten die Nachricht überbringen würde. Er hatte vor,

Carlottas Plan, die Männer in anderen Berufen unterzubringen, zu verwirklichen.

Was ihn an diese verfluchten Diamanten erinnerte. Er wünschte, Blankenship wäre im Mutterleib gestorben und hätte Carlottas Leben niemals beschmutzen können.

Es dämmerte bereits, als James Ebony den breiten Weg nach Yarmouth hinaufritt. Das Anwesen war ihm niemals schöner erschienen. Die Rhododendren blühten und Streifen von leuchtend gelben Narzissen wanden sich durch die Landschaft. Er war von Stolz erfüllt.

Im Gutshaus ging er zuerst in das Büro seines Sekretärs.

„Mylord! Ihr seid zurückgekommen", sagte der Sekretär und sprang auf die Beine, um sich vor seinem Arbeitgeber zu verbeugen.

James hob einige Dokumente von Fordyces Schreibtisch auf. „Wie sind die Dinge gelaufen, seit ich fort war?"

Fordyce erzählte seinem Arbeitgeber nur zu gerne, wie Yarmouth in den fähigen Händen der Countess floriert hatte. Er unterrichtete James über die Abfindungen, die für die Familien der verstorbenen Bergmänner bereitstanden und darüber, wie viel Geld sie für die ungewollte Diamantkette der Countess bekommen hatten.

„Zuerst", berichtete Fordyce James, „waren alle aufgelöst, als Ihr fortgereist seid, aber bald haben sich alle auf Lady Rutledge verlassen. Wenn ich so kühn sein darf, es zu sagen, Ihr hättet die ganze Welt durchsuchen können und nie eine andere Frau gefunden, die Eure eigenen Ansichten so gut vertritt, besonders wenn es um den Umgang mit Untergebenen geht. Lady Rutledge wird von allen bewundert, die für Euch arbeiten."

James hatte ebenso gedacht, eine gute Wahl getroffen zu haben, als er Carlotta als seine Braut ausgewählt hatte. Wie hätte er das finstere Geheimnis erraten können, dass sie vor ihm versteckte?

Er wollte seine Faust in Fordyces stabilen Schreibtisch rammen.

James nickte seinem Sekretär zu und wollte sich entfernen.

„Mylord?"

James drehte sich mit hochgezogener Augenbraue um.

„Hat ihre Ladyschaft recht in der Annahme, dass Ihr die Mine schließen werdet?"

Verdammt! Fordyce hatte recht! Keine andere Frau auf dem Planeten kannte seine Gedanken so wie Carlotta. James nickte bedächtig. „Es ist das Richtige."

Fordyce sah ihn ernsthaft an, dann lächelte er. „Übrigens, Mylord, ich habe eine Ankündigung zu machen. Miss Kenworth hat mir die Ehre erwiesen, meinen Heiratsantrag anzunehmen."

Also hatte Carlotta damit auch recht gehabt. James antwortete mit einem Lächeln. „Miss Kenworth ist in der Tat eine glückliche junge Lady. Wann sollen die Feierlichkeiten stattfinden?"

„So weit sind wir noch nicht gekommen. Ich habe erst gestern um ihre Hand angehalten. Lady Rutledge hat mich, netterweise, selbstlose Seele, die sie ist, dazu ermutigt."

James' Brust zog sich bei der Erwähnung seiner Frau zusammen. Er konnte seine Begegnung mit ihr wohl nicht mehr länger aufschieben. „Wisst Ihr, wo meine Frau ist?"

Fordyces Augen weiteten sich. „Ihr habt sie

noch nicht gesehen?"

„Nein."

„Sie ist in Master Stevies Zimmer. Er ist krank."

* * *

Mit aufgewühltem Herzen, bebender Lunge und schmerzendem Magen lief er die Treppe zu Stevies Zimmer hinauf.

Carlotta stand neben dem Bett ihres Sohnes, eine Hand streichelte seine fiebrige Stirn, die andere hielt seine kleine Faust fest. Ihr Musselinkleid war unordentlich und zerknittert und Strähnen ihres mitternachtsschwarzen Haares hingen ihr lose ins Gesicht. Sie sah völlig erschöpft aus, aber schlimmer noch, düstere Sorge stand ihr ins Gesicht geschrieben – das Gesicht, das er immer geliebt hatte.

Das war ganz und gar nicht, wie James sie sich vorgestellt hatte. Sie war eine Verführerin, keine liebevolle Mutter.

Sie drehte sich um und sah ihn an, kein anderes Gefühl als Leid in ihrem Gesicht. „Du bist nach Hause gekommen", sagte sie einfach, beinahe hilflos.

Er nickte. „Ich kann meinen Verantwortungen hier nicht den Rücken kehren. Ich habe versprochen, unserem Sohn ein Vater zu sein. Ich bin seinetwegen zurückgekommen." Er kam näher. „Wie geht es ihm?"

Mit feuchten Augen blickte sie wieder auf ihren Sohn. „Er geht ihm nicht besser."

James stellte sich neben Carlotta. „Hat er etwas gegessen?"

Sie schüttelte traurig den Kopf. „Essen, sogar trinken, ist das Letzte, was er will."

„Seit wann ist er krank?"

„Seit gestern – als wir in der Kutsche von der

Kirche nach Hause kamen. Normalerweise gehen wir, aber ich dachte die Kutsche wäre besser, weil ich merkte, dass er die Anfänge einer Lungenangelegenheit hatte und nicht draußen sein sollte."

Carlotta hatte also damit angefangen, zur Kirche zu gehen – etwas, das sie in Bath nur selten gemacht hatte, dachte er.

Sie sah zu James auf. „Wenn Stevie gesund ist, werden wir Yarmouth verlassen."

„Das ist nicht notwendig", sagte er kurz. „Ich werde meine Sachen in den Südflügel bringen lassen. Wir werden nicht als Mann und Frau zusammenleben, aber ich habe keinerlei Absichten, meine Ansprüche auf das Kind aufzugeben."

„Das ist sehr nett von dir, wenn man die ... Umstände deiner Entfremdung von mir bedenkt."

Als er dastand und sie anstarrte, nicht mehr als eine Armlänge voneinander entfernt, roch er ihren Lavendelduft. Er bemerkte ihre ernsthafte Ausstrahlung und hörte ihre sanfte Stimme. Und er hätte niemals glauben können, dass eine derartige Lady die Mätresse eines Lebemanns gewesen war. Er konnte Blankenships Behauptungen beinahe glauben. *Mrs. Ennis ist eine tugendhafte Frau.* Beinahe. Wäre da nicht Carlottas Geständnis gewesen.

„Du musst dich ausruhen", sagte er, „ich bleibe bei ihm."

Sie schüttelte den Kopf. „Ich werde ihn nicht verlassen."

James zuckte mit den Schultern. „Wie du wünschst." Dann drehte er sich um und verließ das Zimmer.

* * *

Es war zu spät, um zu den Minen zu gehen. Er würde es am nächsten Morgen tun. Er würde den Bergleuten über die Zukunft der alten Mine Bescheid geben müssen. Er fand etwas Trost in der Tatsache, dass das Geld, das Carlottas Halskette eingebracht hatte, ausreichen sollte, um Vieh für die Farmen zu kaufen, die die Bergleute Carlottas Vorstellung nach aufbauen könnten. Er hielt inne und ein Grinsen erschien auf seinem ernsthaften Gesicht. Zumindest hatte die Halskette ihr nichts bedeutet.

Während der Agonie, die er in Bath durchlitten hatte, hatte er sich mit Erinnerungen an Carlottas Liebeserklärungen gequält. Sie waren ihr nicht leicht gefallen, aber als sie sie endlich aussprach, waren sie aus der Tiefe ihres Herzens gekommen. Umso bedauerlicher.

Im Korridor traf er auf Miss Kenworth, die ein Tablett mit Stevies Lieblingssüßspeisen auf sein Zimmer bringen wollte. „Ich wette, der Junge ist zu krank, um diese zu wollen."

Ihr rundliches Gesicht wurde traurig. „Ich nehme an, dass Ihr recht habt, Mylord, aber ich musste es versuchen. Armes Lämmchen."

James nickte. „Übrigens, Miss Kenworth, erlaubt mir, Euch zu Eurer baldigen Hochzeit zu gratulieren."

Es war, als hätten seine Worte die Sterne vom Himmel geholt und in ihre leuchtenden Augen gebracht und die Röte der blühenden Rosen auf ihre Wangen. „Danke, Mylord."

So sah eine verliebte Frau aus, stellte James fest.

* * *

In dieser ersten Nacht in Yarmouth sah er keinen Grund, seine Kammer in den anderen

Flügel zu verlegen, denn seine ihm entfremdete Frau hatte keinerlei Absichten, ihren Sohn zu verlassen. Vielleicht morgen, dachte er, sicher, dass Stevie zu seiner guten Gesundheit zurückkehren würde.

James kam in Fordyces Büro zurück, nahm Berge von Dokumenten an sich, die seine Aufmerksamkeit verlangten, und hatte vor, den Rest der Nacht in seiner Bibliothek zu verbringen, um seine vernachlässigten Pflichten nachzuholen.

* * *

James' Anblick hatte ihr eine seltsame Mischung aus Freude und Schmerz beschert. Hauptsächlich den lähmenden Schmerz zu wissen, dass sie nie wieder intim sein würden. Er würde niemals wieder etwas Bewundernswertes an ihr finden. Sie hatte nicht nur ihren Liebhaber verloren, sondern auch ihren besten Freund.

Dass sie weiterhin in Yarmouth bleiben konnte, war ein gemischter Segen. Einerseits hatten sie und Stevie die raue Exmoor-Landschaft und deren Einwohner zu lieben gelernt; andererseits würde sie James' schmerzhafte Gegenwart Tag für finsteren Tag ertragen müssen.

Aber sie konnte sich heute nicht um James kümmern. Sie war viel zu sehr besorgt um ihren apathischen Sohn. Sie legte eine Hand auf seine heiße Stirn und erkannte, dass das Fieber gestiegen war. Er schien nicht mehr in der Lage zu sein, irgendetwas um sich herum wahrzunehmen. Das brachte ihr Herz fast zum Stillstand.

Wie sie die Frau, die sie gewesen war, doch hasste. Wenn sie nur Stevies kurzes Leben mit ihm verbracht hätte, dann würde sie wissen, ob eine derartige Krankheit für ihn normal war oder ob sie sich sorgen musste. Oh lieber Gott, warum hatte sie sich nicht besser um ihn gekümmert? Sie hatte ein derart erbärmliches, ruchloses Leben gelebt ... vor James.

Peggy brachte ihr ein Tablett mit Abendessen, aber Carlotta lehnte es ab. Miss Kenworth versuchte mehrmals, Carlotta abzulösen, aber Carlotta wollte ihren Sohn nicht verlassen. „Was, wenn er nach mir ruft?", sagte Carlotta schwermütig zu Miss Kenworth.

Außer Carlottas älterer Großmutter, die streng mit dem Jungen umgegangen war, hatte Stevie nur seine Mutter. James machte bewundernswerte Versuche, den Vater des Jungen zu ersetzen, aber Tatsache war, dass er nicht sein Vater war.

* * *

Später in der Nacht, als die Geräusche des regen Haushalts sich legten und nachdem ein Diener nach dem anderen ins Bett gegangen war, war das einzige Geräusch, das sie hören konnte, Stevies rollender Husten. James betrat das Schlafgemach. „Ich dachte, dass ich dich vielleicht ablösen könnte", sagte er zu Carlotta.

Sie sah ihn mit ernsten Augen an. „Ich brauche keine Ablösung. Ich werde in dem kleinen Bett schlafen, in dem Miss Kenworth sonst schläft, so dass ich in der Nähe bin, falls Stevie mich braucht."

James kam näher auf Stevies Bett zu. „Wie geht es ihm?"

Ihre Augen füllten sich mit Tränen. „Ich fürchte, es wird schlimmer während die Nacht fortschreitet."

„Ich kenne mich mit Fieber aus", sagte James mit sanfter Stimme. „Ich hatte auf der Halbinsel und in Indien oft damit zu tun. Es wird immer schlimmer während der Nacht und senkt sich am Morgen." Er machte eine Pause. „Sei versichert, dass sobald das Fieber vorüber ist, die Genesung beginnen kann."

„Dann hoffe ich, dass das Fieber bald vorüber ist, denn ich bin ziemlich außer mir vor Sorge!"

„Stell dir Mrs. Covington vor! Neun Kinder, um die sie sich Sorgen macht", sagte er in der Hoffnung, ihre schmerzlichen Gedanken abzulenken.

„Ich bin wirklich eine bösartige Person. Ich beneidete die arme Witwe um ihren Reichtum an Kindern." Carlotta sah in James' ernsthaftes Gesicht und errötete. Warum, um Himmels willen, hatte sie ihm ihre tiefsten Gedanken offenbart? Er war schließlich nicht mehr ihr Ehemann. Was sie in der Vergangenheit miteinander verbunden hatte, konnte niemals wieder entfacht werden.

„Es ist nicht bösartig, eine liebevolle Mutter zu sein", sagte er mit Güte in seiner Stimme. „Ich erinnere mich an meine Kindheit. Ich habe mich immer guter Gesundheit erfreut, bis auf einmal. Ich bin vor Fieber fast verglüht, und meine Mutter – so wie du – hat sich geweigert, von meiner Seite zu weichen. Als mein Fieber stieg, wurden die Tränen meiner Mutter schlimmer." Er hielt inne und lächelte. „Und, wie du sehen kannst, habe ich mich vollständig erholt."

Sie nickte ihm zu, konnte ihn durch ihre verschwommenen Augen aber kaum sehen.

* * *

Am nächsten Morgen hatte Stevies Fieber, wie James es vorausgesagt hatte, nachgelassen, aber er war noch immer apathisch und weigerte sich zu essen oder zu trinken und sein Husten wurde schlimmer.

Carlotta ließ ihn lange genug mit Miss Kenworth allein, um ihre Kleider wechseln zu können.

„Oh, Mylady", sagte Peggy aufgeregt, als sie Carlottas Haar bürstete. „Ist es nicht eine wunderbare Neuigkeit über Miss Kenworth und Mr. Fordyce?"

„Das ist es. Es ist die einzige gute Neuigkeit, die ich in letzter Zeit gehört habe."

„Ja, und wenn man bedenkt, dass Miss Kenworth erst seit acht Wochen hier ist und schon das Herz eines Mannes erobert hat."

„Hab Geduld, Peg. Du wirst Jeremys Herz auch gewinnen."

„Dann kennt Ihr meine Gefühle?"

Carlotta nickte. „So wie ich Miss Kenworths und Mr. Fordyces erkannt habe."

„Ihr müsst eine Hellseherin sein!"

Carlotta lachte. „Wohl kaum, aber ich habe Augen im Kopf. Das ist alles."

Peggy nickte. „Ja, das ist wirklich wahr. Erinnert Ihr Euch daran, wie ich Euch in Bath sagte, dass seine Lordschaft Liebe in den Augen hatte, als er Euch ansah?"

Es war, als hätte Peggy ihrer Herrin ins Herz getreten. Hatte James sie damals wirklich geliebt? Sie hätte um alles weinen können, das sie verloren hatte.

Peggy steckte Carlottas Haar hoch. „Nun, Ihr habt Euch viel später in ihn verliebt. Ihr wart nicht in Lord Rutledge verliebt, als Ihr ihn geheiratet habt. Aber an dem Tag ... oh, ich hasse es, von dieser tragischen Nacht zu sprechen. In der Nacht der Katastrophe in der Mine gab es keine Seele in Exmoor, der Eure starke Liebe zu

Lord Rutledge entgangen ist."

Sie war stark. *Und ist es immer noch.*

„Genug übers Heiraten. Ich muss zurück zu meinem Sohn eilen."

* * *

Am späten Nachmittag war Stevies Fieber zurückgekehrt und er hustete und schlug die ganze Nacht in seinem Delirium unkontrolliert um sich. Carlotta saß neben ihm, streichelte ihn und versuchte, Wasser zwischen seine ausgetrockneten Lippen zu träufeln. Sie wechselte seine vom Schweiß durchnässten Kleider mehr als einmal, aber er bemerkte es nicht. Wenn sie sich nicht gerade um ihn kümmerte, beobachtete sie die Uhr auf dem Kaminsims, als jede sorgenvolle Minute sich in Stunden verwandelte. Und ihrem Sohn ging es immer noch nicht besser. Der Arzt hatte erwartet, dass er sich bis heute erholen würde, aber er hatte sich nicht nur nicht erholt, sein Zustand hatte sich verschlimmert. Carlottas Zweifel schnellten in die Höhe.

Am nächsten Morgen, als er keinerlei Anzeichen einer Verbesserung zeigte, schickte sie wieder nach dem Arzt.

James, der sich nun auch um den Jungen sorgte, wartete auf den Arzt und brachte ihn hinauf in Stevies Zimmer.

Carlotta beobachtete mit eingesunkenen Augen, wie der Arzt ihren apathischen Sohn untersuchte.

„Seine Lungen haben sich verschlechtert", murmelte der Arzt. „Wenn es sich um einen einfachen Husten handeln würde, hätte das Fieber sich senken müssen."

„Was ist es dann?", fragte Carlotta mit zitternder Stimme.

Seine Brille rutschte seine Nase hinunter, als er sich zu Stevie beugte, dann sah er zu Carlotta auf, schluckte und sagte: „Ich fürchte, es ist die Schwindsucht."

* * *

James würde Carlottas durchdringenden Schrei nach den Worten des Arztes für den Rest seines Lebens nicht vergessen. Dann brach sie schluchzend auf Stevies Bett zusammen. „Oh, lieber Gott, warum kann nicht ich es sein?" Heiße Tränen flossen ihre bleichen Wangen hinunter.

Guter Gott, warum kann ich nichts für sie tun? Oder den Jungen? Obwohl James seine Faust durch das Fenster schlagen wollte – etwas, das er in letzter Zeit oft tun wollte – musste er Carlotta Hoffnung geben. Er hatte in seinem Leben nur eine Person gekannt, die sich von der Schwindsucht erholt hatte. Und doch, er musste Carlotta Hoffnung machen.

Er kam an ihre Seite und legte eine Hand auf ihre Schulter, als er sich beschützend über sie beugte.

„Wenn ich Stevie verliere, werde ich sterben", sagte sie von Leid erfüllt.

Ihre Worte trafen wie eine Kanonenkugel in sein eigenes Herz. Im Bruchteil einer Sekunde wurde ihm klar, dass er nicht ohne Carlotta leben konnte. Auch wenn sie Gregory Blankenships Mätresse gewesen war.

„Du wirst ihn nicht verlieren, Carlotta", sagte James streng.

„Aber es ist ..." Sie sah zum Arzt hoch, während schwere Schluchzer sie schüttelten. „Würde zur Ader lassen helfen?"

„Wir können es versuchen", sagte er, unwillig, etwas Ermutigendes anzubieten.

Carlotta saß stoisch neben Stevies Bett und schreckte nicht zurück, als der Arzt in den dünnen Arm des Kindes schnitt und große Mengen des Bluts ihres Sohnes herausströmten.

James ließ seinen Arm um sie gelegt und war von ihrer Stärke berührt.

Nachdem der Arzt gegangen war, drehte sie sich um, vergrub ihr nasses Gesicht an James' Brust und fing an unbändig zu schluchzen.

Er konnte sie nur festhalten und besänftigend auf sie einreden. Als sie aufgehört hatte, hielt er sie eine Armlänge entfernt und sprach streng. „Gib nicht auf, Carlotta. Er wird gesund werden."

„Oh James, ich wünschte ich könnte dir glauben, aber es ist eine derart schreckliche Krankheit. Niemand besiegt sie jemals."

Er schluckte. „Ich habe sie besiegt."

Sie sah ihn hoffnungsvoll an.

„Als ich siebzehn war, war ich genauso krank wie Stevie. Es war das Fieber, von dem ich dir erzählt habe."

Sie lächelte und wischte eine Träne aus ihrem verschwollenen Gesicht. „Als deine Mutter an deinem Krankenbett geweint hat?"

Er nickte.

„Aber ..." Sie wandte ihren Blick ab. „Deine Mutter war eine rechtschaffene Frau. Der Herr hat ihre Gebete erhört." Sie vergrub ihr Gesicht in ihren Händen und weinte. „Aber er wird meine nicht erhören, weil ... weil ich eine so große Sünderin bin."

James riss sie ihn seine Arme und sprach entschieden. „Du bist keine Sünderin, Carlotta. Du bist das Beste, das den Menschen von Exmoor jemals passiert ist. Du bist gutmütig und eine liebevolle Mutter. Es gibt nichts Bösartiges an dir."

Sie bebte vor Schluchzen. „Aber ich habe dich getäuscht, James, und du hast dir so viel mehr verdient."

„Es verärgert mich, wenn du so über die Countess von Rutledge sprichst."

Sie versuchte zu lachen, schaffte es aber nur, wieder in Tränen auszubrechen.

„Ich weiß, dass du letzte Nacht nicht geschlafen hast", sagte er. „Warum erlaubst du mir nicht, heute Nacht hierzubleiben?"

Sie schüttelte den Kopf. „Das kann ich nicht."

„Wenn er nach dir fragt, rufe ich dich sofort.

Sie schüttelte den Kopf nachdrücklich. „Ich kann ihn nicht alleine lassen. Ich würde nicht schlafen können in dem Wissen, dass er so schwer krank ist." Sie brach wieder in Tränen aus.

„Dann bleibe ich bei dir."

* * *

Warum sollte es sie kümmern, ob James bei ihr blieb oder nicht? Nichts war von Bedeutung. Außer ihrem geliebten Sohn, der sich an seinem zerbrechlichen Leben festhielt. Sie nahm einen Stuhl, setzte sich neben Stevie und hielt seine leblose Hand fest.

„Oh lieber Gott, bitte verschone ihn. Ich bin diejenige, die an alldem Schuld hat."

„Carlotta, sei nicht so streng mit dir. Stevie ist krank, weil er mit jemandem in Kontakt war, der die Krankheit hatte. Nicht wegen irgendetwas, das du getan hast."

„Aber ich habe ruchlose Dinge getan."

„Seit wann ist es ruchlos, jemanden zu lieben? Du hast dich in einen Mann verliebt. Einen unverheirateten Mann. Du warst keine

Ehebrecherin."

„Nur eine Mätresse", sagte sie verbittert.

„Ich sprach in Bath mit Blankenship."

Sie wirbelte mit erbostem Blick zu ihm herum.

„Er leugnete, mit dir das Bett geteilt zu haben."

Nach all dem Herzschmerz, den Gregory ihr verursacht hatte, hatte er endlich etwas Gutes und Anständiges für sie getan. *Auch wenn es eine Lüge war.*

„Ich will Gregorys Namen nie wieder hören."

„Ich auch nicht", stimmte er zu.

Kapitel 31

Von qualvollem Tag zu qualvollem Tag tobte Stevies Fieber. Carlotta hielt durchgehend Wache am Krankenbett ihres Sohnes und der Arzt kam täglich. James sorgte sich um Carlottas Gesundheit genauso wie um die ihres Sohnes. Sie hatte kaum geschlafen und völlig ihren Appetit verloren, und ihr war jeden Morgen übel. Sie wurde vor seinen Augen dünner und dünner und die Farbe wich aus ihren eingefallenen Wangen.

Auch als Stevies Fieber – nach zwei Wochen – abklang, war die Prognose düster. Wenigstens nahm der arme kleine Kerl Menschen um sich herum wahr, und er hatte darum gebeten, dass ihm seine Lieblingsgeschichten vorgelesen werden. Aber sein tiefer, bellender Husten wurde jeden Tag schlimmer und seine Fähigkeit, ohne um Luft zu ringen, atmen zu können verringerte sich. Und er hatte immer noch keinen Bissen Essen zu sich genommen.

Carlotta schlief weiterhin jede Nacht in seiner Kammer. Sie war seit zwei Wochen weder im unteren Stockwerk noch draußen gewesen. Sie bestand darauf, dass die Vorhänge im Zimmer ihres Sohnes täglich geöffnet wurden in der Hoffnung, dass die Sonne die feuchte Luft, die an der Schwindsucht schuld ist, verbrennen würde. Dann, wenn die Nacht kühlere Luft brachte, schloss sie die Vorhänge wieder in der Hoffnung, die Feuchtigkeit draußen zu halten.

An dem Tag, an dem James nach Exmoor

zurückgekehrt war, hatte er die Schließung der Mine angekündigt. Im Verlauf der letzten zwei Wochen hatte er sich mit jedem einzelnen Bergmann allein getroffen. Jeder Einzelne nahm James' Angebot an, ihm eine Farm für die Schafzucht einzurichten. Mehr als eine erleichterte Ehefrau hatte sich bei James dafür bedankt, ihren Liebsten davon abzuhalten, wieder in die schwarzen Schächte hinabzusteigen.

James war eines nachmittags in Stevies Zimmer, um Carlotta vergebens Hoffnung zu machen, als Adams sie informierte, dass Mrs. Covington gekommen war, um Lady Rutledge zu sehen.

„Wünscht Ihr sie herein zu bitten?", fragte der Butler mit hochmütiger Haltung.

„In der Tat", sagte Carlotta und ging auf die Türe zu. „Ich werde sie im Salon empfangen."

Als Adams gegangen war, warf Carlotta ihrem finster dreinschauenden Mann einen ungeduldigen Bick zu.

„Sei nicht böse auf Adams. Er ist sich bewusst, dass Mrs. Covington nicht zu unserer Gesellschaftsschicht gehört. Er macht nur seine Arbeit."

Carlottas Mangel an Vornehmtuerei erfüllte ihn mit Stolz. In der Tat, jeder Schritt, den sie getan hatte, seitdem sie seine Countess geworden war, war fehlerfrei, und sein Stolz auf sie wuchs ständig.

* * *

Im Salon zwang sich Carlotta zu einem Lächeln, streckte beide Arme aus und ging auf Mrs. Covington zu. Es war offensichtlich, dass Mrs. Covington ihre besten Sonntagskleider trug. Natürlich war ihr Kleid Schwarz. Selbst genäht.

Und sie hatte ihre glanzlosen braunen Haare ordentlich hochgesteckt.

"Womit habe ich das Vergnügen verdient?", fragte Carlotta, nachdem die Witwe vor ihr geknickst hatte. Mrs. Covington hielt weiterhin Carlottas Hand. „Ich habe gehört, dass Euer kleiner Sohn krank ist."

Ein leidvoller Ausdruck huschte über Carlottas Gesicht, und ihre Augen füllten sich mit Tränen. „In der Tat. Ich bitte Euch, für ihn zu beten."

„Wir beten alle zehn für die Gesundheit des kleinen Kerls."

„Dann kann ich nicht um mehr bitten", sagte eine ernsthafte Carlotta mit zitternder Stimme.

Die Witwe hielt ihr eine kleine Flasche entgegen. „Ich habe diese destillierte Mutterwurzel für Euren Burschen mitgebracht. Sie soll bei der Heilung aller Lungenangelegenheiten helfen. Ich ziehe sie aus den Halmen, die nur hinter dem Cottage meiner Eltern in Porlock wachsen. Zwei Teelöffel dreimal am Tag, und es hat noch niemals versagt."

„Ihr seid den ganzen Weg nach Porlock gefahren, um dies für Stevie zu holen?"

„Es war nichts im Vergleich zu Eurer Güte mir und meinen Lieben gegenüber. Ich wünschte nur, ich hätte es gehabt, als meine kleine Mary krank wurde. Sie verließ uns nur zwei Tage, nachdem die Symptome angefangen hatten."

Carlotta nahm die Flasche, während Tränen ihr Gesicht hinabliefen. „Ich stehe tief in Eurer Schuld, Mrs. Covington."

„Geht und verabreicht es dem Jungen. Ich muss zurück zu meinen Kleinen."

Carlotta machte einen Schritt vorwärts und umarmte sie, dann drehte sie sich um, verließ den

Raum, und flog beinahe die Treppe hinauf.

* * *

„Du hast die Witwe ziemlich schnell entlassen", sagte James.

„Sie hat mir ein Gebräu für Stevie gebracht. Sie schwört auf dessen Erfolg."

„Das war sehr aufmerksam von ihr. Hoffen wir, dass sie recht hat."

Carlotta leerte die Flüssigkeit auf einen Löffel und überredete Stevie, sie zu schlucken. „Komm Liebling, du musst gesund werden. Braunie vermisst dich sehr. Es ist nicht fair deinem Pony gegenüber, dass es seit drei Wochen nicht ausgeritten wurde."

Der Junge schnitt eine Grimasse, trank jedoch das Gebräu. „Armer B-aunie", sagte er.

Sie zerzauste die Haare ihres Sohnes.

Stevie hatte nicht genug Kraft, um mit den Zinnsoldaten zu spielen. Jede Aktivität, die seine Arme involvierte, raubte ihm den Atem. Daher saß James Stunde um Stunde neben ihm und erzählte ihm Geschichten vom Leben beim Militär.

„Ich werde ein Soldat werden, wenn ich g-oß bin", verkündete der Junge.

Woraufhin sich Carlottas Augen mit Tränen füllten. Ihr Sohn würde das nächste Jahre nicht erleben und noch weniger zu einem Mann heranwachsen. Nichts hatte jemals mit derartiger Unbarmherzigkeit geschmerzt. Es war, als würde ihr das Herz aus dem Leib gerissen werden. Und doch erlaubte sie ihm nicht, sie weinen zu sehen. Sie hatte geschworen, ihm in seiner verbleibenden Zeit so viel Glückseligkeit wie nur möglich zu schenken.

Das Wort *Nein* wurde aus ihrem Wortschatz verbannt. Wenn Stevie beim Einschlafen neben ihr liegen wollte, dann tat sie es. Verlautbarte er ein Interesse an dem Kätzchen der Küchenmagd, dann holte sie das Tier. Was für eine Geschichte er auch auswählte, sie las sie ihm vor.

Es war ein Jammer, dass sie keine Speise finden konnte, die ihn zum Essen brachte. Nichts, das sie vorschlug, erregte seinen Appetit. Er hatte seit drei Wochen nichts gegessen. Wenn der Arzt ihn vor drei Wochen für dünn gehalten hatte, dann musste er das Kind nun als abgemagert bezeichnen.

Wenn sie mit ihrem Sohn schimpfte, weil er nicht aß, ermahnte ihr Mann sie aus demselben Grund. „Du hast kein Recht deswegen zu schimpfen", sagte James streng. „Du isst genauso wenig wie Stevie."

Die offensichtliche Vergebung ihres Mannes nahm sie in ihrem Leiden kaum wahr. Ihr eigenes Glück beruhte nun allein auf der Gesundheit ihres Sohnes. Darüber, dass James sich um sie sorgte, konnte sie im Moment nicht nachdenken. Ihr Geist war vor Sorge um ihren Sohn wie vernebelt. Sie konnte sich mit nichts anderem belasten. Besonders nicht mit etwas, das sich auf ihre niederträchtige Person bezog.

Wie in einem religiösen Ritual verabreichte sie Stevie Mrs. Covingtons Mutterwurzel dreimal am Tag. Sie wusste nicht, ob es ihre hoffnungsvolle Gesinnung war oder eine Tatsache, aber es schien, als ob Stevies Husten nach drei Tagen nicht mehr so schlimm war.

„James?", rief sie.

Er saß in dem Stuhl neben ihrem an Stevies Bett. „Ja?"

„Findest du nicht, dass sich Stevies Husten verbessert hat?"

„In der Tat. Ich wollte dir nicht zu viel Hoffnung machen, aber ich dachte das Gleiche."

Zum ersten Mal in drei Wochen huschte ein Lächeln über Carlottas Gesicht.

Am nächsten Tag war sie überzeugt davon, dass der Husten besser wurde.

Am Tag danach setzte Stevie sich im Bett auf. „Mama?"

Sie erhob sich und kam an seine Seite. „Was, mein Süßer?"

„Meinst du, ich kann einen Plum Pudding haben?"

Carlotta schluchzte so heftig, dass sie nicht sprechen konnte, drehte sich um, um James' strahlendem Blick zu begegnen und fiel ihrem Mann in die Arme.

„Oh, mein Liebling", sagte sie zu James, „er wird es schaffen."

* * *

Es waren die schönsten Worte, die James je gehört hatte. Er hob ihre Hand zu seinen Lippen und küsste ihre Handfläche. „Ich glaube, du hast recht, Liebste."

Mit nassen, aber glücklichen Augen sah sie zu ihm auf und streichelte seine Wange. „Ich verdiene dieses Glück nicht."

Er schloss sie in seine Arme. „Ich wage zu behaupten, dass dein Glück mehr als überfällig ist, mein lieber Schatz."

Sie hob ihr Gesicht zu seinem für einen Kuss.

„Mama?", sagte Stevie.

Sie löste sich von ihrem Mann. „Was, Lämmchen?"

„Warum habt ihr beide euch nicht geküsst, seit Papa zurückgekommen ist?"

Carlotta kicherte. „Ich nehme an, dass ich es

verlernt habe, da dein Papa so lange fort war."

„Ich bin froh, dass er wieder hier ist", sagte Stevie und seine Augenlider wurden schwer.

Carlotta sah zurück auf James. „Ich auch."

* * *

Alles in allem war Stevie sechs Wochen lang krank. Sogar als sein Husten vorbei war, erlaubte Carlotta ihm nicht, hinauszugehen. Das Wort *Nein* war in ihren Wortschatz zurückgekehrt. Nach zwei weiteren Wochen gab sie nach und erlaubte ihm, sein Pony zu reiten, solange seine Mama und sein Papa ihn begleiteten und solange die Sonne schien und er sich warm anzog.

Miss Kenworth, die furchtbar an ihrem Schützling hing, beschloss, nicht für ihre Hochzeit nach Middlesex zurückzukehren, sondern sie in Exmoor abzuhalten, so dass sie Master Stephen nicht verlassen musste.

„Aber sobald Ihr eigene Kinder habt", stellte Carlotta fest, „werdet Ihr ihn verlassen."

„Mr. Fordyce und ich haben diese Angelegenheit besprochen und er stimmt zu, dass ich weiterhin bei Master Stephen bleiben kann, auch wenn wir eigene Kinder haben, vorausgesetzt, dass Ihr nichts dagegen habt, dass unsere Kinder mit Euren aufwachsen."

„Ein eher unorthodoxer Plan, aber wir können es versuchen, da keiner von uns Euch verlieren will." Carlottas Augen funkelten. „Obwohl ich sicher bin, dass Mr. Fordyce Euch nicht erlauben wird, weiterhin in Master Stevies Zimmer zu schlafen, wenn Ihr verheiratet seid."

Das Gesicht der armen Amme wurde dunkelrot und sie lief aus dem Zimmer.

Carlottas eigener Atem stockte, als sie daran dachte, wieder mit ihrem Ehemann zu schlafen.

Sie hatte seit vielen, vielen Wochen nicht bei ihm gelegen. Sie war immer noch zu besorgt um Stevie, um ihn in der Nacht alleine zu lassen, denn in manchen Nächten kehrte Stevies Husten zurück.

* * *

Einer der ersten Orte, die Carlotta nach Stevies Genesung besuchte, war das Covington-Cottage. Es sah ganz anders aus als beim ersten Mal, als der Frost des Winters gerade erst vergangen war. Nun blühten Geranien in Fenstertöpfen und Beete von Narzissen trennten den Küchengarten von der Weide, wo hundert Schafe grasten.

Zwei der jüngeren Söhne sammelten Eier im Hühnerstall und der kleine Junge saß in dunkler, nährstoffreicher Erde und löffelte sie in eine Tasse.

Stevie lief sofort los, um die älteren Covington-Jungen zu finden, zu denen er aufsah, und die im Gegenzug sehr nett zu ihm waren.

Carlotta klopfte an die Tür und öffnete sie nach Mrs. Covingtons freundlichem Befehl. Das Innere des Hauses hatte sich besonders verändert. Alle Spuren rußigen Kohlenstaubs waren verschwunden. Keine Düsterkeit mehr. Alles sah sauber und strahlend aus. Daniel, der nun zu groß für seine Krippe war, krabbelte auf dem Holzboden herum.

„Ah, Mylady", sagte Mrs. Covington. „Ich habe gehofft, dass Ihr kommen würdet. Ich habe extra für Euren Besuch Tee besorgt."

„Wie aufmerksam von Euch", sagte Carlotta und setzte sich an den Küchentisch.

„Nicht hier, Mylady. Eine feine Dame wie Ihr passt nicht in eine Küche."

Carlotta lachte. „Ich war nicht immer eine

Lady, Mrs. Covington. Als Kind wurde mir erlaubt, der Köchin zu helfen. Ich bin eine äußerst gute Kartoffelschälerin, wenn Ihr es wissen wollt."

Mrs. Covington brach in Gelächter aus.

„Wirklich Mrs. Covington, ich bin heute gekommen, um Euch zu sagen, wie dankbar ich Euch bin, dass Ihr so fürsorglich wart und uns das Elixier gebracht habt. Ich kann den Beginn der Genesung meines Sohnes auf diesen Tag zurückverfolgen. Wir werden wohl nie wissen, ob es all unsere Gebete waren oder Euer Elixier, das meinen Jungen gerettet hat, aber ich bin zutiefst dankbar."

Nun war es die Witwe, deren Augen sich mit Tränen füllten. „Es hat mir mein Herz gebrochen, daran zu denken, dass Ihr Euren Jungen verlieren könntet. Ich erinnerte mich fortwährend daran, dass Ihr mir gesagt habt, wie reich ich durch meine Kinder bin. Eure Worte haben mir geholfen, als ich so dringend Hilfe benötigte." Dann sah die Witwe Carlotta schief an. „Ich stelle hiermit fest, Mylady, ich kann es erkennen, wenn ich Euch ansehe. Ihr seid schwanger, nicht wahr?"

Carlotta senkte ihre Wimpern und errötete. „Das bin ich."

Mrs. Covington lächelte. „Ich freue mich so sehr für Euch. Was sagt seine Lordschaft über das Baby?"

„Ich habe es ihm noch nicht gesagt."

Die Witwe hängte den Kessel auf den Haken über dem offenen Feuer und wirbelte herum, um Carlotta anzusehen.

„Wie könnt Ihr ihm eine derart wunderbare Nachricht verschweigen?"

„Ich habe erst während Stevies Krankheit davon erfahren, und natürlich habe ich mich zu der Zeit über nichts anderes freuen können."

„Und jetzt?"

Carlotta zuckte mit den Schultern. „Ich wünschte, mir würde etwas Besonderes einfallen, wie ich es ihm sagen kann."

„Das wird es. Das wird es."

* * *

In genau dieser Nacht beim Abendessen fing James damit an, seine Frau wegen ihres mangelnden Appetits zu ermahnen. „Es wäre mir und Stevie gegenüber nicht fair, Carlotta, dir zu erlauben derart dahinzuschwinden."

„Und dem Baby gegenüber wäre es wohl auch nicht fair", sagte sie unbekümmert.

Er starrte sie einen Moment lang an, als wollte er versuchen, die enorme Auswirkung ihrer Worte zu verstehen. „Das Baby?", fragte er endlich hoffnungsvoll.

Sie nickte.

„Dann ... dann weißt du es seit ..."

„Seitdem du uns verlassen hast. Dann, als Stevie krank war, war ich mir sicher."

Sie beobachtete, wie ein Lächeln sein geliebtes Gesicht erwärmte. „Ich bin bestimmt der glücklichste Mann auf englischem Boden."

Kapitel 32

Er erwachte bei strahlendem Sonnenschein und sah auf Carlotta hinunter die zusammengerollt neben ihm schlief. Seine Hand legte sich auf ihren nackten Rücken, um über ihn zu streichen. Hier – hier im Bett des Earl von Rutledge – war der Platz, an den sie gehörte. Hier würde ihr Kind geboren werden. Er hätte vor Glück und vor Stolz zerplatzen können.

Er war zurückgekehrt, weil Yarmouth ihn zu sehr angezogen hatte. Er hatte verstanden, dass sein Schicksal mit dieser wilden Moorlandschaft so unwiderruflich verbunden war, wie der Erwerb seines Titels. Er gehörte hierher. Sein Herz war hier. Hier wollte er seine Wurzeln schlagen.

Als er nach seiner Abwesenheit nach Yarmouth zurückgekehrt war, war er von seiner Wut auf Carlotta geblendet gewesen. Sie hatte die Wahrheit vor ihm verborgen. Sie hatte ihn des Glücks beraubt, nach dem er sich so sehr gesehnt hatte. Sie war die Mätresse dieses Unholds gewesen. Sie hatte das Herz, das James ihr geschenkt hatte, zertrümmert.

Sein Zorn auf sie war unerschütterlich gewesen – solange er nicht in diese violetten Augen blicken oder ihren Lavendelduft riechen oder ihre heisere Stimme hören musste. Wenn er sie nicht wiedergesehen hätte, hätte er alles leugnen können, das einmal in seinem Herzen gewesen war.

Aber er war nicht auf die kraftvolle Wirkung

vorbereitet gewesen, die sie auf ihn haben würde.

Sie war nur Carlotta. Eine Frau, die zur Witwe geworden war. Eine Frau, die eine falsche Entscheidung getroffen hatte. Eine Frau, die gelernt hatte, selbstlos zu geben. Eine Frau, die ihn einst geliebt hatte.

Sobald er sie gesehen hatte, ihr Herz entblößt, war sein Ärger vergessen gewesen. Sie litt, also litt er auch. So einfach war das. Es war Schwachsinn gewesen zu glauben, dass er aufhören könnte, sie zu lieben wegen eines Ereignisses, das vor langer Zeit passiert war.

Es war ihm bewusstgeworden, dass es egal war, ob Blankenship mit ihr geschlafen hatte oder nicht. Was wichtig war, war ihre gemeinsame Zukunft.

Als er zurückgekehrt war, brauchte er nicht lange, um zu bemerken, dass Yarmouth sie genauso eingenommen hatte wie ihn. Wo auch immer er hinging wurde er von Lobpreisungen über seine Frau und ihre Verbundenheit mit den Menschen in Exmoor überschwemmt.

„Sollte Lord Rutledge jemals etwas zustoßen", hatte einer der Bergleute gesagt, „wären wir in den fähigen Händen ihrer Ladyschaft. Es gab nie eine Lady, die das Land und die Menschen in Exmoor so gut verstanden hätte wie sie."

Sein Stolz auf sie war wie ein Talisman, den er jeden Tag mit größerer Wertschätzung trug.

Als ihm klar wurde, dass er Stevie verlieren könnte, bedeutete Carlottas Vergangenheit ihm nichts mehr. Ja, sie war eine schlechte Mutter gewesen, aber diese Tage waren so begraben wie Stephen Ennis. Hatten ihre jüngsten Taten, ihre Selbstlosigkeit, ihre alten Sünden nicht mehr als wettgemacht?

Alles, was James je gewollt hatte – eine Frau, ein Kind, eine glückliche Familie – hatte er sich entreißen lassen.

Als Carlotta ihre sündhafte Vergangenheit beklagte, war das mehr als er ertragen konnte. Wie konnte sie es wagen, sich derart zu verunglimpfen! Sie war liebevoll und fürsorglich und die perfekte Lady, um seine Countess zu sein. Wie konnte er sein Glück nicht erkannt haben? Auch wenn sie Blankenship geliebt hatte, wusste er, dass diese Liebe nun tot war. Dass sie so tief lieben konnte, war nichts weiter als eine Bestätigung, dass sie ohne Einschränkung lieben konnte. So wie er zu glauben hoffte, dass sie ihn geliebt hatte.

Er hoffte nur, dass er diese Liebe nicht zerstört hatte.

Während der Krankheit des Jungen war James so um ihn besorgt gewesen, dass er nur kurz an seine eigene Misere dachte. So wie Carlotta.

Aber sobald Stevies Genesung begann, wurde es offensichtlich, dass Carlotta nicht nur weiterhin Zuneigung für James empfand, sondern auch keinen Groll wegen seiner Abreise hegte. In Gegenteil, sie nahm alle Schuld auf sich.

In nur wenigen kurzen Monaten hatte sich seine geliebte Carlotta völlig von einer Frau, die nur an ihr Wohlleben dachte, in eine fürsorgliche Betreuerin verwandelt. Sein Stolz auf sie wehte über ihn hinweg wie eine Morgenbrise, frisch und willkommen.

Alles, was zählte, war die Zukunft. Eine Zukunft in der sich Carlotta, da war er sicher, guten Werken widmen würde. Eine Zukunft, die hoffentlich Yarmouth Hall mit ihren gemeinsamen Kindern füllen würde.

Als er sie ansah und seine Hände über ihre weiche nackte Haut strichen, fing sie an sich zu rühren. Sie öffnete die Augen und sah zu ihm auf. „Guten Morgen, mein Liebster", sagte sie liebevoll und berührte ihn.

„Wie fühlst du dich heute Morgen?", fragte er mit Sorge.

„Ein bisschen mulmig, aber es wird vergehen."

Er fuhr mit seinem Finger ihre Nase entlang. „Ich könnte den Rest meiner Tage hier bei dir bleiben."

„So wie ich", flüsterte sie. „Oh James, ich bedaure es, dass ich meine Liebe zu dir nicht früher erkannt habe, aber ich schwöre, dass ich niemals so innig geliebt habe."

Er küsste sie sanft. „Ich habe etwas zu beichten."

Sie stützte sich mit gerunzelter Stirn auf ihre Ellbogen.

„Ich habe nie jemand anderen geliebt als dich, Carlotta. Ich glaube, ich habe dich sogar geliebt, als wir ... als wir auf der Halbinsel waren."

Sie warf sich in seine Arme. „Dann hast du um meine Hand angehalten, weil du mich wirklich geliebt hast?"

„Ich wollte den Rest meines Lebens nicht mit einer Frau verbringen, die ich nicht liebe."

„Ich war so besorgt, dass du mich nur wegen deines Verantwortungsgefühls gegenüber Stevie geheiratet hast."

„Ich hätte mich wohl kaum für immer in Fesseln legen müssen, nur um meiner Verantwortung gerecht zu werden."

Sie legte ihren Kopf zufrieden auf seine Brust. „Ich bin so froh, dass du dich an mich gefesselt hast."

„Wenn wir schon von Fesseln sprechen, Jeremy hat um Peggys Hand angehalten."

Carlotta kreischte vor Freude. „Ich fürchte Armor läuft Gefahr, seinen Arm überzustrapazieren, wenn man an all die Pfeile denkt, die er in letzter Zeit abgeschossen hat." Als sie sprach war sie bedacht darauf, ihre Arme nicht von ihrem Mann zu nehmen.

„Als du uns verlassen hast", sagte sie, „wollte ich sterben. Dann habe ich mich selbst getadelt. ‚Was würde James wünschen, dass du tust?‘, fragte ich mich. Ich wusste, dass ich stark sein musste, um mich um die Bedürfnisse deiner Angestellten zu kümmern und deinen Platz einzunehmen. Das gab mir Kraft. Zum ersten Mal in meinem Leben war ich stark und kompetent und, so möchte ich gerne glauben, selbstlos."

„Du hast mich sehr stolz gemacht, aber nichts hat mich je stolzer gemacht, als die Neuigkeit, die du mir letzte Nacht mitgeteilt hast."

„Sie drückte ihn fester. „Ich bin auch glücklich darüber."

„Aber ich mache mir solche Sorgen um dich", sagte er sanft. „Bist du sicher es ist in Ordnung mir … Zugang zu gewähren?"

Sie lachte. „Ich bin ganz sicher. Nun, könnte ich dich, unter Umständen, überreden …?"

Epilog
Achtzehn Monate Später

Nach einem ungewöhnlich warmen Sommer war Carlotta nur zu glücklich, den Herbst willkommen zu heißen. Stevie erfreute sich besonders daran, in die Haufen gefallener Blätter zu springen, um sie zu zerdrücken.

„Ich glaube, ich werde dich bitten, einen dieser Körbe voller Äpfel zu tragen, Lämmchen", sagte Carlotta zu ihrem Sohn, „denn ich muss sagen mein Arm schmerzt."

„Papa sagt, deine Arme müssten abfallen vor Schmerz, weil du das Baby immer hältst."

„Dein Papa soll nicht groß reden", murmelte sie. „Es gab niemals ein verwöhnteres Kind als deinen kleinen Bruder."

„Ich wünschte, er wäre älter, so dass er heute mit uns hätte kommen können."

„Wir müssen lernen mit dem zufrieden zu sein, was wir haben und nicht immer unser Leben – oder Jimmys – wegzuwünschen."

Er nahm den kleineren Korb mit Äpfeln von seiner Mutter. „Kann ich einen haben?"

„Darfst du?"

„Darf ich?"

„Nicht jetzt, Lämmchen. Deine sind Zuhause. Diese sind für die Covington-Familie."

Sie vernahm ein klapperndes Geräusch hinter sich und drehte sich um, um ihren Mann zu sehen, der seine Gerte auf sein Pferd schnalzen ließ. Er ritt bis auf ein paar Meter an sie heran.

„Und was bringt dich hierher?", fragte sie.

„Ich habe erfahren, dass Ihr zwei ziemlich große Körbe mit Äpfeln zu tragen habt und habe beschlossen, dass ich Euch behilflich sein sollte, Mylady. Habe ich dich nicht oft genug ermahnt, deine Aktivitäten einzuschränken in ... deinen Umständen?"

„Aber mein lieber Mann, es ist nur ein Korb mit Äpfeln. Stevie hat den anderen genommen. Und ich versichere dir, dass es mir gut geht."

„Hier, Stevie, nimm die Zügel", sagte James und übergab dem Jungen die Zügel, als er hinuntersprang. Er half seiner Frau dabei aufzusteigen. „Ich muss darauf bestehen, dass du reitest statt zu gehen."

Sie schmollte, folgte ihm aber.

Als sie auf der Straße waren fragte sie James, ob die Wolle einen guten Preis eingebracht hatte.

„In der Tat. Den besten bis jetzt, wurde mir gesagt. Das habe ich natürlich erwartet. Ich bin nicht umsonst als der glücklichste Mann der Welt bekannt." Er hob die Hand seiner Frau und küsste sie. „Mein Glücksstern schien an dem Tag, an dem du zugestimmt hast, meine Frau zu werden."

„Weißt du was, Papa?", stimmte Stevie ein.

„Was, mein Sohn?"

„Mein Glücksstern schien an dem Tag, an dem du mein Vater wurdest."

ENDE

Cheryl Bolen Biografie

Cheryl Bolen ist eine New York Times- und USA Today-Bestsellerautorin und hat mehr als zwei Dutzend historischer Liebesromane geschrieben, von denen die meisten in der Regency-Zeit spielen. Ihre Bücher wurden in acht Sprachen übersetzt und erlangten Platzierungen in verschiedenen Schreibwettbewerben, so etwa auch im Daphne du Maurier Wettbewerb. 1999 wurde Cheryl als "Notable New Author" ausgezeichnet und gewann im Jahr 2006 die Holt Medallion in der Kategorie "Bester historischer Kurzroman". 2012 gewann sie den International Digital Award – eine Auszeichnung speziell für E-Bücher – im Bereich "Bester historischer Roman", und im Jahr darauf erzielte eine ihrer Novellen den ersten Platz in der Kategorie "Beste historische Novelle". Zahlreiche ihrer Bücher wurden zu Bestsellern bei Barnes & Noble und auf Amazon.

Sie ist eine ehemalige Journalistin mit einer Faszination für tote englische Damen und schreibt regelmäßig Beiträge für The Regency Plume, The Regency Reader und The Quizzing Glass. Viele ihrer Artikel kann man auch auf ihrer Webseite (www.CherylBolen.com) finden sowie auf ihrem Blog (www.CherylsRegencyRamblings.wordpress.com), wo sie ihre aktuellen Artikel einstellt. Leser sind an beiden Orten ganz herzlich willkommen.